UNE ANNÉE
PAS COMME LES AUTRES

Du même auteur

TOMBEAU POUR UN ENNEMI PUBLIC, *roman*, 1947.

LE ZOUAVE DU PONT DE L'ALMA, *roman*, 1948.

L'ILE D'YEUX, *roman*, Gallimard, 1952.

MON OISEAU, MA BELLE, *roman*, Gallimard, 1968.

LES CHOCOLATS DE L'ENTRACTE, *souvenirs*, Stock, 1972.

L'ATTERRISSAGE, *roman*, Stock, 1974. Couronné par l'Académie française.

LA PEAU DE L'ARLEQUIN, *souvenirs et portraits*, Stock, 1975.

LETTRE OUVERTE AUX PORNOGRAPHES, *pamphlet*, Albin Michel, 1975.

UN ÉTÉ OMBRAGEUX, Stock, 1977.

En préparation

COULEUR DU TEMPS

François Chalais

Une année pas comme les autres

Stock

« Ceux qui vivent vivent d'une idée ; les autres, ce sont les morts... »

Jules MICHELET
Histoire de la Révolution française.

Journal sincère et libre des événements et des hommes qui ont marqué le cours de l'année, à tort ou à raison ce livre se voudrait différent.

Sans attache politique, n'appartenant à aucun clan, refusant toutes les étiquettes, à commencer par celles de la neutralité et de l' « objectivité », qui ne sont que des masques derrière lesquels se cachent l'absence de courage et le vide des opinions — mon propos a été de jeter sur le monde que j'ai la chance, ou la mauvaise fortune, de côtoyer le regard de ce que Gide appelait « un esprit non prévenu ». Ministres et chefs d'Etat, comédiens illustres, parangons de la mode, se mêlent ici aux héros, admirables ou sinistres, nés de la violence et de la détresse de notre temps. Car ils sont solidaires, finalement, ces grands si souvent petits, ces petits qui parfois sont grands, puisque la même époque leur sert, selon le cas, d'apothéose ou de tombeau.

C'est surtout en cela que cette « Année » a tenté de ne pas être « comme les autres ». On pourra en discuter les termes, en désapprouver les partis pris. Peut-être, cependant, certains trouveront-ils dans ces lignes, entre un sourire et une indignation, quelques-uns des cris qui seraient les leurs si on ne les avait pas mis dans l'impossibilité de se faire entendre.

Pages imprimées au jour le jour, pendant douze mois, à mesure qu'elles étaient écrites, faut-il ajouter que je me suis interdit après coup d'en modifier l'éclairage, d'en nuancer les jugements ? Tant pis si l'avenir me donne des tapes sur les doigts. Je n'ai pas eu l'ambition de jouer les prophètes. Simplement celle de fixer sur le papier, tels que je les ai reçus, des impressions, des visages, des colères, des amitiés ; tout ce qui fait en somme que la vie est ce qu'elle est, avec son lot de découragements et, malgré tout, son espérance de bonheur...

1977

Février

QU'ON appuie sur le bouton de n'importe quelle radio, aussitôt les hommes politiques les plus considérables font assaut d'amabilités pour nous séduire. C'est à qui, chanteur de charme nouveau style, a l'air davantage de mendier son disque d'or. On a le droit de leur poser les questions que l'on veut. Aux plus saugrenues, ils répondent, la mine déférente, un léger sourire aux lèvres, qu'ils prennent pourtant bien soin de ne pas trop teinter d'ironie — l'apparence de l'humour risquerait d'être mal supportée là où seule s'impose la gravité. « Vraiment, cher monsieur, le travail de nuit vous fatigue ? Croyez que votre problème est de ceux qui nous passionnent en priorité... Comme nous bouleverse, madame, votre situation de ménagère épuisée de pousser des chariots dans les dédales des supermarchés... »

Etonnante humilité des puissants en période électorale ! On les aimerait presque mieux inaccessibles et hautains. Du moins pourrait-on se laisser aller encore à quelque sursaut d'illusion. Aux dernières législatives, j'ai vu le solennel Couve de Murville prendre la parole dans un préau d'école devant une audience de moins de deux cents personnes, acceptant de rendre hommage à la stupidité de gens dont certains n'étaient peut-être là que parce qu'il pleuvait dehors, ou qu'ils n'avaient pas assez d'argent pour aller au cinéma. Noble spectacle : Couve de Murville, qui a toujours l'air de son portrait peint par Philippe de Champaigne, parapluie très *british mood* derrière le mutisme duquel s'abritait de Gaulle, dont la fonction était le secret et l'arme le silence, soudain transformé en jacassant cacatoès, et ronronnant comme une poupée qui ferme les yeux quand on la renverse...

SOIRÉE des « Césars », à la salle Pleyel, décalcomanie française des « Oscars » américains, qui est à peu près, comparée à son modèle, ce qu'un pavillon F 3 de la banlieue parisienne est à l'*Empire State Building*. On a récompensé des portes ouvertes : Losey, Annie Girardot, Tavernier. Rien pour Claude Miller, cependant « nominé » (c'est leur jargon) six fois, avec sa *Meilleure Façon de marcher*, unique révélation cette année d'un cinéaste français véritable. Je souffrais pour lui tandis que sur la scène on déchirait les enveloppes contenant les résultats. Pas même le prix du plus passionnant rien du tout.

Pour la deuxième fois consécutive, Isabelle Adjani, qui arbore sa bouderie comme un label de qualité, est coiffée au poteau par Marie-France Pisier, dont l'intelligence paraît avoir découpé le visage avec des ciseaux à broder. Marie-Christine Barrault tord et retord ses doigts dans une attitude empruntée aux suppliantes d'Eschyle. Ses dernières déclarations nous la présentent comme la nouvelle coqueluche de Hollywood. Elle paraît toutefois moins connue à Romorantin.

Sur l'écran, hommage aux disparus de l'année : Gabin, Clouzot. Henri Langlois aussi, ressuscité par un extraordinaire numéro filmé de Fellini : « Langlois avait tout pour ne pas m'être sympathique. Il avait, en effet, le goût du classement, adorait les archives et collectionnait avec délices photographies et souvenirs. Moi, c'est exactement le contraire. Je ne garde jamais rien, ou alors je ne sais plus où je l'ai mis... Mais on m'a dit qu'il plaçait ses trésors dans sa baignoire. Du coup, j'ai commencé à le comprendre... » Le tout s'achève dans un feu d'artifice qui rend brusquement minuscule qui a la malchance de ne pas être Fellini.

Hitchcock est là aussi, par pellicule interposée, fatigué comme une tapisserie qui ne montrerait plus que sa trame. Il a trouvé le moyen de coincer en insert, dans son adieu à Henri Langlois, l'image d'une tête de mort. C'est une manie, chez ceux qui louangent les grands disparus, de semer des références à leur propre talent et de s'applaudir eux-mêmes.

A la réception qui suit, une élite se bourre avidement de salade de pommes de terre au cervelas. Francis Huster, de retour de Californie où il vient de tourner avec Lelouch, me fait une description terrifiante de la décadence des acteurs à la mode. La drogue a remplacé le pic neigeux de la Paramount, et les halètements des victimes de l'adrénaline tiennent lieu de rugissement au lion de la Metro. Ce « fils de boucher kasher devenu vedette à un million de dollars » serait fichu. On insulte Huster parce qu'il refuse une seringue. Sur la table de son hôtesse, une actrice dont la réputation est immense à juste titre, il y avait une « montagne de poudre blanche » où chacun puisait à satiété, se servant pour cela, en guise de cuiller, de billets de dix dollars. Cet autre, qui avait tout pour être un soleil, n'est même plus son ombre. Parlant du même, Terence Young me confiait que, pour l'un de ses tournages, il arrivait complètement défoncé, respirait un grand coup tandis qu'on le poussait dans le dos vers le coin du décor où se trouvaient ses marques, jouait admirablement sa scène, puis repartait sur un brancard à la recherche de ses faux paradis. Cela serait la règle pour presque tous. Le chauffeur qui attendait Francis Huster à la porte d'une party où il était invité n'a pas arrêté de fumer du H pendant six heures, démarrant à l'aube, les yeux vagues et les mains mollement agrippées au volant.

QUAND on aime le théâtre, on l'aime même mauvais ; et ses acteurs même odieux. Ce n'est pas dans un fauteuil que j'y suis assis ; je me trouve avec les comédiens derrière les portants des décors, dans les sombres méandres des coulisses. Je partage, que je le veuille ou pas, leur trac, leurs espérances et leurs angoisses. Je les imagine, pendant quarante-cinq jours, répétant des textes souvent difficiles, expérimentant des gestes qui sont pour eux, à tort ou à raison, ceux de la vie, de l'amour, de la mort ; sachant neuf fois sur dix que personne ne viendra les voir, sauf quelques amis, les membres de leurs familles s'ils n'ont pas été reniés, et les commerçants du quartier à qui l'on a donné des billets en échange de quelques affichettes collées sur leurs vitrines. Dans de telles conditions, comment faire des cartons sur les gens pour la vaine satisfaction de paraître féroce ? Je ne m'attaque qu'à ce qui me semble bas, vulgaire, prétentieux, indigne. On peut discuter mes options. Qu'y puis-je ? Siegfried lui-même ne choisissait pas ses dragons. La vérité est que j'aime aimer et n'ai pas le goût de détruire. Mais les lecteurs que l'on a sont ainsi faits qu'ils ne retiennent que les fleurs où ils ont cru découvrir des épines. Si je dis qu'Homère boitait, on oubliera que j'ai loué son génie pour rappeler seulement qu'à mon avis ses jambes n'étaient pas parfaites.

LUCIEN BODARD : mandarin dégradé par le homespun de son veston fané aux emmanchures, un méchant cigare éternellement mâchonné par des lèvres dont il contrôle mal le tremblement. Il parle comme il écrit, par saccades, le déferlement de son style n'étant peut-être aussi heurté que parce que la source de ses mots a eu du mal à franchir la première barrière des rochers avant d'avoir le droit de devenir un fleuve. On pense, en l'observant, à quelque batracien d'avant le déluge, dans la bouche duquel des gamins tortionnaires auraient fiché une cigarette, et qui se délecteraient à le voir crever de fumer.

Cultivant seulement la mémoire que les autres n'ont plus, il paraît avoir tout oublié d'un présent qui ne le concerne pas. Un passé fabuleux lui tient lieu de refuge, dont il est à la fois le maître et le prisonnier, plein d'avions haletants qui atterrissent sur une aile dans la moiteur d'une jungle, et de fruits qui, sous leur splendeur, dissimulent sournoisement des colonies d'amibes et de bactéries. Superbe dédain !

A force de tremper dans l'encre les reflets de ce que ses yeux ont vu, il est devenu le double de ses personnages, tour à tour de Lattre ou Bao-Daï, référence vivante d'une époque déjà ensevelie. Et il vagabonde, pesant mais aérien, dans sa distante agonie, cent coudées au-dessus des petits reporters contemporains limités aux débats de table ronde d'un studio de télévision, aux voyages officiels dans le cortège des présidents de quelque chose. Un homme fou d'exister se confond avec son itinéraire. Cela déborde comme une inondation du Yang-tseu-kiang, ravageant tout sur son passage. Mais, la crue assagie par la patience des humains ou la complicité de la Nature, la terre que l'on croyait perdue est plus fertile que jamais.

CELA fait plus de douze ans que je ne l'ai vu. Antoine Tufenkji avait été alors, à Beyrouth, mon premier guide. Il avait vingt et un ans. Gosse charmant, un peu fou, il n'empruntait en automobile les sens interdits qu'à contre-courant, amoureux de la douceur de vivre de son pays. Autour de lui, et avec lui, un monde en marge prenait un bain de jeunesse, refusant d'admettre qu'il était vieux, les yeux ouverts toute la nuit pour doubler la durée du jour, émerveillé de sentir combien était tiède la caresse de la mer sur sa peau.

En sa compagnie, j'ai parcouru le Liban du haut en bas, joint les cèdres séculaires aux neiges insolites de l'horizon, des plus modestes villages à rebouteux sataniques aux ruines arrogantes de Baalbek dont les colonnes semblent frémir d'avoir trop servi de sparring-partners aux redoutables accents des orchestres symphoniques, aux piétinements sans fin des compagnies de ballet. Et puis, courant les échoppes et me fracassant le regard contre la beauté hors destin de Byblos où régnait, triton de Neptune déguisé en amiral mexicain, le fabuleux et dionysiaque Pépé Abed, grand pêcheur d'amphores devant un Eternel qui avait vraiment l'éternité devant lui.

Il y avait également, du même âge ou encore plus jeune que Tony, Joseph Zyadé, qui se préparait à entrer à la Banque du Liban avec la volupté d'un faiseur d'élégies, les chiffres faisant, dans ce pays, double emploi avec les sortilèges de la Poésie. Son cousin Farid, enfin, antiquaire de profession — ce qui veut dire que, dans le palais paternel, il confiait à sa baignoire les précieux déchets de civilisations dont des paysans syriens lui apportaient au milieu de la nuit, secrètement, dans des sacs à pommes de terre, la poterie et l'airain dérobés de l'autre côté de la frontière avec, bien sûr, la complicité des douaniers et de la police.

Là-dessus tourbillonnaient des starlettes égyptiennes aux gorges en rupture de dictature, et planait le tranquille sourire de Faten Hamama, sacrée Michèle Morgan sous Néguib, épouse quelque peu délaissée du joueur de bridge Omar Sharif.

Il a les yeux brillants. Son front se dégarnit un peu. Ses lèvres parlent avant sa bouche tellement il est ému. Je dois être pour lui une image jaunie d'un passé qu'il aimait et qui n'est plus, auquel plus rien là-bas ne ressemblera jamais. Mais surtout, il est ici, et ici vivant, ce qui est de toute évidence sa plus grande surprise. Il vient d'arriver en France après « seize mois de bombes, de mort et de sang ». Je ne sais par où lui faire commencer sa confession. Et lui, il a tant de choses à dire que ses premiers mots ont l'air d'une conclusion comme si, rien que d'être assis en face de moi signifiait qu'il a déjà tout dit.

— Tu sais, quand je me suis retrouvé à Paris, je ne pouvais pas rester à l'hôtel. J'étais trop énervé, tu comprends ? Alors, je suis sorti et j'ai marché, de six heures du soir à trois heures du matin, de l'*Intercontinental* jusqu'au drugstore de l'Etoile ; de là, à l'Opéra, tous ces quartiers les uns après les autres, un nombre incalculable de fois. J'avais besoin de mettre un pied en avant, tout bêtement, sans réfléchir, sans avoir peur d'être couché par une rafale, ni respirer l'odeur d'un cadavre... Je louchais pourtant du côté des toits, comme si je m'attendais à y découvrir un tireur planqué, toujours prêt à me jeter par terre, à plat ventre, à la moindre alerte. A l'aube, j'ai échoué, crevé, au *Grand Café,* qui était encore ouvert. J'ai commandé des profiteroles. C'est une spécialité de l'endroit. J'étais avec un ami. Dans la salle, nous avons vite repéré trois types bizarres, avec une fille. A un moment, j'ai entendu l'un des hommes qui murmurait : « On y va... » J'ai dit à mon camarade : « Filons ! Ça va se gâter... » Mais les jeunes gens ont pris une guitare et ils se sont mis à chanter... C'était cela, leur façon d' « y aller », leur hésitation ayant pour cause leur gêne, après, d'avoir à faire la quête.

En vrac, défilent maintenant ses terribles souvenirs. Je ne peux me retenir de lui rappeler que tous les Libanais de ma connaissance, pendant des années, alors que la presse européenne publiait des rumeurs de troubles et d'attentats, m'ont toujours affirmé qu'il ne se passerait jamais rien de grave au Liban.

Il hausse les épaules :

— C'est toujours pareil... Il n'y a pas eu de

révolution. Rien que la mise à sac d'une nation. Six milliards de dollars ont été volés, au port, par des gamins de quinze ans. La fortune n'a fait que changer de mains. Pas l'ombre d'une idéologie. Tout a été pillé à Beyrouth. Un point, c'est tout. Dans ma maison, mes tapis persans, mes Dali, mes Carzou, mes Léonor Fini se sont envolés. Il y avait du sang et du sperme dans mon lit. Tout ce qui n'a pas été volé a été détruit sauvagement. Massacre inutile d'un peuple, organisé par Kissinger, parce que cela arrangeait tout le monde : les Arabes, Israël et l'Amérique...

Journaliste, collaborateur de Raymond Eddé, haï à la fois par les phalangistes de Gimayel et par les Palestiniens, il écrivait ses chroniques entre deux attentats. Un jour, cent points d'impact ont transpercé la carrosserie de sa voiture. Il n'a rien eu. Eddé s'en est tiré avec une blessure à la jambe. Il a des tonnes de documents sur son épopée, cachés dans un coffre, en Suisse. Mais il ne peut écrire le livre qu'il porte en lui : « On me descendrait... » La Syrie ayant imposé la censure, et exigé qu'on imprime les journaux sans indiquer par des blancs les passages supprimés, il a brisé sa plume et il est parti. Il me fait entendre, sur une cassette, un poème prophétique sur la Liberté menacée, qu'il a composé en 1970, et que l'on chantait, entre deux jerks, dans les caves littéraires.

Pendant deux semaines, offrant la neutralité de ses bons offices, il a été commis à l'échange des otages. Un jour, dans l'exercice de cette fonction, il s'est avancé jusqu'au milieu des lignes rebelles. Un garçon de douze ans, ensanglanté, que l'on allait exécuter, gisait à terre. Lui ayant demandé son nom, pour le sauver, il a fait semblant de le connaître, intercédant en sa faveur auprès de ses bourreaux : « C'est un phalangiste, lui a-t-on répondu. Depuis huit jours, il n'a pas arrêté de nous canarder... Regarde ses doigts... La peau est durcie à force d'avoir appuyé sur la gâchette... » — « C'est la seule raison qui vous autorise à le tuer ?... » Il parlemente, obtient gain de cause et finit par ramener le gosse chez ses parents. Ceux-ci n'y croyaient plus. « Là-bas, quand quelqu'un a disparu plus de vingt-quatre heures, c'est qu'il ne reviendra pas. » La famille fond en larmes. Non seulement parce qu'elle ne pensait plus revoir l'enfant ; parce qu'elle était persuadée, la propagande le lui ayant affirmé, que Raymond Eddé, monstre sanguinaire, ne songeait qu'à supplicier ses adversaires.

Longtemps encore j'écoute un damné me parler de l'enfer. Maladroitement, je lui dis qu'avoir vécu cette incroyable aventure n'est pas à la portée de tout le monde ; que ce n'est pas une consolation, bien sûr, mais qu'enfin... D'autre part, sortir d'un drame où l'on aurait dû laisser sa peau, cela est parfois une chance plus grande que passer son existence entre les quatre murs sans histoire du confort. Mais, pour le convaincre, il faudrait d'abord que je parvienne à me convaincre moi-même.

— En tout cas, reprend-il, je peux te dire une chose. Dans les pires moments, je n'ai jamais pensé à me supprimer. Quand on est trop occupé par la mort des autres, on n'a plus le temps de penser à la sienne.

— Que vas-tu devenir ?

— Ne t'en fais pas pour moi. Les Français sont gentils...

C'est vrai. Il a, en effet, été touché par la grâce : il n'est ni ouvrier portugais ni réfugié chilien. Il peut, éventuellement, donner une adresse à un policier. Il circule dans une automobile prêtée par une amie jeune et jolie. Un toit, quatre roues, l'amitié des femmes — il est sauvé.

Et tout d'un coup, il me demande d'allumer la radio pour écouter l'ordre d'arrivée du tiercé. Il n'a pas joué. C'est juste pour savoir... Les détours qui font que la vie continue sont insondables.

AUTEUR du *Salaire de la peur* et d'un drame que la tragédie du malheur s'est chargée d'écrire à sa place, Georges Arnaud se tait, tassé par d'invisibles chagrins, comme rangé par le temps en pièces détachées dans le compartiment trop étroit de sa peau. Qui dira les images que les hommes cachent derrière leurs fronts ? Les siennes doivent être si cruelles qu'elles lui ont coupé la parole, arrêtant le chronomètre de sa vie à l'heure exacte qui est celle dont il voudrait perdre la mémoire, feuillets d'un calendrier que nulle main ne parviendrait plus à arracher.

LA difficulté que la France a désormais de se comprendre elle-même me paraît avoir la raison suivante : notre pays est un bœuf qui n'arrive pas à se faire à l'idée qu'il est devenu aussi petit qu'une grenouille. Quant à sa faiblesse, elle est évidente. Nous n'avons plus une ligne de conduite qui puisse encore nous rattacher de façon crédible à notre longue tradition de professeurs de morale. Nous avons trop atermoyé, trahi, joué des cartes contradictoires. Mazarin a fait de lamentables bâtards qui tous se prennent pour Richelieu. Giscard a échoué. Pas toujours par sa faute. Il croyait l'emporter en battant la gauche sur son propre terrain. Son don incontestable pour le pittoresque, qui avait tant de séduction, n'a pas résisté au premier pneu crevé de la bagnole gauloise lancée sur la route des vacances de rêve qu'il nous promettait.

Dans le fond, Giscard était fait pour un temps de facilité et de loisirs. Il pensait sincèrement éviter le genre : « Après moi, le déluge. » Mais il ne s'est pas rendu compte, ou bien à la façon d'une autruche, que depuis longtemps le déluge inondait les portiques de son Elysée. Dommage ! Nous avions, opposées en des joutes qui auraient pu être superbes, deux intelligences d'exception — Mitterrand et Giscard. Avec, dans le rôle toujours payant d'une Cassandre de chœur antique, Michel Jobert. Mais Jobert n'est plus qu'une espèce de fruit confit de la subtilité, dont le sucre serait la satisfaction de lui-même.

Pour Mitterrand, il croit qu'une fois au pouvoir il pourra se débarrasser de ses encombrants alliés communistes. Les communistes, d'ailleurs, ne savent plus très bien eux-mêmes où ils en sont. Ils ont dû fournir tant d'efforts de dialectique pour admettre qu'ils avaient eu bien raison de vénérer Staline, même si tous leurs discours aujourd'hui tendent à claironner que ledit Staline n'était que la diabolique invention de leurs ennemis aux mains sales, et le fruit de leur peu scrupuleuse propagande. Les tribunaux de l'U.R.S.S., aux dernières nouvelles, n'auraient d'ailleurs condamné que des marionnettes qui poussent l'ingratitude jusqu'à oublier qu'elles ont été réhabilitées depuis. Une fois mortes, il est vrai.

La même confusion transparaît chez Giscard.

S'il le pouvait, il répandrait l'illusion qu'il n'a jamais entendu parler de Poniatowski ; seulement de Lecanuet et de l'éboueur sénégalais chez qui il a eu la courtoisie de se prier à dîner. Reste Jacques Chirac. Il sourit, personnage non situé du *Roman de Renart,* Ysengrin le loup ou Noble le lion, qui enlève, remet, puis enlève ses lunettes comme si sa myopie lui avait enseigné le secret d'y voir clair.

JE le repère à la voix. Une voix qui part à l'assaut des escaliers du *Fouquet's,* bouleverse l'ordre des tables du premier étage, traverse une double haie de garçons, de chefs de rang, de marmitons et de maîtres d'hôtel ; plus la dame du vestiaire et des toilettes, celle des cigares et quelques grouillots attirés par la curiosité de cette attraction gratuite. Robert Hossein — c'est lui l'origine de cet ouragan — tutoie l'un, serre la main de l'autre, fait changer la place des couverts, dans le cabinet particulier où il nous a conviés. On s'étonne un peu de ce qu'il n'exige pas que l'on modifie également la disposition des murs. C'est à ce genre de détails que ceux qui le connaissent bien comprennent qu'il est calme, les sentiments et le corps reposés.

Le majordome entre. Hossein dit très fort : « Je n'ai toujours pas réglé la facture de la réception de mon fils, pour son baptême. Mes félicitations ! Votre établissement, c'est la grande classe — on y fait encore crédit à quelques acteurs... » Ainsi, jadis, les grands-ducs payaient-ils leur caviar en jetant aux serviteurs, qui leur baisaient les doigts, la tige d'un œillet fripé.

Candice Hossein est là aussi, pivoine qui

pâlirait au lieu de rougir, peau de porcelaine, yeux d'opaline, petite frimousse dont l'autorité du regard contredit l'apparence de fragilité. Ils sont toujours en train de sillonner la francophonie, du Nord au Sud, de l'Est à l'Ouest, avec *Huis clos* et *La Putain respectueuse*.

— Nous étions l'autre jour à Gand. Charleroi, c'est la porte à côté. Je dis : « On va jouer à Charleroi. » On me répond que non, qu'on va à Béziers. Montpellier n'est pas loin et nous devons nous y produire. Je demande si ce sera notre prochaine étape. Encore non. Car aussitôt après Béziers, nous nous rendons à Charleroi. Et de là, en toute hâte, tu sais où ? Cherche pas : à Montpellier... Un succès ! On a pulvérisé toutes les recettes... Celles de Blier et des meilleurs...

Il le dit sans aucune forfanterie. Parce que c'est la vérité, et qu'il en est heureux. Pas seulement pour lui. Pour le théâtre. Ce qui lui tient le plus à cœur, et il est sincère, c'est que j'aie apprécié la nouvelle mise en scène de Chéreau, pour *Loin d'Hagondange*.

Feu roulant. Tout sur le même plan :

— Ils font ici des maquereaux marinés qui sont les plus extraordinaires de France... Le malheureux administrateur du Théâtre de Paris m'a téléphoné ce matin... en larmes... Ceux qui ont racheté le théâtre lui ont donné quarante-huit heures pour foutre le camp... Le cœur, ça ne s'apprend pas... Prends le dernier œuf en gelée... Ne le répète pas : pour *Miss Blandish,* comme je ne pouvais pas avoir Simone Signoret, dans le rôle de la mère, j'ai décidé de grimer Jean-Marie Proslier... Tu vas tomber à la renverse... Huster a un de ces talents !... Un vin léger, léger, léger, s'il te plaît... Je travaille tout à l'heure, et je ne veux pas avoir la tête... Reims, c'est fini, j'abandonne.

Je me contente de superviser jusqu'en décembre et de mettre au courant mon successeur... Taittinger ne se représente plus, ça va bouger dans le coin... On dirait que tu es devenu plus indulgent... C'est vrai, tu en as encore descendu deux récemment... Qu'est-ce qu'il y a comme fruits frais en compote ?... Alors, seulement des poires et des pruneaux... Côté impôts, je suis maintenant blanc comme neige. Je gagne si peu que je ne paie plus rien depuis deux ans... Michel Drach avait vraiment pensé à moi, pour *Le Passé simple* ?

— Et il ne te l'a pas dit, te sachant coincé par ta tournée, pour ne pas te donner de regrets.

— Ça vaut des roses... Guislaine, tu as entendu ? Trois douzaines, non, quatre... Garçon, un déca !

Il sort de sa poche un morceau de papier chiffonné. Dessus, un étonnant dessin, qui symbolise miss Blandish. Rien qu'un immense pardessus surmonté d'un feutre de gangster ; et, dans les plis du manteau, Blandish, nue et agenouillée, à la fois martyre révoltée et consentante :

— Incroyable comme c'est beau, non ? On cherchait partout une affiche pour le spectacle. On avait demandé à tout le monde. Ils me faisaient régulièrement une orchidée avec des yeux... Un jour, dans un bistrot, mon assistant évoquait à haute voix nos déceptions. Près de lui, un type est venu, qui l'avait entendu. Il a dit : « Je ne suis qu'un minable petit dessinateur, mais, *Blandish,* c'est le livre de ma vie. Et pour moi, cela se résume à ça... » D'un seul trait de crayon, sur ce bout de papier, il a dessiné le manteau, le chapeau, la fille. Ça sera notre affiche. Mon assistant en était si éberlué qu'il en a presque oublié de lui demander son nom... Tu veux savoir comment ça s'est passé, avec mes impôts ? Ils m'ont piqué les vingt-cinq millions que l'assurance me devait, pour mon accident de voiture. Je devais trente millions. Ils ont été rafler les cinq millions de l'avance d'Opéra Mundi, pour le bouquin que j'écris pour eux. Le tour était joué. Je suis à jour. Si tu n'as pas un grand malheur, aujourd'hui, que les assurances te remboursent, catastrophe de bagnole, incendie, sécheresse, tu ne peux plus t'en tirer...

ELLE s'avance, belle comme à la parade. Mais c'est justement d'une parade qu'il s'agit. Ne connaît-elle pas ce drame, le plus affreux pour une comédienne : être toujours illustre, en étant à jamais démonétisée ?

CIGARES de luxe et bijoux d'apparat, des gens boivent et dissertent en affichant leur sympathie pour une gauche qui n'a que peu de rapport avec celle des ouvriers de Boulogne-Billancourt. Le mot de Jules Renard me revient : « Ah ! être socialiste, et avoir beaucoup d'argent... »

Un avocat, taillé en force, cheveux à l'empereur romain décoiffé, me prend à part pour me confier gravement qu'il a vu ma récente émission télévisée sur la torture. Il m'a « découvert », et n'en revient pas. Il ne m'imaginait « pas du tout comme cela ». Il affirme que je devrais « continuer dans cette voie » — sans soupçonner que je n'en ai pas eu d'autre depuis quarante ans. Bref, en termes aussi courtois que chaleureux, il confesse qu'il me prenait pour un être superficiel, voire méprisable. En somme, d'un ennemi inconnu, qui avait du moins l'avantage de ne pas peser sur ma vie, parce que j'ai plu, je me suis fait le plus encombrant des amis. Et je me surprends à le remercier chaleureusement d'avoir dit du mal de moi pendant des années puisqu'il chante mes mérites depuis cinq minutes.

Ce phénomène, je me heurte à lui chaque jour. Qu'il m'arrive de bavarder avec des hommes dont je savais que, pour les plus indulgents, ils me haïssaient, je les sens éberlués de constater que je n'ai pas de poignard à la ceinture. Ceux, surtout, dont les opinions sont le plus diamétralement opposées aux miennes paraissent soudain charmés d'un comportement que manifestement ils ne soupçonnaient pas. En déduirai-je que le plus important, chez un homme, ce n'est pas la pureté de ses convictions, mais la chaleur de sa poignée de main ?

A la réflexion, rien n'est plus normal que cet ostracisme dont je n'aurai pas la vanité de me dire la victime. Je n'appartiens à aucun clan, politique ou autre. Je suis un homme de gauche que rejette une gauche qui me prend pour un homme de droite. Quant à la droite, elle m'a commodément affublé de l'étiquette communiste — à cause, en particulier, de mes positions sur le Vietnam —, ou gauchiste, parce que cela veut tout dire en ne disant rien. On ne saurait réussir à Paris aujourd'hui — et hier ? — sans appartenir à une quelconque homosexualité politique ou littéraire. « Tant que je serai vivant, me jurait Jean-François Devay, on ne cessera jamais de te combattre dans mon journal. » Il est mort. Paix à ses cendres. *Minute* continue de m'insulter, ce qui est du reste pour moi un honneur. A quoi bon me souvenir que, pendant nos années de jeunesse, mes positions étant les mêmes sinon les siennes, Devay me témoigna mille amitiés ? Avais-je changé depuis ? Non. Mais il a eu un journal à diriger, et il a tenté de s'en faire un masque à l'effigie de ce qu'il aurait tellement voulu être, mais n'aura pas été. Cela donne ceci dans sa publication : « Chalais vient d'avoir la Légion d'honneur. On aurait cru, plutôt, la Croix de fer. » Ou, à l'occasion de mon mariage — ce qui ne va d'ailleurs pas très bien avec ce qui précède : « Chalais se marie en rouge. Il épouse la fille d'un général nord-vietnamien. On imagine qu'au premier enfant, le communiste Sihanouk enverra des dragées. »

Pauvre Sihanouk, disparu dans une terreur qu'il avait peut-être prévue, mais qu'il croyait pouvoir éviter... A Paris, ses amis avaient tout fait pour que, venu se faire soigner dans une clinique de Grasse, il ne retourne pas à Phnom Penh. Il répondait : « Je vais réfléchir. Je dois d'abord aller à Washington. Cela est indispensable pour le bien de mon pays. » Et puis, d'Amérique, il s'est jeté dans la gueule du tigre. Royal, une dernière fois ; c'est-à-dire acceptant le seul destin des rois quand celui-ci est tragique : l'échafaud, avec ou sans couperet. Plus de nouvelles de lui. Il ne laissait pourtant jamais passer sans un déluge de rectifications et de télégrammes la moindre déclaration dans le plus infime organe de presse mettant en cause, plus encore que sa personne, sa patrie. Il serait interné, avec sa femme Monique, dans une villa proche de la capitale. Ses enfants travailleraient aux rizières, sous la garde de bourreaux de douze ans qui servent de cerbères aux nouveaux maîtres du régime, et mangent le foie de leurs ennemis dans la certitude que cette nourriture leur permettra de devenir des hommes.

Pendant ce temps, la France ne réagit pas. Pas un cri, dans les journaux, pour que l'on s'interroge enfin au plus haut niveau sur son sort. Le gouvernement est muet, qui flatte n'importe quel matamore africain en l'assurant qu'il est un partenaire à part plus qu'entière, traite Bokassa de Majesté, allant jusqu'à prendre pour lui les mesures du trône de son sacre, et se gante de beurre frais quand il aborde Amin Dada, non par souci de ne pas se salir les mains — mais parce qu'il est attentif à respecter les règles du protocole.

SUICIDE d'une strip-teaseuse du *Crazy Horse Saloon.* « Je ne comprends pas ce qui a pu se passer, déclare son employeur Alain Bernardin, électricien qui se prend pour Michel-Ange. Elle avait tout pour être heureuse. N'était-elle pas l'une des vedettes de mon spectacle ? »

IL est seul, sur la scène. Cela nous fait quelque chose. A lui aussi, sans doute, Guy Bedos. S'agit-il en effet d'une illusion d'optique dont nous serions les victimes ? On dirait un homme qui a égaré son ombre, une voix qui aurait perdu son écho. Notre mémoire est trop bonne, comme sont trop bons nos souvenirs : Bedos sans Daumier, c'est d'abord Guy sans Sophie. Alors on se met à penser que cela ne doit pas être facile pour un homme de jouer du piano en solitaire quand il avait l'habitude de ne le faire qu'à quatre mains.

Est-ce en cela seulement qu'il a changé ? En apparence, il est toujours le même. Il fait son entrée, le front buté, le complet d'alpaga noir sur la chemise assortie, affirmant qu'il n'a rien préparé, qu'il est insensé de se présenter ainsi, qu'il ne va pouvoir compter que sur son charme. Clause de style, naturellement. Le mécanisme de précision est impeccable. Tout ce à quoi l'on s'attend est fin prêt dans la coulisse pour que notre bonheur soit total.

Seulement voilà, au fur et à mesure que les sketches s'accumulent, le ton se fait plus grinçant, l'accent devient plus déchirant. Bedos commence par égratigner quelques poncifs. Mais bientôt les vannes sont ouvertes et il annonce la couleur. Celle-ci a la teinte des drapeaux que l'on plante sur les barricades les jours de révolution vraiment sérieuse. Léo Ferré s'écroule, premier blessé de ce jeu de quilles dont les boules finiront par prendre l'apparence d'une bombe atomique maniée par un voleur fou. Qu'a-t-il fait, le malheureux Ferré, pour susciter des invectives dont la plus douce est : « Chante, et tais-toi » ? Il a une maison en Italie. Pas le temps de se demander si Bedos, lui, vit dans un taudis. C'est déjà le tour de Michel Sardou. Le travail est exécuté sans bavure. L'homme qui souhaite longue vie à la peine de mort est cruellement guillotiné. Les bons règlements de comptes ne font pas forcément les bons amis.

La politique est désormais solidement installée. « J'ai voté Mitterrand, déclare Bedos. En attendant, c'est bien... » Un superbe pastiche de Nougaro succède et une charge féroce de l'*Eté indien* de Dassin transformé pour l'occasion en hiver dans la banlieue parisienne. Il ne manque plus un bouton de cancer aux guêtres de la lâcheté du monde. François Deguelt et Jacqueline Baudrier agonisent, leurs ventres traversés de coups de pied impitoyables. Guy Lux, à côté, a presque droit à des égards puisqu'il mérite cette phrase : « Ce n'est pas parce que l'on trouve Guy Lux mauvais que l'on est bon... »

La salle oscille entre l'inconfort et l'enthousiasme. Elle finit par opter pour l'enthousiasme. Par prudence ?... Bedos, lancé, ne peut plus maintenant contenir sa colère. Une colère sincère. L'agressivité devient dans sa bouche un effet de l'art. Il écume. On se dit qu'il vaut mieux être de ses amis. Mais sa méchanceté n'est sans doute que l'unique façon qu'il ait trouvée d'être tendre. C'est un fauve qui aurait mis le dompteur dans sa cage et qui lui ferait faire des grimaces de l'autre côté des barreaux.

Le rideau tombe. On en veut au rideau. Le public applaudit à se rompre les doigts. Bedos est heureux. Il n'est plus seul.

UNE certaine écriture me donne la nausée, gênant celle qui me rendait heureux. Le temps des feuilletons qui changeait en esclaves Dumas, Balzac, voire Musset, n'est pas mort. Je contemple avec stupéfaction tant de mes confrères, qui régentent l'opinion, et qui acceptent les plus basses besognes : biographies de stars ou d'aventuriers analphabètes, éloges de criminels, confessions au magnétophone des grands de ce monde, articles publicitaires mal camouflés pour des théâtres qu'ils ont après coup la mission de juger, pour des industries ou des organisations de tourisme. Aujourd'hui,

Rimbaud accepte de faire des conférences éducatives, avec animation de jeux de plage, au Club Méditerranée contre le cadeau d'un slip de bain et de deux assiettes de couscous quotidien.

Je n'ai, finalement, qu'une idée fixe, celle d'être libre. Ce que je traduirai ainsi : travailler juste ce qu'il faut pour ne pas avoir faim, pour décourager les méchants de vous attaquer d'une façon qui fait trop mal — et s'arrêter. Prendre le temps d'avoir du temps. Je ne serai jamais riche, et n'y tiens pas. Une trop sensible aisance est une insulte à la misère d'autrui. Mais ma vie m'appartient ; c'est la seule possession dont on n'ait pas à avoir honte. Chaque seconde où je vois le jour m'apparaît comme un lambeau de bonheur arraché à la mort. Si j'avais un souhait à formuler, ce serait celui de ne plus dormir et pourtant de ne pas être fatigué. Plus de loisir, non plus, pour me mettre inutilement en colère, pour lire ce qui ne mérite pas l'effort d'une lecture, pour me gaspiller en aimant ce qu'il est vain d'aimer. Mieux vaut la solitude où, si j'ose dire, on est seul, que cette monstrueuse solitude à plusieurs d'une vie sans objet.

Nulle frustration, toutefois, puisque mon métier m'a permis de savoir ce qu'il y a de l'autre côté du miroir. J'aurai vu les chefs des Etats, su à quoi ressemblaient exactement ceux qui font les gros titres des journaux. Et, sans être amené à les mépriser tous, je n'en aurai pas été la dupe. Je me berce souvent de l'idée que c'est cela, avoir eu le privilège de traverser un siècle.

CETTE manie nouvelle d'obliger un écrivain à vendre ses livres comme des paquets de lessive en poudre... Maurice Druon, qui vient de publier son très beau *Quand un roi perd la France,* me dit avoir été choqué, lui aussi, par cette humiliante stratégie :

— Il faut désormais tenir compte de l' « audio-visuel »... Et des jalousies concurrentielles de ces messieurs de la télévision. Si vous avez eu la légèreté de passer sur la deuxième chaîne, la première protestera qu'elle ne peut plus rien pour vous...

Nous évoquons, bien sûr, les élections à la mairie de Paris et le duel Chirac-d'Ornano. Je lui fais part de mon inquiétude, de mon impossibilité, une fois de plus, d'adhérer à un parti. Chirac, en particulier, me fait peur. Druon devient pensif. Malgré son appartenance à ce qui reste du gaullisme sous le sigle du R.P.R., je sens qu'il tient à garder ses distances. Il s'accroche à son amitié pour Michel Debré, pensant sauver ainsi ce qui peut être sauvé de l'héritage :

— S'il n'y avait pas la télévision et les comédies auxquelles elle contraint ceux qui doivent l'utiliser, Debré gouvernerait la France. Et ce serait le gouvernement du plus lucide et du plus digne.

Tous deux, Druon et Debré, sont farouchement opposés au Parlement européen élu au suffrage universel, qui nous livrerait aux Allemands et, par-dessus eux, aux Etats-Unis. Maurice appréhende, d'ici cinq ou six ans, des troubles qui pourraient aller jusqu'à « du sang dans les rues » ; et, à l'échelle mondiale, l'emploi de la bombe atomique. Nous terminons quand même nos cigares.

Je suis toujours bouleversé par la bonté qui se dégage de toute la personne de Druon, cet homme si bassement calomnié, et tellement méconnu, en dépit ou à cause de sa célébrité. Ses idées ne dépendent que de lui, et on peut les discuter. Mais son cœur, lui, ne souffre pas la discussion. Pourtant, les campagnes ne cessent pas, mettant en cause non seulement sa pensée mais sa personne. Aujourd'hui encore, *Le Canard enchaîné* prétend que son dernier livre a été rédigé par un nègre. J'étais chez lui, dans son abbaye de Faize, près de Libourne, pendant qu'il en écrivait les chapitres, de sa belle écriture que n'eussent pas désavouée, sur leurs parchemins, les décrets signés de Louis XIV. On ne peut pas dire que les nègres grouillaient dans les parages. Ou alors, l'instant de ma visite, on les avait enfouis, comme ces esprits punis d'avoir trop terrorisé la lande, dans la souche des chênes moribonds. Mais la calomnie a la vie dure. Plus encore que n'est vulnérable la réputation des hommes de mérite.

JACQUES SPIESSER se creuse la tête pour trouver le moyen de porter à la scène les *Pensées* de Pascal. « C'est coton », dit-il, dans un remarquable raccourci.

Admirable frénésie de ces jeunes comédiens, qui provoquera toujours mon respect. Cédant parfois si aisément, et sottement, aux facilités débilitantes du jour (drogue, etc.), ils ne savent et ne veulent, dans leur métier, que jouer la carte du plus périlleux, donc du plus noble. Cela n'est pas facile d'être jeune. Il ne suffit pas de mépriser tout ce qui est venu avant. Cela serait trop simple. Tout le monde, à ce prix, pourrait être jeune, qualité qui n'est pas donnée à n'importe qui. Il faut, au contraire, faire ce que les vieux n'ont plus la force, ou l'idée, d'entreprendre. Sans se creuser la cervelle pour cela. Naturellement — comme les fleurs ne peuvent s'empêcher d'éclore.

Ce garçon, devant moi, on m'a assuré qu'il se droguait. Et je ne peux m'interdire de rechercher sur son visage les traces de son intoxication. Je le trouve aussitôt vieilli prématurément, agité de tics, les traits plus ravagés qu'ils ne le sont sans doute vraiment.

Je détourne les yeux, puis les repose sur lui. Ma parole ! j'ai dû rêver : il a la peau lisse et l'expression d'un bébé de concours... Ma curiosité a été prise de vitesse par mon imagination. Il ne m'en reste qu'un malaise, comme si je fouillais dans les tiroirs d'un inconnu avec lequel j'aurais rendez-vous mais qui, en retard, m'aurait laissé seul un instant dans son appartement.

Partagé souvent entre ce que j'aime et ce qui me fait hausser les épaules, au moment de rédiger ma chronique sur un spectacle, je tâtonne et je rature, ce qui n'est pas chez moi la bonne façon d'être sincère. Mais, ce soir, après *Guerre au troisième étage* de Pavel Kohout, à l'Odéon, un quart d'heure me suffit pour mener à bien ma petite affaire. La raison en est évidente : l'aventure personnelle de Kohout me touche profondément.

Ecrivain inscrit sur la liste noire de son pays pour avoir signé la « Charte des 77 » sur le respect des droits de l'homme, il est en prison, dans l'attente de quelque goulag ou autre clinique psychiatrique. La dernière fois qu'on a eu de ses nouvelles — il y a trois semaines —, c'est par un journaliste anglais qui avait réussi à lui téléphoner. « Ils sont en train de frapper à ma porte, disait Kohout ; mais je n'ouvrirai pas... Il faudra qu'ils fassent usage de la force... » Il venait d'expliquer qu'il avait assisté, de sa fenêtre, à l'arrestation de sa femme dans la rue. Son téléphone, maintenant, ne répond plus.

J'ai écrit ma chronique avec sa photo sous les yeux. Son visage respire la générosité. Son regard est doux ; sa moustache et ses cheveux fournis, sorte de Brassens qui assisterait aux premières loges à une fin du monde dont il serait l'un des fétus emportés par le déluge, ours en peluche basculé dans l'Apocalypse. En 1969, l'occasion lui a été offerte de quitter la Tchécoslovaquie. Son honneur et son combat lui ont dicté l'ordre de rester.

DÉJEUNER chez Edmond Tenoudji, rue du Cirque, face aux jardins des Champs-Elysées. Carlo Ponti est là. Inattendu. Cet homme, que j'ai toujours vu plein d'assurance, et le sourire permanent comme un tic insolite de la nature, cynique dans un monde qu'il n'imagine que peuplé de benêts et de fripouilles, mais orgueilleux pourtant d'être italien, ce qui lui permet de prendre le quattrocento pour sa résidence secondaire, et Dante pour l'un de ses collaborateurs, il est cette fois presque muet.

Sauf une intervention, entre le ramequin et la fricassée de volaille, pour laisser tomber que l'Europe est fichue :

— J'ai été en U.R.S.S., où j'ai tourné quelques films. La situation va devenir exactement la même en France et en Italie. Seule l'Allemagne résiste. Le reste est déjà plus qu'à demi emporté...

Il voit là la conséquence de la mainmise totale de l'Etat sur les citoyens. Timidement, nous lui objectons que le régime, même communiste, pourrait être différent en Italie. Il n'en démord pas, se levant toutes les cinq minutes de table pour aller téléphoner. Pendant l'une de ses absences, Edmond nous donne la raison de son attitude : il y a trois semaines, sans crier gare, quarante-cinq inspecteurs des contributions ont fait irruption dans ses bureaux romains — avec un mandat de perquisition ! —, bouleversant ses meubles et ses dossiers, leurs mégots brûlant la moquette, désinvoltes, kafkaïens, s'emparant de la moindre pièce comptable. Depuis, c'est le harcèlement ininterrompu. Ponti, qui était en France à cette époque, n'ose plus retourner chez lui.

Il revient du téléphone, bouleversé. Son vieil expert-comptable et bras droit, Tedeschi, soixante-quinze ans et cardiaque, a été tellement affecté par cette situation qu'il a eu une crise et qu'il a fallu le conduire à l'hôpital. N'ayant plus la force de participer à la conversation, il s'éclipse après un nouveau coup de téléphone.

Un instant plus tôt, nous parlions de l'insécurité qui est désormais la règle en Italie, à Rome en particulier. Edmond Tenoudji :

— Tu as des gardes du corps ?

— Evidemment ! fait Ponti, comme s'il répondait à la question d'un enfant demeuré.

Une autre crainte que celle du fisc l'empêche de revenir, avec Sophia, dans leur luxueuse villa de la via Appia antica. Tous deux appréhendent que leurs enfants soient choisis comme proies par les kidnappeurs à rançon. Alors, il vit à Paris, dans son bunker cinq étoiles de l'avenue George-V, un œil sur la Suisse, l'autre sur New York, déjà prêt à abandonner derrière lui la plupart de ses souvenirs favoris, et jusqu'à l'air qu'il aimait respirer.

TORTURE fiscale (suite). Sur les armoires de mon contrôleur, à Neuilly, épinglés comme des photos de stars dans la chambre à coucher d'une midinette, les noms de ceux dont on a décidé d'éplucher le train de vie : Marie Laforêt, Daniel Guichard, Jacques Martin, etc. Il ne manque, au-dessous, qu'une dédicace. Mais sans doute la leur a-t-on demandée avec — pourquoi pas ? — un 45 tours fraîchement sorti des presses du hit parade.

PAUL-EMILE VICTOR, chandail rouge vif, cheveux blancs, beau gosse qui réussit son recyclage dans les beaux vieillards. Il sent la glace de ses pôles préférés comme un poissonnier finit par être imbibé d'odeurs d'algues et de marées. Il parle fort, en habitué des grands espaces, qui toute sa vie l'ont obligé à crier ses ordres, parce qu'il est le chef et qu'il sait qu'une consigne mal interprétée peut entraîner la mort de ceux qu'il a sous sa garde. Il devait, sur la calotte glaciaire, hurler de la sorte, car, vraiment, le silence était trop pesant, quitte à décrocher des icebergs. Il a conservé cette habitude, même pour réclamer du sel à table.

De la générosité dans tout le corps, aussi rouge que son chandail. Le spectacle de la mort répugne à ce trois fois vivant. Il me dit qu'il aura fait toute la guerre sans tuer un homme, et que cela est sa chance et sa fierté. Parachuté en des lieux où il fallait davantage lutter avec les éléments naturels qu'avec des ennemis, il aura fait son devoir sans en éprouver de remords. Lui aussi, j'aimerais bien savoir quelles images il dissimule derrière son front. Son sommeil est-il tout blanc ? A-t-il été amoureux d'un chien de traîneau ? Et qu'est-ce qui l'aura toujours poussé à courir si loin, à la conquête des banquises désolées ? L'ardeur de mettre le pied ailleurs que dans les traces des autres ? L'orgueil d'avoir été, au moins une fois, unique ? La lassitude des femmes ? Le mépris des hommes ? Le besoin d'aller secrètement recharger ses accus pour mieux reprendre la vie à bras-le-corps, à bras-le-cœur ? C'est certainement un conquérant du XVIe siècle dérouté dans le XXe, qui n'avait pas prévu la science-fiction et croyait que la terre Adélie était la succursale de province de « ce toit tranquille où picorent des phoques ». L'Amérique, c'était déjà fait. Et Magellan avait eu le mauvais goût de graver ses initiales sur tous les baobabs de la route aux épices. Il ne restait plus, en guise de continent à découvrir, que quelques milliers d'arpents d'eau gelée.

Un nuage passe sur ses yeux pâles, comme décolorés par la réverbération :

— C'est idiot, pendant toutes mes années de guerre, je n'ai pas pris une seule note... Et je commence à oublier.

Je lui dis que ce n'est pas grave puisque, de ce qu'on a réellement vécu, quand on l'a oublié, il reste le plus important : la poésie.

— Vous avez raison, fait-il, la poésie...

Et je le devine soudain embarqué sur ce mot, avec plus de vivres à bord que pour la plus lointaine de ses expéditions.

Mars

NOUVEAU graffiti sur les murs de Paris : « Chirac aime les garçons. Il a bien raison. »

ARCHIGUILLE, le peintre. Il a son air de Porthos des *Mille et Une Nuits*. Cape superbe, complet droit à hauts revers, Méphisto qui aurait troqué le rouge de ses brasiers contre le gris de ses cendres, avec des médailles enchaînées en niagaras sur son torse de dévoreur de faisans et de pâtés de venaison.

Toujours en train de courir après ses tableaux séquestrés aux quatre coins de la planète, et qu'il n'a pas le droit de vendre à cause d'un contrat insensé qu'il a signé, autrefois, dans un moment d'aberration. Et toujours mêlé aux plus effarantes affaires du jour, dès le moment justement qu'elles sont bizarres. Même celle de Broglie, le prince-député-usurier assassiné de sordide façon dans l'aventure des millions du restaurant de *La Reine Pédauque*. Archiguille habitait Marly et avait, naturellement, besoin d'argent. La Rolls de Brigitte Bardot, qu'il a rachetée, consomme beaucoup d'essence. Le commissaire de police de l'endroit lui indique un prêteur. Le prêteur était de Varga, instigateur supposé du meurtre, qui le conduit chez Broglie, lequel lui fait obtenir trois millions anciens, contre un nouveau blocage de ses toiles. Quant au commissaire, ce n'est autre que ce Simoné qui, lui, rabatteur du prince, est accusé d'avoir armé la main du meurtrier...

L'ENVIE brusque, qui m'avait pris soudain, de lire Zola, n'a pas été déçue. Terminé *Nana* dans l'enthousiasme. Quel ouragan ! Toute une époque revit, plus nettement qu'un document d'archives. Fait-on encore des ouvrages de cette sorte, qui disent tout sur une société, et d'où émergent, admirablement présents, les personnages ? J'ai vécu ainsi 1870, à la veille de la guerre. Avant que ne soit écoulé le délai nécessaire pour avoir une vision globale d'événements passés, Zola avait le sens du recul. Il écrivait en espérant la chute de Napoléon III, qui seule lui permettrait de publier son œuvre sans coupures. Et la chute de l'empereur arrivait, comme le chapitre prévu d'un bon roman, lui fournissant même sa dernière phrase, presque à la seconde où le moment était venu pour lui de l'écrire : « A Berlin ! A Berlin ! A Berlin ! »

Ce ne sont pas, évidemment, des effets que l'on obtient en cherchant à cerner la pensée contemporaine par le truchement d'un magnétophone. Si, faute de savoir écrire l'Histoire, maintenant, on l'écrit avant qu'elle ait eu lieu, ce n'est pas à la façon de Zola ; mais en se bornant à prolonger le présent d'une manière que l'on estime logique. Ce n'est qu'un aujourd'hui grossi, ou multiplié. Et l'on meurt, sans avoir vécu, tellement on est pressé de vivre.

FINALEMENT, la bataille entre d'Ornano et Chirac, pour la mairie de Paris, ne m'intéresse guère plus que si l'on me demandait qui devrait être le futur pape, d'un Français ou d'un Italien.

« LA société attend que ce qui est à l'horizon s'allume tout à fait ou s'éteigne complètement. » (Victor Hugo, 1835. Préface aux *Chants du crépuscule.*) En effet.

TROP beau pour ne pas passer à la postérité. Jean-Pierre Miquel adapte, met en scène et joue *Oncle Vani*a de Tchekhov, à l'Odéon. Retenu dans ses déclarations liminaires : « Je ne crois plus du tout au beau texte. C'est une dénomination suspecte qui cache en général un grand vide. » Sans lui demander son avis, et pour cause, il a donc pris la décision de « dérussifier » Tchekhov — l'expression est de lui, son « contexte russe étant un obstacle inutile à la compréhension, obstacle de fausse authenticité, de fausses références, au même titre que les perruques Louis XIV dans l'interprétation de Corneille et de Molière ».

Il est certain que Molière en Martien et Corneille en épicier du coin, cela a tout de suite une autre résonance... Toujours pour donner — enfin ! — son universalité à Tchekhov, Miquel a supprimé le décor, qui aurait alourdi sa pensée, le remplaçant par « un praticable évoquant un radeau, symbole de cet endroit du bout du monde où sont venus s'échouer les naufragés de l'histoire ». Difficile d'être benêt de plus prétentieuse façon. Une dernière citation lourde de sens : il a résolu de « mettre avant tout en scène l'acteur et son état, avant le discours, ce qui implique un important travail sur le silence. Arriver par le truchement de l'acteur à faire comprendre ce qui se passe, sans savoir nécessairement ce qui se dit ». Il semble pourtant qu'il ait, lui, Miquel, le silence bavard.

Quand même, rayer tout Tchekhov d'un trait de plume sous prétexte qu'on a le dégoût de montrer une ombrelle de percale ou un samovar...

ALAIN DELON, à Françoise Dorin, qui se plaignait de l'accueil fait à *L'Autre Valse* par les invités de la première : « Tu verras quand tu seras à ma place... Pour regagner la faveur du public, ou à la rigueur son indulgence, il faudrait au moins que j'aie un cancer... »

Paul Meurisse me rapporte cette histoire, dans son appartement tendu de neuf qui donne sur l'une des églises de Neuilly. Comme depuis quatre jours j'ai le cœur vague et ne puis toucher ni à son vin ni à son soufflé, il me promet, avec mille précautions délicates dans le langage, quantité d'inconvénients à venir. « Vous êtes plus jeune que moi, mais enfin... » Surtout, il s'effraie à l'idée que je ne m'aère pas assez.

« C'est le drame de l'acteur, du reste, de ne pas s'aérer. Il croit, parce qu'il bouge sans cesse sur une scène, qu'il fait de l'exercice. C'est faux. Il ne fait que piétiner... »

A l'imitation de tous ceux qui n'aiment pas les critiques, il les lit du premier au dernier, sans en sauter la moindre ligne. C'est lui qui sait ce qu'a pensé Gautier ou Matthieu Galey. Pas moi. Mais il se garde de porter des jugements qui pourraient corroborer les miens. Il a trop peur de donner l'impression qu'il flatte la critique. Même ce qui l'oppose à mes opinions, il a dû le mettre sous clef, juste avant que j'aie franchi sa porte, ne le sortant de nouveau qu'après mon départ. Encore vérifiera-t-il sûrement si je ne suis pas demeuré bloqué dans l'ascenseur.

Pourtant, quand je lui dis que Madeleine Robinson dénigre publiquement ses camarades des *Parents terribles,* il échappe une seconde à sa réserve. Et il raconte que, lorsqu'il jouait *Don Juan aux enfers,* au moment où, à la fin, il vint faire l'annonce, quelqu'un, dans la salle, siffla :

— Tiens, me dis-je, il y a un Américain au parterre... Pas du tout. C'était Madeleine Robinson. Pauvre Madeleine ! Elle a cassé les reins à sa carrière le jour où elle a déclaré : « Les journalistes, il faudrait tous les rassembler dans le même coin, et tirer dans le tas à la mitraillette... »

Chaque fois que je le vois, je pense à tout ce qu'il pourrait dire s'il acceptait de parler. Que de tels Mémoires seraient beaux, dragon fabuleux, cracheur de flammes et de diamants, froid volcan bourré, en guise de laves, de portraits et de maximes, féroces mais élégants, pleins de rois en capes de théâtres et de comédiens qui savent par cœur Voltaire et Diderot.

Et je me régale mentalement des révélations qui viendraient jeter la lumière d'un vrai projecteur sur le différend qui a poussé l'un des premiers comédiens de ce temps à rompre avec notre plus important auteur dramatique, Jean Anouilh, les privant ainsi tous les deux d'une de leurs meilleures raisons d'exercer leur art. Trésor secret d'une caisse noire, comme les signes de la cabale scellés, pour qu'on ne les découvre pas, par les maçons contraints d'édifier Notre-Dame de Paris, et dormant dans leur linceul de granit. Je parle de ce que Paul Meurisse a écrit dans son intégralité, bien sûr ; pas de ce que inévitablement, comme les autres, il publiera, même si l'on y retrouve la noblesse et l'intelligence d'un personnage qui fait que le théâtre, parfois, mérite un détour — et un homme de la considération.

JARDIN des Tuileries. La banderole d'une exposition claironne qu'ici l'on célèbre le cinquantenaire de 1925. Il ne faut jamais manquer une occasion de s'instruire. Je donne donc mes cinq francs pour les bonnes œuvres des Arts décoratifs. Et je traverse une enfilade de pièces consacrées à l'habitat au Moyen Age... 1925, ce n'est pourtant pas déjà si loin !

Tapisseries admirables, baldaquins sculptés, ex-voto d'ivoire, de bois laqué d'or, vaisselle, fourchettes comme des rapières en réduction, rapières comme d'interminables fourchettes. Tout au fond, deux réduits minuscules arborent fièrement un écriteau sur lequel on a inscrit, d'une encre maladroite : « 1925 ». Il y a une flèche, comme si l'on pouvait confondre. Un peu de verrerie sans intérêt, un bureau ridicule tourmenté par ses propres fioritures, un fauteuil de véranda en tubulures, plus quelques monstres qui sont censés représenter des lampes et des tabourets. Je ressors, accablé par ce néant macaronique, entre une double haie d'affiches vantant le Bal des Petits Lits blancs (tombola dotée de six coupés torpédos Citroën, valeur 60 000 F), *Le Fantôme du Moulin rouge* de René Clair, robes de Poiret, le pylône métallique de Radiola et la gloire du chocolat Menier.

Depuis le XIVe siècle, il semble que le goût artistique de la France ait connu quelques avatars.

LA bataille des « intégristes » pour la messe en latin se poursuit, épaulée maintenant par l'extrême droite. L'abbé Ducaud-Bourget apporte, aux municipales de dimanche, son soutien à la liste « Front national » de Jean-Marie Le Pen. De son côté, l'abbé Coache (quel beau nom, aux échos de croassements de corbeau !) tient cet étrange propos : « La véritable question est celle de la foi. Pas celle de la charité philanthropique que professe la nouvelle Eglise. Jésus-Christ se préoccupait-il des esclaves prisonniers en Egypte ? Se souciait-il de tous les malheureux qui mouraient de faim dans le monde ? »

Cela donne le tournis. Autrement dit : que crèvent des millions d'opprimés, ou qu'on les torture atrocement ; l'essentiel est que l'encens vienne du bon fabricant, et que les fidèles écoutent une messe dans une langue qu'ils n'entendent pas.

De plus en plus, je suis bien heureux de ne

pas connaître ce genre de conflit. Certes, que l'on discute de l'existence ou de la non-existence d'un Dieu continuera d'alimenter les passions jusqu'à la fin du monde. Et même si la réponse n'est pas près d'être trouvée par une cervelle humaine, il y a de plus sottes façons de s'occuper l'esprit. Mais que l'on croie encore, en l'an presque 2000, à des dogmes dont Voltaire dénonçait déjà si bien l'inanité, cela est accablant. Que regrettent, en somme, les intégristes ? Plus encore que le latin de leurs homélies, le pouvoir que cette « obscure clarté » qui tombait des étoiles leur conférait. On peut s'égayer de cette agitation créée par les Michel de Saint-Pierre, et d'autres qui ne le valent pas, autour de ce débat anachronique. Moi, rétrospectivement, elle m'effraie à la pensée de tout ce qu'elle supposerait de cruauté mentale et d'abus de pouvoir si les choses, justement, n'avaient pas changé.

L'Eglise est morte, toutes les Eglises sont mortes, même celles que l'on croit toujours vivantes, parce que le temps a démontré que leur science n'était qu'une ignorance qui faisait plus de bruit que les autres, et à cause de cela semblait apporter la lumière. Comme toutes les forces qui s'appuient sur une police, le catholicisme était condamné. Et sans doute aussi, aujourd'hui, ses adversaires les plus sectaires : ils lui ressemblent trop. La confusion vient de ce que certains estiment pouvoir enfermer dans le moule hors d'usage du christianisme dogmatique les idées de charité, de générosité, de fraternité qui seules ont encore le pouvoir de nous préserver du désastre. C'est comme si l'on faisait conjurer la bombe atomique par des tireuses de cartes et des rebouteux. La médecine de Molière se réduisait la plupart du temps à l'uniforme de ses médecins. Quand est vraiment venue la révélation de la médecine, bonnets pointus et clystères ont disparu, cérémonies désuètes et plaisantes pour des divertissements de mamamouchis. Connaîtrions-nous toujours la religion de Molière ? Ceux qui défendent si hautement les traditions de l'Eglise — comme si un perroquet pouvait devenir humain sous prétexte qu'il sait répéter quelques sons où nous percevons des mots — devraient être payés pour savoir que l'habit ne fait pas le moine.

Bien sûr, eux au moins, ils ne font pas de mal. Ce n'est pas dans leurs rangs que se recrutent les drogués, les proxénètes, les kidnappeurs — à peine quelques généraux et, j'imagine, cet ex-ambassadeur de France au Vatican qui, récemment, a assassiné toute sa famille parce que, mis sur la touche par son administration, il n'avait plus à sa disposition que les ressources d'une cinquantaine d'ouvriers qualifiés pour faire tourner son luxueux train-train et permettre à sa femme de continuer à s'habiller chez les couturiers de l'avenue Montaigne. A noter que, s'il ne retourna pas son arme contre lui, ses meurtres perpétrés, c'est que, déclara-t-il, les cartouches nécessaires se trouvaient à l'étage supérieur et qu'il n'avait pas eu le courage de grimper un nombre de marches aussi considérable. On ne réfléchit pas assez à la détresse de ceux qui sont contraints d'habiter un logement si vaste qu'ils ne sauraient se contenter d'un seul niveau. Mais peut-être s'était-il souvenu aussi de cet axiome impératif de sa foi : le suicide est un acte immoral, donc éminemment répréhensible.

Pas dangereuses, en effet, ces brebis qui n'admettent pas d'être égarées. Et qui seraient facilement touchantes si l'on ne pensait pas, encore une fois, à l'usage qu'elles feraient des flammes de l'enfer si celles-ci étaient toujours, comme jadis, une de leurs principales exclusivités. La Révolution nous aura au moins accordé la faveur de n'être damnés qu'après notre mort ; pas de notre vivant.

DANS le métro, la silhouette de jeune premier de Jean-Paul Jansen. Il est l'un des rares de son espèce à savoir se déguiser sans avoir l'air déguisé. A côté de ses blousons tendrement pastel, ce sont les complets bleu marine croisés qui font carnaval.

C'est du reste d'un carnaval, celui de Bahia, qu'il revient.

— Formidable ! Les journaux ont écrit des tas d'âneries... qu'il y avait eu quatre-vingt-dix morts... Moi, je n'ai vu que des gens adorables, de la gentillesse partout...

Cela, à la station Concorde. A Champs-Elysées-Clemenceau, son front s'assombrit :

— A Rio, on torture jusque dans la rue...

Il ajoute :

— La droite, la gauche, c'est pareil... J'étais en vacances en Thaïlande. J'ai vu des Cambodgiens réfugiés, avec des photos d'enfants massacrés...

Jean-Paul, ce sont mes souvenirs, et peut-être le dernier reflet de ce qui fut ma vraie vie ; ce qui fait, en tout cas, même transformée en littérature, que cette vie n'a pas été que de la littérature. Il a respiré mes odeurs, parcouru mes kilomètres, sa caméra accordée au rythme de ma réflexion, et de mon corps qui croyait avoir oublié de vieillir. Cher Jean-Paul ! Tu continues de vivre au présent ce qui est désormais ma mémoire.

Je regarde cet homme qui a l'air, à trente-sept ans — comme le temps passe ! —, de l'incarnation triomphante du génie de la jeunesse. Et j'éprouve avec lui, bizarrement, l'impression que je ressens quand, à Meschers, terre et tombeau d'une partie de ma famille, il m'arrive encore de rencontrer quelque vieillard tout cassé qui se souvient d'avoir connu mes grands-parents : « M. Poussigue, vous pensez si je me le rappelle... Il n'était pas fier... Et sa dame, avec son ruban de velours autour du cou... » Ainsi me parle, en particulier, cette femme, presque centenaire, près de l'église, qui fait pousser des tomates dans des pots de fleurs, à même la rue, sur son modeste perron, et dont le problème est désormais de savoir si elle aura, une dernière fois, l'occasion d'en voir les globes drus devenir rouges après avoir été verts.

CURIOSITÉ contemporaine. Dans un village de la Mayenne, un bateleur de foire a disposé son tréteau. Mais ce ne sont plus des femmes à barbe ou des dresseurs de puces qu'il exhibe ; ce sont deux dames, précise-t-il, « spécialistes du nu intégral, professionnelles recrutées à prix d'or dans les cabarets parisiens les plus sélects ». Pour corser le spectacle, on propose aux assistants de danser avec elles, avant d'aider à leur effeuillage. Sans se soucier que, ce jour-là, ces auxiliaires bénévoles sont recrutées parmi les pensionnaires de l'asile psychiatrique voisin. Pour un dimanche, en effet, on leur a accordé une permission de détente.

Le « Casanova de Fellini », titre triomphalement la publicité. « Mon Faust », disait plus humblement Valéry. On y sent Fellini, grattant les poux de son génie, comme s'il avait peur, son inspiration tarie, de se retrouver à sec. Chacun de ses films, même les plus achevés, paraît traduire cette qualité d'angoisse. « Saurai-je encore surprendre ? » — éternelle question de ceux qui ont le malheur d'être les plus remarquables. Crainte du grand trou noir, hantise des géants qui n'ont fréquenté que les sommets. Il étonne toujours ; mais il ne s'étonne plus. D'où cette fresque fantastique et désespérée, qui rameute à la volée tout un sabbat d'anciens fantômes aux squelettes trop apparents.

Le thème est beau. Posséder physiquement les femmes et se contenter de cette possession est, finalement, le contraire de l'amour. A trop étreindre, on ne tient plus entre ses bras que ces marionnettes, ancêtres sublimes de nos atroces poupées gonflables. Mais Fellini se perd dans sa terreur de rater sa propre correspondance. Raillant le sexe, il en est l'esclave. La laideur seule fait battre le balancier de son triste métronome. « Comment pouvait-on aimer un con pareil ? » s'interroge-t-il, écœuré par l'image qu'il se fait de Casanova. Et, pour mieux marquer l'ampleur de son mépris, il le décrit à demi chauve, accablé par ses misérables prouesses d'étalon au rabais, ne le conviant d'ailleurs à caracoler qu'avec de vieilles dames, de vicieuses aristocrates ou des prostituées de bas étage.

On cherche à comprendre les raisons de cette

plate mécanique à parfum de vengeance. Quels comptes Fellini a-t-il eu à cœur de régler ? Comment s'est-il rêvé — et ne se rêve-t-il plus ? Mince ? La crinière en panache ? La virilité si convaincante qu'il ne lui serait pas nécessaire, pour affoler les belles, du précieux secours du langage?... Pendant des années, la réponse à ses préoccupations intimes a eu le visage de Marcello Mastroianni. Sentirait-il, le temps de Mastroianni hors d'atteinte, qu'il ne lui reste plus que sa caricature, quand il se regarde dans une glace, sous les traits de Donald Sutherland ?

Que de rancœurs, en tout cas, dans ce jeu de massacre ! Que d'espoirs déçus, de mépris des autres sous peine d'avoir à se mépriser soi-même... Tout grince, craque, se fendille, illusions d'enfance brisées dans le cerveau d'un homme qui sait maintenant qu'on ne vit pas sa jeunesse deux fois.

Jamais un écrivain n'est plus grand, et inspiré, que lorsqu'il songe à sa mort. Visconti devient totalement Visconti avec *Violence et Passion.* Ionesco tourne le dos à sa manie de la faribole dès qu'il entreprend *Le roi se meurt.* L'erreur de Fellini est de refuser d'envisager une catastrophe à laquelle nous condamne déjà le jour de notre naissance. Il croit se sauver du naufrage en regardant, accoudé au bastingage du même bateau, couler les autres.

De plus en plus difficile de prendre au sérieux les acteurs de cinéma, voire de les respecter. On dirait qu'ils ont décidé de participer à un concours dont le prix récompenserait celui qui s'est le plus humilié en dégringolant les degrés de la bassesse et de la veulerie. Dans *René la Canne,* de Francis Rigod, Piccoli et Depardieu miment la pédérastie en action, avant de se coiffer des slips de leurs compagnes. On profite aussi de l'occasion pour faire de la torture dans les prisons nazies une sorte de saynète à vocation comique. Barbouillé de sang, un des comédiens a la tâche de faire rire. Rien de plus cocasse, nous dit-on, que quelques ongles arrachés.

A propos de la torture considérée comme la version moderne des gaz hilarants, un jeune journaliste de *France-Inter* interroge Mme Simone Veil, ministre de la Santé. Dans le cours de l'entretien, il lui demande si elle ne croit pas que les jeunes d'aujourd'hui sont amenés à se droguer parce que leurs problèmes sont infiniment plus graves que ceux des anciennes générations — les problèmes, en particulier, auxquels a pu être confrontée la jeunesse de Simone Veil.

Polie, celle-ci ne lui rétorque pas que sa jeunesse, à elle, cela a été l'étoile jaune, son arrestation par la Gestapo avec sa famille, et sa déportation dans un camp de la mort. Et encore, me semble-t-il, son père assassiné. Elle avait seize ans. Il semble peu certain, cependant, qu'elle en ait profité pour se droguer.

J'AI toujours peur, quand je reprends la lecture d'un grand écrivain que j'ai aimé, d'avoir à me dire brusquement : « Pourquoi l'avoir aimé ? Ce n'était donc que cela... A tous points de vue, il n'existe plus... » Chaque déception hâtant la destruction de ce réconfortant palais qu'on appelait littérature.

Sans les livres, que nous resterait-il ? A peine les visages entrevus à la télévision de ceux qui croient en écrire parce qu'on les publie.

VOYAGE à Londres, pour l'inauguration d'une nouvelle liaison maritime. Cortège classique de ce genre de randonnée : quelques duchesses chargées d'ans et de bijoux, plus ou moins collaboratrices de revues mondaines, flanquées d'éphèbes qui s'extasient à leurs moindres paroles : « Comment avez-vous dit, duchesse, le temps a mis son manteau de pluie?... C'est admirable !... Permettez que je consigne le mot dans mon agenda... » Un des participants, qui a ajouté une particule à son nom de Durand, arbore des flots de décorations inconnues, mais dont les supports dorés évoquent de loin la grand-croix de la Légion d'honneur. Sur un pyjama, avec des lumières tamisées, l'illusion doit être parfaite.

Naturellement, l'inévitable veuve de Soekarno, que l'on s'acharne pour d'obscurs motifs à affubler du sobriquet de « princesse », est de la fête. Princesse, la quatrième épouse simultanée du « grand leader socialiste musulman » Soekarno... Je la reverrai toujours, plus qu'à demi prisonnière, dans son palais de Djakarta, tandis que dehors grondait l'émeute des étudiants et que, jouxtant l'ambassade de France, le tribunal révolutionnaire envoyait sans transition à couper les têtes des ministres déchus. Elle avait fait la preuve, alors, d'un incontestable courage. Aujourd'hui, elle n'est plus qu'une poupée de cire, que les méchancetés de la nature affolent davantage que celles des révolutions. Douze heures de sommeil, onze heures chez le coiffeur, pour une heure de représentation.

A Ramsgate, incapable de supporter les promiscuités de l'autocar, elle monte avec sa suite dans une voiture particulière et se fait ainsi conduire à Londres deux bonnes heures avant les autres. Cela déchaîne la plus méprisante colère dans le clan des duchesses. Un de leurs thuriféraires explose : « Qu'est-ce que c'est que cette Soekarno ? Une putain. Elle a fait tuer des milliers de gens en Indonésie. On leur ouvrait le ventre pour y mettre des chats vivants... Vous devinez au nom de quelle cause : celle des communistes ! » J'essaie timidement de lui expliquer que les communistes, c'était avant elle, sept ans plus tôt. Je crains d'avoir gâché la péroraison de l'orateur.

A Londres, le *Tower Hotel* donne sur le London Bridge, qu'il écrase de la grisaille de son béton neuf mais déjà rongé par la lèpre des villes. On dirait un obèse qui transpire de la crasse en essayant de se pousser pour mieux voir, et lui seul, une carte postale, insoucieux à l'idée qu'il défigure le paysage. Confort américain poussé au paroxysme, une vraie maladie nerveuse. Mais il n'y a personne pour porter les valises. L'Angleterre est un pays libre. Quant au dîner, il est indescriptible, annoncé « de gala », dans un caravansérail où chaloupent de patibulaires serveuses, genre gardiennes de centres de rééducation, que l'on imaginerait volontiers bottées et armées de fouets. Impossible de découper le canard, semelle de clochard bouillie et rebouillie. Crevettes figées depuis l'ère glaciaire et légumes en caoutchouc mousse. La cuisine anglaise est faite pour durer — dans les assiettes. Au dessert, une chanteuse n'en finit pas de ronger son micro. Elle doit croire, influencée par les mets du festin, que cela se mange.

A sept heures et demie du matin, j'erre au pied de la Tour, parmi les couleuvrines espagnoles et les douves envahies par la morosité de l'herbe. Un navire de guerre remonte la Tamise. La ville grouille déjà d'automobiles et de secrétaires, autour de cet îlot préservé comme les diamants de la Couronne. Il faut faire un effort pour imaginer ce pays en faillite, sa monnaie qui s'écroule, les lambeaux décomposés d'un empire. Tradition de la marine la plus noble du monde où, tandis que coule la flotte, le capitaine attend la montée de l'eau, sanglé dans son uniforme de parade, droit sur la passerelle supérieure, indifférent à la vague mortelle qui déjà lui lèche les pieds. Château de cartes, imitation moellons du XIIIe siècle, qu'un vent contemporain fait frissonner.

JEAN-PAUL CARRÈRE s'insurge parce que Clément Ledoux, du *Canard enchaîné,* l'a agressé, usant à son habitude des termes les plus injurieux. Chaque fois que j'ai montré le nez, depuis vingt-cinq ans, à la télévision, j'ai eu droit moi aussi, de sa part, à mon paquet de fiel et aux déversement de ses poubelles. Sur le moment, j'ai eu la tentation de me rebeller. L'âge aidant, j'y ai renoncé. Je ne lis d'ailleurs plus les journaux. On peut m'y traîner dans la boue — et sans doute, parfois, le fait-on —, je l'ignore, décidé à me moquer de ce que l'on dit de moi. Cela est aussi bien ainsi. Je sais trop, par expérience, combien l'on souffre d'être tenu au courant des calomnies que l'on colporte sur notre compte. Je me dis également que j'ai trop de livres admirables à lire, ou à relire, sur les rayons de ma bibliothèque, et trop peu de temps pour aimer ma femme et mes amis. Je ne veux pas gâcher les minutes qui me restent à me mettre inutilement en colère ou à avoir mal.

LA nuit a été socialiste. Dès le premier tour, le parti de Mitterrand a dépossédé les modérés et la droite de 27 villes de plus de 30 000 habitants où ils avaient traditionnellement établi leurs trônes. Et le P.C. renverse le souvenir de plusieurs dizaines d'années bourgeoises à Reims, ainsi que dans cinq autres bastions. A Paris, en revanche, privé d'ouvriers par la cherté ou l'impossibilité des logements, la gauche perd des points par rapport aux dernières législatives, si Chirac l'emporte nettement sur d'Ornano, ce qui n'est pas forcément une prime accordée à la modération. Et chacun de claironner ce matin sur toutes les radios : « La France a compris... Poussée irrésistible du socialisme... » etc.

L'explication me paraît plus banale. La gauche a continué de voter à gauche pour des raisons évidentes. Elle a été rejointe désormais par toute une bourgeoisie, pas toujours petite (certains milliardaires du cinéma et de l'industrie, et plusieurs banquiers, qui alimentaient les caisses de Giscard, portent désormais une partie de leurs fonds à Mitterrand). Les gens sont las de l'inflation, des arrestations de P.-D.G. dans leurs usines, des magasins condamnés à la faillite, de la torture fiscale. Ils se disent : « Ça ne pourra pas être pire avec les autres. » Aussi, plutôt que de voter pour une droite qui n'a cessé de faire le jeu de la gauche, la droite et le centre préfèrent donner leurs suffrages à une gauche qui, pensent-ils, de toute façon ne saurait s'engager beaucoup plus loin. Le reste n'est que folklore, épisodes et péripéties. Si de Gaulle sortait de sa tombe et se présentait aux élections, il passerait haut la main, comme aux plus beaux jours.

AN 2000 moins 23. On a prié ainsi, le jour des élections, c'est-à-dire hier, à Saint-Nicolas-du-Chardonnet occupé par les intégristes : « Reine des anges et reine de France, envoyez en France vos saints anges sous la conduite de saint Michel archange, protecteur de la France, pour qu'ils guident et au besoin contraignent les électeurs dans leur prochain choix, afin que vos cités et vos villages de France ne tombent pas en grand nombre dans les mains de municipalités que vous jugeriez malfaisantes. » L'acoustique devait être défectueuse, ou le message mal transmis. Les villes le plus habituellement sous la coupe des curés, comme Brest, Angers, Cherbourg, Aurillac, Schiltigheim, Epinal, passent à l'opposition impie.

ARRÊTÉ pour viol d'une gamine de treize ans, chez l'acteur Jack Nicholson, Roman Polanski risquerait cinquante ans de prison. Il aurait préalablement drogué la fille. La mère a porté plainte. A remarquer qu'elle acceptait que sa gosse posât pour des revues licencieuses et l'avait autorisée, en connaissance de cause, à revoir Polanski alors qu'une première fois celui-ci l'avait fait se déshabiller au *Wilshire Hotel*. En attendant, Polanski est accusé d'incitation de mineure à la débauche, d'usage de stupéfiants, et de sodomie. Tout cela est d'une très grande pureté.

Pour moi, Polanski sera toujours cet homme qui, sa femme ayant été éventrée à coups de couteau, s'est donné à jouer dans l'un de ses propres films (*Chinatown*) le rôle d'un fou qui ne sait prendre du plaisir qu'en plongeant des couteaux dans le ventre des femmes. Un trait là-dessus. La cause est entendue. Du moins, pour moi.

Inès Clouzot nous rend visite pour le déjeuner. Il est toujours difficile de parler à une veuve encore blessée de la perte de son mari. Le cercueil paraît être le seul invité, plus encore dans les pensées que dans les conversations.

Toute petite, et noire, traquée — une apparition qui se noie. Comment faire pour saisir cette main qui a tant de mal à émerger au-dessus des flots ? C'est bientôt nous qui avons envie de crier : « Au secours ! » Et de quelle manière réagir quand elle nous apprend qu'à l'enterrement de Georges, il n'y avait pas un seul des acteurs qui tournèrent avec lui ? Pas davantage un mot de Blier. Ni de Cayatte. Ni de Montand. Un télégramme laconique de René Clair — « il était à Saint-Tropez et n'a pu se déplacer ». Unique représentant de la corporation, François Périer, qui pourtant ne travailla jamais avec Clouzot...

Colombe abattue que le teinturier aurait endeuillée en vingt-quatre heures, elle tisse une lente tapisserie de phrases tristes. Son humilité fait mal : « Dès que tu voudras, je m'en vais... Finis ton cigare, et aussitôt je... » Que fait-elle de ses journées ? Pour le moment, elle a encore de quoi s'occuper. Cela signifie se battre pour des retraites, récupérer des droits de films qu'on lui conteste. Notamment les héritiers plusieurs fois milliardaires de Picasso. Ou le richissime Américain William Friedkin, nouveau mari de Jeanne Moreau, qui se serait plus ou moins emparé du *Salaire de la peur*. Déjà *Les Diaboliques* ont été refaits plan par plan, sans que son auteur obtienne la moindre compensation.

Le sort s'acharne durement sur ceux, un instant, qui paraissaient en avoir fait leur domestique attentif. Je revois Inès, solitaire, désemparée, abandonnée, ce 13 janvier dernier, à dix-huit heures, jour de la mort de Georges, assise sur la première marche de l'escalier de leur petit duplex de la rue des Chasseurs, dans le XVIIe. Le matin, elle m'avait appelé au téléphone, et avant même qu'elle eût commencé à me mettre au courant, je lui avais lancé la phrase idiote qui est de règle : « Ça va ? — Pas très bien... Georges est mort cette nuit... » Maintenant, sans quitter un accroupissement qui la fait ressembler à une paysanne de Garcia Lorca, elle raconte : « Il écoutait sur son électrophone *La Damnation de Faust* de Berlioz. Comme cela était son habitude, il suivait la musique sur la partition. Soudain, il est tombé, se faisant une bosse au front. La brochure est demeurée ouverte sur le passage qu'il lisait. Regarde... » Je lis :

Tout me paraît deuil, alors ma pauvre tête se
[dérange bientôt...
Mon faible cœur s'arrête, puis se glace
[aussitôt...

C'est en déchiffrant cette phrase, et sans doute en la murmurant à haute voix, qu'il a rendu le dernier soupir.

Surprise de la voir ainsi, sans le secours ni la présence d'aucun ami. Pendant plus de vingt ans, Clouzot fut l'un des hommes les plus courtisés du cinéma français. On se battait pour une grimace de son visage. Sa poignée de main était accueillie avec des transports de joie et de reconnaissance. Mais la pièce est vide. Et le téléphone ne retentit qu'une fois, en une heure. Encore est-ce l'aumônier du Spectacle, très professionnel en mission, qui présente ses condoléances. Comme je m'étonne de ce silence, la voix d'Inès, venue d'un monde au-delà des mondes, me répond : « Paris est grand ; et Georges ne tournait plus depuis longtemps... D'ailleurs, peut-être les gens n'ont-ils pas été informés... » Pour le coup, j'explose. Je lui dis qu'on oublie souvent les plus considérables parmi les vivants, mais que les langues prennent leur revanche le jour de leur mort ; que la presse est pleine de Clouzot, à la une ; que les radios n'arrêtent pas de bourdonner son nom. Je n'ajoute pas que tous ces commentaires sont généralement d'une médiocrité qui frise l'ignominie. Du bout des lèvres, comme dans cette feuille qui est l'une des plus importantes de Paris. Ou bien Ginette Leclerc, qui doit tout au *Corbeau* — plus de *Corbeau,* plus de Ginette Leclerc —, déclarant à *Europe n° 1,* en guise d'oraison funèbre : « Il avait la manie de gifler ses interprètes ; mais moi, je lui ai retourné sa claque... » Elle exultait. On parlait enfin d'elle ; et elle en était d'autant plus sûre que c'était elle-même qui en parlait. Quand il s'agit de sa propre gloire, on ne prend jamais assez de précautions. De son côté, à la télévision, Françoise Giroud, ministre qui fut sa scripte, sourit avec une élégante retenue : « C'est vrai, il ne tournait plus. Mais je crois que c'était parce qu'il n'en avait plus l'envie... » Une seconde auparavant, Inès me disait : « Il espérait tellement que l'occasion lui serait donnée de faire au moins encore un film... » Et c'est à Bresson, ou à un tas de jeunes cloportes, mais remuants, que les services de Mme Giroud distribuent les millions des subventions.

Au moment où je vais la quitter, écrasée par les masques nègres qui ornent les murs, et les panneaux de laque marron, elle fait une curieuse incursion dans un domaine inattendu : « Il faudra que j'appelle Jacques Chancel. Nous ne nous sommes pas excusés de n'avoir pas été à la réception qu'il a organisée pour la 2 000e de ses " Radioscopies "... Il se sera peut-être vexé... » Malgré moi, je songe à ce que serait l'enterrement de Chancel. Quelle foule ! Il faudrait distribuer des tickets de faveur, rien que pour avoir le droit de figurer sur la liste d'attente. Du moins, aujourd'hui.

Elle regarde se refermer sur nous la porte de l'ascenseur. Les mots qu'elle prononce doivent la rattacher encore à ce qu'elle a perdu, puisque nous sommes là pour les entendre. N'importe quels mots, pourvu qu'ils résonnent, qu'une oreille soit là pour empêcher ses lèvres de ne plus remuer que dans un désert :

— Je veillais à tout, à son sommeil, à sa nourriture, au plus humble de ses mouvements... Nous n'allions plus en Grèce, qu'il aimait tant, parce que le médecin exigeait qu'il fût toujours à proximité d'un bloc opératoire... Il ne fallait plus qu'il marche, tu comprends ? Un soir, il a absolument voulu se rendre à l'Opéra, pour voir *La Vie de Bohème*. Je ne savais comment l'en dissuader, à cause de toutes les marches de l'escalier monumental à gravir... J'étais paniquée... Mais j'ai finalement trouvé un moyen : j'ai prétendu que je n'avais pas de robe convenable à me mettre...

RITA HAYWORTH, soixante ans : les médecins du Hoog Memorial Hospital (Californie), où l'actrice est actuellement soignée pour alcoolisme, demandent au juge de la cour de Santa Anna de la placer sous le contrôle permanent d'un « tuteur public » qui gérera ses affaires et la forcera à se désintoxiquer. « Miss Hayworth est complètement détraquée à la suite de désordre mental grave. » Gloire des années de l'après-guerre, on avait gravé le titre d'un de ses films, *Gilda,* sur la bombe atomique qui détruisit Nagasaki. Déjà les violeurs des sépultures de pharaons subirent, affirme la légende, le châtiment de leur témérité malsaine.

LE prix des pommes de terre, la sottise d'un éditorialiste, la tournure d'un vêtement, un mot lancé par une bouche inconnue et retenue par le caprice du vent, tout ce qui dans un siècle semblait pourtant sans importance, changeant à peine la physionomie d'un quartier, sûrement pas celle des empires — c'est peut-être là, quand on en tient le compte avec le recul des années, que réside véritablement l'Histoire. S'y reporter est souvent la meilleure façon de connaître une époque. Les petits films de l'âge antédiluvien du cinéma sont plus riches d'enseignement sur 1910 et la suite que *L'Assassinat du duc de Guise*, que l'on croyait un morceau digne de son interprète Albert Lambert. Au moins, grâce à eux, sait-on à quoi ressemblaient les taxis et comment brillaient les yeux des femmes quand les hommes roucoulaient à leur intention. Observés avec quelque distance, les défauts des écrivains sont finalement plus passionnants que leurs qualités, pour peu qu'on ait le courage de les lire. Seul le squelette d'une civilisation demeure, comme celui d'un corps, quand la chair des jours est tombée en poussière. Dans un court billet du *Figaro*, à la date du 1er janvier 1938, faisant allusion aux trois cent soixante-cinq jours qui venaient de s'écouler et que l'on assurait les pires que la France eût connus depuis la veille de la bataille de la Marne, Gérard Bauër écrivait : « Il n'est pas impossible que dans cent ans (je cite de mémoire), parlant de 1937, on se souvienne seulement que ce fut l'année où Jean Giraudoux fit représenter *Electre*... »

Manière élégante d'envisager le prix des pommes de terre.

TOUS ceux qui ont tenu un journal en le dissimulant afin, prétendent-ils, de s'y montrer totalement sincères, ont généralement estimé passionnant d'en profiter pour y donner des précisions sur ce qu'il y avait de moins ragoûtant dans leur comportement intime. Au besoin, ils en ont rajouté. La laideur fait plus vrai. On découvre aujourd'hui, en s'en léchant les babines, que la magnifique statue protocolaire de Michelet avait, sexuellement, des ratés. Et l'on s'en émerveille, un mouchoir sur le nez, tout de même, à cause des mauvaises odeurs. Je ne crois pas que Michelet se soit ainsi rendu service, et nous ait rendu service, en sapant aussi complaisamment son image de marque. Ce ne sont que gamineries de collégien feuilletant dans un cabinet noir des revues lestement illustrées. Le véritable journal intime de Michelet, c'est son *Histoire de la Révolution française.* Tout le reste n'est que boutons qui crèvent et pelade mal soignée.

Ce travers guette toujours ceux qui se prennent pour le centre du monde alors que c'est le monde, au contraire, qui est notre centre. Que demeure-t-il des confessions d'André Gide ? L'image d'un vieil homme répétant à l'infini qu'il a toussé la nuit dernière, poursuivi de petits Arabes dans des jardins marocains, ou repris au piano le *Clavecin bien tempéré* de Bach.

TRENTE-SIX journalistes américains ont fait une enquête de cent mille mots, publiée simultanément dans plus de cent quotidiens, pour prouver que Barry Goldwater, ancien vaincu de Lyndon Johnson dans la course à la présidence des Etats-Unis, a été complice de l'assassinat d'un reporter de l'*Arizona Republic,* Don Bolles. Ce dernier avait mis en évidence la mainmise de la Mafia sur son Etat, aidée par le frère de Goldwater, Robert, et l'ancien président du parti républicain de l'Arizona, Harry Rosensweig. Sous l'égide, naturellement, du fameux Meyer Lansky, financier du syndicat du crime et protecteur impitoyable et tout-puissant de Cuba avant Castro. Attiré dans un guet-apens par un gangster nommé John Adamson, qui prétendait avoir des révélations à lui faire, le journaliste avait sauté dans sa voiture piégée (2 juin 1976). Le rapport indique que, joueurs invétérés, les deux Goldwater étaient fréquemment invités à Las Vegas, dans un hôtel, le *Riviera,* appartenant à la Mafia. Et que Rosensweig était, à Phoenix, propriétaire d'un immeuble qui servait de quartier général à une officine de paris clandestins. Comme par hasard, dans cette ville de plus d'un demi-million d'habitants, la plus corrompue du pays, il n'y a que douze officiers de police pour lutter contre la prostitution et les jeux. Incidemment, on apprend que, sur le territoire américain, on compte six cent mille mineurs de quatorze ans vendus par leurs parents pour figurer dans des revues pornographiques, avec ou sans participation d'animaux.

Si de tels excès se produisaient en France, trouverait-on des plumes pour les dénoncer avec cette violence et ce courage ? Il faudrait que nos journalistes, ne tremblant plus pour leurs emplois, acceptent de déplaire à certains autrement que dans le dessein de plaire au petit nombre dont ils dépendent.

JOURNAL télévisé. Le présentateur, trois poils calamistrés sur le sommet d'un crâne dont on s'étonne de ne pas voir sortir de la fumée, commente gravement les Mémoires du tueur par omission Willoquet, que va publier Robert Laffont. Plusieurs minutes de panégyrique mal déguisé. A dix reprises, on nous montre le gangster, souriant, la moustache du joyeux drille qui n'aurait qu'à se reprocher d'avoir un peu triché au baby-foot ; et des fac-similés complaisamment étalés de son écriture. C'est un auteur, maintenant... Et comme pour l'autre hors-la-loi Mesrine, ceux qui l'éditent assurent que c'est aux exceptionnelles qualités littéraires de son ouvrage qu'ils ont tenu à rendre hommage. A la fin de la séquence, l'avocat de Willoquet, qui a d'ailleurs porté le manuscrit chez l'éditeur, vient déclarer que son client est, en fait, une victime ; qu'il n'a jamais tiré le premier ; que les torts seraient du côté d'une police (petit sourire en coin) à propos de laquelle il y aurait « bien des choses à dire ». Fin de ce brillant numéro, sans un mot de désapprobation de la part du présentateur — on est « objectif » ou on ne l'est pas —, après qu'on eut souligné l'incroyable énergie qu'il faut pour s'échapper d'un tribunal en prenant des otages.

Rendons cette justice à plusieurs éditeurs : ils ont refusé les manuscrits de Mesrine et de Willoquet. Malgré les menaces, parfois, et la visite d'individus musclés qui leur enjoignaient de diffuser une œuvre à tous points de vue en marge du commun.

Un écrivain soviétique déclarait récemment à un ami français : « Chez nous, on nous met en prison parce que nous avons écrit des livres ; chez vous, on écrit des livres parce qu'on a été en prison... »

DES commandos gauchistes ont obligé Michel Sardou à annuler ses récitals de Strasbourg, de Nancy et de Mulhouse. Le traitant de

« facho » à cause de sa chanson en faveur de la peine de mort et de quelques déclarations non conformistes — le non-conformisme consistant aujourd'hui à pencher du côté de la majorité —, ils ont systématiquement empêché le chanteur de se produire. Celui-ci ne pouvait arriver jusqu'à son podium que par une porte dérobée et flanqué de policiers bardés de matraques et d'acier. Il aurait eu moins d'ennuis en se limitant, comme la plupart de ses confrères, à se dandiner au rythme d'un quelconque : « Bop ! Bop ! tchou-la-la... » Sans compter que cela eût été dans le droit fil de la plus rigoureuse pensée contemporaine.

LES deux tiers des villes de plus de trente mille habitants sont contrôlées par les socialistes et les communistes. Partout bousculés, les partisans de Giscard et de Chirac n'en sont pas à troquer leur drapeau tricolore contre un drapeau blanc. Mais le cœur n'y est plus, malgré les cocoricos du lendemain qui ne chante plus. A Libourne, M. Boulin, ministre, ne l'emporte que d'une voix. On peut supposer qu'il s'agit de la sienne.

Impossible, malgré toute ma bonne volonté, de me réjouir ou de m'indigner. Je ne crois plus à la sincérité et encore moins à la maturité de notre politique. Le pays va basculer, la monnaie s'effondrer, les industries freiner encore leur élan déjà bien contrarié. Nous allons perdre quelques soutiens étrangers. Ce n'est pas gai. Mais qui suis-je pour pleurer ou pavoiser à cause de cette défaite du centre et de la droite ? Pas plus un nanti accroupi sur son bas de laine qu'un ouvrier parqué à vie dans son usine.

Ce qui m'énerve, c'est le triomphalisme de certains intellectuels, qui n'abandonneront pas pour cela leur fréquentation de *Régine* et de *Castel.* « Nous l'avions bien dit », écriront-ils dans leurs journaux illisibles. *Lipp* demeurera cependant leurs barricades de juillet ou de mai. Et les purs seront emportés les premiers, chassés, voire calomniés, par les nouveaux puissants qu'ils prenaient pour des camarades. J'ai dit un jour à Claude Manceron, que j'aime tant : « Après que vos amis auront gagné, la première tête qui tombera, au moins symboliquement, ce sera la vôtre. Mme de Lamballe, c'est vous !... Relisez l'histoire de cette Révolution que vous connaissez et décrivez si bien... »

Pas simple. Vais-je protester parce que tout l'ouest de la France, dans une même flambée, vient de rejeter le carcan des curés tentaculaires, des rétrogrades archevêchés, civils ou religieux, qui depuis des siècles le maintenaient en état de sous-développement mental ? Et gémir parce que les flammes de l'enfer n'y paraissent plus désormais qu'un petit tas de cendres froides ?

D'un autre côté, je ne peux m'empêcher de penser que ce n'est pas en socialistes authentiques que les Français viennent de voter. Si leurs voix se sont portées dans une direction différente, c'est parce que le franc ne vaut plus rien, que le béton les rend fous, qu'ils font des études sans espérance d'en être récompensés par du travail, que leurs commerces sont en faillite, que la fiscalité les accable ; et aussi, dans le but moins avoué d'embêter le gouvernement. On ne me fera jamais croire que tant de thuriféraires de la gauche actuelle, possesseurs d'un compte à la Banque Rothschild, aient brusquement été touchés par la foi de Jaurès et de Léon Blum.

J'aurais pourtant bien voulu avoir ce que l'on appelle des « opinions ». Cela doit être aussi confortable que lorsqu'une fois pour toutes on croit en Dieu et à ses saints. Ne serai-je jamais que le spectateur, sinon indifférent, du moins sceptique, qui, du haut d'un balcon dont il sait les assises chancelantes, assiste à des jeux de cirque, en pensant qu'ils ne le concernent pas, bien que finalement ils conditionnent son destin ? Ai-je tellement tort ? La radio anglaise, ce matin, avantage d'autres élections que les nôtres — celles qui ont mis en déroute Mme Gandhi aux Indes. Il y a quand même, là-bas, sept cent cinquante millions d'habitants. D'autre part, pendant que nous nous agitons, Podgorny, Boumediene et Castro sillonnent l'Afrique. Peut-être y verront-ils, rallumant les guerres tribales, les anciens mercenaires de Tschombé au Katanga, enrôlés cette fois sous la bannière marxiste — oh ! les beaux paras en tenue léopard, leurs blousons égayés de la faucille et du marteau...

J'ai beau faire, je ne peux me décider qu'à l'occasion des plus terribles options : guerre, occupation, famine, torture, génocide. Le reste a pour moi l'allure d'une querelle pour une place de parking et n'est qu'aménagement plus ou moins bien inspiré du territoire. Nos sans-culottes nouvelle mode vont-ils prendre d'assaut Beaubourg ?

Le vrai problème demeure celui de la Liberté. Serons-nous encore libres demain ? Une France a fait la preuve de son incompétence, sanctionnée par d'innombrables échecs. Avec la gauche au pouvoir, je pense que les villes seraient mieux administrées ; mais aussi qu'au bout d'une telle victoire il y aura inévitablement la séparation du socialisme et du communisme. Ainsi finissent toujours par un divorce les mariages contre nature. Je ne suis pas anticommuniste. Il me suffit pour m'en convaincre de penser : « Si j'étais ouvrier, vers qui iraient mes sympathies ? Vers ceux, pratiquement seuls, qui me disent qu'ils savent que j'existe. » Il faut, d'autre part, dans toute démocratie un épouvantail. Et les égoïstes qui trop longtemps ont tenu le haut du pavé ont bien mérité d'avoir peur. Mais le communisme également a échoué. Des dizaines de nations en esclavage le prouvent d'abondance. Le marxisme n'est plus qu'un mythe venu de la préhistoire. Qui prendrait au sérieux le squelette d'un diplodocus reconstitué par erreur à partir d'une vertèbre de dinosaure ? Les temps ont changé. D'autres mots devraient recouvrir d'autres pensées. Et qui voudrait, sincèrement, des goulags, des tribunaux sans avocats, une presse à sens unique, des tickets de rationnement, des philosophes robots, des promeneurs mis au pas, et la grande chape de plomb du silence sur le droit de disposer de soi-même ? Pas Mitterrand, certes, mais aura-t-il la force d'endiguer le flot ? Ne comprend-il pas que la majeure partie de son électorat est celle qui, de tout temps, a voté M.R.P. papelard, républicain réchauffé, centriste tendance girouette, radical pâlichon ; et qui est prête, à la première occasion, à reprendre ses voix pour les rendre aux forces bourgeoises et repliées sur elles-mêmes qui ont toujours régi le pays ?

Une fois de plus, incapable de me sentir solidaire des factions vétustes, je ne saurais davantage appartenir à ceux qui mènent le combat contre elles les yeux fermés. Peut-on, dans ces conditions, mener une carrière, ou une vie, sans être brisé ?

De ma fenêtre, je suis les embouteillages de voitures. Confortablement vêtue, des semelles solides à ses chaussures, la France traverse la rue dans la seule crainte qu'en son absence ses appartements soient cambriolés, que ses enfants dépensent leur argent de poche à acheter de l'héroïne, ou que son équipe de football ne soit pas qualifiée pour la coupe du Monde. Cela gâche un paysage qu'est supposé avoir bouleversé le souffle pur et dur d'un joli cyclone rose vif. « Au Vietnam, un sou est encore un sou », me dit mon ami Thieu qui, dès qu'il peut quitter ses brodequins de plomb d'ouvrier à la chaîne chez Renault, s'épuise à organiser des séances de théâtre pour collecter les fonds nécessaires à la reconstruction de sa lointaine patrie. Dans la même intention, plusieurs femmes vietnamiennes du quartier Maubert n'ont pas hésité à mettre ce qu'elles possédaient en gage chez les usuriers, ce qui leur permit d'emprunter des sommes considérables, et qu'elles ne reverront plus jamais.

Mais nous, après un hold-up, voici ce que nous écrivons dans nos journaux : « Les gangsters en seront pour leur peine. Leur butin ne dépasse pas trois de nos anciens petits millions. » Bref, un coup pour rien et qui ne valait ni le risque ni le déplacement.

Tout est à cette échelle : notre idée de la misère, notre sentiment de l'injustice, et notre vision d'un monde qui se réduit à ce que nous en apercevons, pour peu que nous soyons un peu voyeur, par la porte entrebâillée de notre voisin de palier.

ANCIEN candidat écologique à la présidence de la République, René Dumont réclame le droit de vote à douze ans. Enfance au pouvoir, ou vieillesse retombée en enfance ?

MARCEL JULLIAN, dans son bureau de P.-D.G. d' « Antenne 2 », rue de Monttessuy. Sourire affable sur les lèvres de la secrétaire en chef : je suis attendu. Pièces en enfilade, à l'usage, paraît-il, de gardes du corps, d'ailleurs absents. Il trône, derrière une sorte de desserte paysanne, entouré d'écrans multiples et de lithographies. Sur le bois verni du bureau, un buisson de crayons minutieusement taillés. Plus loin, un dispositif téléphonique digne d'une centrale atomique. On est surpris de ne pas voir de pastille tricolore sur le bouton qui doit directement relier le poste au dispatching de l'Elysée.

Détendu, sans cet air de sortir d'un banquet qui est parfois le sien dès les aurores, une bouteille d'eau minérale en évidence, comme une pièce à conviction dont il se verse à jet continu de larges rasades, il ne fait aucune allusion au petit différend qui nous a récemment opposés. Nous sommes entre gens bien élevés, qui n'ont en commun que le goût de la conversation et celui des jolies manières ; comme si nos querelles n'avaient eu pour interlocuteurs que de vagues subalternes payés pour exécuter nos basses œuvres, et pour lesquels nous n'éprouverions que le plus pesant mépris.

J'aime autant. Hier, c'était hier. Et nous avons tout dit puisque, de ce qui nous gênait, nous avons décidé de ne pas parler.

Quel grand acteur ! Il faut l'entendre raconter ses démêlés avec ceux qui, en haut lieu ou dans des culs-de-basse-fosse, on décidé d'avoir sa peau. On l'aurait même à plusieurs reprises menacé de mort :

— L'autre soir, un journaliste de la rédaction vient me voir : « Président, il ne *faut* pas que vous rentriez chez vous ce soir. Ne m'en demandez pas davantage ; mais j'ai mes informations... Voici mon adresse, celle de mes parents, de ma petite amie... La porte vous y sera ouverte... Mais, je vous en supplie, ne dormez pas à votre domicile... » A peine l'ai-je envoyé promener que ma fidèle secrétaire, Josy, me tient le même langage : « Passez par-derrière, changez votre itinéraire... A tout hasard, je vous ai retenu une chambre au *Hilton*... » Je commence à me sentir vaguement impressionné. Et puis, comme il me faut tout de même une brosse à dents et mon pyjama, je fais un crochet du côté de chez moi. Me voici dans ma maison. J'appuie sur la minuterie du couloir. Ça ne marche pas. Noir absolu. C'est la première fois, depuis que j'habite ici, qu'il y a une ampoule grillée. Dans une obscurité à couper au couteau, je farfouille avec ma clef. On dirait qu'on a bouché le trou de la serrure. Quand même, enfin, je sens une résistance. Des ouvriers sont venus travailler dans la journée. Sans doute ont-ils laissé des déchets de plâtre dans les interstices... Et soudain, toujours dans le schwarz le plus opiniâtre, une voix s'élève. « Je vous attendais... », dit la voix. Inutile de te dire que je sursaute. Je me retourne. Ce n'était qu'une petite vieille qui, toute la journée, a le nez collé à son carreau pour contrôler que je rentre bien seul, que mes mœurs sont dignes du standing de l'immeuble... Elle a un paquet à la main. « On a tellement insisté pour que je vous le remette le plus tôt possible... » Je n'ose pas y toucher. Je lui dis de le garder, que je le prendrai demain. Et puis, j'imagine, à cause de moi, la petite vieille déchiquetée par une explosion... J'ouvre le colis. Ce n'était qu'une bouteille de scotch, envoyée de chez Régine, pour la publicité d'un truc... C'est pour te dire dans quel état d'esprit tous ces salauds ont fini par me mettre...

Il me dévisage, jouissant de son effet, et sourit, olympien, Jupiter qui aurait fait noblement un trait sur les ennuis que lui occasionnent les jalousies de Junon.

— En tout cas (mèche impérialement ramenée en arrière), cette aventure m'a permis de constater que la mort ne m'effrayait pas et que je ne tenais pas à la vie aussi fort que je le croyais. La vérité est que je m'en fous. Je vis au grand jour, sans faire hypocritement le tri de mes qualités et de mes défauts. Si l'on veut être un homme public favorisé de quelque considération, c'est la seule solution. Autrement, on finit par être obligé de céder au chantage, et tout est foutu. On porte le chapeau. Comme cette superstar édifiante de la politique, je ne te dis pas le nom, tout le monde le connaît, quand on lui a fourré une Américaine de dix-sept ans dans son lit. Coincé, il n'a pas osé avouer : « Eh bien, oui, j'ai fait ça... Et après ? » La France aurait plutôt trouvé sympathique la cabriole du vieux. Mais il s'est tu, dans un sursaut de pudeur bourgeoise rancie. Du même coup, il a dû interrompre sa carrière politique active. Plus rien que quelques pittoresques digressions, de loin en loin, dans les tribunes libres du *Monde*. Style impeccable, philosophie en forme d'accroche-cœur. Zéro pour l'influence. Tout dans le secret de son cabinet. Fin d'un Solon. Surtout, plus de tréteaux ni d'estrades. Il aurait trop peur qu'on ne lui balance une allusion à sa petite frasque en pleine réunion électorale. On n'a pas toujours le temps de couper la sono...

Il évoque aussi le climat qui est celui d' « Antenne 2 », au lendemain des élections : « C'est à qui retournera le plus vite sa veste, et se trouvera des références socialistes... Avec cette nuance qu'ils n'osent pas afficher tout à fait franchement leurs nouveaux sentiments... Avec ce Chirac, en effet, on ne sait jamais. Il est si déconcertant : il serait bien capable de l'emporter... »

Pour finir, ce mot : « Autrefois, la politique contrôlait le fric ; aujourd'hui, c'est le fric qui contrôle la politique. »

UN carton de l'Elysée m'invite, de la part de Valéry Giscard d'Estaing, à un déjeuner, le 26 avril, avec Pham Van Dong, Premier ministre de la République démocratique du Vietnam. La dernière fois que nous nous sommes rencontrés — et la première —, c'était à Hanoi, en décembre 1967. Les bombes tombaient sur la ville, et les médecins, dans les hôpitaux, ne suffisaient plus, vingt-quatre heures sur vingt-quatre, à extraire les billes d'acier qui criblaient les ventres des agonisants. On concevra qu'une telle situation crée des liens.

Je me réjouis de revoir cet homme fort et modeste, simple et pur, dont le pays m'a permis de connaître l'expérience la plus bouleversante de ma vie. A cause de ce que j'ai découvert là-bas, ma façon de penser a pris une autre forme, définitive. Ma conception du quotidien a brusquement changé de style. Je suis né de nouveau de tant de morts. Mes anciens problèmes ne m'ont plus paru être des problèmes. J'en ai d'autres, plus terribles parfois, mais que je trouve, malgré leur âpreté, plus confortables.

UN petit livre de Jean Cau, *Une nuit à Saint-Germain-des-Prés,* pose une des plus troublantes questions de ce temps : comment, alors que le stalinisme a jeté le masque, que les goulags déversent au grand jour leurs tombereaux de cadavres et leur timide poignée de rescapés, que les anciens disciples en chef du parti, par-dessus les corps de leurs frères excommuniés, procèdent publiquement à des révisions déchirantes — ô Pierre Daix, jadis si sectaire, et impitoyable pour ses adversaires ! —, comment se fait-il que le plus grand de tous par le talent et le rayonnement se taise ? Sous un fragile camouflage, c'est en fait à Louis Aragon que s'en prend Jean Cau. Avec une sorte de verve douloureuse, il tire à boulets roses sur l'idole rouge. Il a suscité, dit-il, des vocations politiques dont ses fidèles sont à jamais traumatisés. De même, aujourd'hui encore, Brasillach fait-il se poser des questions à toute une jeunesse. Puisque des hommes qui écrivaient si agréablement avaient choisi d'être d'un certain bord, comment ne pas épouser leurs raisons, quitte à les confondre avec la Raison ? Réquisitoire qui ne laisse pas de place au soupçon d'une indulgence. Il doit être bien terrible de recevoir, de son vivant, sa propre pierre tombale sur les pieds.

Hélas ! Cela est vrai qu'Aragon n'est plus que la momie mal embaumée d'un pharaon déchu. Qui le lit encore ? Quelques chanteurs qui, de ses plus beaux poèmes, font des ritournelles. Même ses derniers commensaux ne lui donnent plus la parole dans leurs réunions, et ne lui soumettent plus à estampiller une seule de leurs mille pétitions quotidiennes en faveur de tout et de rien. Personne n'est venu, au lendemain de la victoire de la gauche, le prier d'ajouter aux exclamations joyeuses des comités l'un de ses habituels cocoricos. Le silence de sa bouche a fait le silence autour de lui.

Il ne lui reste plus qu'à croupir dans la situation la plus pénible qui soit pour un écrivain militant : celle de n'être ni vainqueur ni martyr. Son suicide ne ferait pas revivre son œuvre. Trop tard. Les plus belles constructions de l'esprit ne servent à rien quand l'édifice de l'homme s'effondre. Aragon a perdu son pari d'équilibriste ; mais c'est toute une génération, aujourd'hui quinquagénaire, qui ne se relèvera pas de sa chute. Que nous reste-t-il si, dans un monde sans Dieu, nous ne pouvons plus croire aux hommes que notre besoin d'amour, un instant, a tenté de lui substituer ? La foi, qui soulève les montagnes, n'a que faire de collines friables.

« Si j'avais vécu au temps de l'Occupation, me déclare ce jeune garçon, qui me dit que je n'aurais pas suivi avec enthousiasme les Drieu La Rochelle et les Céline ? « Je crains soudain de déceler une certaine nostalgie dans son regard. C'est bien le danger, en effet, que court maintenant une partie de la jeunesse, toujours soucieuse de prendre le contre-pied de ce qui l'a précédée et de généreusement voler au secours des vaincus. La maladie étant passée, la douleur ne fait plus peur ; et même elle attire, prête à provoquer des vocations, non de docteurs, mais de patients. Le danger menace surtout ceux qui se sentent des dons pour l'écriture. Pourtant, les termes dont se servaient, avant la guerre, un Maurras ou un Daudet soulèvent le cœur. Aucun talent ne saurait justifier ces appels au meurtre dissimulés sous des baudriers de chatoyants adjectifs, ces excès dont on n'allait pas tarder à savoir qu'ils pouvaient être mortels.

MICHEL D'ORNANO, nouveau ministre de la Culture. Françoise Giroud est évincée. Ainsi panse-t-on les plaies d'une bataille imposée et perdue ; et sanctionne-t-on une erreur un peu trop étalée au grand jour. En l'occurrence, celle de s'être parée d'une médaille de la Résistance mille fois méritée, mais pas garantie par le *Journal officiel*.

Etranges mœurs, au demeurant ! Plus de trente ans après la fin des conflits, on veut croire encore qu'une décoration peut déchaîner un déferlement de foule vers des urnes électorales... Surtout quand, dans le cas de Françoise Giroud, il suffisait de déclarer : « Vous n'ignorez pas qui je suis, et ce que j'ai fait. Vous m'aimez, ou vous ne m'aimez pas. Tout ce que je pourrais dire de plus ne saurait modifier votre vote. A vous de jouer. Plus à moi. » Mais ceux qui sollicitent des suffrages estimeraient se présenter nus s'ils n'aspergeaient pas leurs vêtements de poudre aux yeux.

Pour le moment, si d'Ornano ne se doute pas encore de ce qui l'attend, les responsables des théâtres dont les mairies ont viré à gauche (ce qui correspond à leurs sentiments vigoureusement exprimés depuis des années), sont dans leurs petits souliers. Ils perdent, en effet, leur meilleur argument : celui d'appartenir à une opposition à laquelle la droite se gardait de trop toucher de peur de créer des martyrs. Nul doute que les nouvelles municipalités ne fassent preuve à leur endroit de moins d'égards et ne réclament un répertoire davantage accessible à tous. Attitude qui serait dans la plus stricte logique : c'est pendant le règne de Guy Mollet que la guerre d'Algérie s'est durcie. Et je me souviens du même Guy Mollet, répondant aux sections syndicales de la R.T.F. qui avançaient leurs habituelles revendications : « De quoi vous plaignez-vous ? Vous m'avez voulu. Vous m'avez. »

Avril

Un coup à droite, un coup à gauche. On ne saurait mieux équilibrer le rythme d'un métronome et parer aux inconvénients éventuels de la dure journée du lendemain : François Nourissier et André Stil, prix de l'Académie française et prix Staline, sont élus à l'Académie Goncourt avec exactement le même nombre de voix.

Peter, fils de Wilhelm Reich, apôtre de la sexualité de groupe et maître à penser de la philosophie nouvelle, raconte dans son livre : *A la recherche de mon père* que son père lui faisait chasser les soucoupes volantes dans sa vaste propriété d'Arganon, dans le Maine. Tous deux les désintégraient à coups de « brise-nuages », les soucoupes étant, paraît-il, « responsables de la sécheresse des déserts », dont elles absorbaient l'humidité. Le père exigea également de son fils qu'il enterrât un « yo-yo phosphorescent » sous prétexte que celui-ci dégageait de l' « énergie négative ». Quand on arrête Reich, totalement fou, il hurle, croyant que les « fascistes rouges », communistes et Martiens, veulent le tuer. Commentaire du *Monde* : « Il se trouvera sans doute d'aimables plaisantins pour qualifier de " bornés " ceux qui refusent tout caractère scientifique aux dernières expériences de Reich. » Dans un film, réalisé par le Yougoslave Dusan Makavejev, et présenté à Cannes avant un tour du monde de l'élite intelligentsielle, on honorait les théories du penseur en montrant, sur un ring, des individus des deux sexes qui, après avoir déféqué en gros plan, se combattaient avec leurs excréments. Ils s'étaient préalablement servis de leurs vomissures pour se barbouiller mutuellement et, pourvu qu'ils fussent sexagénaires, fait talquer le derrière.

IMPERTURBABLE, l'association « France-Cambodge » me convie à une réunion consacrée à « un large échange de vues ». Avec, en prime, une exposition ethnographique sur les « différents aspects ruraux et artisanaux du Cambodge traditionnel » dont l'ouverture, à Saint-Rambert-sur-Loire, ne paraît pas d'une brûlante actualité.

Je décline l'invitation : « Je pense que, dans les circonstances présentes, et devant les horreurs qui accablent un malheureux pays, ce qui compte, ce ne sont pas les parlotes distinguées et anachroniques d'une association de nostalgiques des voyages en Extrême-Orient, mais une lutte pour dénoncer un régime abominable, et tenter de découvrir quel a été le sort de Sihanouk. Tout le reste, exposition ethnologique comprise, n'est qu'insulte à la misère de ceux qui souffrent. » La circulaire d'invitation indique, dans un post-scriptum, qu' « un voyage aller-retour par délégations pourra être remboursé à nos camarades venant de la province ». Payé par qui ? Et comment ? Avec les économies des bourreaux qui attachent des êtres vivants aux brancards de leurs charrues ?

Ma lettre est demeurée sans réponse.

L'ESPOIR, c'est d'avoir vécu la veille — et d'être encore là.

A Rome, sortant de Cinecitta, une jeune fille de dix-huit ans, Claudia Caputti, a été violée par seize hommes. La plaignante, appuyée par les ligues féministes, ayant voulu donner de l'ampleur à son affreuse aventure, le procès de quatre des violeurs arrêtés a eu lieu en audience publique. Quelques jours plus tard, devant la porte de son avocat, Claudia s'est aperçue qu'elle était suivie par quatre hommes. Ayant reconnu qu'ils étaient du nombre de ses anciens agresseurs, elle alerta aussitôt des amis, du téléphone d'une cabine publique. Trop tard. On a retrouvé la jeune fille, dans la soirée, violée de nouveau. On lui avait aussi tailladé le corps avec un rasoir.

Il est de bon ton, aujourd'hui, de hausser les épaules devant les productions sado-pornographiques. « Allez, viens, on va se marrer », déclarent les chalands en faisant l'emplette de leurs billets. On se frotte même les mains : la fréquentation des salles qui projettent ces ouvrages aurait baissé. Il n'en demeure pas moins que des centaines de milliers d'hommes et de femmes, pour ne pas dire des millions, assistent chaque semaine à de tels spectacles, se délectant de filles fouettées, enchaînées, déshonorées de cent manières, avilies. Les spectateurs sont évidemment recrutés parmi les couches, pas forcément populaires, dont l'esprit est le plus faible. Hier encore, on jugeait en France une poignée de gitans qui, non contents d'avoir dérobé ses économies à un vieillard, lui avaient crevé les yeux. « On faisait bien pire, nous susurre-t-on, au Moyen Age. » Belle excuse !... Mais quel tortionnaire ne s'indignerait si l'on prétendait devant lui que nous vivons encore aux temps médiévaux ? Automobiles, réfrigérateurs, transistors — et cinéma ! — ne sont-ils pas là pour prouver à chaque instant le contraire ?

FAUBOURG Saint-Germain, Thierry Le Luron fête ses vingt-cinq ans d'âge et ses six ans de triomphe. Ayant su prendre la voix des autres, on dirait qu'il en a également pris la fortune. Minuscule, et dodu comme le lardon d'une poule faisane, embourgeoisé dans son complet de flanelle grise à fines rayures et gilet, les cheveux bien ratissés, son œil brille, bijou dont on ne sait s'il est en toc ou véritable — génie de l'imitation oblige ! —, jouant jusque dans son regard et sa vêture avec les faux-semblants et les apparences.

Le reste d'un énorme hôtel particulier l'écrase de tout son marbre et de la hauteur hors du temps de ses plafonds ciselés. Les pièces de réception se succèdent, comme si elles ne menaient que dans les néants de jadis. Les buffets donnent sur un morceau de jardin au gazon d'un vert maladif, que domine un balcon en rotonde, comme pour les fêtes galantes d'un Watteau acrylique. Une statue frileuse paraît clouer l'herbe au sol pour empêcher que ne l'emporte le vent des promoteurs immobiliers. De toutes parts, en effet, les appartements de « grand confort » se rapprochent, où l'on devine encore la sève des arbres séculaires arrachés. Une grue tient lieu d'éperon à cette invasion sournoise, comme le char d'assaut de pointe de cette ultime contre-attaque. On tend l'oreille pour entendre les violons d'un orchestre de squelettes à l'instant de se changer en poussière. « Je suis la mémé de Thierry », dit une charmante petite dame en noir, émue comme à une communion solennelle.

Mais ici les enfants de chœur suivent une religion peu orthodoxe. Par grappes, casquettes maoïstes revues par Cardin, pantalons serrés, parfois fardés, nègres ou blancs, ils montent la garde, soldats d'un piquet de burgraves de vingt ans. Le rire de Roger Peyrefitte sort d'une bouche qui a l'air d'un trou de mémoire. Une sorte de grand prêtre musulman porte un bonnet de laine et une houppelande couleur vaudou dans la savane. Dewi Soekarno est là — en doutiez-vous ? —, cette fois en bohémienne de superproduction au Châtelet. Et Ludmilla Tcherina, son ruban de la Légion d'honneur lui cachant presque entièrement le sein gauche.

Elle me dit : « Tout d'un coup, j'ai eu horreur de mon visage, et de mon jeu. Je me suis regardée, à la télévision, dans *Anna Karenine,* et j'ai pensé : " C'est moi, cette femme, toujours pareille, avec les mêmes cheveux en bandeaux, les mêmes tricheries... " J'ai eu envie de me fuir... » Elle a honte aussi, chaque fois qu'il lui faut exprimer une douleur, de toujours recourir au même procédé : pour y parvenir elle se souvient de la mort de son premier mari. Je lui déclare qu'elle n'a pas à en être gênée ; que mon vieil ami Audran en eût, au contraire, été heureux puisque, grâce à ce stratagème, il est toujours là, preuve qu'il fut le plus aimé.

La foule dévore les carrés de mie de pain épinglés de saumon ou de jambon. J'abandonne à sa merveilleuse infortune ce petit lord Fauntleroy vieilli, cet enfant déguisé trop tôt en grande personne qui attendrait le moment de réciter la poésie qu'on lui a fait apprendre pour égayer le thé des amies de sa mère, ces dames à dentelles ayant le visage illusoirement contemporain d'Yves Mourousi et de Jacques Chazot.

LA lâcheté ne fait pas le détail : qu'elle insulte, ou mendie des excuses.

EN parlerai-je ici ? Alors, rapidement, sans attendrissement excessif. Quelquefois, je sens ma santé qui me fuit, et la mort toute proche, fantôme de plus en plus familier auquel je pourrais presque donner un domicile et un prénom. Ainsi viens-je de passer quelques jours en dégradés, dans le sens d'une courbe descendante. Plus de goût à rien. Les jambes molles, le cœur au ralenti. Je paie le prix de mes voyages et de mes courses lointaines. Toute nourriture m'est un poignard, sauf celle que me confectionne à la maison un amour d'un autre âge. Déjà, voici des années que je ne bois plus une goutte d'alcool ; ou alors, je « tâte » d'un grand vin avant d'en régaler les autres, juste le fond d'un verre. J'en demeure alors aussi étonné, et étourdi, que si j'avais retrouvé une couleur oubliée dans un paysage qui n'est plus le mien.

Et puis, cela passe. Sans que je sache pourquoi ni comment. Soudain, je ne pèse plus le même poids. Les rues sont des tapis sous mes pieds. J'ai une fringale de quais de la Seine, de jardin des Tuileries, de musées. D'ailleurs, il fait beau. L'encre de ma plume est amicale. Le papier sur lequel j'écris cesse de jouer les mouchoirs. Et je me retrouve, à mon habitude, incapable de rester une minute sans quelques caractères imprimés sous les yeux, avides de lire tous les livres, de connaître toutes les passions, et d'abord celle d'être passionné.

CONSCIENCE professionnelle. Cette comédienne, qui touche deux mille francs par représentation, se répand en imprécations pour dénoncer l'abominable esclavage qu'on lui impose en lui faisant jouer la comédie. Pendant ce temps, au Lido, les sœurs Kessler, animatrices de la nouvelle revue, sourient et miment le plus extrême bonheur. Elles ne disent pas que toutes leurs pensées volent vers leur mère, qui est en train de mourir.

CETTE lueur de haine, dans le regard adressé par les femmes qui ont été belles, et ne le sont plus, à celles qui maintenant ressemblent à ce qu'elles ont été... Comme si elles refusaient l'image qu'un méchant miroir leur renverrait.

La radio, dont on ne saurait trop s'émerveiller de la justesse des informations, m'apprend que nous sommes le jour de Pâques. J'en demeure un instant troublé : cette célébration, que l'on m'assurait si importante jadis, et qui était une telle fête, avec ses œufs de couleur cachés dans les buissons du jardin, et un dessert spécial — elle n'a donc plus pour moi la moindre importance ? Une seconde me reviennent mes confusions d'enfant pris en flagrant délit d'avoir manqué l'école du dimanche. Pour un peu, je m'attendrais à être foudroyé par la colère de Dieu... Que je ne croie pas en lui, passe encore ; mais au moins que je continue à écrire son nom avec une majuscule et à me souvenir de ses anniversaires...

Tel est le poids des terreurs accumulées depuis vingt siècles, pour faire croire aux pauvres qu'ils n'ont pas à se révolter contre les riches, ni les malades à envier ceux qui sont en bonne santé — puisque la récompense n'est accordée que dans un autre monde. Merveilleux subterfuge pour contenir le sursaut de ceux pour qui la vie n'aura été qu'un piège à souffrances : ce ne serait qu'une fois mort que l'on vit ! Sécurité garantie du procédé, personne, jamais, n'étant revenu de l'au-delà pour nous dire que nous avons été abusés. Ainsi les carrosses n'ont-ils pas cessé de rouler, et les puissants d'avoir des domestiques bien élevés. Bénissant toutes les nations, jusques et surtout dans leurs guerres — *Gott mit uns !* —, Dieu a vécu, gras et intouché, de cette manne terrestre.

Comment s'insurger ? Quand un homme n'a plus rien, est-il tout à fait pauvre s'il lui reste l'espoir ? Même aujourd'hui, alors que trop d'évidences ont arraché leurs ailes aux fées, il proteste si on lui affirme que les croyances du xe siècle après J.-C. sont sujettes à caution. L'ordre moral, qu'il prend pour le subtil équilibre de la terre et du ciel, est à ce prix. Aussi, un paquet de gâteaux sur les genoux, entouré d'une jolie ficelle rose ou dorée, il persiste à prier, un œil vers des vitraux archaïques ; et un autre pour vérifier que la pâtisserie ne fait pas de taches sur son pantalon. Il soupire : si tout le monde revenait aux croyances anciennes, comme nos problèmes seraient vite résolus et comme nous serions heureux entre loyaux sujets de Louis-Philippe ! Incapables, à tort ou à raison, de croire encore en eux, les hommes s'accrochent à l'incroyable, et ils y croient. Et voici qu'à mon tour, moi-même, parce que c'est Pâques...

Mais la radio, entre un pronostic pour le quarté et l'annonce que sept cent cinquante tonnes de moules ont été polluées à Concarneau, continue de moudre le grain de son moulin : « Le pape avait l'air radieux, ce matin, place Saint-Pierre. » N'avait-il pas, en effet, baptisé six catéchumènes, dont deux Coréens et trois Africains ? Du coup, le charme est rompu. Pâques ne fait plus que m'ouvrir la porte de la rue pour me permettre de m'y promener dans un Paris que la pompe aspirante des résidences secondaires a vidé.

A la télévision, « L'homme en question ». Maurice Druon, médaille de Vasari en villégiature chez Fouquet, est sur la sellette. Crinière soignée. Ses cils donnent une flamme rousse à son regard de fauve las d'avoir rongé trop de carcasses d'hyènes.

Au banc de la défense, Maurice Schumann, tentant comme à son habitude de se faire un masque de son visage. Et Michel Droit, ses orbites taillées dans le granit le faisant de plus en plus ressembler à un saint-bernard qui serait passé par Saint-Cyr.

En fait, il n'y aura pas de bataille. Seulement une sorte de querelle élastique. Les reproches que l'on fera à Maurice ne concernent que son apparence physique, ce qui fausse totalement le débat. « Vous avez l'air gonflé de vous-même », jette Philippe Tesson, directeur du *Quotidien de Paris.* Et Druon, très calme : « Depuis le temps qu'on me lacère d'épingles pour me dégonfler sans que j'éclate, cela signifie peut-être qu'il n'y a pas en moi que du vent... » Tour à tour, ses adversaires rivalisent de courtoisie pointue. Ah ! comme il a du talent ! Ses *Grandes Familles,* quel chef-d'œuvre !... Ses adversaires, du reste, assurent s'être nourris des *Lettres à un Européen.* C'est bien simple : l'ouvrage ne quitte pas leur chevet. Ils se réveillent la nuit pour le relire et pourraient en réciter de longs fragments par cœur...

Druon ne prend même pas la peine de compter des coups qui ne l'atteignent pas. Le présentateur, Paul Giannoli, hoquette, la langue embarrassée — père, gardez-vous à droite, père, gardez-vous à gauche ! —, pour ne chagriner personne, comme si, toréador prestigieux, il voulait placer des banderilles en n'étant vu que des spectateurs, pas du taureau : « Pour parodier vos *Rois maudits*, on devrait vous appeler " Maurice le Mal-Aimé "... » Rires. Coups de bâton donnés dans une mare par des gamins qui auraient peur de mouiller leurs culottes.

Pendant une heure, Druon ne se défend ni n'attaque. On ne se bat pas avec une épée contre un édredon. A ceux qui l'accusent d'avoir choisi de ne plus défendre que l'Ordre, avec un grand O, après avoir incarné la révolte et le désordre pendant la Résistance, il répond superbement : « C'était l'Occupation qui était le désordre ! » Approbations unanimes.

Il ne se permet qu'une seule pointe, quand on remet sur le tapis sa fameuse maxime de la sébile et du cocktail Molotov : « Celui, dit-il, qui a conduit avec le plus d'acharnement le troupeau de mes opposants, Jean-Louis Barrault, a vu par mes soins sa subvention quadruplée. Il m'en a d'ailleurs remercié par une très belle lettre. Mais il ne l'a pas publiée, contrairement aux trois autres qu'il m'avait adressées auparavant, et où il m'accablait de ses griefs... » Une fois encore, j'ai été très fier de mon ami. Qu'importent quelques divergences, même fondamentales ? Lui, du moins, il existe ; et sa seule intolérance est de refuser sa tolérance à ceux qui n'acceptent pas d'être tolérants.

COMÉDIENNE, ou plutôt star, elle n'avait que sa beauté pour établir sa gloire, qui fut immense. Avec l'âge qui vient, elle sent se désagréger tout ce qu'elle croyait être. Au fur et à mesure que se détériore son image, le langage, autour d'elle, se fait différent. Toujours célèbre, elle n'est plus rien. Même les amours qu'elle déchaîne encore n'ont plus la même saveur. Les rats quittent le navire en lui faisant des sourires.

Sans aucun talent — mais elle ne s'en doutait pas —, elle n'a plus pour se raccrocher que son visage, et celui-ci la fuit. On lui passait tous ses défauts. Il n'est plus temps pour elle d'avoir des qualités.

FOUDROYÉ à dates fixes par le délire de l'écologie, René Barjavel s'est fait la tête d'un dieu fluvial, imitation Michel-Ange. L'argent de ses cheveux simule à merveille un bronze dont un vol de pigeons irrespectueux aurait blanchi la patine. Je soupçonne ses yeux d'être percés de petits trous pour faciliter l'arrivée des grandes eaux. D'invisibles projecteurs doivent avoir la charge de mettre ses rides en relief. Un penseur de Rodin qui penserait au penseur de Rodin.

Tout n'étant plus désormais pour lui que combat de titans, il publie dans *Le Journal du dimanche,* sur toute une demi-page, les lettres de ses lecteurs dénonçant les crottes de chien abandonnées sur les trottoirs de Paris. Le Larzac sort de ses frontières et organise des dîners en ville.

SERA-CE un événement historique ? En grand secret, Giscard prête des avions-cargos à Hassan II, pour transporter au Zaïre les armes que le Maroc fournit au gouvernement de ce pays, afin de lutter contre les rebelles, anciens mercenaires katangais encadrés par des Cubains et conseillés par des Russes. Explications de l'Elysée : « Cet acte est la preuve que la Fance peut prendre ses décisions elle-même ; et que nous ne nous désintéressons pas de l'Afrique. » Prélude à un nouveau Sarajevo ? Rappel d'une autre guerre qui commença, elle aussi, par l'envoi de quelques « conseillers » ? Ou carte postale à l'effigie du coq gaulois qui, demain, ne vaudra même plus la valeur du timbre consacré à son affranchissement ? Mais aujourd'hui, les jeux d'enfants font parfois exploser les maisons.

Et soudain, voici qui est infiniment plus important : Jacques Prévert est mort.

DE quel autre poète, aux temps qui sont les nôtres, la mort serait-elle une information?

ELLE fait un peu peur, quand on y pense, à Hanoi et à Saigon, cette attitude enfantine, schématique, des collaborateurs directs de quelques hommes qui ont su, pendant la plus horrible des guerres, allier l'intelligence et le caractère. Leur enthousiasme sincère a les œillères du règlement. Pendant des années, souvent, en poste à l'étranger, ils ont accepté de ne pas revenir chez eux, loin de leurs femmes et de leurs familles. Parfois, leurs enfants sont morts, et leurs vieux parents, sans qu'ils aient obtenu l'autorisation d'aller en saluer les dépouilles. Quelle faiblesse dans cette force ! Ce qui est noir est noir. Ce qui est rouge est rouge. Cela durera sans trop de péril tant que la tête de la nation sera vivante. Mais Dong, Giap, et les autres, vieillissent. Après eux, il risque de ne plus y avoir que des bureaux. Serait-il plus facile de diriger un pays en période de guerre que pendant le temps d'une paix ?

Comme pour le confirmer, la télévision montrait hier les artistes de Saigon participant à une journée de travaux manuels à la campagne. Emulation traditionnelle de type chinois. Minuscules chanteuses de cabaret, les ongles de leurs pieds vernis d'un carmin qui n'avait rien de révolutionnaire, se passant du bout des doigts des petits tas de cailloux, avec des gestes qui font penser à des oiseaux déplaçant les statues de vermisseaux monstrueux... Le plus grave est que tout cet effort ne sert strictement à rien. Aucune route, aucun barrage ne sera construit de la sorte. Simple motif à déploiement de calicots à slogans. Sihanouk, lui, autour du même genre de travaux, faisait jouer des orchestres de danse, poussant la sollicitude jusqu'à en composer les refrains.

Certains ne comprennent pas, dans ces conditions, que tant de Vietnamiens, réfugiés en France depuis des lustres, n'aient d'autre envie que celle de retourner mourir dans leur pays. Les choses ne sont pas si simples. Quelle est la vie de la plupart des Vietnamiens exilés ? La liberté qu'on leur propose, s'ils n'ont pas eu la chance de faire d'études secondaires, et voire même dans ce cas, se borne aux horaires d'une usine ou à des travaux de vaisselle dans les restaurants à l'enseigne du jade et du dragon. Ils peuvent, certes, se promener sagement devant nos vitrines et nos banques, en feignant d'être heureux de peur de ne pas voir renouvelés leurs papiers de « résidents privilégiés ». Mais à quoi sert une abondance à laquelle on n'a aucun droit ? Au Vietnam, ils retrouveront l'air qu'ils respiraient dans leur enfance, les derniers survivants de leurs familles. Ils ont, chez nous, appris à se contenter de peu. Là-bas, du moins ce peu parlera-t-il leur langage et aura-t-il leurs couleurs. On veut toujours juger les autres en oubliant que l'on pourrait être eux, et non pas nous déguisés en étrangers. Nous confrontons des vêtements et des mœurs, en n'admettant pas de nous séparer des nôtres.

MOINS d'une semaine après sa mort, Jacques Prévert a déjà été totalement récupéré par la solennité, l'infantilisme et l'esprit bien-pensant. A longueur de radio, des bébés ânonnent en son honneur des histoires d'escargots, après avoir donné aux corridors de leurs écoles les noms de ses poèmes. Quant à *Barbara,* on la dirait exclusivement interprétée par les sociétaires de la Comédie-Française du temps de Romuald Joubé. Prévert est devenu le Béranger des temps nouveaux. « Parlez-nous de lui, grand-mère, parlez-nous de lui... » Une faveur tricolore autour du cou, il sera le mouton favori d'une Marie-Antoinette qui aurait confié à Déroulède le soin de diriger sa laiterie.

Curieux destin des grands hommes ! Ceux qui les ont ignorés se vengent de leur propre sottise en s'appropriant les dépouilles de leur intelligence ; et, des couronnes qu'ils leur tressent, ils se font des collerettes de disciples élus parmi les élus.

Les paysages d'une nation que l'on n'a pas encore visitée, on s'en fait une représentation que l'on croit précise. Mais qu'on les découvre réellement, qu'on mette le pied sur leur sol, qu'on en respire l'air, rien qu'un pas, rien qu'une bouffée, les couleurs elles-mêmes semblent avoir changé. Et il devient à tout jamais impossible de retrouver les faux souvenirs qu'on en avait. A quoi ressemblaient pour moi Tokyo, ou New York, ou Saigon, avant que je n'en aie respiré les odeurs ? Ces villes sont désormais, pour toute la durée de ma vie, à l'image de ce que j'y ai rencontré. Ce que j'en avais rêvé est effacé.

Ainsi certains sommeils, pourtant peuplés, ne deviennent-ils parfois que des rideaux noirs. Les yeux des autres, ou de l'autre que nous sommes maintenant, se substituent à notre sens de la vue. Mal aimés, ou déçus, nous aurions peut-être davantage de mémoire ? Notre bonheur d'avoir conquis quelques sympathies a modifié la nature de notre désarroi ou de notre espérance. Avant, nous nous disions : « Si seulement *une* personne pouvait nous comprendre... » Et soudain : « Pourquoi tout le monde ne nous comprend-il pas ? » La température de notre corps demeure, mais la fièvre n'est plus la même ; comme si de distraites infirmières avaient interchangé les thermomètres.

Ce directeur de théâtre trouve que je n'ai pas été assez sévère pour le spectacle d'un de ses confrères. Ce même directeur, quand je fais des réserves à propos de ses propres productions, affirme que la critique ne songe qu'à démolir, et qu'on prendrait de salutaires mesures d'hygiène mentale en lui interdisant l'accès des salles.

Variantes : 1) *J'ai aimé la pièce qu'il a montée :* « Vous, au moins, quand vous critiquez, vous n'êtes pas comme vos confrères. Tous des, etc. Ajouterais-je que, venant de vous, vos compliments n'ont à mes yeux que plus de valeur ? Je sais que vous mettez votre point d'honneur à n'écrire que ce que vous ressentez profondément. »

2) *Je n'ai pas aimé la pièce :* « Cela ne m'étonne pas. Comment aurait-il pu apprécier une comédie aussi fine et nouvelle ? Il n'y a qu'à voir la tête qu'il a... D'ailleurs, vous n'ignorez pas que, pendant l'Occupation... »

L'HABITUELLE cohorte de touristes s'engouffre dans les dédales du musée du Louvre, nullement ridicule malgré ses ridicules, puisque c'est la recherche de la Beauté qui a ordonné son itinéraire et son emploi du temps. A peine, devant *La Joconde,* le frémissement de lèvres d'un M. Perrichon retrouvant l'écho de sa randonnée à la mer de Glace, ou déchiffrant le nombre de carats du diamant du Régent. La foule frôle la majesté des statues avec une admiration qui n'est ni sotte ni feinte. Peut-être a-t-elle encore dans l'œil la hideur des Maillol des Tuileries, monstres épanouis qui font peur aux pigeons des jardins, amoncellement de cuisses énormes et courtes, de ventres ballonnés, de joues sans grâce, sur le compte desquels il convient naturellement de s'extasier. Comme si le ciseau inspiré du sculpteur eût été moins habile en reproduisant les sœurs de Diane de Poitiers, ou de Mlle George, plutôt que les héroïnes en vogue sous Porto-Riche et Brieux, ou les commères de revues des Folies-Belleville.

Traversant à toute allure la cour d'honneur, une voiture de police s'arrête. Quelque étudiant hollandais drogué que l'on emmène ? Ou bien un jeune Allemand saisi par l'envie d'enlever son pantalon pour prouver son enthousiasme aux modèles de Praxitèle ? Non. C'est un mort. Un mort discret et pauvre, jeté négligemment à plat ventre sur un brancard. Un de ses bras retombe sans force quand on le hisse de travers dans l'automobile dont le clignotant bleu scintille au-dessus de la plaque rouge. Crise cardiaque, vraisemblablement. Je rêve aussitôt qu'il a été frappé parce qu'il a eu, et lui seul, la révélation de ce que devait être la tête de la *Victoire de Samothrace,* et que le regard de la divinité, brusquement, l'a foudroyé pour le punir de ce péché. Ou bien que les bras invisibles de la *Vénus de Milo* l'ont happé au passage, le serrant sur sa dure poitrine jusqu'à la faire craquer au contact de son cœur. Les dieux, surtout ceux qui parent leur mystère de marbre ou de bronze, font cruellement payer ceux qui ont eu la folie de percer leurs secrets.

Me voici de nouveau en train de fabuler. Le Louvre, que connaît seulement la solitude de la nuit, se manifeste en plein jour. Sa colère, contenue pendant des millénaires est à l'échelle de sa grandeur. Ses tombeaux soulèvent leurs couvercles de pierre. Et l'on entend de terribles rugissements dans cette galerie des Sphinx, au sous-sol, où jadis j'ai filmé Cecil B. De Mille. L'assistante du conservateur tremblait parce que nous fixions nos micros avec du Scotch entre les pattes herculéennes des félins... Qui a soudain secoué les colonnes du Temple ? Rembrandt et Rubens, Véronèse et Fra Angelico s'effondrent dans un fracas de cathédrales englouties.

Seuls demeurent, sereins et impavides, les gardiens antillais, comme frappés par une mouche tsé-tsé emmenée dans les cales de leurs cargos d'origine. Les jaspes et les porphyres ne les atteignent pas. Ils lorgnent vers les sarcophages. Songent-ils que cela ferait de bien confortables bassines pour y faire bouillir des missionnaires ou, à défaut, leur chef de service ? Au-dessus de leurs têtes passent les regards sans pupille d'Auguste et de Caligula. Aux yeux de leurs ruminants gardiens, ils n'existent pas. Jamais, en effet, dans les îles à cocotiers et à moussons, personne n'a fait saigner le marbre, pleurer l'albâtre pour reproduire les traits de ceux qu'ils vénéraient, les condamnant ainsi éternellement au supplice de l'immobilité. « Vivement la soupe, j'en ai plein les bottes », dit l'un des sombres factionnaires.

Ce n'est pas avec de tels mots que l'on écrit l'Histoire et, par conséquent, que l'on risque d'en déchaîner la vengeance et le courroux.

PÉRIODIQUEMENT, la République démocratique de Corée publie dans les journaux d'énormes placards publicitaires vantant les bienfaits de son régime, en caractères microscopiques et rébarbatifs, tassés comme des Asiatiques dans un autocar de campagne à destination des rizières forcées. Personne ne les lit. J'en ai eu la curiosité. Cela vaut la peine. Il serait dommage, en effet, que de tels textes demeurassent sans mémoire. « Chez nous » —

je cite —, « les citoyens jouissent de longévité » — grâce au grand nombre d'hôpitaux gratuits. Ce qui fait que les Coréens « chantent aujourd'hui leur jeunesse à l'âge de 60 ans et leur *hwangap* (?) à l'âge de 90... A l'heure actuelle, tout le peuple coréen éprouve un bonheur infini et une grande fierté de vivre sous la direction du camarade Kim Il Sung, Grand Leader, qui lui a donné une vie matérielle et culturelle sous le meilleur régime socialiste du monde. C'est pourquoi tous les Coréens brûlent de lui être invariablement fidèles. Dans la ferme détermination de répondre au chaleureux amour et à la sollicitude infiniment grande du Leader, père affectueux, ils consacrent tout à la lutte pour accroître encore davantage les liens de la Société et du Peuple, pour la prospérité et le développement de leur pays. La République démocratique de Corée, dirigée par le camarade Kim Il Sung, est en effet un paradis socialiste où il fait bon vivre et travailler ». Fermez le ban.

Pourquoi la Corée dépense-t-elle son argent à ces étranges cocoricos ? Pense-t-elle attirer jusqu'à elle des bataillons de travailleurs avides de lui prêter la main ? Rallier des intellectuels en mal de véritable vague à l'âme socialiste ? Soulager le cœur bourrelé de remords des marchands de tanks et de fusées sol-air ? Question à laquelle, seul, semble-t-il, serait capable de répondre le Grand Leader.

LES gens ne sont constamment malheureux que dans les mauvais romans. Dans la réalité, ils sont trop occupés. » (Arthur Koestler, *Le Testament espagnol*.) Et ce constat étonnant de la détresse du solitaire (il était enfermé dans les prisons de Franco) : « Au bout de six semaines de solitude, j'étais si dégoûté de moi que je me disais vous et m'appelais monsieur... » Infortuné Koestler ! Pour avoir plus vécu encore qu'il n'a écrit, on lui déniera toujours la qualité d'écrivain.

JEAN-LOUIS BORY triomphe avec *Le Pied* et une sorte de guide philosophico-médical de l'homosexualité. Son combat, qui était honnête, est devenu à son insu une sorte de tremplin pour best-sellers. On vend désormais dans les échoppes de la pédérastie au poids, de l'inverti au mètre, comme chez un grossiste. Quand Bory notait : « J'appartiens, moi, à la pédale mandarine ; donc, personne n'ose me reprocher une différence que d'autres paient souvent très cher », ce n'était que crânerie joliment exprimée. De la peur sous cellophane. Tout danger, au contraire, n'étant pas encore écarté, il feignait avec courage de l'ignorer, se bornant à mettre un masque de carnaval littéraire aux risques qu'il prenait.

Les choses ont évolué. L'homosexualité est devenue, dans l'idéal, une espèce de paradis fiscal de la littérature. Bory est le Pierre Salinger de cette Amérique, l'Alain Peyrefitte de cette Chine. Hélas ! Pourquoi faut-il, neuf fois sur dix, que ce soit avec ce qu'ils doivent le moins aimer dans leur production que les auteurs fassent le plus d'argent ?

Au fait, les mauvaises mœurs ne sont pas toujours celles qu'on croit. L'autre soir, chez Bouvard, Jean-Louis Bory était opposé à un médecin nommé Amoroso — ça ne s'invente pas ! — qui lui disait à peu près : « Si ça vous fait mal quand vous vous asseyez, pas la peine de nous en donner la raison... » À trop faire descendre les mots dans les ruelles les plus basses, voici les conversations que l'on récolte.

APPENDICE à ce qui précède. Une « semaine homosexuelle » va se tenir à Paris. Le communiqué nous apprend que le grand mouvement libérateur a déjà ses schismes. Le groupe « Arcadie » est dénoncé comme « club bourgeois », fief du libéralisme avancé et de l'homosexualité respectable et salonnarde. Rien à voir avec l'effort des « travailleurs en lutte ». On rappelle aussi que « nombreux ont été les homosexuels résistants et déportés ». A quand la remise d'une gerbe, sous l'Arc de Triomphe, par une délégation de l'association des anciens combat-tantes ?

LE député Aymeric Simon-Lorière s'est suicidé. Il avait « tout pour être heureux ». Jeune, élu de bonne heure, chéri de ses aînés (Michel Debré en tête, dont il fut, à vingt-six ans, le chef de cabinet), il avait été maire de Sainte-Maxime. Un terrible accident d'auto, il y a presque deux ans, l'avait mutilé. Mais il semblait avoir surmonté sa crise. Hier, tranquillement, il a acheté un revolver chez Gastyne-Renette — quand donc tiendra-t-on compte de la responsabilité des honorables armuriers ? —, s'est excusé auprès d'une dame parce que sa voiture gênait la circulation ; et il s'est tué après avoir écrit trois lettres dont on ne connaît qu'un mot : « Pardon. » Dans sa dernière interview, que passe T.F. 1, il parlait pourtant de son amour de la vie — c'était après son accident — et de son bonheur d'avoir pu reculer la mort.

LE fils de François Nourissier est énarque. Son professeur lui demande : « Nourissier, vous êtes parent du Nourissier de Chirac ? » (François Nourissier a publié une *Lettre ouverte à Jacques Chirac,* non pas inconditionnelle, mais chargée d'espérance.) « C'est mon père », répond le fils. Et le professeur : « Ah ! ah !... », avec un plissement du front qui en dit lourd.

— Cela veut dire quoi ? interroge Michèle Morgan.

— Que l'on vire à gauche, même dans les grands corps qui doivent tout à l'Etat, intervient Gérard Oury.

— Pas du tout ! fait Nourissier. Le professeur est pour Giscard. Et ce n'est qu'un aspect de la haine de l'Elysée pour le maire de Paris...

C'est vrai. Et dans l'un et l'autre sens. Beaucoup de ceux qui étaient les plus ardents défenseurs de Giscard, et se flattaient de connaître les principaux collaborateurs de son ministère, sont à présent déchaînés. Ils le traitent de fou, ce qui est leur qualificatif le plus indulgent. « Vous avez vu le fou ? » aurait demandé brusquement André Chamson à Jean Dutourd, interloqué, alors que celui-ci, qui avait en effet rencontré Giscard, arrivait à une réception de l'Académie française.

François Nourissier nous dit aussi que,

depuis qu'il appartient à l'académiette, il a reçu pour la deuxième fois — prix Goncourt oblige ! — quarante livres que leurs auteurs lui avaient déjà adressés, mais cette fois avec des dédicaces infiniment plus longues et flatteuses. Des pages en l'honneur de son talent, avec références détaillées à ses œuvres, manifestement lectures favorites de ses correspondants. La plus belle dédicace émane de Francis Ponge, poète, « qui doit en avoir assez d'être toujours loué par des Philippe Sollers et des Robbe-Grillet ». En voici les termes : « A François Nourissier, qui sera étonné de savoir que, contrairement à ce qu'on prétend, je partage ses idées politiques... »

Il faut le faire. Mais la poésie pure a de ces envolées...

Après un article que j'ai consacré au Vietnam, dans *France-Soir* — ce qui prouve, soit dit en passant, que la presse libérale peut encore être libérale —, on me dit : « Vous qui ne vous engagez jamais, vous avez sérieusement affiché la couleur. » Il est faux que je ne m'engage jamais. Mais je choisis mes engagements. Ma vie a toujours engagé mon cœur avant d'engager mon esprit. Mon métier m'a fait connaître des pays et des gens que j'ai, les uns et les autres, abordés sans idées préconçues. Si, à mon retour, je me suis borné à raconter ce que j'avais vu et ressenti, c'est parce que je n'ai jamais pensé que mes opinions pouvaient une fois pour toutes porter des étiquettes. Cuba, que j'étais prêt à applaudir, m'a profondément déçu. En revanche, alors que tout m'éloigne des régimes où la politique absorbe et contrôle tout, le Vietnam du Nord a laissé en moi l'empreinte d'une admiration et d'une amitié que rien, je crois, n'effacera jamais.

Ainsi en est-il de mes « idées politiques ». On les inscrirait difficilement dans les limites étroites d'un parti. Elles sont faites davantage de rencontres et de chocs émotionnels que de savantes analyses. Un visage, pour moi, a été souvent plus révélateur de la situation réelle d'une nation que les discours de ses dirigeants ou les commentaires des spécialistes dans les journaux. Cela a eu le grand avantage de me permettre d'estimer certains adversaires et de me faire tourner le dos à quelques faux amis.

SUR le gravier des jardins de l'Elysée, parmi les fleurs en massifs, deux gros chiens sans collier se prélassent au soleil. L'injustice sociale règne jusque chez les chiens. Dehors, formidable assemblement d'une police voyante ou camouflée. Mais, le perron franchi, plus rien n'existe que le calme et la chaleur tiède d'un autre monde.

Près de quatre-vingts invités se conjuguent et se superposent, dont une charretée de ministres actuels ou dépassés : Messmer, Simone Veil, Haby, Boulin, Guéringaud.

Le général Bigeard s'avance. A Dien Bien Phu, il ne se doutait pas qu'il serait un jour à pareille fête. Il est vrai qu'il vient de déclarer sur les ondes de *France-Inter :* « Les combats d'Indochine, finalement, c'est un très bon souvenir. » *(Sic.)*

Maurice Schumann, cédant à son tic, me tend la main en détournant aussitôt la tête. Non, ce n'est pas un tic ; rien que de l'impolitesse. Je le verrai, en effet, un instant plus tard, se trémoussant devant je ne sais quelle forme vaguement féminine. Janus maudit par les dieux : ses deux visages sont également imparfaits.

Les salons s'ouvrent sur des salons qui s'ouvrent sur des salons. En file indienne, nous nous approchons du sérail où, l'un près de l'autre, couple disparate, se détachant sur le vert du gazon qui semble peint à même les carreaux des vitres, se tiennent Valéry Giscard d'Estaing et Pham Van Dong. Un huissier à bedaine tonitrue mon nom, après m'avoir demandé de préciser ma qualité. « Journaliste. » Il a un haut-le-cœur. Serait-ce pour si peu qu'on l'a dérangé ? « Journaliste », cela sonne manifestement moins bien pour lui que « directeur des affaires culturelles de la francophonie » ou « général de groupe d'armées ». Il en parlera sûrement à son syndicat.

C'est la première fois que je rencontre le président de notre République. Il me fait un large sourire. Je le lui rends. Deux copains qui se retrouvent, et qui n'ont pas besoin de se raconter leurs vies pour savoir à qui ils ont affaire... Sympathique, direct. J'aimerais pouvoir lui dire : « Bon ! eh bien, maintenant que nous sommes là tous les deux, allons déjeuner et causons... »

Mais déjà Pham Van Dong paraît effacer tout ce qui n'est pas lui. On le devine usé par les terribles années dont il a eu la responsabilité, ses yeux presque transparents, comme délavés par les horreurs qu'ils ont vues. Les emplois du temps insensés aussi dont il est l'esclave depuis son départ de Hanoi pour Paris, via Moscou et l'Allemagne de l'Est, ont dû le ronger jusqu'au plus profond de son être. Je songe aux milliers de mains qu'il a été obligé de serrer — il n'a pas voulu refuser la sienne au plus humble de ses compatriotes —, aux heures interminables où il est demeuré debout, à ce sourire qu'il lui a fallu figer sur ses lèvres parce que, sans une seconde de répit, le mitraillaient des photographes, qui tous ne cherchaient pas forcément à le présenter d'une façon amicale. Son costume est de simple tissu foncé, sans décoration, ce qui jette une note insolite dans l'abondance de ces revers où la rosette de la Légion d'honneur fait figure de ticket de métro de deuxième classe.

Je m'attends à un petit signe de reconnaissance, persuadé que ses collaborateurs viennent juste de lui rafraîchir la mémoire à mon sujet. Cela fera, en effet, dix ans en novembre que je lui ai rendu visite à Hanoi. La guerre faisait rage. Les bombes, par quartiers entiers, démolissaient chaque jour sa ville. Trop de morts se sont imbriqués dans trop peu de survivants. Les chances sont faibles qu'il ait conservé le souvenir de notre rencontre.

Pas du tout. Comme si nous nous étions quittés la veille, il me prend la main, me la serre, ne la lâche pas pendant plusieurs minutes, alors que les autres, pour la plupart, ont été expédiés aussitôt passé le temps de la courtoisie. Et il me dit, sous le regard passablement éberlué de Giscard, des choses qui me touchent tant qu'il ne m'est pas possible de les rapporter ici.

Emu plus que je ne puis l'exprimer, je balbutie je ne sais quoi. J'ai l'impression de retrouver un proche parent, que je croyais disparu, mais qui était toujours vivant et qui remonte à la surface, prêt à renouer un dialogue interrompu. Les secondes se prolongent. Je sens que je dois laisser la place à ceux qui attendent de me succéder, qu'il le faut, que cela ne se fait pas de s'attarder de la sorte, que je suis en train de casser le rythme de la représentation... Muet, je pourrais lui parler pendant des heures. Un miroir me renvoie une ancienne image de moi.

Je m'éloigne pourtant. Sous un plafond surchargé d'ors et de lustres, à mi-chemin entre Mogador et un palais des *Mille et Une Nuits* reconstitué pour la Belle Otéro, l'immense salle à manger a l'air d'un asile rococo où un orchestre invisible accorderait des filets de sole et de la poularde en curry au lieu de violoncelles. Heureusement, trois tapisseries de haute lice réconfortent la vue. Service de Sèvres au sigle de l'Elysée et couverts de vermeil. Dans la petite bibliothèque de la pièce voisine, des reliures en veau blond proposent Homère, Corneille et le *Journal des fées*. Il me semble avoir vu les mêmes ouvrages dans un autre recoin de la maison, à l'époque de l'intérim de Poher. Ou bien l'Elysée les a-t-il achetés en double, ceux-là étant faux, et les originaux confiés à la sécurité d'un coffre en Suisse.

A ma droite, Emmanuel de Castéjas, chef du protocole, pose des questions dont il semble surtout appréhender qu'elles ne provoquent des réponses. C'est le métier, sans doute, qui veut ça. Il vient de San Francisco où il a passé cinq ans, responsable des affaires françaises. Cinq ans de côte Ouest — ce qui ne lui a pas permis de voir une seule fois à quoi ressemblait la côte Est. En tout cas, me confie-t-il, il n'a jamais mis les pieds à Boston : « Cela faisait quand même cinq heures d'avion... » Fantastique ! Il aura donc quitté les Etats-Unis, où il a vécu dans les conditions les plus privilégiées, comme on cesse toute relation avec une femme dont on n'aurait vu, en cinq ans, qu'un seul profil... Ou bien, cosmonaute, alors que toutes les ressources de sa fusée le lui permettaient, qui aurait dédaigné de poser un regard sur la face cachée de la lune...

A ma gauche, un fonctionnaire vietnamien se tait, attentif à ne pas laisser les abus d'un langage inconséquent compromettre l'équilibre des augustes paravents de la diplomatie ambiante. « Vous avez eu l'occasion de visiter la France ? » interroge son voisin Jean-Philippe Lecat, porte-parole du gouvernement, histoire de dire quelque chose. « Oui. — Où avez-vous été ? — A Marseille. — Seulement à Marseille ? — A Dunkerque aussi. — Ah ! vraiment ?... — Mais je n'ai pu y passer que deux jours. — Comme c'est dommage... », se désole Lecat.

Discours brefs, et pas seulement de circonstance. Giscard promet qu'il luttera pour que le Vietnam ait enfin à l'O.N.U. « le siège qui lui revient ». Il parle du respect auquel ont droit les combattants, et de cet accueil « dans l'honneur et la dignité » que la France a réservé au dirigeant vietnamien. Pham Van Dong remercie pour les « égards exceptionnels » dont il a été l'objet. Pas d'allusion au passé, souvent difficile, qui a parsemé d'embûches les relations entre nos deux pays. Il dira simplement qu'il est heureux de constater, trente et un ans après, que « l'Histoire lui a donné raison ».

Jolie façon de résumer pudiquement un destin qui, l'ayant jeté pendant six ans dans les fosses de Poulo Condor, sous la surveillance de gardes-chiourme français, fait que l'on déploie aujourd'hui une carpette rouge à Orly sous les pieds de notre ancien bagnard, le propulsant au plus haut rang des hôtes de la France.

Soudain, la fatigue tire ses traits. Il paraît chercher les bras de ses plus fidèles compagnons pour s'y appuyer. Il y a eu trop d'entretiens, à propos de pétrole ou d'échanges culturels. Et plus loin, cruellement accrochés à la ligne d'un horizon si proche, trop de villes ramenées au niveau de la terre, d'enfants déchiquetés, de liberté à sauver. Un instant, tristement, je me mets à penser que j'assiste à une agonie royale. Mais, le soir même, face à la meute des journalistes d'une conférence de presse, il mettra tout le monde dans sa poche, et séduira jusqu'à ses adversaires. C'est la force des légendes, même si on les conteste, de ne jamais se déplacer sans leur auréole de magie. Et *Europe n° 1* restitue son rire, quand une question l'amuse ou le déconcerte, rire étonnant de jeunesse et de spontanéité, nullement saccadé ni essoufflé, que l'on dirait harmonisé par un musicien à l'écoute des campagnes et des forêts. Contrairement à ce que certains affirment, il ne peut pas y avoir de politique vraiment constructive sans poésie.

PHILIPPE BOUVARD est « mis en question » dans une émission qui n'aura été qu'une série de portes fermées dont chacun semblait s'ingénier à jeter la clef au-delà des serrures. Philippe Tesson attaque durement, pour avouer finalement que Bouvard le touche et force son estime. Il n'en a rien lu — surtout pas ! —, mais deux lignes de lui, qu'il a découvertes par hasard, l'ont remué. Bizarre ! Comment peut-on reprocher à un homme ce qu'il a écrit, quand on n'en a rien lu ?

Ce n'est pas la moindre étrangeté du programme. On attendait de Serge July, directeur ou quelque chose d'approchant, de *Libération,* des foudres d'une belle couleur rouge sang. Il est d'ailleurs venu avec un dossier plein de notes, de références, de citations du démon dont il entendait dénoncer les sinistres agissements. Mais rien ne sort de sa bouche, sinon des compliments bafouillés. Où trouverait-il, du reste, les accents d'une furieuse arrogance ? Ce porte-parole du gauchisme militant est sanglé dans un complet noir de sous-chef de bureau invité à déjeuner chez son patron. Sa difficulté de parole achève sa déroute. Comme tous ceux qui font profession d'agressivité, c'est un timide. Sa violence ne peut se déchaîner que dans la solitude, et pour le bénéfice d'un peu de papier imprimé. Tout ce qu'il trouve à dire à Bouvard, c'est qu'il ne l'estime pas d'appartenir à une presse qui donne des détails sur l'état des testicules et des selles du président Ford. En fait, il s'agit de la presse américaine, et Bouvard n'y a pas encore de tribune. On ne peut pas être partout. Aussi n'a-t-il aucun mal à rétorquer qu'en France ce sont les journaux de gauche qui réclament qu'on publie des bulletins sur la santé de Giscard.

Mais la vraie surprise, c'est Bouvard lui-même, contenu, effacé, la courtoisie presque religieuse. Aimable avec Tesson quand ce dernier lui dit qu' « il méprise ses lecteurs » et que sa plus grande ambition serait de collaborer à son journal, *Le Quotidien de Paris !* « En effet, dit Bouvard, cela me ferait plaisir... » Alors, tandis que la conversation tourne court, et qu'on se borne à lui faire grief de l'argent qu'il gagne, je me demande soudain si la morale de l'histoire n'est pas que, dans le fond, Bouvard voudrait bien être Tesson et July, et que, de leur côté, July et Tesson sont bien malheureux de ne pas être Bouvard.

ELLES font trembler rétrospectivement, toutes ces insultes, dont Molière fut accablé de son vivant. De véritables appels au meurtre et au bûcher... Un exemple parmi tant d'autres : « On sait qu'il se vante hautement qu'il fera paraître son *Tartuffe* d'une manière ou d'une autre, et le déplaisir que cette grande Reine en a témoigné n'a pu faire impression sur son esprit ni mettre de borne à son insolence. Mais, s'il lui restait encore quelque ombre de pudeur, ne lui serait-il pas fâcheux d'être en butte à tous les gens de bien, de passer pour un libertin dans l'esprit de tous les prédicateurs, et d'entendre toutes les langues que le Saint-Esprit anime déclamer contre lui dans les chaires et condamner publiquement ses nouveaux blasphèmes ?... Il n'y a pas d'homme si peu éclairé des lumières de la foi qui, ayant vu cette pièce, ou sachant ce qu'elle contient, soit capable de la participation aux sacrements, qu'il puisse être reçu à pénitence sans une réparation publique, ni même qu'il soit digne de l'entrée de l'église. » Heureusement, Louis est là, « ce pieux et invincible monarque, la gloire de son siècle, la terreur des impies » ; et nous avons tout lieu d' « espérer que le même bras qui est l'appui de la religion [allusion aux dragonnades] abattra tout à fait ce monstre et combattra à jamais son insolence ».

Nos temps qui se dégradent ont, Dieu merci, fait cependant quelques progrès. D'abord, ils sont incapables d'écrire *Tartuffe* et *Dom Juan*, ce qui est tout simplement avoir le génie de l'autodéfense.

CHEZ Henri Verneuil, dans son presque palais de Neuilly, Marcel Dalio, soixante-dix-neuf ans, devenu l'acteur fétiche des plus jeunes réalisateurs :

— Tu sais pourquoi la nouvelle génération m'engage aussi fréquemment ? C'est qu'ainsi elle peut, un moment, se prendre pour Renoir...

Il raconte son exode, en 1940, de Lisbonne jusqu'aux Etats-Unis, avec la très jeune comédienne Madeleine Lebeau. Celle-ci prenait des bains de soleil, la poitrine au vent, dans les canots de sauvetage. « Ça faisait drôle, parmi les émigrés mal rasés, à cols relevés, aux visages hâves, mal remis de toutes leurs terreurs, sur ce bateau-ghetto d'émigrants, suprême espérance du désespoir... La vérité est que Madeleine croyait qu'elle allait à Hollywood, et qu'en aucune manière elle ne pensait fuir une Europe livrée au désastre... Heureusement, dès notre arrivée en Californie, Errol Flynn m'en a débarrassé. J'avais bonne mine, avec cette gamine de seize ans... Peut-être, dans le fond, lui dois-je la vie. Sans elle, serais-je parti ? Elle souhaitait tant embêter Bette Davis et Judy Garland... A cause de cela, en tout cas, j'ai échappé à tout ce qui, normalement, aurait dû m'écraser. »

UN ancien décorateur de Jean-Pierre Melville me parle, des larmes dans la voix, des studios de la rue Jenner qu'avait édifiés le formidable acharnement de Jean-Pierre, désormais décimés par les bulldozers. Fermés à clef avant leur démolition, personne n'en avait retiré les humbles trésors. Il s'est promené dans ces ruines, comme dans une lande peuplée de fantômes que l'on pourrait toucher. Un musée, après un bombardement. Soudain, ses pieds ont heurté un amas de feuilles : le contrat de Lino Ventura pour *Le Deuxième Souffle*...

Dans ses yeux, on peut déceler, si facilement identifiable, le regard de ceux qui ont aimé Melville, et par conséquent qui lui sont restés dévoués, non pas jusqu'à la mort, mais au-delà.

Mai

Le rideau se lève. Une bougie à la main, Henri Tisot cherche à tâtons dans l'obscurité « où sont passés les autres ». Qui sont ces « autres » dont il déplore qu'ils ne soient pas là ? Les absents de la salle ? Ceux qui lui ont préféré le sinistre Coluche ? Ou ceux qui, après l'avoir flatté d'une façon que l'on peut juger excessive, paraissent avoir oublié son numéro de téléphone ? Non, cette première réplique de son spectacle n'est qu'une coïncidence. Mais, les coïncidences, cela n'existe jamais au théâtre.

Plus personne n'étant plus là pour parler de lui, Henri Tisot se raconte. Comme c'est la règle chez tous les solitaires, sa mémoire refuse du monde, évoquant un passé qui sent le pain chaud et l'aïoli. Voici les colères d'un père provincial parce que son fils veut tenter sa chance à Paris ; et aussitôt après son orgueil d'apprendre qu'il va suivre les cours d'une certaine Dussane, dont il n'avait pourtant pas entendu parler jusque-là. Rastignac porte la chemise échancrée de Marius.

Les étapes de la popularité sont brûlées. Le temps de la télé et celui des copains se mêlent au temps de « qui vous savez » et dont, le premier, il risquera la parodie. Rare audace. On ne s'en fait plus une idée aux jours qui sont les nôtres, où l'on passe pour lamentablement rétro si l'on n'a pas dès le réveil craché à la figure du président de la République.

Divine surprise ! Tout lui est facile et tout lui réussit. Il lui suffit de tousser pour que la France s'esclaffe. Pas de raison pour que ça ne dure pas éternellement.

Ça ne dure pas. Un jour Tisot aura l'envie de se cacher à la seule pensée de devoir répondre à cette banale question : « Comment vas-tu ? » Il va mal. Les beaux jours sont ceux qui ne reviendront plus. Et il le dit. Sans hargne, massif mais fragile, la tristesse maquillée de maladroite bonne humeur, comme un fard tenu par une main qui aurait tremblé.

Remarquable confession d'un comédien du siècle. C'est petit, finalement, qu'il est grand. Dans un éclat de rire, il pleure cet amour du théâtre qui est devenu son inguérissable blessure, version inédite de ce Prométhée dont un vautour dévorait le foie sans cesse renaissant. Les rêves ayant le privilège de choisir leurs compagnons, il appelle à la rescousse Pagnol, Raimu et Molière. Et il déclare que ce qu'il y a de plus merveilleux au théâtre, c'est que, lorsqu'on y meurt, on se relève sous les bravos.

Mais déjà il se reprend : l'idéal, au contraire, serait de mourir réellement sur les planches. Hélas ! Cela ne s'est jamais produit. Même pour Molière. Même pour notre inoubliable Jacques Charon... Henri Tisot s'écroule. Un instant, on croit qu'il a cessé de respirer. Peut-être le souhaite-t-il ?

De nouveau, il est debout. Hamlet peut-il avoir l'air vraiment triste avec l'accent du Midi ?

Le grand-père de Paul Morand a connu un aristocrate qui, à l'instant de monter à l'échafaud, lisait Sophocle. Avant de poser sa tête sur la guillotine, tranquillement, il a coché la page de son livre là où il lui avait fallu interrompre sa lecture...

Albert Plécy, découvert, sans vie, un fusil près de lui, aux Baux-de-Provence, dans la « cathédrale d'images » dont il avait eu l'idée. Sous les voûtes des carrières où Cocteau tourna *Le Testament d'Orphée,* il voulait faire des projections de photos et de peintures abstraites. On se perd en conjectures : suicide ? Et pour cela, il aurait choisi l'île d'un paradis qu'il avait taillé à sa mesure ? Mais il était toujours aussi rédacteur en chef du *Parisien libéré,* avec ce que cela suppose chez certains de vengeances à assouvir.

Je l'avais perdu de vue, mais bien connu, aux temps lointains de la Libération et de *Carrefour*. C'était un homme qui, s'il l'avait pu, aurait eu du papier journal à la place de chair, et des éclairs de cellule photo-électrique en guise de lunettes. Il ne rêvait que formes nouvelles d'imprimerie, innovations dans le domaine de la presse. Il voulait, en 1954, publier un journal qui eût contenu des disques souples où l'on eût reproduit la voix des vedettes de l'actualité. Cela semblait absolument farfelu. Mais, avec quelque distance, pas davantage que l'invention du cubisme, ou de la roue pour les véhicules des Anciens. Cet avant-gardiste est à l'origine de la publication la plus rétrograde qu'on ait jamais imaginée, *Point de vue-Images du monde,* qui ne consacre ses colonnes qu'aux mariages des aristocrates empaillés et aux naissances de leurs enfants. En un siècle où Léon Daudet se dirait à gauche, un tel projet était voué au plus irrémédiable échec. Trente ans plus tard, ce magazine est toujours là, maintenant son fort tirage, un des plus solides bastions de la famille Amaury. Les concierges s'en délectent, les boutiquiers en raffolent. Ces particules surannées leur semblent estampillées par les fées. *Peau-d'Ane* leur est contée chaque semaine, et ils y prennent un plaisir extrême. Cela aura été une des hardiesses de Plécy d'avoir flairé que l'on pouvait gagner à ne pas être hardi. N'a-t-il pas perdu, peut-être, de l'avoir été trop ?

CHARGÉE de le contacter pour la télévision, Françoise Sagan a reçu chez elle Marlon Brando. Il fait son entrée, repose sa masse imposante dans un canapé avant que celui-ci ait eut le temps de protester et dit :

— Avant tout, il faut faire tomber nos masques...

Il redresse alors son torse et s'astreint à une totale immobilité, lui tenant la main, les lèvres serrées. Françoise pense que la première règle de l'hospitalité lui enjoint de briser la glace :

— Vous avez fait un bon voyage ? demande-t-elle.

Le visage de Brando, aussitôt, devient sévère :

— Chut !... les masques...

Et il demeure ainsi, muet, pendant une bonne

demi-heure. L'expérience, paraît-il, a été concluante. Ils se reverront. Peut-être pour parler.

On ne précise pas si, avant de signer le contrat de deux milliards de centimes qu'il a exigé pour les douze jours de tournage de son nouveau film, Brando a prévu une clause qui lui permettrait de tenir préalablement la main de ses financiers, dont on comprendrait toutefois qu'ils aient perdu la parole.

A la station de métro Campo-Formio, cette inscription : « 1er mai. L'ennui dégouline par wagons. » Sur le quai, un clochard serre sur son cœur, avant d'en menacer la foule pour rire, un rat qu'il a emmailloté de chiffons.

UN journaliste de vingt-neuf ans s'est jeté du septième étage de l'immeuble du *Point*. Commentaire d'un intime : « Il était angoissé par l'éphémère de l'écriture. »

POUR la trentième fois en trente et un ans — en 1948, le festival de Cannes n'a pas eu lieu —, je me retrouve à Cannes. Croisette, d'où l'on ne voit plus la mer, sans doute polluée, à cause de l'abondance des automobiles. On dirait que mes souvenirs de l'après-guerre ont été écrasés dans des accidents de la circulation.

Autre innovation : ce n'est plus seulement sur les chances de succès d'un film qu'on spécule, mais sur les conséquences d'une éventuelle victoire de la gauche aux élections. Sur qui miser ? Quel parti prendre ? Comment, à moindre risque, lancer ses billes ? « Ah ! semble soupirer le bar du *Carlton,* si Chirac votait pour Mitterrand, ou l'inverse, comme tout serait plus simple... » Et comme on apprécierait mieux le dernier cadrage de Marguerite Duras, et la venue du footballeur Pelé — phénomène qui fait osciller avec la même vigueur le potentiomètre des passions.

Hier soir, personne dans la grande salle du Palais. Confiné dans les chambres à coucher des hôtels, chacun regardait à la télévision le duel Raymond Barre-François Mitterrand. S'il y avait des élections demain, le gouvernement l'emporterait, à en croire du moins le battement du pouls de la Croisette. Pâle et défait, Mitterrand a accusé le lourd handicap des déclarations, il y a trois jours, du parti communiste, chiffrant la facture de son programme. On sentait, plus qu'avec Barre, que c'est avec Marchais qu'il aurait eu envie de régler des comptes. Il ne pouvait que jongler avec les idées généreuses, les grands mots sonores, mais sans cesse englués dans la réalité des faits. Un boxeur K.O., qui continue par réflexe, machinalement, à fendre l'air avec les moulinets imprécis de ses bras. Barre, tout joyeux, comme s'il jugeait le combat non plus sur le ring mais dans un confortable fauteuil, avait, lui, des attitudes de Bicot raillant la nouvelle robe de sa sœur Suzy. Triomphe de l'affreux Jojo, de l'élève qui a caché le livre du maître, lequel ne parvient plus ainsi à retrouver le sens de la version latine, objet de la composition de fin d'année. Vingt-huit millions de Français auraient assisté à ce massacre où l'adversaire socialiste fait figure de kilo de sucre à gagner, de pipes en terre à casser dans le stand d'un tir forain ! Mitterrand : un otage en sursis. Son cas est d'autant plus désespéré que, le moment venu, personne ne se présentera pour en payer la rançon.

NICE. Festival du Livre. Habituelle réunion d'auteurs prostitués, derrière les piles de leurs ouvrages, comme les putes dans les cages de verre de Hambourg. Quels qu'ils soient, et quoi qu'ils écrivent : philosophes chauves, poètes chevelus, académiciens, ex-truands, diffamateurs des autres ou d'eux-mêmes, méprisants par système ou veules par nature, analphabètes ou structuralistes, géants ou minuscules, chargés d'or ou de guenilles. Tous. A genoux. Et courbés devant l'indifférence curieuse des chalands en quête d'autographes. On ne peut pas toujours obtenir celui de Claude François. Colloques et suffisances télévisées. Redondances et jolis paraphes sur les pages de garde. Sourires vers les albums des fillettes. Grossistes de la pureté.

Anne Gaillard (*France-Inter*), interroge quelques élus sur le douloureux problème des « nègres ». Depuis la régie de l'émission, j'assiste à ce singulier spectacle. Gorgone à Lilliput, Anne Gaillard s'agite avec tant de frénésie qu'on s'attend à la voir diminuer encore de volume au fur et à mesure que se poursuit le programme, jusqu'à ne plus être qu'une enveloppe de haine flottant autour d'un squelette échevelé. Dans l'arène, à ses côtés, des harpies déchaînées regardent sans étonnement excessif leurs ongles se transformer en griffes. Marie Cardinal hurle : « Nicole Nobody, c'est moi ! » Et Marcelle Routier, dans le même registre suraigu, déclare que, même en ce qui concerne les herbes qui guérissent, Maurice Mességué n'y connaît rien. C'est elle qui lui a tout soufflé. Quant à Piaf, si on l'en croit, c'est tout juste si elle a jamais chanté. Son dernier poison est réservé à Michèle Morgan qu'elle a aidée à mettre en forme *Avec ces yeux-là*. Là encore, elle aurait tout fait — sauf, quand même, avoir été l'interprète du *Quai des Brumes*. Attaque en règle : Morgan, cette incapable, qui n'a pas vécu ce qu'elle a vécu, ni connu ce qu'elle a connu... Il n'y a personne, bien sûr, pour répliquer à Marcelle Routier que c'est elle, pendant vingt ans, qui a harcelé l'actrice pour avoir le droit avec elle de tirer un livre de ses expériences ; et que Michèle n'a finalement cédé — j'en suis témoin — qu'à force de supplications, regrettant son consentement à peine celui-ci accordé, passant des jours et des jours à gommer des phrases, à couper des paragraphes, malheureuse d'avoir ouvert sa porte à une audience contre laquelle elle s'est toujours si dignement barricadée.

On pleure aussi : « J'ai fait ce que j'ai fait parce que j'avais tant besoin de cinq mille francs », gémit Marie Cardinal. Bref, la dignité vole plutôt bas. Soudain, mon nom tombe dans la conversation. Anne Gaillard : « Naturellement, pour Chalais, tout est facile ! C'est une vedette de la télé... Il n'a qu'à mettre son nom sur une couverture... pas de problème... Mais ce n'est pas un écrivain littéraire. » Je lui ferai remarquer plus tard qu'elle porte ce jugement sans avoir jamais lu une seule ligne de moi. Elle en convient, me serrant le bras comme si elle voulait me le broyer, cherchant à me mettre en colère, qu'elle ait ainsi une bouée de sauvetage à laquelle s'accrocher. Mais elle demeure muette, et comme vidée d'elle-même, quand je lui dis qu'il y a dans le monde d'autres problèmes pour me faire sortir de mes gonds. J'ai l'impression de lui avoir retiré de la bouche sa friandise préférée : un bonbon empoisonné.

Devant la porte du studio, une autre de ces furies m'agresse. Je me borne à lui dire que ces miasmes nauséabonds ne sont pas mon élément ; et que, écrivant naïvement, bons ou mauvais, mes livres tout seul, j'ai toujours ignoré ce genre de pratiques ; ou du moins ne m'ont-elles pas passionné. J'ajoute que, s'ils considèrent de tels travaux comme un esclavage, rien ne contraint des écrivains à les accepter. Même pas la faim. Aucun auteur véritable ne s'y abaisserait. Imagine-t-on Antonin Artaud, ou Valéry, ou Jean Genet, rewritant la duchesse de Bedford ?

CANNES. Devançant l'instant fatidique de la remise des récompenses, cette nuit, j'ai fait un cauchemar. J'ai rêvé que j'étais membre du jury du Festival ! Trente années de présence aux joutes de ce brillant tournoi m'ont cependant enseigné que j'étais à l'abri de ce redoutable honneur. Mais nous n'avons pas encore appris à contrôler les hasards de notre sommeil.

Donc, le palmarès à peine rendu public, je me voyais, la tête basse, échappant à grand-peine aux huées de mes confrères de la presse. Ce faisant, je réfléchissais. Ayant lu leurs articles avec un soin extrême, je sentais bien confusément que j'avais quelque chose de très grave à me reprocher. Mais quoi ?

Dieu merci, la critique étant, on le sait, une grande famille, ses plus talentueux ténors n'allaient pas tarder à se proposer pour m'aider à retrouver la lumière.

S'adressant à moi comme on ferait à un enfant handicapé, on m'expliqua qu'il était fou de ma part, et presque indécent, que j'aie pu considérer *Une journée particulière* d'Ettore Scola comme l'une des plus belles histoires de solitude et d'amour qui ait jamais fait battre le cœur d'un cinéaste. Quelle aberration, d'autre part, m'avait fait estimer que l'*Iphigénie* de Cacoyannis était digne de son inspirateur Euripide, un scénariste par-dessus le marché qui n'était inscrit à aucun syndicat valable ?

Pendant plusieurs heures, les arguments de mes obligeants amis se succédèrent, insinuants ou lourds de menaces. Touché en même temps que terrifié par tant de délicate sollicitude, que pouvais-je faire, sinon capituler ? Je décidai, par conséquent, d'être bête, seul moyen aujourd'hui chez une certaine élite de ne pas passer pour un imbécile. Sur ma lancée, puisque telle est la règle désormais dans tous les pays où règne une pensée évoluée, je fis mon autocritique. Goulag pour goulag, autant situer les fils de fer barbelés du mien sur la Côte d'Azur.

« Pardonnez-moi, dis-je d'un ton qui me parut susceptible d'attendrir un colloque de réalisateurs sans public, je reconnais volontiers mes torts ; mais reconnaissez à votre tour que j'ai des circonstances atténuantes... On m'a poussé ! D'ailleurs, autant dénoncer les vrais coupables. Ils s'appellent John Ford, Rossellini, de Sica, Fellini, Visconti, Chaplin, Renoir, Wyler, Fritz Lang, Buñuel, Jacques Becker... Ce sont eux qui m'ont fait croire que le cinéma, c'étaient des comédiens, des caméras, de la pellicule, et même parfois des idées...

« Mais je sais maintenant, grâce à vous, que le temps de ces faux prophètes est terminé, que l'avenir appartient à l'absence d'invention, à la haine du mouvement, au mépris de tout ce que nous prenions naïvement pour du talent, voire pour du génie ; que le combat de l'art nouveau ne sera gagné que le jour où, dans des salles vides, les gens de goût murmureront : " Enfin seuls... " Vivement une loi qui ordonne de brûler officiellement les immondes déchets d'un bonheur qui nous a fait tant de mal.. »

A ce moment, il m'a semblé que, du haut du ciel, le sourire d'une vieille dame à grosses lunettes dissipait définitivement les brumes de mon esprit. Un bruit, d'abord lointain, se rapprocha pour s'épanouir dans le fracas d'un tonnerre. Etaient-ce les applaudissements d'une foule arrachée à l'emprise des mauvais démons ?

Non. C'était le camion de Marguerite Duras qui passait.

COMME il fallait s'y attendre, Ettore Scola et son admirable *Journée particulière* ont été écartés du palmarès par un jury de sourds et d'aveugles qui ne paraît avoir distribué ses prix que pour mieux dédaigner ceux qu'il refusait de récompenser.

Soirée de clôture lugubre, où le malheureux secrétaire général Jean Touzet, réquisitionné à la force des baïonnettes, officie à la façon d'un entrepreneur de pompes funèbres qui se désolerait de manquer de pratiques. Les extraits des films projetés arrivent en retard, noirs de n'être que de mauvais kinescopes, leurs images inversées ou, pour le cinémascope, non anamorphosées. Le projectionniste Antoine doit lui-même, à la main, tirer le rideau de l'écran, qui ne fonctionne pas. Léon Zitrone zitronise d'une voix de sépulcre : « J'ai une chose importante à dire à toutes les éminentes personnalités que j'aperçois... (Il n'y avait personne d'un peu connu dans la salle, pas même l'ombre de la poitrine d'une starlette.) Le cinéma est, demeure et demeurera le plus grand de tous les divertissements populaires... » Le point d'orgue de son silence fait longuement frémir, à défaut d'autre auditoire, les hortensias de la décoration florale.

La veille, une bombe, heureusement désamorcée à temps, devait éclater à minuit. Aucun rapport, semble-t-il, avec les réactions provoquées par l'ouvrage de Marguerite Duras. Un beau chahut, chacun se laissant aller furieusement aux épithètes que lui dictait son humeur. Le lendemain, on n'en parlait plus. Curieux, avec quelque recul, de relire les opinions de mes confrères à propos de ce film. Bory : « C'est admirable ! » Il ne protestera pas, cependant, lorsque l'ouvrage sera oublié dans le palmarès. Henry Chapier : « On pourrait à l'infini examiner la richesse d'une pareille tentative... » Jean de Baroncelli : « Le comble du dénuement rejoint ici le comble de l'art de l'anticinéma... » Michel Mohrt : « Exercice de haute voltige intellectuelle... » A part cela, *Le Camion* n'est que la lecture en gros plan, par Mme Duras, du scénario qu'elle aurait voulu tourner. Avec, parfois, Gérard Depardieu qui écoute en profil perdu — escroquerie supplémentaire, son nom, énorme, sur l'affiche, peut faire croire qu'il joue un rôle dans l'ouvrage. Il y a aussi, justifiant le titre, en contrepoint, un camion qui évolue dans de sinistres paysages. C'est le progrès ! Il ne reste plus qu'à nous montrer Marguerite Duras, seule, sans Depardieu et sans véhicule. Le génie est à ce prix.

NEUF ans déjà. Mai 68, ce jeu de cubes démolis à coups de slogans boulevard Saint-Michel, et que symbolisera un coup de canif donné dans le ventre d'un tableau de Philippe de Champaigne... Une révolte authentique a des racines plus convaincantes. Celles-ci étaient trop visibles pour être profondes. Que le monde, en ces jours troublés, ait eu la fièvre et qu'il lui en reste quelques boutons, voire de plus remarquables cicatrices, cela est certain. Les véritables changements, cependant, se moquent des dates historiques où, après qu'ils ont eu lieu, on situe leurs origines. Et, malgré mon désir d'un monde qui bouge, de la misère et de l'injustice vaincues, ce n'est pas dans les kermesses bourgeoises du quartier Latin que j'en découvre la blessure. Les binious pop du folklore écolier, même animé par des souffles parfois estimables, n'ont tout de même pas les échos de la tragédie grecque. Mais cela, sous peine d'être damné, il ne faut surtout pas le dire ; comme de prétendre que Paris ne s'est pas libéré seul et que, pendant quatre ans, dans la poitrine de chaque Fançais, ne battait pas le cœur d'un résistant farouche. C'est quand on a l'âme médiocre, et la conscience malade, qu'on a le plus besoin de croire qu'on a été le contemporain, sinon l'acteur, des plus hauts affrontements de l'Histoire.

L'ÉLECTION au Parlement israélien de Samuel Flatto-Sharon pose des problèmes : plus moyen de l'extrader pour lui réclamer des comptes au sujet des escroqueries dont il s'est rendu coupable en France et qui ont terrassé le malheureux Jean Rebotier, ancien directeur de Gaumont. Flatto, d'ailleurs, n'a jamais été vraiment inquiété. Il a fait sa campagne en Cadillac climatisée gros modèle, distribuant les prébendes à foison. Rebotier, lui, après trois mois passés en prison — il avait accepté bénévolement de prêter son nom à un conseil d'administration —, a dû pour être libre payer une caution de deux millions nouveaux, réunis à grand-peine par ses amis et ses vieux parents, ceux-ci ayant hypothéqué leur maigre avoir.

C'est chez Rebotier que j'avais rencontré Flatto. Comment pouvait-on en être dupe ? Presque aussi couvert de bijoux et parfumé que sa voyante épouse, il plastronnait, sûr de sa force et de la faiblesse des autres, courtoisement méprisant. A un moment, la conversation avait porté sur la « Garantie foncière », dont on pouvait lire alors les pages alléchantes de la publicité dans tous les magazines, dont *L'Express*. « Comment! m'avait dit Flatto, vous n'avez pas confiance ? » On ne donne pas un os avec plus de réserve à un chien galeux... Moins d'un mois plus tard, c'était le scandale que l'on sait.

Aujourd'hui, Flatto déclare à Tel-Aviv : « L'argent n'est rien. Ce qui compte, c'est l'usage qu'on en fait. Mes ennemis m'ont accusé en Israël de louer des appartements à bas prix pour obtenir des voix aux élections. Mais la

Cour suprême m'a lavé de tout soupçon. Qu'on ne me compare pas à Stavisky. Moi, j'ai construit en France! Je suis un bâtisseur, et j'en suis fier. Savez-vous que vingt et une familles de mon pays ont choisi mon nom — Sharon — comme prénom pour leurs enfants ? »

Ce bâtisseur possédait entre autres, sous des noms d'emprunt, *Le Saint-Hilaire* et le cabaret de *La Belle Epoque*.

Un journaliste barbu s'assied près de moi, et me tient des propos aussi aimables que flatteurs. Puis, tout à trac, jugeant sans doute notre intimité suffisante : « Franchement, de vous à moi, n'avez-vous jamais été acheté ?... On ne vous a pas proposé parfois... Vous pouvez me le dire, je suis discret, personne n'en saura rien... » Et je ne lui mets pas ma main sur la figure !... Au contraire, je lui réponds, longuement, que « pas du tout », que s'il n'en reste qu'un je suis celui-là... J'espère du moins qu'il aura été convaincu. Mais j'en doute. Je me souviens, en effet, qu'il m'avait déjà posé la même question l'an passé. Il n'a dû recommencer que pour voir si je ne me couperais pas.

Il est vrai, pour d'autres, que l'on peut hésiter. Parlant des mauvaises critiques faites par un journaliste à ses derniers films, Jean Yanne, chez Bouvard, s'exclame : « Evidemment ! Pendant des années, il a émargé à ma société. Et il trouvait tous mes films excellents. Cela a changé depuis que je l'ai viré... » Aucune réaction du critique. Pas le moindre petit suicide. Pas même un procès. Troublant.

La même boule pileuse me demande pourquoi je suis considéré généralement comme un homme de droite. Là encore, avec une angélique patience, j'essaie de lui expliquer ma position. Suis-je de droite parce que j'aime le style de Blondin (il est vrai que maintenant, il publie qu'il vote pour Mitterrand !) ? Suis-je de droite quand j'adopte l'attitude qui est la mienne à propos de Hanoi ? Mais vraisemblablement, dans un monde qui en est dépourvu, me reproche-t-on d'avoir le goût des nuances ; d'accepter Hanoi, justement, en refusant Prague et Budapest ; de croire aux idées de la gauche en même temps qu'il m'est difficile d'apprécier ceux qui font si bruyamment la parade en leur honneur. Je veux simplement choisir le terrain de mes combats, indifférent aux visages de ceux que j'y trouverai à mes côtés. Pendant le cours de l'interminable pouvoir bourgeois qui a fait la pluie et le beau temps en France depuis de Gaulle jusqu'à Giscard, je n'ai jamais récolté (à plus forte raison mendié) la plus petite miette du gâteau. Réduit au chômage en mai 68, je ne me fais aucune illusion sur ce qui m'attend éventuellement en mars 78. Mais je ne pourrai pas plus changer mon caractère que la couleur de mes yeux.

En suis-je plus heureux pour cela ? Je voudrais pouvoir dire que oui. Je n'en suis pas sûr. Cela doit être bien agréable pourtant, et douillet, d'appartenir sans discussion ni angoisse à un parti ou à un clan. Peut-on gagner, d'autre part, quand une force invincible vous fait toujours jouer les numéros perdants, en sachant qu'ils vont perdre, mais que c'est seulement en misant sur eux qu'on a le sentiment d'une victoire ? J'ai refusé d'assister à un dîner où je savais devoir rencontrer un ministre de l'Intérieur, donc de la police. C'était peut-être un homme charmant. Mais je n'aurais pas pu demeurer sans malaise à sa table. De même n'ai-je pas voulu rencontrer Mitterrand, comme on m'y conviait, de peur qu'il n'ait le sentiment que je voulais utiliser une telle rencontre pour « me placer » dans l'avenir. Je le verrai, en revanche, avec plaisir, plus tard. S'il est battu. Tout ce qui, de près ou de loin, touche à un pouvoir, me hérisse et me fait rentrer en moi-même.

Juin

GUY DE LA PASSARDIÈRE, en coup de vent à Paris, me dit qu'il a vu, à New York, une émission de télévision, *Sixty Minutes*, où le producteur Hewitt montre des enfants de six ans se prostituant sur Sunset Boulevard, à Hollywood.

REBONDISSEMENT dans l'affaire Michel Sardou. Le chanteur ayant déclaré — divine surprise ! — qu'après avoir voté pour Giscard en 74, il donnerait en 78 son suffrage à Mitterrand, les commandos qui lui avaient interdit de se produire en public lui accordent maintenant leur bénédiction. Bel exemple de caractère.

A quand les prochaines chansons de notre barde de combat contre la peine de mort et sur les implications fascistes du débarquement américain en Normandie ?

Michel Cacoyannis a vécu sept ans d'exil à Paris, tant que dura le règne des « colonels », ne revenant au bercail que le premier jour de l'apparence de la liberté. Il a le calme de ces hommes qui ont vécu, enfants, à l'ombre des siècles historiques et qui, ayant joué à cache-cache parmi les marbres chargés de gloire, en sont devenus les familiers sans jamais connaître l'espèce d'humilité guindée de ceux qui sont réduits à ne fréquenter la grandeur qu'entortillée de bandelettes, dans les musées. Euripide et Eschyle sont ses voisins de palier. On les sent, en même temps que lui, victimes des dictateurs contemporains, ou amateurs de feuilles de vigne farcies dégustées sous les figuiers. Peut-on imaginer un autre pays que la Grèce, où l'on pourrait baptiser un enfant Aristote ou Thémistocle ? Pour lui, c'est naturel. Et c'est la raison qui fait qu'il n'a pas eu besoin d' « actualiser » son *Iphigénie* pour la rendre actuelle. Chez nous, on l'eût affublée de jeans, et elle serait morte dans les plis d'un drapeau rouge pour que nous comprenions que sa tragédie est encore la nôtre. Mais, en Grèce, les voiles de jadis n'ont pas besoin de transposition. Et les Grecs, quand ils veulent joindre les Atrides, n'ont qu'à consulter l'annuaire du téléphone.

Les traits un peu lourds, qui ont dû être beaux et ne sont pas demeurés sans charme, il n'a pas cette morgue vindicative, chancre de tant de visages de cinéastes touchés par la gloire. Qu'on l'ait exclu du palmarès de Cannes ne lui inspire pas de réflexions désabusées. A peine cette question, à propos d'un des sélectionneurs : « Qui est-il ? On m'a dit que c'était un spécialiste du cinéma, alors qu'il n'y a pas de spécialiste du cinéma... qu'il n'en faut surtout pas... » Il pense, comme moi, qu'un spécialiste est un monsieur qui démonte le plaisir avec une clef à molette avant de le résumer par une formule chimique.

Le même sélectionneur déjà mentionné avait manifesté son intention de visionner *Iphigénie* sans sous-titres. Il était pressé. A Cacoyannis qui insistait pour un délai, disant que le texte avait quand même une certaine importance, il a eu cette admirable réponse : « Ce n'est pas la peine, vous savez, j'ai lu Racine... » Presque en s'excusant, le metteur en scène lui a fait remarquer que son *Iphigénie,* à lui, n'était pas de Racine, mais d'Euripide.

Nous évoquons la mort de Rossellini, survenue hier, crise cardiaque, soixante et onze ans. Il est sûr que les troubles du jury cannois ont hâté cette issue brutale. Il a lui-même conservé un mauvais souvenir de son passage, dans ce même jury, travaillé par toutes sortes de pressions qui proposaient des récompenses acquises d'avance ; avec des membres incompétents, indifférents, voire absents aux projections. L'un d'eux, et non le moins illustre, aurait manqué au moins quatre films ; encore dormait-il aux autres. Il le mime, ronflant la bouche ouverte. Hallucinant ! On dirait qu'il indique un jeu de scène à un comédien. « Je lui ai dit : " Tu n'as pas le droit de voter. Tu n'étais pas là... " Le dormeur a dû s'abstenir. Ainsi *Orfeu Negro,* de Camus, a pu l'emporter ; et *Etoiles,* production bulgare.

— Moi, fait Cacoyannis, un Grec, faire campagne pour un Bulgare...

GEORGE CHAKIRIS est là aussi. Il observe le metteur en scène, les yeux baissés, comme s'il craignait qu'on puisse y lire le désir d'un film à tourner, d'un éloge à entendre. Il a cette réserve de ses pas si lointains compatriotes qui confine parfois à la sauvagerie la plus farouche.

George Chakiris, c'est d'abord une légende. Cela est bien normal quand on a des ancêtres qui ont tutoyé la mythologie. Chez lui, en effet, même dans l'exil de l'Amérique, la Grèce n'est jamais très loin. Une Grèce où les statues reproduisaient si bien le mouvement qu'il ne semble pas fou de penser qu'il pouvait leur arriver de danser.

Mais les rues des bas quartiers de New York n'ont que peu de rapport avec le voisinage des dieux. Elles enseignent la vie plus sûrement et plus durement que les livres. George Chakiris a suivi leur impitoyable leçon de choses et de gens. Et là, pour mieux dompter son esprit, il a commencé par dompter son corps. L'apprentissage de la danse est une école où, même si l'on a les plus fameux professeurs, il est indispensable d'être d'abord son maître. Un jour devait lui apporter la récompense de son effort : ce fut, en 1961, la formidable révélation de *West Side Story*.

On nous disait, naturellement, que le thème en était l'aventure de Roméo et de Juliette transposée dans les faubourgs défavorisés d'une cité moderne autant qu'inhumaine. C'était vrai. Mais on vit autre chose encore, et qui allait bien au-delà. Dans le fond, James Dean, le Marlon Brando de *L'Equipée sauvage,* Bruce Lee,

George Chakiris sont à des titres divers les membres d'une même famille. Celle des mythes dont la jeunesse a besoin pour se rappeler, malgré les vieillards, qu'elle est jeune. Dans un même élan, les cœurs de cinq continents s'enflammèrent pour une chemise violette portée par un adolescent qui semblait n'avoir traîné dans la boue que pour mieux s'élever au-dessus des nuages. On n'avait jamais vu cela. On ne l'a plus revu depuis.

Quinze ans après, Chakiris demeure étrangement le même. Pas une ride. Le geste persuasif comme une voix. La voix convaincante comme un geste... Le rideau s'écarte : il est déjà en place. Immobile, il décoche un sourire, comme une flèche. Il allonge une main, détend une jambe. L'univers lui appartient puisqu'il a supprimé la pesanteur. Dompteur qui n'aurait d'autre fouet que la caresse de ses yeux, il est à lui-même son propre félin. Qu'il traverse la scène en quelques aériennes foulées, on le regarde, pantois : sauter en l'air, serait-ce la meilleure manière de reprendre son souffle ?

Une dernière coulée de charme au travers du filtre de ses paupières : Praxitèle a fait sa jonction avec Noureev. Et il s'en va, nous laissant en cadeau l'ineffable impression que l'homme est capable de voler.

DANS *Les Feux du crépuscule,* Michel Droit rend un pieux et magistral hommage au souvenir qu'il a conservé de De Gaulle. On dirait un orphelin aux prises avec son désir forcené de se fabriquer un père. Phénomène qui semble avoir été fréquent. Tel Mauriac, regrettant de n'avoir jamais été invité seul à Colombey. Chaque fois, il avait l'impression d'avoir été pris dans une rafle, dont une avec Bobet. Ce qui lui inspira ce mot, cité par Droit : « J'aime bien Bobet, mais si j'ai envie de le voir, je n'ai qu'à aller à Quiberon. J'en profiterais pour m'y refaire une santé... »

De Gaulle aussi m'aura fasciné ; mais pas de cette manière. C'était une star. Hélas ! toutes les stars ne sont que des humains ratés, et dont les fards ne sont là que pour masquer la véritable apparence. Garbo n'est que l'idée que nous nous serons faite d'elle. De même de Gaulle. Qui était-il ? Pas ce qu'en auront pensé ceux qui, l'ayant approché, en ont parlé. C'est eux-mêmes, le plus souvent, en le décrivant, qu'ils ont décrits. Ou plutôt ce qu'ils auraient voulu être et n'ont pas été. De Gaulle a magnifiquement aidé quelques hommes, et la France, à se croire meilleurs. Mais, lui, a-t-il été bon ? Et où se trouve sa vérité ? Personne, de son vivant, avec l'apparence de la plus froide franchise, n'aura aussi bien brouillé ses traces. Seuls demeurent les signes que nous aura faits son double.

« POUR la première fois en France, publie le prospectus des Rencontres d'art contemporain de La Rochelle, Mounir Debs, Libanais, va proposer un essai révélateur de son travail. Poussant très loin la formation vocale et corporelle de l'acteur dans l'écoute de sa présence, du silence et du souffle. » Ce serait un remarquable « inventeur d'acteurs ». N'a-t-il pas formé pendant plusieurs mois cinq comédiennes dans le souci de promouvoir sa pensée ? O démiurge ! On imagine les touchantes génisses, gémissant sous le fouet inspiré d'un maître qui puise sa substance dans les séquelles de la guerre à Beyrouth, comme une ménagère va au marché. Que de prétention, de sottise, de portes ouvertes, dans ce texte boursouflé qui évoque irrésistiblement les faux prophètes dont l'Amérique est pleine, et dont l'Europe a maintenant tendance à se peupler, assurant qu'ils dialoguent chaque matin avec le Christ ou faisant croire à de crédules ouailles que le commerce des sorcières est une science exacte... Et pauvre ville de La Rochelle ! Aux pêcheurs du port, il ne reste plus qu'une solution : partir très loin en mer, pêcher une moins fade marée...

Il existe en Fance des dizaines de manifestations de cette sorte, où paissent toujours les mêmes moutons qui se voudraient enragés, attendant dans la sécurité la plus totale, et financés par un pouvoir qu'ils haïssent, un « changement » qui ne changerait ni leurs prébendes ni leurs personnes ; bien plus, qui les remercierait d'avoir si courageusement affronté les dangers d'un combat où ils auront pris quelques kilos dans un maquis d'établissements pour touristes aisés.

COMME il me paraît étrange, ce goût que certains ont encore pour la guerre « fraîche et joyeuse »... En voici un écho, tiré du livre de Michel Droit : « Peut-on, même si on n'a fait que l'approcher trop vite, ne pas garder au cœur cette nostalgie de la guerre de charges et de conquêtes ? Je veux parler, bien sûr, de la guerre de mouvement, de la guerre vraiment guerrière, à la Patton, à la Monty, à la Rommel, à la de Lattre ! Est-il, malgré les horreurs qui jalonnent son cours, plus belle forme d'aventure virile ? Ou plutôt était-il ? Car je pense que nous avons bien connu la *der des der* du genre. Regardons ce qu'on appelle " guerre " aujourd'hui. Imaginons ce qu'on pourrait nommer ainsi. Quelle chance pour nous d'avoir vu agir et vaincre les ultimes vrais capitaines dans la lignée des Bayard, Murat et Bournazel ! Quoi qu'il ait pu leur arriver ensuite, ceux que nous avons connus sont morts avec le " cessez-le-feu " et ne renaîtront plus. » Bigre !

Ce qui nous attend sera plus terrible encore ; mais je ne verserai pas de larmes sur un monde qui regretterait d'avoir récupéré l'Alsace-Lorraine sous prétexte que cette victoire ne lui laisserait plus la chance de partir à sa reconquête dans la tradition.

J'écris pourtant à Michel, pour lui citer ce mot de Saint-Exupéry : « Loin de nous séparer, nos différences nous ajoutent. » Et encore, ce proverbe du Vietnam en guerre, songeant nostalgiquement à la séparation des territoires du Nord et du Sud : « Au large, les eaux se rejoignent. »

DINER chez le merveilleux Roger Le Barois, dernier Parisien d'un Paris dont on ne trouve plus la trace que chez Proust. Sa table est déjà un spectacle si parfait qu'on se demande pourquoi il a cru nécessaire d'y ajouter les délices d'un souper. On mangerait d'ailleurs aussi facilement les pois de senteur jaune pâle de la décoration que le canard à l'antillaise et les asperges en sauce émeraude. Une dame m'explique avec une chaleureuse exubérance qu'elle a lu un livre admirable, qui prouve incontestablement, textes bibliques à l'appui, que les Juifs sont des extra-terrestres, d'où les persécutions dont ils ont toujours été les victimes. Quant à Jésus, il serait né d'une insémination artificielle. Le mystère de l'Immaculée Conception enfin dévoilé...

Un prince est là, sûrement apparenté aux Guermantes. Sa mère, nous raconte Le Barois, attendait un jour sir Charles Mendl à dîner. Comme il est en retard, elle s'impatiente. Le téléphone sonne. Précautionneusement, on la prépare à entendre une mauvaise nouvelle. « Il est malade ? » interroge la princesse. « Euh ! C'est plus grave... — Eh bien, qu'on enlève le couvert du mort, et qu'on passe à table... »

Il y a aussi cette réplique d'une Caumont La Force, qui ne voulait pas que sa fille épousât un quelconque roturier. On lui objecte que le prétendant est sorti premier de l'E.N.A. Et elle : « Belle référence ! Des premiers à l'E.N.A., il y en a un chaque année... »

Ce « rocker » français, qui arborerait volontiers sur son blouson à paillettes une adresse à Nashville, comme d'autres justifient leur trafic en louant une boîte postale à Panama ou un pavillon de complaisance au Libéria, semble sur le point de s'évanouir : « Je vais vous dire (sanglot) ce que c'est que le blues pour nous.. » *Pour nous,* c'est-à-dire pour Billy Eckstine, Nat King Cole, Armstrong, Billie Holliday, Diana Ross — et, naturellement, en premier lieu, pour le meilleur de tous, lui-même.

On dirait une nougatine à demi desséchée,

récoltée dans un métro en donnant un grand coup de pied dans un distributeur automatique de fausses friandises dont le mécanisme, coincé, refuserait de rendre la monnaie. Sa jeunesse le fuit, qu'il ne paraît retenir qu'avec le sparadrap du secourisme d'urgence. Du bleu plein les paupières, les lèvres faites à la chaîne d'arpenteur, il suit à la piste les échos de ceux qui l'ont précédé il y a quinze ans et qui, infortune extrême, le précèdent toujours. Il me rappelle ce mot de Duke Ellington, que certains avaient eu le mauvais goût de siffler : « Ils croient nous égaler, alors qu'ils ne savent que copier les rayures de nos anciens 78 tours éraflés... » Il faisait allusion à un quarteron de jazzmen européens. La remarque reste valable pour nos chanteurs. Ce n'est d'ailleurs pas tout à fait la faute de celui que je décris s'il a l'air d'un rempailleur de rock, comme il y a des rempailleurs de chaises, et si l'on jurerait voir quand il se trémousse, l'œil vague et le désespoir chronométré selon l'horaire du spectacle, un acteur de petit feuilleton interprétant le rôle d'une star de Hollywood. Il est à l'image d'une France qui pense retrouver sa grandeur originelle en copiant les attitudes des nations qu'elle estime importantes. Si encore elle les aimait ! L'amour, souvent, aide à créer l'illusion que l'on existe, voire que l'on est grand. Mais non, elle les déteste d'avoir inventé avant elle un culte dont elle aurait voulu être le seul Dieu et les prophètes. Et le sourire qu'elle singe se change en rictus sur son visage ; un visage qui, rêvant de bronzer aux rayons du meilleur soleil, ne récolte finalement que des brûlures.

Tout l'après-midi de ce dimanche, sous une chaleur enfin revenue après des semaines qui ressemblaient à un catalogue d'intempéries, à regarder taper dans des ballons sur le gazon râpé de Bagatelle. Tournoi d'amateurs, parfois de bon niveau, où Louis, fier d'avoir été choisi pour garder les buts des « grands », m'a entraîné. Collection de Tunisiens, d'Algériens, d'Ivoiriens, visages où rarement se glisse la pâleur d'un Breton que le premier coup de soleil empourprera. Mais surtout, détresses et solitudes qui s'oublient un instant dans l'échauffement d'une bataille en miniature. Un point marqué, et l'on est le maître du monde. Une passe qui n'aboutit pas, et le même univers est remis en question. Pendant deux heures, je ne peux me détacher de ce spectacle : des garçons qui ont enfin un but — sans jeu de mots. La sympathie et l'amitié existent encore. Elles ont des chaussures à crampons et des T-shirts pistache ou framboise.

Louis, dont le calme et la concentration sont impressionnants, fait preuve d'une réelle dextérité, malgré l'agitation de la foule qui encourage ses adversaires. J'entends : « Il est épatant, ce petit Chinois... » Peut-être a-t-il enfin trouvé son avenir ? Lui, si secret, et dont la route a d'abord été si difficile, il me fait brusquement cette confidence : « J'ai beaucoup appris, depuis deux ans (il en a dix-sept). J'ai connu la drogue, et bien d'autres choses... » Mais, naturellement dissimulé, il a choisi deux disciplines qui ne mentent pas : la musique — il étudie la basse en solitaire — et le sport. Je lui réponds qu'au stade où il en est, sa vie ne dépend que de lui; pas du conseil des autres. Que, hostile aux études, il n'était pas pour cela perdu. Que les livres sont toujours là, qui l'attendent, et qui recevront un jour sa visite. Qu'un coup de pied dans un ballon, un ongle grattant la corde d'une guitare, valent parfois des heures de méditation et des liasses de diplômes. Que le principal est de savoir comment combler le vide de cette question : « Que ferai-je de moi ? »

RUEIL. Le froid glacial donne un halo supplémentaire aux brillances de la piscine et aux projecteurs dissimulés dans l'herbe, moquette distinguée où s'essuient mollement les pieds des grands arbres. Du beau monde. Une femme porte les cicatrices de son passé conjugal sur son visage comme autant de blessures de guerre. Un ministre me dit : « Bonjour. » C'est une surprise pour moi : je n'aurais jamais pensé que nous ayons un seul mot à nous dire. Plus une riche héritière, qui a toujours un peu l'air de vous faire un prix pour sa fortune. Et Alexandre Sanguinetti, mêlant avec un égal bonheur l'enthousiasme et le désenchantement. Sophia Loren passe, nimbée dans cette raideur un peu majestueuse des gens qui, même quand on ne les regarde pas, ont l'habitude d'être regardés.

Un groupe de musiciens néo-péruviens vend de l'entrain. Francis Véber murmure : « Il ne faut rien leur dire... C'est tout le drame des émigrés qui éclate au grand jour dans cette modeste réception... » Anna Gaël, bohémienne rêvée par un Hugo amoureux d'une Esmeralda hippie. Une dame me bat froid avec chaleur.

Umberto Orsini, acteur italianissime, drôle et sympathique. Il vit depuis quinze ans avec l'une des sœurs jumelles Kessler, Hélène ; l'autre, Alice, ayant jeté son dévolu sur Enrico Maria Salerne, peut-être le plus grand comédien de théâtre de l'Italie. Orsini professait pour lui une admiration sans bornes. Mais, un jour qu'ils se trouvaient tous les quatre à Tokyo, Salerne est parti brusquement, en laissant simplement ce mot pour Umberto : « Règle ma note, nous nous retrouverons à Rome. » Et cet autre billet pour Alice : « Nous avons toujours décrété que nous étions libres d'aller prendre un café piazza Barberini. C'est justement là que je vais... » « Du coup, dit Orsini, mon admiration pour Salerne s'est quelque peu atténuée. »

SANGUINETTI : je ne dois partager qu'un petit nombre de ses opinions ; mais sa franchise et son caractère, son courage aussi, me séduisent et j'aime ce personnage qui donne de la couleur aux joues ternes de l'époque. Ses mots sont terribles. Parce qu'il avait dit, à propos de Giscard : « Quand cessera-t-il de s'autocommémorer tous les trois mois ? », il a été dépouillé d'un poste important. « Dans les vingt-quatre heures, précise sa femme Barbara. Ce Giscard, quel... » Le reste de la phrase se perd dans le bruit des fourchettes et dans mon horreur de l'indiscrétion gratuite.

C'est à l'île d'Elbe que son destin physique s'est joué — une jambe arrachée. « Je devais, avec mon unité, enlever un piton rocheux, et j'y était parvenu. Ma guerre était finie. Mais un Allemand qui, stupidement, n'était pas au courant, a continué à me tirer dessus au mortier. Remarquable travail, du reste, et que j'étais presque sur le point d'applaudir. C'était vraiment un expert. Je me suis mis aussi à penser, malgré ma douleur, que le paysage qui m'environnait était l'un des plus beaux du monde... »

Ceci ne s'invente pas : la maison de Sanguinetti, en Corse, fait face à l'île d'Elbe. Quand le ciel était pur, et l'horizon dégagé, toute son enfance il a pu apercevoir, du terrain de ses jeux, l'endroit précis où il connaîtrait le choc affreux de sa mutilation.

DES étudiants de l'université de Lyon-La Doua, mécontents des notes qui leur avaient été attribuées à l'occasion de leurs examens de fin d'année, ont séquestré soixante professeurs, obtenant d'eux, sous la menace, le repêchage de trente-trois de leurs camarades. Et sans doute d'eux-mêmes. Trois sentinelles ont suffi pour maintenir sans réaction le troupeau magistral. Car rien ne s'est passé, venant de lui. Pas une tentative de sortie. Sauf, avec l'autorisation des gardiens, pour aller quérir des sandwiches et des cigarettes.

BREJNEV à Paris. Des mots aigres-doux échangés avec Giscard sur la liberté d'expression, une réunion d'anciens staliniens désabusés au théâtre Récamier, avec les inévitables Sartre et Beauvoir ; plus un Monoprix dévalisé de ses collants et de ses stylos à bille par la délégation soviétique extasiée devant ces nobles fruits de notre abondance. Commentaire d'un hôtelier-restaurateur de Rambouillet qui hébergea les Russes : « Ils sont absolument charmants. Ils m'ont donné deux bouteilles de vodka... » On serait conquis à moins par les qualités d'un régime. Que pèsent devant tant de gracieuseté les vies d'un Soljenitsyne et d'un Pliouchtch ?

ETONNANT de découvrir, dans le *Journal littéraire* de Léautaud qui couvre la période de l'Occupation et de la Libération, que quelqu'un estimait « juste » le combat des Allemands, parlait tranquillement d'antisémitisme avec Marie Laurencin approvisionnée au marché noir grâce à la vente de ses tableaux, très cher, aux riches dignitaires hitlériens ; et souhaitait, au nom de la morale, la défaite des « sauvages » américains, sans passé ni culture, « à l'opposé de notre tempérament ». On croyait, vu des années 70, que personne, en France, n'avait professé de telles opinions.

Prose hideuse. Outre ! Boufre ! L'odieux personnage, et surfait au dernier point. Il regrette ce qu'une victoire allemande aurait pu apporter d'ordre et de goût de la culture dans le bordel Français, tel que lui apparaît la IIIe République. A propos du statut des Juifs : « Voilà ce que c'est que d'abuser, de se croire les maîtres du monde, par exemple le ministère Blum, avec ses trente-cinq Juifs, rien que cela » (8 juillet 1940). Il leur reproche, d'autre part, d'avoir « fui la France ». Au lieu, sans doute, d'avoir sagement attendu les tortures et le four crématoire. Il fait également grief à certains de leur impolitesse à l'égard des troupes d'occupation, elles, si correctes. De même pour Suarès (« le

Juif Suarès ») coupable d'avoir utilisé des termes inadmissibles pour parler de Hitler. Bien normal, dit-il, que celui-ci s'en souvienne.

Le 17 juin 1940, il achète, « pour fêter la paix... une bouteille de champagne et des biscuits à la cuiller ». 22 août, Jean Zay est arrêté (il en mourra). Léautaud exulte : « La roue tourne. Maintenant, il ne faut pas s'emballer. Caillaux a bien connu la Haute Cour, et nous l'avons revu sénateur... » Encore : « L'intérêt moral et social de la France, c'est la victoire de l'Allemagne... Le plus grand coupable, c'est Léon Blum. » Il rencontre Drieu La Rochelle : « Je lui ai dit combien m'avait réjoui l'incarcération de Langevin... » Enfin, parmi tant d'autres : « Quinze jours après l'armistice, et le gouvernement Pétain, on aurait dû fusiller sans jugement les Daladier, les Reynaud, Mandel et consorts, canailles et incapables réunis. Cela eût été un grand réconfort pour le pays » (18 février 1941).

Beau poète que celui-là, autour duquel on continue de bêtifier avec admiration parce qu'il avait de la sollicitude pour les chats. Il faudrait tout citer : « Vraiment, ils abusent, écrit-il après avoir entendu la radio de Londres. Même en France occupée, nous sommes parfaitement libres » (6 mai 1941). Cela sent le caleçon de laine défraîchi et la lettre de dénonciation anonyme. Un trait sur Léautaud.

CONCOURS du Conservatoire. Le rouge fané du décor a été remplacé par celui, plus vif, des tendances nouvelles. Mai 68 est passé par là, croyant tout nettoyer, sans pour cela enlever la poussière. Dans la salle, élèves et professeurs mêlés. Quelques assistants de la télévision à la pêche aux futures vedettes pas chères. Pas de cravate, sauf au cou de deux ou trois diplodocus qui semblent avoir oublié de les dénouer il y a quarante ans.

On est vraiment au théâtre : la représentation ne commence pas à l'heure. Mais la comparaison s'arrête là. Peu de monde. Ces journées sont boycottées à la fois par un public que n'excite pas une compétition sans récompense — et par les maîtres « traditionnels » qui ont refusé de participer à ce qu'ils estiment être une hérésie.

Plus que jamais, il s'agit d'un spectacle organisé pour la plus grande gloire des enseignants ; pas pour celle de leurs élèves. C'est aux premiers qu'on a envie de donner des notes. Les autres semblent marqués au fer rouge par ceux qui les ont dressés, comme le bétail d'un ranch californien. Ou, pour un peu, on leur ferait porter des casaques aux couleurs de leurs écuries. Comédiens en quête d'auteur, à la scène comme dans la vie.

Comment juger des apprentis dans de telles conditions ? On a dit aux élèves : « Jetez-vous à l'eau et jouez ! » Ainsi est-on supposé apprendre l'anglais sans peine, rien qu'en se faisant héberger au pair dans une famille de Brighton.

Résultat : classe d'Antoine Vitez, dans Claudel, une jeune personne délurée enlève trois fois son slip. Molière est aussi remarquablement servi : Armande et Henriette y font du catch ; Arnolphe est empêché de violer Agnès par une crise cardiaque ; Tartuffe sort un couteau à cran d'arrêt ; Béline, ayant déculotté son mari, lui torche le cul. La salle, cette fois pleine — la foule a des antennes qui l'avertissent des grands événements —, ne contient plus son enthousiasme. Vitez, modestement orgueilleux, salue. Cette année encore, son cours refusera du monde.

COLLABORATEUR de l'ambassade du Vietnam à Paris, il va enfin retourner dans son pays. Il en était parti il y a huit ans. Cela en fait treize qu'il n'a pas revu sa famille. Pendant son absence, un de ses enfants est mort. Un autre de ses fils, qui avait sept ans lors de leur dernière rencontre, en a maintenant vingt. Se reconnaîtront-ils sans présentations particulières ? Mais il a, sinon en souriant, du moins sereinement accepté cette déchirante situation. La guerre qu'hier il fallait gagner, comme aujourd'hui la paix qu'il ne faut pas perdre, ont toujours décidé à sa place, dût son cœur en souffrir et son esprit se révolter. Jamais, en tout cas à haute voix, il ne s'est plaint. Ainsi, dans cette partie de l'Asie, remporte-t-on les batailles.

Il refuse le cadeau de quelques mètres de velours que nous destinions à sa femme. Sans fournir d'explication. Mais la raison saute aux yeux pour peu que l'on connaisse ses semblables : son épouse ne saurait porter à Hanoi ce qui manque à la garde-robe des autres. En revanche, lui, il nous fait des présents : un livre de photographies montrant les beautés de son pays, les discours sur mauvais papier de Pham Van Dong, et un petit tableau en laque colorée qui représente une pagode. Il en a le droit — ces dons sont officialisés par les pratiques gouvernementales.

SI Molière revenait sur la terre et jouait à sa manière la comédie, ceux qui affirment lui avoir succédé le siffleraient.

DEUX ectoplasmes, qui sont supposés mimer des oiseaux, puis des mutants, enchevêtrent leurs collants couleur jaune d'œuf malade. Ils saluent, leur bouillie terminée, avec ce sourire satisfait de l'acteur qui prend pour une aumône qu'il fait les hommages qu'on lui rend. Je fuis l'hôtel d'Aumont, pourtant ravissant dans son noble berceau du Marais.

Le temps, exécrable, dépouille ce mois de juin de toute note originale. On dirait un notaire, habillé de gris en confection, inondé par les larmes des clients qu'il a grugés. Malgré cela, des comités organisent des fêtes. La « fête », c'est le grand mot à la mode. On ne la fait plus — elle nous fait. Au milieu du tohu-bohu et des métros pas nettoyés depuis vingt-huit jours, qui croulent sous les immondices, un moment vient, imperturbablement, où nous assaille quelque escogriffe hilare, dont le canapé des Arts et Lettres fait faire des bonds, quand il respire, au revers de son veston marine. La séduction menaçante, il nous assure que nous avons « perdu le sens de la fête », et que cela est très grave. Ne pas être joyeux, en effet, quoi de plus triste ? Mais, Dieu merci, ce don égaré, il l'a retrouvé. Comme si une fête était encore possible dans la pagaille des embouteillages, parmi ces foules si préoccupées d'elles-mêmes qu'un mort, à deux pas, sur un trottoir, elles ne le voient pas ou affectent de l'ignorer... La Fête, alors qu'on nous écrase de béton, qu'à dix-neuf ans les suicides se succèdent à la chaîne sous les plafonds blindés de Fleury-Mérogis et que, pour certains jeunes gens, tant ils sont désemparés, le comble de la drôlerie consiste à accrocher sur leurs vareuses des croix gammées avec des pinces à linge... Faire la fête, aujourd'hui, c'est s'étourdir pour oublier que la fête est devenue impossible.

JE marche tous les jours, pendant deux heures, dans Paris, sans autre but que celui de céder à l'appel d'une rue. Pour aller où ? Et voir quoi ? Les façades sont sans âme, auxquelles se sont pourtant identifiées des amours et des haines. Plus personne pour s'en souvenir. Parfois, à l'étroit entre deux magasins sans âme, une porte qui fut belle. Rien n'est plus secret qu'une porte. Une fenêtre délivre — une porte engloutit.

Rue de Richelieu, la boutique d'un libraire m'a toujours fasciné. Les orifices en sont bouchés depuis des années par des douzaines de vieux livres, comme un mur trop antique qui n'attend plus que la pioche des démolisseurs, accumulation des œuvres effrangées de Gondinet et d'Edmond Jaloux, tomes dépareillés, au brochage mité, de Taine, de Renan, et de Daudet. Jamais je n'ai vu personne enjamber la courte marche de son seuil. Comment vit le propriétaire ? Est-il seulement encore vivant ? Un monde semble ne plus tenir qu'à force de poussière, dont l'image ne nous parvient qu'au terme des milliers d'années-lumière de son anéantissement.

Mort. Je songe soudain, sans particulière tristesse, que je n'ai plus que quatre ou cinq ans à avoir mon apparence actuelle. Moi aussi, je profite encore de l'illusion de ma façade, un peu honteux d'en avoir si longtemps abusé. Bientôt ce sera fini. Si tout va bien, j'en ai pour quinze ans à me traîner. Quinze ans : un jour. Pas un de plus puisque c'est hier que j'avais vingt ans. Nos souvenirs seraient-ils trop vigoureux pour l'enveloppe de notre peau ? On croit vivre mille vies en en vivant à peine la moitié d'une.

Mais hier, Maurice Genevoix me dit : « Je pars pour ma propriété espagnole, près d'Alicante ; je vais y écrire mon nouveau bouquin. » Maurice Genevoix a quatre-vingt-sept ans. Et il est inquiet comme un débutant. Son ouvrage a pour cadre l'Allemagne d'avant 14, où lui-même a vécu. Il a poussé le scrupule jusqu'à revenir sur les lieux — qui ne doivent pourtant plus beaucoup correspondre à la vision de son passé. Il lit aussi tous les journaux de l'époque, et bat le rappel des livres concernant le monde disparu qu'il veut décrire.

J'imagine son travail, où chaque paragraphe, la moindre virgule, prennent les apparences d'une course contre la montre. Toutes les secondes comptent. Une rature de plus, une ligne à corriger, et une pierre manquera peut-être au monument. Mais, écrire un livre, bon ou mauvais, qu'on lira ou au contraire que l'on dédaignera, c'est encore la meilleure façon pour un homme d'oublier qu'il vieillit. La feuille de papier blanc retarde la blancheur du linceul. Un adjectif que l'on cherche, et qu'on n'a pas encore trouvé — toute une vie continue ; mieux, recommence en s'inventant une nouvelle destinée.

Quatre-vingt-sept ans ! Trente de plus que

moi, qu'en ferai-je ? Mais mille choses ! Insensiblement, je me redresse, feignant de donner plus de souplesse à ma démarche, comme si je mettais mes pas dans les traces de mes anciennes et jeunes promenades. Tandis que me revient ce mot de Stendhal, dans ses *Souvenirs d'égotisme*, écrit alors qu'il avait quarante-neuf ans : « Il est temps de songer à achever ma vie le moins mal possible. »

COMMENT fait-elle, Michèle Morgan, pour ne jamais avoir été souillée par les malsaines pensées et les calomnies de son public ? Dans la profession qui est la sienne, c'est presque louche. Elle s'est toujours bien tenue, d'accord. Aucune de ses attitudes ne fut équivoque, comme il convient à une personne qui, si elle sait qu'elle a un corps, ne perd pas de vue pour cela qu'elle a une âme. Faut-il donc, une fois de plus, expliquer Michèle Morgan par la fascination qu'exerce le lac limpide de son regard ? Pitié ! Qu'on lui fiche la paix avec son regard... Il est fort beau. Elle le sait. Merci. Hélas ! à force de troubler ceux qui y plongeaient leurs yeux, il a fini par lui dérober une part, peut-être essentielle, d'elle-même. Au point parfois de la pétrifier, comme une statue née du sel des larmes que le cinéma ne lui a que trop fait verser.

Je me souviens pourtant de nos conversations, il y a plus de vingt ans — comme *mon* temps passe ! Elle me disait déjà qu'elle en avait assez d'entendre répéter qu'elle était froide, et que sa qualité dominante était la dignité ; qu'elle avait, au contraire, besoin de fréquenter des gens qui ne se fabriqueraient pas des cols raides et des manchettes empesées dès qu'ils se trouveraient devant elle, comme éblouis de découvrir dans une cathédrale une Vierge dont le granit ou le bois sculptés auraient la faculté de parler. Elle souhaitait un monde au cou duquel elle aurait pu sauter.

Ce hâvre de grâce lui a finalement été accordé. Mais le public n'accepte toujours pas de changer l'image qu'il se fait d'elle en renversant son miroir. Il est bien difficile de devenir soi-même quand on a pour vocation d'être une légende.

Il y a aussi du narcissisme dans une certaine façon qu'on a de parler des autres.

Polonais et metteur en scène de théâtre, Jozef Szajna ne nous cache pas qu'il a du génie. Démiurge fatal, il n'y va pas par quatre chemins. Le théâtre des autres est mort. Place à celui dont il est à la fois le promoteur, le prophète, le Christ et l'Antéchrist. Pour mieux annoncer le messie qu'il est indubitablement à ses yeux, il a supprimé la parole, déclarant de façon péremptoire : « Il importe que le verbe devienne image. » A grand renfort de rouleaux de papier hygiénique, de comédiens vautrés et d'instruments orthopédiques, sa pièce, *La Réplique,* est un souvenir de son séjour à Auschwitz. Cela est évidemment respectable. Mais qu'en a-t-il fait ? Ecoutons-le : « La réponse d'un artiste qui a vécu un cauchemar. Mais aussi la justice que rend l'Art aux victimes et aux bourreaux. »

Art, artiste : deux mots qui résonnent toujours grotesquement dans le contexte d'un camp de la mort. C'est faire de la dentelle avec des cadavres, transformer une famine en un échafaudage de sucre filé. Ici, Montesquiou compte ses asphodèles dans les détritus d'un bagne.

Juillet

MINCE, robe rouge, joues creusées, denture carnassière, Sophia Loren possède cette gravité des mythes qui savent qu'on les vénère, bien qu'ils connaissent la fragilité de leurs socles. On dirait que ses yeux ne voient plus que ce qui est loin ; pas ce qui est près. Qu'elle a franchi une frontière invisible en abandonnant derrière elle, pour camoufler son absence, la forme de son corps, le son de sa voix et le plumage de ses vêtements. Eternelle réincarnation du chat d'Alice, qui laissait accrochée dans les branches des arbres où il se tenait, longtemps après qu'il les eut quittées, l'écharpe impalpable de son sourire. Pas de bijoux ; rien que les deux escarboucles de ses yeux. Pense-t-elle encore à sa « carrière » ? Alors, seulement en marge de ce qui a vraiment de l'importance, et qu'elle tait — sans cela, le vacarme en serait trop insupportable.

Elle me confie que depuis dix-huit ans, elle tient un journal intime. Rien de commun avec ce qu'on trouvera dans le livre qu'elle achève sur elle, avec l'aide d'un journaliste américain ; mais un document si sincère que parfois elle en a peur et souhaite le détruire. Je la supplie de n'en rien faire : « On n'a pas le droit de se couper une main, même par pudeur. » Ce témoignage, en effet, doit être unique. Toutes les vies d'actrices sont rédigées par des étrangers, ou bien elles sont serviles, ne cherchant qu'à proposer la face brillante de leur personnalité. La « Lollobrigida » de Moravia est plus sûrement Moravia lui-même que Mme Bovary était Flaubert. Et, dans sa « Tcherina », c'est Roger Garaudy qui fait des pointes et porte tutu. Elle hésite quand même, appréhendant l'exploitation que l'on pourrait faire de ces pages après sa mort. « Quelle importance, dis-je, quand tu ne seras plus là ? » Elle frissonne. A cause de l'idée qu'elle se fait de l'être humain quand il a cessé de vivre ? A cause du contenu de son œuvre ? Ou parce qu'un courant d'air a couru le long de ses épaules ?

Je rêve aux aventures qui ont été les siennes, et que nous avons rarement perçues, abusés par la représentation trop éclatante et factice à quoi se limitait notre désir de la rejeter ou de l'aimer. Ses débuts ont l'allure de ce personnage de *La Ciocciara* dans lequel elle se reconnaîtra, subissant, comme drogué, les bombardements d'une Libération qui jalonne de ruines l'itinéraire de ses soldats, l'arrivée des Américains de toutes couleurs et de toutes mœurs, la fuite des Allemands, les règlements de comptes dans les rues où elle traînait pieds nus ; et la vie évaluée au prix d'un mensonge, d'une lâcheté, d'un paquet de cigarettes, ou d'une assiette grasse qui signifiait enfin quelque chose à manger.

Un jour, à Madrid, alors qu'elle tournait *Le Cid* avec ce coq ridicule de Charlton Heston, elle m'a dit : « Quand les obus sont tombés sur ma ville, j'ai cru qu'il s'agissait d'un feu d'artifice. Je poussais des cris de joie. Cela a été ma première révélation de la Beauté... » Ensuite, il y a eu la découverte, par elle-même et par les autres, qu'elle était belle, et surtout que ses proportions n'étaient pas celles que l'on rencontrait partout. Exploiter ce privilège : seule façon, pour elle, de sortir du ghetto. Elle avait sa poitrine, comme à Harlem les futurs champions de boxe n'ont que leurs poings ; comme le minable petit descendant d'émigrés Frank Sinatra avait une voix... Premiers films, stupides et vains. Et brusquement cette sorte de notoriété que l'on prend aujourd'hui pour la gloire ; des zéros rajoutés régulièrement au chiffre de ses contrats ; le décolleté toujours ravageur, mais davantage contrôlé au fur et à mesure que croissait son audience, comme un objet que le temps a rendu si précieux qu'il ne convient plus de l'exhiber autrement que derrière la barrière transparente d'une vitrine. Elle fait la révérence à la reine d'Angleterre. Les puissants s'honorent d'être ses familiers. Elle a pris l'habitude de n'incliner la tête que selon les normes en usage dans les cours, royales ou républicaines, de l'univers contemporain. Tout lui appartient puisqu'elle peut tout avoir. La via Appia antica, à Rome, et à New York l'*Hôtel Pierre,* lui servent de pavillons de banlieue. Elle a fait plus que réaliser des rêves d'enfance — comment, en effet, son enfance eût-elle été capable de faire de tels rêves ?

Mais, petit à petit, ayant accompli le tour de toutes choses, elle a commencé à situer les hommes et ce qu'ils prennent pour des événements à leur véritable place. Elle a mis en veilleuse le néon et le néant de Hollywood. Sans doute n'a-t-elle plus envie que de dévorer, assise par terre, un plat de spaghettis qu'elle aurait confectionné de ses mains. Parallèlement, une peur s'est installée dans son cœur, qui n'a rien à voir avec les craintes qu'éprouvent les actrices célèbres quand elles se penchent sur leur destin. Pas la peur de vieillir, mais celle d'un monde méchant, qui n'hésite pas à s'emparer d'un enfant pour en exiger une rançon. Déjà elle a perdu le chemin de sa demeure romaine. Ses gardes du corps ne la protègent plus contre les fanatiques de sa grâce et l'agressivité des quémandeurs d'autographes — mais contre de plus authentiques dangers. Est-ce pour cette terrible raison qu'elle a maintenant fait sa jonction avec elle-même ? Et qu'à l'âge où ses concurrentes tâchent de se figer dans le sarcophage d'une image idéale, très au-delà d'une actrice elle est devenue une femme ?

MICHÈLE ex-Ray, aujourd'hui Costa-Gavras, me raconte ce que fut, il y a quelques années, son odyssée vietnamienne. Là-bas, elle a vécu ce qu'aucun de nous n'a connu. Envoyée à Saigon par *Le Nouvel Observateur,* elle a traversé tout le Vietnam du Sud en voiture, dissimulant ses papiers de journaliste estampillés par l'armée américaine, dans le dessein de parvenir jusqu'aux territoires contrôlés par le Nord. Profitant du répit de la fête du Têt, elle franchit sans trop d'encombres les péages viet-congs, et finalement atteint le but qu'elle s'était proposé. Etrangement, c'est au moment précis où elle allait être capturée qu'un pneu de son véhicule a crevé. « C'était la première fois que cela m'arrivait depuis le début de ma randonnée... » Peut-être était-ce aussi la première fois qu'elle roulait sur un chemin que l'on avait abondamment saupoudré de clous.

Interrogée sans répit pendant des jours et

des jours — son apparence physique lui donne l'air d'une Américaine —, elle devra partager la vie et les périls des combattants de l'ombre, dans ces terribles espaces où, selon la règle de l'état-major U.S., on avait tous les droits de l'*open fire*. Inutile de traduire. Ces régions n'étaient du reste nullement des zones militaires, encore moins des espaces déserts. Mais des lieux, au contraire, gorgés d'enfants, de vieillards, de familles. Quelques jours avant le massacre de sinistre mémoire, Michèle Ray se trouvait à My-Lay. Elle se souvient encore d'y avoir bavardé avec une admirable aïeule, sans âge, qui l'a embrassée quand elle est partie. Sans doute a-t-elle été broyée avec les autres.

Malade, obligée de se terrer dans des trous putrides où l'on ne respirait qu'avec l'aide d'un roseau dans la bouche, aspirant un air lointain, pour ne pas attirer l'attention sur sa présence pendant le passage des commandos de reconnaissance, elle est prise de vomissements violents et ne se tient plus que difficilement debout. Persuadés enfin qu'elle n'est pas une espionne yankee, mais bien une journaliste *phap* (française), les Vietnamiens qui, pour la relâcher, attendaient un moment propice, sont contraints de hâter son départ. Sa vie, en effet, est menacée. Et ils la déposent exactement à dix kilomètres du lieu où ils l'avaient faite prisonnière trois mois plus tôt. Quelques instants ne se sont pas écoulés, que les G.I.'s la récupèrent. Et c'est alors qu'une autre comédie va commencer.

Cette fois, en effet, c'est au tour des Américains de l'interroger sans discontinuer pendant des heures. Ne serait-elle pas une espionne manœuvrée par le Vietcong ? D'autres problèmes, cependant, que ceux de la politique paraissent les passionner. Puisque Michèle a été la captive de leurs abominables ennemis, il est bien évident qu'elle a dû subir de leur part les pires outrages. Un officier lui déclare avec un tact parfait : « Ici, en tout cas, si vous avez à accoucher, vous serez tout de même mieux qu'en face... » Alors, Michèle, une rougeur rétrospective sur le front : « Je n'ai jamais donné de ma vie à quelqu'un une aussi vigoureuse paire de claques... Moi qui lui racontais une si belle histoire d'amour... »

Les Américains, me dit-elle encore, ne comprenaient rien. Comment l'eussent-ils pu ? Surtout les aviateurs, vivant dans l'univers extraordinairement sophistiqué de leurs bases et de leurs fonctions ; eux qui, sans transition, allaient parfois se retrouver prisonniers à Hanoi... Je lui raconte mes mésaventures avec John Sidney MacCaine, ce fils du quasi monarchique amiral commandant l'état-major de la marine U.S., que j'ai interrogé avec tant de ménagement et d'amitié à la demande même des Vietnamiens, alors que, blessé, il gisait sur un lit d'hôpital, à Hanoi. Me rappelant qu'il ne fallait surtout pas que notre entretien fît monter sa température, ni que je lui parle de politique — ce que, d'ailleurs, je n'aurais fait à aucun prix —, ses gardiens m'avaient demandé de ne surtout pas le brusquer par des questions excessives. Mais le même MacCaine, dont je pensais naïvement qu'il serait désormais mon ami, devait écrire, de retour dans son pays (déclarations reproduites dans *Paris-Match* sans même me demander mon point de vue — on a des confrères ou on n'en a pas...) : « Je suis tombé dans un piège. J'ai été manipulé. Ce Chalais, comme je l'ai appris plus tard, était un communiste notoire. »

Michèle a vu aussi cette chose atroce : une jeune femme gisait à terre, dans un village, morte. Son crâne n'était plus qu'une bouillie. Devant, un soldat américain cherchait à en faire une photo. Vingt ans. Père de deux enfants, paraît-il. Au moment d'appuyer sur le déclencheur, il a prié un camarade de relever la jupe, toute déchirée et poussiéreuse, de la malheureuse. Pour que l'image soit plus sexy. Ça se vend mieux.

Elle est d'accord avec moi : ceux qui n'ont pas connu les bombardements du Vietnam ne savent pas ce que signifient les mots de « peur » et d' « horreur ».

SUJET éternel dès qu'on parle de son métier à un acteur, avec Paul Meurisse, nous évoquons le trac. Lui, il l'a toujours eu. « Ceux qui disent éprouver du plaisir à l'idée qu'ils vont jouer au théâtre sont toujours de mauvais comédiens. Moi, ça ne m'a jamais rendu heureux. » La mémoire du comédien, d'autre part, ne serait pas celle de tout le monde. Mais un procédé mécanique, à base de mémoire visuelle, aidé par les contraintes de la mise en scène. Meurisse, d'ailleurs, possède ses trucs personnels pour parer aux défaillances éventuelles. Par exemple, quand dans une phrase figurent trois « p », il les entoure d'un cercle au crayon, sur son manuscrit, et se souvient ainsi de tout le reste. Voici qui devrait rendre plus humbles les auteurs émerveillés de ce que leurs interprètes aient rendu les plus secrètes subtilités de leur pensée.

Il ne jouera pas de pièce nouvelle à la rentrée, ayant fait le raisonnement suivant : « Deux mois avant les élections de mars, plus personne n'aura d'autre sujet de conversation que les aléas de la politique. Les vedettes, ça ne sera plus nous, mais Chirac, Mitterrand, Marchais. » Les théâtres chuteront et, dit-il gravement, « il ne faut jamais chuter ». Je lui rétorque que les gens commencent à en avoir assez des politiciens, de leurs visages qui envahissent sans cesse les écrans, de leurs discours, de leurs mines, et jusqu'à leur façon de s'habiller ou de se cravater. Il demeure sur ses positions. Je comprendrai bien vite qu'il a raison : une demiheure plus tard, en effet, nous sommes en train de nous empoigner à propos du bulletin de vote qu'il nous faudra bien déposer dans l'urne. Cela, neuf mois à l'avance ! Que sera-ce la veille ?

Intéressant de voir que le baromètre des classes dorées a encore bousculé son mercure. Pour celui-là, qui n'était pourtant que méfiance et circonspection, pour ne pas dire hostilité, Chirac est désormais son homme. Il ne parle plus de ses coups de chapeau à Mitterrand ; et bien sûr, du soutien financier qu'il lui a un moment apporté. Giscard, en revanche, est toujours sur sa liste noire. Son tort, impardonnable, est d'avoir dangereusement mis en déséquilibre le confort de la droite et du centre. Par-dessus le marché, il a amené une eau tricolore au moulin de la gauche. Chirac, en revanche, ne lui fait plus peur ; il n'avait pourtant pas assez de sarcasmes pour en fustiger l'insincérité et les rodomontades, allant jusqu'à dire que son ambition était comme une loupe monstrueuse au milieu de sa figure. Il n'est pas pour cela — le ciel et sa conscience en sont témoins ! — son partisan inconditionnel. Mais, dit-il, les épaules accablées, les mains tournées à la renverse, la tête hochée, « que voulez-vous, Chirac, c'est le moindre mal »...

Quand même, il aurait bien voulu aimer un peu l'homme de son choix final. Hélas ! On ne peut pas tout avoir. Mais, heureusement, il se souvient de Vincent Auriol, élu avec les voix des communistes, et qui n'eut rien de plus pressé, une fois au pouvoir, que de se débarrasser de ses encombrants alliés. Cela le rassure un instant, comme s'il avait réussi à remettre dans le bon sens le deuxième œil de feu Vincent. Et déjà, à cette pirouette, sans transition, il accroche les accents d'une admirable profession de foi socialiste. Une France idéale vient s'épanouir sur le tapis du salon, que ne feraient frémir les hurlements d'aucun extrémiste, une France seulement assujettie à des impôts légers, respectée par l'étranger, allumant en même temps toutes les lumières qui ont fait son rayonnement depuis nos ancêtres les Gaulois.

Il se tait, satisfait mais fourbu. Pour avoir trop exigé de son pouvoir de concentration, l'hypnotiseur s'est hypnotisé lui-même. Le plus étrange de cette aventure est qu'il est sûr, maintenant, de savoir pour qui il votera.

PROTECTEUR des Arts et des Lettres, nouveau Richelieu dont le *Mirame* serait intitulé *Démocratie française,* Giscard reçoit à l'Elysée la crème de ce qu'il estime être notre littérature : Sabatier, Bazin, Paul Guth, des présidents de jeux qui ont cessé d'être floraux, mais tout juste. Antoine Blondin, également convié, a laissé sa place vide, sans un mot d'excuse, préférant continuer d'habiter à la seule adresse fixe qu'on lui connaisse — celle, mouvante, des étapes du Tour de France.

SYLVAIN FLOIRAT, soixante-dix-huit ans, ressemble de plus en plus à mon père. J'aime cet homme qui aime ceux qui ont travaillé dans son ombre, ou plutôt dans son rayonnement. Il parle, en rajoutant des « r » partout, comme si, à l'exception des voyelles, il n'y avait que cette lettre dans l'alphabet. Nous évoquons la prise de participation (48 %) d'*Europe n° 1* dans *Le Journal du dimanche* dont Yvan Levaï est devenu la pierre angulaire. Hommage dû au talent d'un journaliste authentique. Au moment du démantèlement au sommet de la station, nul ne fut plus dur que lui dans ses commentaires. Il écrivit, et des mains pas forcément bien intentionnées placardèrent ses déclarations sur tous les murs de la rédaction : « *Europe n° 1* est exactement à l'image du *France* que l'on a désarmé... » C'est sa gouaille vengeresse qui a désarmé les autres. On n'a pas pu l'évincer. Il est fort comme il ne l'a jamais été. On ne peut rien contre le caractère doublé par le talent.

Jean Serge, autre compagnon fidèle de ces temps pour moi déjà lointains, a passé l'après-midi à la bibliothèque de l'Assemblée nationale. On en a, à son intention, sorti les merveilles du réfrigérateur : des manuscrits de Jean-Jacques Rousseau, calligraphiés d'une plume admirable (l'habitude de copier de la musique ?), des incunables, Pascal, etc. Sa journée en a été illuminée, et je le comprends. L'endroit, paraît-il, est tranquille. Pas de risque d'y rencontrer un député. Ce n'est pas sous sa forme littéraire que souffle désormais l'esprit des lois.

TOUT se démocratise : on kidnappe maintenant contre rançon des filles de concierges.

AVIGNON. Si Armand Gatti n'existait, il faudrait l'inventer. Une fureur sympathique et dévastatrice l'habite, comme un incendie intérieur, depuis que ce fils d'éboueur, domicilié dans un bidonville, a brisé sa plume de journaliste. Don Quichotte imprégné de marxisme, Zorro marcusien, Bayard castriste, Abélard pas castré, Henri IV qui demanderait aux ouvriers de Renault de se rallier à son panache rouge, il pourfend dans une même envolée les dictatures sud-américaines, les ultimes retombées des égrotements de Franco, ou démonte le mécanisme de la chaise électrique de Sacco et Vanzetti. Son horizon est peut-être un peu confus mais, pour lui, le principal est que ses propres yeux y voient clair. Engagé total, pas pour la frime, ayant à décrire, dans *Rosa Luxemburg,* l'univers du travail à la chaîne, il n'a pas hésité à se faire engager dans une usine allemande. Il y restera dix-huit mois. Du moins, cela lui donne-t-il le droit de parler de ce dont il parle.

Autour de lui, le public mange ses paroles, des sandwiches et des tomates. Un chien passe, entre les travées séculaires de la chapelle des Cordeliers. Gatti évoque le parti anarchiste coréen, la bande à Baader, et proclame que

« la liberté est devenue une marchandise présentée dans des foires ». De quoi lui faire des ennemis partout. C'est d'ailleurs le cas. Il figure sur toutes les listes noires. Celles de la droite, comme celles du gauchisme et de la décentralisation dramatique. Sagement assis, les futurs acteurs prennent des notes sur leurs genoux. Pourvu que cette pièce, si vivante alors qu'elle n'existe pas encore, ne cesse pas d'exister le jour où elle existera...

Le sujet, en effet, ne découvre sa substance qu'au fur et à mesure que l'auteur laisse libre cours devant nous à sa frénésie. Nous sommes emportés, à sa suite, sur les ailes d'une espèce de cheval de Troie, découpé selon les normes de la viande de boucherie : le corps est indien, les pattes espagnoles, les naseaux pinochetistes. Dans un avion détourné, Pompidou discute le bout de gras avec la fille de Staline, Liou Chao-chi et le conseiller noir de Jimmy Carter. « Pas de création collective surtout ! rugit Gatti. La création est solitaire... » La voilà bien, la vraie anarchie.

Après la lecture, débat. La femme de Gatti intervient. Elle rappelle les drames de la « tribu », dont le dernier, le plus grave, ce conflit qui l'a opposée aux inconditionnels de l'Union soviétique à propos des goulags. Un déchirement. Ils ont participé aussi à la lutte des dockers de Saint-Nazaire. On les sent capables de tous les sacrifices et de tous les éclats. Pour eux, les terroristes palestiniens ne sauraient être que des héros qui n'ont que leur désespoir pour affirmer leur présence aux yeux d'un monde qui les récuse. Je songe à cette fille qui a éventré Sharon Tate. Elle n'a agi ainsi, aussi horriblement, que parce que, devait-elle dire, elle prenait Manson pour la réincarnation du Christ.

Je rêve également à ceci : si la droite avait monté hier les spectacles que présente aujourd'hui une certaine gauche, elle aurait été insultée, voire réduite au silence avec des bombes. Les temps ont infléchi leur cours. Mais seuls se sont arrogé le droit de dénoncer des crimes, ceux qui les ont pris d'abord pour des actions d'éclat et le reflet de la plus haute et pure émanation de la vertu politique. C'est le lot des suspects de demeurer à jamais suspects, et surtout si leur innocence a été reconnue. Ceux qui ont eu raison avant les autres n'ont jamais raison s'ils n'ont pas pris l'élémentaire précaution d'appartenir au parti qui avait tort.

DOUZE heures sans électricité à New York, à la suite de la détérioration d'une centrale nucléaire. En une seconde, la ville est devenue aveugle et paralysée. Aussitôt, les pillards. Plus une boutique, dans le Bronx, autrement qu'éventrée et vidée de son contenu.

Privé de ses fondations artificielles, qu'il prend naïvement pour les assises du Progrès, notre univers s'écroule. Tout ce qui est inutile nous est maintenant indispensable. Nous avons inventé le poumon d'acier ; mais nous avons détruit l'oxygène.

RETOUR d'Avignon par la route. Pompe à essence. Des dizaines de voitures font queue, devant les étudiants, pompistes improvisés, qui achètent ainsi le droit, à leur tour, de pouvoir acheter l'essence de leurs vacances.

Tonitruante, couvrant le vrombissement des moteurs surchauffés, la radio de la station inonde l'aire de lavage et de graissage d'un étrange discours : clou d'une de ces émissions qui sont notre pain quotidien, entre deux tranches de réclames pour du jus de fruits garanti sans colorant et l'heure exacte des montres à quartz, une femme explique avec la satisfaction de sortir enfin de l'anonymat pourquoi elle a été amenée à demander le divorce et combien son mari se conduisait mal avec elle. « Cela vous en fera pour cent six francs », dit le pompiste. « Vraiment, il vous battait jusqu'au sang ? » vocalise suavement la questionneuse de la radio, que l'on devine d'ailleurs l'œil sur l'horloge de son studio, attentive surtout à ne pas dépasser le temps imparti à son programme, et préparant mentalement le prochain message de la publicité.

A GORDES, Vaucluse, Marie-José Nat et Michel Drach habitent une belle demeure, élégamment restaurée, parmi les bories centenaires, flanquée d'oliviers qui semblent sortis tout droit du catalogue d'un antiquaire. Mais, pour l'atteindre, il faut d'abord se renseigner sur l'endroit précis où se situe le bout du monde et épuiser sa voiture, en pleine garrigue, dans des fondrières hérissées de silex meurtriers. Au détour d'une amorce de précipice, une pancarte menace : « Attention ! Danger ! Tir de mines. » Parce qu'ils occupent toute la largeur du sentier, d'énormes engins mécaniques obligent à changer de cap. Le paysage n'a pas l'air d'avoir été fini. On patauge dans un maelström d'ère primaire. Si l'on patiente un peu, on va sûrement voir naître un océan, ou cracher la jeunesse d'un volcan.

Cette beauté à la fois farouche et amicale de la Nature est à l'image de ce couple en marge, qui n'a jamais eu qu'une ambition : protéger sa vie de toutes les pollutions, à commencer par celle des métiers qu'il exerce. Comme si chaque écart lui inspirait la terreur de remettre la décision qu'il a prise d'être heureux. Dans la chambre à coucher, une nouvelle surprise nous attend : les meubles sont trop volumineux pour pouvoir jamais repasser la porte. Des voleurs, désireux de s'en emparer, devraient aussi enlever les murs. On dirait ces navires miniatures étranglés dans le ventre d'une bouteille, ou ces fruits à l'eau-de-vie, qui ne repasseront plus le seuil d'un goulot dont on s'émerveille qu'ils aient pu le franchir. L'explication est pourtant simple. Ils ont commencé par amener ici le mobilier qui leur plaisait. Et, seulement alors, ils ont autour fait construire les murs et les portes... Le vrai bonheur consiste à couper les ponts devant tout ce qui risque d'en ternir l'éclat. Terrain de réflexion rêvé pour les amateurs de symboles. On ne devient pas sans raison la plus discrète des comédiennes.

De Roger Peyrefitte, cette belle définition : « Le fin du fin est d'écrire le français de tout le monde, mais comme personne. » Cela nous amène, bien sûr, à évoquer la publication de ses *Propos secrets*. Et chacun de s'indigner de voir cet amas lamentable de ragots et d'obscénités, de puérilités et de scatologie, sous la plume d'un écrivain véritable.

La conversation se terminant inévitablement par : « Il faudra que je le lise... »

Je ne l'avoue pas ; mais la tentation me gagne aussi de parcourir ce livre. Pourquoi ? Contagion de scandales filtrés par les secrets d'alcôve ? Recherche malsaine, dans cet ouvrage, de noms que je connais et de personnes qui ont pour moi des visages, dépistées dans des postures ridicules ? Besoin de piétiner des idoles, de renverser des statues ? Pas brillant, de toute manière.

Au demeurant, Peyrefitte est un homme dont la singularité est d'abord celle de son talent, pas celle de ses singularités. Qu'avait-il à faire de tant de boue misérablement remuée ? Urgence d'un argent que les folies de son vieux corps lui ont fait perdre (allons, bon ! voilà que, moi aussi, je tombe dans les confidences de table de nuit !) ? Ou conséquence d'un cerveau que l'âge a troublé ? Pour l'honneur de l'écrivain, je pencherai plutôt vers la seconde solution.

PREMIERS placards publicitaires préparant les élections : « La majorité aura la majorité. » On ne précise pas de quelle majorité il s'agit.

RÉVEILLÉ, à 3 heures du matin, par des halètements d'angoisse et des cris. Je mets un moment à comprendre que ce sont les miens. Dans un cauchemar. Je me tenais dans une grande maison, assez belle, presque dépourvue de meubles. Fenêtres hautes et ouvertes, dont le vent fait s'agiter les rideaux de gaze blanche. Ma sœur Rosine, mais maigre et stricte, sans doute vieille fille, veut absolument attirer mon attention sur un personnage auquel je suis en train de manquer de courtoisie : ancien militaire de la coloniale, boudiné dans son complet bleu marine trop court. L'arrogance de ses yeux encore nostalgiques du commandement détonne grotesquement avec le vide laissé entre ses pantalons étroits et ses chaussures basses à lacets maladroitement noués.

Je n'écoute pas, tout à la douleur qui me chavire le cœur, malgré le mépris de mes visiteurs insolites, qu'ils croient teinté d'indulgence. Ma tragédie, en effet, est totale : j'ai tué mon chien... Je l'avais mis, Dieu sait pourquoi — pour lui donner chaud ? en tout cas dans une intention amicale — sur le fourneau de la cuisine, dans une casserole. Et je l'ai oublié sous le couvercle. Il n'est plus qu'une sorte de civet sans poil ni tête, recroquevillé, inerte, d'un mauve terreux. Je pousse des hurlements : « Mon chien est mort ! Et c'est moi qui l'ai tué... »

Plus de dix minutes après mon réveil, ayant dégringolé un étage, pris un verre d'eau, fait mille gestes destinés à secouer les restes de ce mauvais sommeil, je continuerai de frissonner dans mon lit, incapable de me retenir de gémir. Incroyable ! Dix-neuf ans se sont passés depuis la mort de mon chien Ulysse, et son souvenir ne cesse pas de me hanter. Et je sais que cela n'est pas fini. Quand il a rendu son dernier soupir, j'étais à Rome, en reportage pour la télévision. On a téléphoné de Paris à mon assistant pour qu'il me « prépare ». Mais, dès qu'il a ouvert la bouche, avant même qu'il ait prononcé le moindre mot, je lui ai dit : « Je sais, mon chien est mort. » Longtemps, j'ai eu sa photo dans mon portefeuille. Aux filles que je rencontrais, je disais : « Quand l'une de vous aura ce regard-là, alors peut-être sa photo remplacera-t-elle celle-ci... » De retour en France, mon premier soin a été d'aller le déterrer, pour le revoir au moins une fois, dans le carré de jardin où on l'avait placé. Comme nous étions en hiver et qu'il faisait froid, il n'était pas abîmé, paisible dans une serviette blanche. Et puis, j'ai été l'ensevelir ailleurs, sous un massif de fleurs, devant cet *Hôtel du Roy Soleil,* à Marly, où pendant trois ans, de 1952 à 1955, nous avons été heureux ensemble, et ravis de notre compagnie. Lorsque j'arrivai là, avec mon paquet dans les bras, les jardiniers faisaient justement des trous dans la terre, pour y déposer des plantes. Une heure plus tard, je n'aurais pas pu déranger l'ordre de leur travail. J'ai étendu mon chien sous le regard absent du buste d'un Louis XIV de plâtre. Il est toujours là.

Sauf quand il s'échappe, la nuit, pour me rappeler nos vieilles amours, dans mes rêves. Jamais il n'aboie ni ne me touche. Et ma tristesse est d'autant plus grande que je sens qu'il me reproche de n'avoir pas empêché sa vie de s'arrêter.

SIGNE des temps. Un journal, histoire de vanter sa marchandise, édite fièrement cette affichette : « Dans ce numéro, les noms des plus célèbres homosexuels de Paris. » Déjà dans *Paris-Match,* au nom du XVIe arrondissement à défendre contre la sournoise offensive du vice, on avait vertueusement dressé la carte des nouvelles allées du Tendre, entre le Moulin d'Auteuil, Longchamp et l'Orée du bois. Avec plan détaillé : telle avenue pour les travestis, tel gazon pour les sadomasochistes, telle frondaison pour les partouzards. L'article n'oubliait pas de fournir les tarifs en vigueur selon les spécialités des fourrés. Sans jeu de mots.

A l'Elysée-Matignon, Jean-Paul Belmondo et Yvon Samuel auraient eu un échange de mots un peu vif. Et, soudain, d'un coup de tête suivi d'un uppercut, la vedette défigure le journaliste. Celui-ci sera obligé de s'arrêter de travailler pendant huit jours, pour récupérer.

L'événement est d'autant plus déroutant que, chroniqueur irréprochable, jamais Yvon Samuel ne s'est permis le moindre manquement à la dignité de sa profession. Ce n'est pas sous sa plume qu'on chercherait quelque douteuse affaire dévoilée, une allusion à la vie privée de ceux dont il parle...

Lamentable incident ! Mais c'est ainsi. Boxeur quasi officiellement reconnu par la Fédération, poursuivant chaque jour un entraînement intensif, Belmondo s'est cru le droit de massacrer celui qu'il a pris, on ne saura jamais pourquoi, et lui non plus vraisemblablement, pour un adversaire. Un verre de trop, sans doute. Ce n'est pas une excuse. En d'autres temps, on eût retiré sa licence à un Marcel Cerdan pour une simple caresse sur la joue.

Nous nous interrogeons sur les raisons qui font que tel acteur, si limité intellectuellement, si peu curieux du monde où, presque à son insu, il fait figure de prophète, possède cependant un incontestable talent. Alors, Henri Verneuil : « Imaginez un con total. Un jour, il ouvre la bouche et il en sort un admirable contre-ut. Aussitôt, on s'extasie, on exploite cette faculté surprenante. C'est le triomphe. Le héros est présenté au président de la République. Celui-ci le félicite de son génie. Le rouge aux joues, le chanteur ne peut que répondre : " Euh !... " Un con total, je le répète... Le lendemain, il se remet à chanter. Et de nouveau, on l'acclame. Il est vraiment merveilleux. Fin du grand air. Il se tait : la connerie revient, sans autre espérance que sa survie éternelle... La vérité est que cet ectoplasme a un don. Et un don, ça ne s'explique pas... »

Ce n'est pas étonnant, me dit ce ministre, si Alexandre Sanguinetti n'arrive à se faire élire nulle part. Il dit à tous ceux qui l'écoutent dans les réunions, et attendent ses prébendes, qu'ils sont de sinistres crétins. C'est vrai, mais ce ne sont pas des choses à dire... Hélas ! on ne le refera pas. C'est tout juste s'il ne lance pas sa jambe artificielle à la figure de ses interlocuteurs en leur criant : " Quand vous pourrez en faire autant, vous aurez le droit de parler... " »

Le même ministre paraît croire que le virage politique de l'opinion est amorcé ; que la rupture entre socialistes et communistes est en train de dépasser le stade de la coulisse. Je lui demande s'il n'est pas d'accord avec moi quand je pense que les communistes, pour une raison ou une autre, n'ont pas envie de prendre le pouvoir ; comme s'ils considéraient, ce qui doit être vrai, qu'il est plus confortable et fructueux, en régime démocratique, d'appartenir à l'opposition plutôt qu'au gouvernement. C'est son sentiment, et il commente d'abondance ce point de vue. On dirait même : avec une espèce d'envie... Il est en revanche très discret sur l'opinion qu'il a de Chirac et de Giscard. Quand je lui dis que, personnellement, je n'y comprends plus rien, il répond (à qui ? à moi ? ou à lui ?) : « Vous n'êtes pas le seul... »

DES « rockers » de la périphérie arborent des croix gammées sur leurs blousons de cuir. « Pourquoi cet insigne ? » leur demande un reporter de la télévision. « Pour faire chier le monde. » Et un autre : « Hitler était un grand homme. Il n'a pas tué assez de gens... »

ROBERT HOSSEIN, toujours sous pression, malgré nos protestations nous invite dans un restaurant dont les frais de couvert et de serviette correspondraient ailleurs à l'addition d'un repas complet. Il commande une bouteille de bordeaux : « Le meilleur ! » Ne buvant que de l'eau, nous parvenons quand même à lui faire annuler ce trésor inutile. Les plats se succèdent, auxquels il ne touche que peu, lancé à cœur perdu dans le discours électrique de sa générosité non-stop. Il paraît toujours incompréhensiblement émerveillé de ce qu'un tas de médiocres, à la télévision ou dans la presse, s'intéressent à son travail.

Lucide quand même : « Si on me confie un grand théâtre national, ce ne sera pas pour mon talent, pour ce que j'ai fait ou peux faire... Mais parce que, paraît-il, je suis le seul qui recueillerait à la fois les suffrages de la gauche et ceux de la droite. Le reste, ils s'en foutent... » C'est vrai. A force d'honnêteté et de misère, il a mis tout le monde dans sa poche. Son livre est presque terminé : « Je suis né dans une poubelle, et j'ai pris tant de coups de pied au cul que, maintenant, quand quelqu'un me parle, je commence toujours par me mettre le dos au mur... »

Sa tête vacille sous l'afflux de ses projets. Après *Notre-Dame de Paris,* il veut monter *Les Frères Karamazov, Jules César, Les Révoltés du « Bounty »*. La cathédrale d'Esmeralda se confond avec la carcasse du cuirassé *Potemkine,* avec la galère du *Bounty*. J'ai l'impression d'assister à une formidable joute navale où les naufrages seraient des victoires. « Un bon bordeaux, dit-il, pourtant, ça ne ferait pas de mal... en mettant beaucoup d'eau dedans... »

Je le sens quand même un peu las de la vie qu'il mène depuis six ans, refusant tous les rôles que lui propose le cinéma pour se consacrer à son apostolat de Reims. Il en tient le compte, soudain, avec un petit sourire faussement satisfait qui me fait le mettre en garde contre ce qui m'apparaît chez lui comme une sorte de délectation morose : « On dirait que tu ne déclines de telles offres que pour le plaisir, plus tard, d'énumérer toutes les occasions que tu auras volontairement manquées. » Il s'en défend. Mais avoue : « J'en suis là, aujourd'hui, c'est-à-dire nulle part, et comme si je n'avais rien fait... » Il a cinquante ans. Jamais un centime devant lui. Eternel promeneur dans des déserts dont seule sa passion semble faire une foule, d'où le titre, justifié, de son livre : *Mémoires d'un nomade.* Que préfère-t-il finalement — la volupté de sentir qu'il peut tout avoir ? Ou celle de détruire jusqu'à l'idée que tout, s'il le voulait, lui appartiendrait ?

DANS le volume consacré à l'affaire Manson par le procureur américain Vincent Bugliosi, cette déclaration à propos d'une des inculpées, Virginia Graham : « Elle avait décidé de tuer Elizabeth Taylor et Richard Burton. Elle voulait faire chauffer une lame de couteau pour l'appliquer sur la joue d'Elizabeth. Ceci pour laisser son sceau. Puis elle aurait gravé les mots *Helter Skelter* sur son front, après lui avoir arraché les yeux des orbites. Manson lui avait montré comment. » Pour Burton, elle avait l'intention de le castrer, puis de placer son pénis avec les yeux d'Elizabeth dans une bouteille avant d'envoyer le tout à Eddy Fisher. Sinatra, lui aussi, aurait eu droit à sa cérémonie particulière. Sachant qu'« il aimait les filles », elle se serait introduite chez lui, et l'aurait pendu par les pieds. Puis, « au son de sa propre musique » il aurait été écorché vivant. Les jours suivants, on aurait fabriqué des sacs avec sa peau pour les vendre aux boutiques hippies. « Comme ça, tout le monde aurait pu avoir un petit morceau de Frank... »

De son côté, Manson a tenu ce discours

pour l'édification des membres du tribunal chargé de le juger : « C'est vous, qui avez fait vos enfants ce qu'ils sont. Ces enfants qui viennent à vous le couteau à la main, vous les avez élevés. Je ne leur ai rien appris. J'ai seulement essayé de les aider à se tenir droit... Ce n'étaient que des gens dont vous ne vouliez pas, que leurs parents avaient jetés dehors. Alors, j'ai fait de mon mieux et leur ai dit : " En amour, rien n'est mal... " Je me suis efforcé de nettoyer la maison, chose que Nixon aurait dû faire. Il aurait dû se tenir au bord de la route et rassembler ses enfants. Mais il n'y était pas. Il était à l'intérieur de la Maison-Blanche et les envoyait à la guerre... Il n'y a qu'une chose que je sache : dans vos cœurs et dans vos âmes, vous êtes aussi responsables du Vietnam que moi de l'assassinat de ces gens. »

La croix du Christ n'a pas fini de saigner du napalm.

NOTRE vérité réside aussi dans nos mensonges, dans nos affirmations que le temps ridiculisera, dans cette quête futile et pathétique du présent qui mêle quarante chars libyens détruits hier par l'Egypte, la victoire de Jauffret sur Nastase, en coupe Davis, le prix du carnet de métro porté à dix-huit francs en première classe, et la folie d'un travesti, à Hambourg, qui coupe la tête des femmes et menace de continuer si on ne sort pas de prison le grand amour de sa vie, qu'il y a rencontré, et qui répond au prénom d'Otto.

Il y a deux jours, un commando d'ouvriers de l'Aérospatiale a envahi le studio de T.F. 1, à l'heure des informations. Très dignement, le présentateur, Gicquel, a refusé de lire un communiqué imposé par la force. Vingt-cinq minutes plus tard, la voie redevenue libre, il a pu recommencer son travail, signalant que, plutôt deux fois qu'une, MM. Marchais, Séguy et Kanapa (celui-ci s'exprimant au même moment sur « Antenne 2 ») ont été les hôtes de sa station. Le lendemain, tout le monde, sauf les communistes, condamne l'incident. Et ce matin, Roland Leroy, directeur de *L'Humanité,* déclare qu'il est solidaire du commando. La faute incombe seulement au pouvoir, dit-il en substance, qui interdit aux ouvriers d'exprimer leurs opinions et oblige le bon sens populaire à porter une muselière.

On songe avec quelque perplexité à ce que dirait le même Leroy si, une fois les communistes au gouvernail, une escouade de giscardiens ou de chiraquistes envahissaient soudain les studios de sa télévision pour crier qu'on ne tient pas assez compte de leurs justes revendications.

Dîner chez Benno Graziani, ex-fleuron de *Paris-Match,* dans l'attente de la parution de son nouveau magazine, *Saga.* Superbement mazarinesque et casanovien, il a servi de modèle au Mastroianni de *La Dolce Vita* de Fellini. Il fait des mots comme on se met une écharpe sur le visage, ne laissant passer que l'étincelle du regard, teintant d'humour rose l'humour noir où il se complaît. L'élégance si discrète qu'on en est aveuglé, il joue d'un calme qui a l'air d'une création artistique sur laquelle on devrait lui payer des droits d'auteur. D'ailleurs, depuis trente ans, on les lui paie. Ils sont peu nombreux ces êtres dont une orchidée invisible paraît éternellement fleurir le revers du veston, voire le pyjama. Du papier tue-mouches qui n'attraperait que des abeilles d'or.

Faute de posséder le château de Versailles, il loge dans les parages et trouve le moyen de faire de l'ombre aux arbres du parc. Belle maison du XVIIIe siècle, délabrée avec art, prolongée par un jardin herbeux et touffu qui donne lui-même sur les pépinières, à perte de vue, du Petit Trianon. C'était la demeure du coiffeur de Marie-Antoinette, celui qui mêlait des frégates et des vergers à ses postiches, transformant sa chevelure en succursale des plafonds de l'Opéra.

Le musicien Claude Bolling va nous étonner par des trilles qui n'ont que peu de rapport avec ses habituelles doubles croches. Nous parlions de Laclos et des *Liaisons dangereuses*. Il dit — et il ne rit pas ! — qu'il avait toujours cru que *Les Liaisons* étaient de Vadim. Plus tard, comme nous évoquons Rimbaud cessant d'écrire à dix-huit ans :

— Pas possible ! fait-il.

Il n'en revient pas.

— Et qu'a-t-il fait, après ?

— Il est parti pour l'Abyssinie.

— Ce n'est pas vrai... Pour y faire quoi ?

— Divers trafics, du commerce...

Sa stupéfaction est à son comble. Il ignorait aussi les rapports du poète avec Verlaine (qu'il doit confondre avec Trenet) et le coup de feu de Bruxelles. Cette soirée aura été pour lui très instructive.

La bouclette frisée à rendre jaloux les moutons de Colin d'Harleville, le nez de tapir frétillant à force de flairer le grouillement d'une fourmilière, Barbra Streisand tient d'un Bonaparte qui aurait confondu Arcole et Woodstock, et de la fleur bleue de Brooklyn fourvoyée dans la vitrine de Tiffany.

Il ne doit pas faire bon lui résister. Ses caprices sont autant de cadeaux de Noël qu'elle se fait à elle-même en toute saison. Sur le plateau de ses tournages, elle oblige l'opérateur à modifier le choix de ses objectifs. Nulle robe, sinon celles qu'elle tire de son placard personnel, ne lui semble digne de la parer dans ses films. Heureusement, la pureté de sa voix renie la vulgarité de son corps, et le boudinage de ses jeans. On la dirait sortie de la gorge d'un rossignol blindé. C'est la Callas, qui serait à elle-même son propre Onassis.

Plus fière des sacs de faux diamants de sa croupe que du filet de cristal de ses contre-ut, elle n'a pas précisément le talent discret. A la fin d'*Une star est née*, alors que tout indique que l'aventure est achevée, elle refuse de quitter l'écran, poussant le bulldozer de charme de quatre minutes trente de chansonnette, le visage extatique, en gros plan, imitation Christ en croix qui exigerait une vodka-cola en guise de vinaigre. Etonnante crucifixion, dont les clous seraient les aiguilles d'un électrophone à ambiance stéréophonique. Dans le lointain de son Golgotha, revu et corrigé « Son et Lumière », il y a comme un écho timide. Est-ce la lamentation d'une nymphe qui soupire d'avoir été dérangée ? Non, c'est le souvenir de Judy Garland qui nous reproche notre inconstance. Barbra chante : « Tes mains sont comme des yeux sur mon corps. » *Sic.* C'est d'elle. Elle en est aussi satisfaite que de n'avoir jamais confié son appendice nasal aux chirurgiens esthétiques.

Derrière les méandres roucouleurs de ses vocalises, le film mélange les quiproquos douloureux et le triomphe des octaves. Artillerie lourde dont tous les coups portent. Drogue et whisky sans eau avant l'entrée des belluaires dans la cage aux fauves du rock-pop. Le paradis à senteurs d'enfer de jadis est devenu un enfer que l'on voudrait paradisiaque. Les nouveaux apôtres jouent de la guitare électrique en prisant de l'adrénaline au moment de la Cène. Une humanité misérable se prend pour les dieux que désormais on veut voir en elle. On vend du désespoir comme autrefois de l'espérance rose bonbon. Les princes charmants ne paraissent plus occupés qu'à détruire leur charme, s'exténuant devant de fabuleuses audiences. Aucun empereur, à Rome, à Vienne ou à la Malmaison, n'en a connu de telles. Pour retrouver un phénomène de cette sorte, il faut remonter aux parades de Hitler, de Mussolini et de Staline.

La détresse de nos mœurs est devenue un commerce. Et la destruction de nous-même le plus fructueux des spectacles. Ce n'est plus le temps qui est de l'argent ; mais la déchéance. On ne concevrait plus aujourd'hui Shirley Temple ailleurs que dans le contexte d'un Armaguedon.

DANS le cours de son interview, une journaliste me pose cette question : « Vous avez cinq minutes pour retenir une femme que vous aimez plus que tout et qui veut vous quitter. Que lui dites-vous ? » Je lui réponds que je ne lui dirais rien. Qu'elle est libre de partir. Que je serais triste, mais que c'est son choix qui compte. Que j'ai horreur de ces hommes qui poussent des cocoricos pour séduire, mais se lamentent, au travers d'un paillasson, quand la partie leur échappe. L'amour doit se faire et se défaire sans phrases. C'est déjà assez malheureux d'être malheureux ; si, par-dessus le marché, il faut s'humilier...

Elle a posé la même question à toutes sortes de personnalités. J'aimerais bien connaître leurs réponses. Elle ne me cite que celle de ce très important personnage politique qui, à l'idée d'un drame personnel, s'est échauffé au point d'en perdre le contrôle de ses nerfs et l'idée de sa propre dignité : « Je vous en supplie, mademoiselle, ne partez pas, gémissait-il, à grand renfort de trémolos... Vous verrez comme vous... vous verrez comme je... » Cinq minutes ainsi, d'une seule haleine humide. Je l'imagine, avec son complet de chef de rayon invité au Quai d'Orsay, ses refoulements de vieil étudiant, et ses cheveux sagement alignés sur son crâne de fort en thème qui n'arriverait plus à faire une addition. Et, sans doute, ce besoin de plaire qui lui fait croire qu'en amour l'intelligence doit automatiquement remplacer la carrure et le sourire d'un beau voyou. Cela devait être savoureux.

J'en reviens toujours à mon vieux stratagème : quand un des puissants de ce monde abuse devant moi des privilèges de sa position, je me le figure, derrière son bureau de prince ou de ministre, en vêtement de nuit défraîchi, une bouillotte sur la tête, geignant entre les bras de sa femme parce qu'il a un gros bobo. Cela remet tout de suite les choses à leur vraie place. Rien n'est plus sot qu'un homme qui moralise à propos des femmes. On dirait un cuisinier amateur qui ne travaillerait que dans la recette aphrodisiaque. Tout homme a dans son cœur un don Juan qui refuse de sommeiller. Condescendant, il explique aux dames le tort qu'elles se sont fait à elles-mêmes en ne tombant pas dans ses filets ; et quelle stupidité est la leur d'avoir chu dans ceux des autres. Ainsi rêvent les Casanovas en soldes. A défaut de pièges plus convaincants, ils enferment dans les pages d'un livre, dans les méandres d'une conversation, des bataillons de Bardots éperdues, et de dolentes Marilyns, seulement attentives à recueillir leur précieuse liqueur. Alors, épuisés, ils retrouvent Bobonne et, quand tout va bien parce que dans le monde tout va mal, ils lui expliquent ce qu'il conviendrait de faire pour régler la crise du Moyen-Orient, ou pour faire sauter le franc plus haut que le cours du dollar. Cet exploit accompli, seul dans leur chambre, ils feuilletteront les pages de quelque leste magazine dissimulé sous la pile d'un dossier marqué « Affaires urgentes », ce qui achèvera de leur donner l'illusion d'une journée bien remplie.

FLORENCE. Avec des hésitations de débutant, nous gagnons la galerie de la place de la République. Carré à l'allemande, lourd, à peine aéré par les arcades qui flanquent l'un de ses côtés. Des éventaires de journaux proposent une grande abondance de revues pornos, mêlées aux nus du Titien et aux reproductions de Donatello. La nudité n'a pas fait de progrès en quatre cent cinquante ans.

La ville, au premier coup d'œil, est décevante. Les autos, qui empêchent d'en sentir les façades, la transforment en parking pour œuvres d'art. Un zoo, où les ours et les otaries seraient remplacés par des vierges à la feuille d'or et des Bacchus taillés dans le marbre de Carrare. Le Ponte Vecchio est un cousin pauvre du Rialto. L'Arno est presque à sec, ses berges poussiéreuses sillonnées de bulldozers. Les pigeons singent la mode de Venise sur la place de la Seigneurie cernée de cafés où les spaghettis ne sont sans doute aussi collants que pour mieux retenir la clientèle. Sur les marches d'un escalier, en haut d'une ruelle, un jeune garçon est recroquevillé, prostré, comme mort. Près de lui, une seringue a roulé par terre, encore tachée de sang. Un groupe de hippies s'approche de lui et l'interroge. Il réagit imperceptiblement. Donc, il vit. Donc, il n'offre plus d'intérêt. La petite troupe s'éloigne. Ceux qui la composent doivent avoir, eux aussi, des seringues. Le sang, ce sera pour plus tard.

Toute la nuit, les arches de pierre lépreuse grouillent de cette faune en haillons de surplus américano-pakistanais. Adolescents-vieillards, leurs vies finies avant d'avoir commencé, qui vendent les mêmes colifichets de maillechort ou de lin grossièrement filé, les mêmes anneaux de cuir — filles hagardes, coquebins aux pieds nus et aux yeux vides. Quel avenir peut être le leur ? Ils ne se seront crus libres qu'en s'enchaînant à leur destin de prisonniers. Ils ont cent ans sans posséder la grâce des choses éternelles, et la première de toutes, bien qu'elle soit la plus fragile : la jeunesse.

Galerie des Offices, juchée sur des colonnes d'un gris terne qui les font ressembler aux pattes d'un éléphant de carton hâtivement badigeonnées. Tableaux : tous ces morts, auxquels leur argent a permis de franchir la barrière des siècles, qui nous regardent les regarder. L'or ne va qu'à l'or. Les merveilleux pinceaux de Michel-Ange ou de Rembrandt furent des esclaves. Monarques et potentats de la religion se succèdent. La tête vous tourne. Ils sont trop, figés dans le garde-à-vous de leurs ducats. On se précipite aux fenêtres pour découvrir des toits sous lesquels on espère enfin quelque chose qui bouge, qui souffre, qui aime. Tout plutôt que cette éclatante et froide décalcomanie du néant.

Et soudain, coup sur coup, c'est le choc : l'Adam et l'Eve de Cranach, simples, irréprochables, bouleversants dans leur totale absence d'effet recherché. Un homme. Une femme. Une pomme où il y a des traces de dents. Aussitôt après, la perfection de deux Botticelli. *Le Printemps,* transparent, complet, l'hiver sombre qui se fatigue en vain pour se donner à lui-même l'impression qu'il va durer ; et le play-boy, à gauche, qui sifflote dans l'attitude d'une indifférence feinte, attendant que lui tombent dans le bec, toutes rôties, les trois cailles qui dansent, visées par Cupidon, en croyant sottement, victimes de la naïveté de leur sexe et de leur âge, qu'elles se couronnent de fleurs alors qu'elles s'apprêtent pour le festin de l'araignée. Les pétales poussent, déchirant l'herbe. Pas plus que la terre, l'homme ne saurait déjouer le grand complot de la Nature. Impitoyable et fatal piège du printemps apprivoisé le temps d'un tableau par le pinceau du Génie.

A côté, *La Naissance de Vénus*. On ne peut en détacher sa vue. Aucune reproduction ne saurait en rendre la tendresse des couleurs ; ou alors seulement à la façon d'un film doublé. Les cheveux d'or démentent l'innocence du regard. D'admirables petits Breughel, bourrés de détails minuscules mais précis, comme si des fourmis humaines racontaient toute leur vie dans l'espace d'un timbre-poste. Et plus loin, plus haut que tout le reste, *L'Annonciation* de Léonard de Vinci. Impossible de pousser davantage dans la direction de l'admirable. On a envie de mourir là. Ange androgyne, Vierge à la fois accessible et distante. Sujet si souvent traité qu'on devrait en avoir la nausée. Mais ici, tellement accompli qu'on en oublie toutes les autres moutures. On peut donc avoir envie de pleurer devant le mouvement d'une main, le tracé d'un sourcil ?

Salles flamandes. Tête de méduse. Contrairement à l'habitude, le peintre a compris que l'important n'était pas le visage du personnage, ni le plus terrifiant, mais les serpents de sa chevelure. Ici, il les a disposés en premier plan. Certains, écrasés, perdent leur sang. Ils n'en ont l'air que plus dangereux — bien que la Gorgone soit morte, ainsi qu'en témoignent son front à la renverse, et le blanc des globes de ses yeux. A un moment, la toile du mur sur lequel est fixé le tableau a bougé ; et nous avons tous fait un pas en arrière...

De nouveau, la place de la Seigneurie. Les Christs drogués y alternent avec les Guevaras d'opérette. Enormes et tentaculaires, les cars de touristes sommeillent au soleil. Certains de leurs passagers n'en sont pas descendus. Les musées, c'est fatigant, et l'on peut tout en connaître en achetant des cartes postales. L'essentiel n'est-il pas, d'ailleurs, de pouvoir dire que l'on a été à Florence ?

SIENNE. Incomparable cathédrale. Existe-t-il, dans le monde, un tel luxe de la beauté, une semblable richesse de matériaux et d'inspiration ? Tout est idéal : devant soi, derrière, au haut de la coupole de cinquante mètres, sous nos pieds qui ne s'aperçoivent même plus qu'ils ont foulé les plus somptueux graphites. Les rétables et les baptistères ont des allures de films à sketches italiens, chaque panneau exécuté par une main différente, Donatello, Michel-Ange, Guiberti se succédant pour aboutir à la même œuvre commune, comme plus tard Fellini, Visconti et De Sica. Jusqu'aux toilettes qui sont en marbre avec, dans leur entrée, des fresques, des peintures aux pieux motifs, et sous verre des chapes et des mitres d'évêques. Une espèce de sacristain courtois vous y remercie, profondément incliné, de votre visite et de vos cinquante lires... « Guiberti, psalmodie le guide, a mis vingt-sept ans à sculpter ce motif... »

Ville vivante, et d'abord dans ses murailles les plus vétustes. Sur la place du Campo, en pente douce, la pluie, brutale. Mais droite, pure, comme si elle aussi était née du caprice d'un artiste. Accrochée aux grilles de la fontaine, une chemise à carreaux — crachat sur un diamant. Et, dans la vasque d'eau verte, si limpide qu'on dirait un miroir pour le sourire d'une Joconde, un gobelet de carton crevé. Par terre, un barbu s'est totalement déshabillé et dort dans une couverture.

Salle des Duccio. Une femme essaie, d'un

fusain tremblé, de retrouver le secret du Divin. Merveille ! Cinq cents ans après, quelqu'un cherche à toucher une main que le temps a réduite en poussière... Besoin de donner un sens à notre aujourd'hui en plongeant les yeux dans hier.

Raphaël, mort à vingt-sept ans, se peint sous les traits de ses héros, Musset de la peinture, comme s'il avait su dès sa naissance que la vie lui serait parcimonieusement comptée. Mais c'est peut-être un cadeau que l'on fait aux trop jeunes morts, de leur accorder éternellement le visage de la jeunesse. Michel-Ange, lui, qui atteindra sa quatre-vingt-neuvième année, laissera d'abord de lui l'image de son *Saint Paul,* cacochyme et raviné. Formidable Michel-Ange, qui ne se bornait pas à sculpter des *David,* à peindre des *Sainte Famille ;* mais qui déroulait aussi autour du Belvédère de Florence le ruban de mâchicoulis d'une forteresse. De tels hommes semblaient être partout à la fois, un pinceau ou un maillet à la main. Leurs journées devaient avoir beaucoup plus de vingt-quatre heures.

UNE Américaine, insensible à tant de beauté, prend le guide à témoin de ses connaissances. Elle fait aussi répéter les dates auxquelles ont été exécutées les œuvres devant lesquelles elle se trouve : « 1381 ou 1382 ? » On sent que, si on ne le lui précise pas, elle adressera une réclamation à l'agence Cook, et que son retour par la « Panam » en sera gâché. Pour bien montrer qu'elle est catholique et que, par conséquent, on ne la lui fait pas, elle affirme que saint Christophe n'est qu'une invention de l'esprit. Elle a sûrement lu ça dans le *Reader's Digest*. Nous perdons un quart d'heure à subir ses élucubrations. Devant chaque bénitier, elle s'agenouille, et prend un bain de bras. Soudain, elle s'écroule. Elle a trébuché sur l'une des marches du grand autel. Sa jambe est écorchée. Un instant, elle a dû croire que c'était le ciel qui la clouait de stigmates. Mais elle se rend vite à l'évidence — cela aussi ses lectures le lui ont appris : les stigmates dignes de considération ont rarement pour siège les mollets.

LES peintures de la bibliothèque sont d'une exceptionnelle fraîcheur. Pour la première fois, on a l'impression de regarder des tableaux avec les yeux de ceux qui en furent les contemporains. La raison en est simple : s'ils n'ont pas été altérés, c'est que jamais, dans cette pièce, on n'a allumé une bougie.

Nous, ce que nous avons apporté dans la cathédrale, c'est le micro sur la table de cérémonie, et trois œillets de plastique rose dans une fiole de faux cristal. Plus d'horribles ex-voto, cœurs sanglants d'où se détachent orgueilleusement les noms des généreux donateurs, comme les tickets à souche d'une police d'assurance sur le paradis. Il y a aussi des appareils à sous. Il faut mettre cent lires dans leur fente pour que s'éclairent les murs pendant trois minutes. Laurent de Médicis n'avait pas pensé à tout. S'il avait eu cette idée, et la possibilité de la réaliser, il n'aurait pas été financièrement gêné comme ce fut son lot, sur le déclin de sa vie, après la déconfiture de ses royaux débiteurs anglais.

SAN GIMIGNANO : des soixante-treize tours, à la fois citadelles et habitations, qui forment son décor, il ne reste plus que douze. Cela suffit à composer un paysage unique au monde. A chacun sa façon de construire son quartier de la Défense. Fiesole : au sommet des arènes romaines, derrière une tombe dont la plaque de verre laisse entrevoir des ossements approximativement rassemblés, un petit musée étrusque, familier, touchant, modeste, qui repose des rassemblements massifs d'allégories bibliques. Des vases, des aiguilles de tisserands, des débris de poteries et de fresques. Fleurs sauvages parmi les bouquets trop somptueusement arrangés des grands fleuristes.

Paysage. On se laisse griser jusqu'à l'ébriété par ces cyprès, ces vignes, ces oliviers. Le Moyen Age et la Renaissance avaient déjà cet aspect, qui pourrait nous paraître imaginaire si nous ne pouvions le toucher ici, tant le monde a changé. Seules les sources qui les égayaient en sont taries ; de même qu'ont disparu les animaux qui croisaient d'un bond agile la lourde promenade des hommes.

On se laisse envahir, la gorge serrée, par la Toscane ; et l'on sait bientôt que l'on sera un peu toscan, maintenant, pour la vie. Au Japon, franchi le seuil des hôtels réservés aux Japonais, on abandonne ses chaussures et ses vêtements à la porte, pour ne les reprendre qu'au moment du départ. Ici, c'est pareil. On dépouille mentalement ce qu'on est, ou a été — mais on n'est pas sûr de retrouver à la sortie son cœur dans l'état où on l'avait laissé. Quelque chose d'impensable s'est produit. Pendant une semaine, j'ai été chez moi en étant ailleurs.

Pendant ce temps, l'Italie crève. Sa monnaie n'est plus que du papier froissé. Son régime bat la chamade. Tout craque. Sur les places de Florence, des groupes se forment qui s'interpellent et s'insultent, écarlates de colère, les gestes en averses désordonnées. On dirait du cinéma. Ce n'est pas du cinéma. C'est un peuple qui ne sait plus où il en est. Et qui ne comprend pas, dans le plus beau pays du monde, que le sort l'ait pris en traître et l'étouffe au milieu d'une splendeur qui fait l'admiration de tout ce qui a encore la chance d'avoir un regard. Que va-t-il arriver à l'Italie ? Allons-nous avoir la révélation que l'on peut tuer ce qui est éternel ?

Indro Montanelli, directeur du quotidien milanais *Il Giornale*, répond-t-il à cette question en même temps qu'à celles de *Newsweek* quand il déclare : « Le tempérament italien ne changera jamais. Nous sommes les plus habiles marchands de remèdes de charlatan sur la terre. Rien, ni personne, ne forceront les Italiens à croire en autre chose qu'en leur propre intelligence individuelle. Les Italiens sont capables de vivre dans n'importe quelle situation : malaise économique, inflation, peurs de toutes sortes. Il suffit que chacun s'enferme dans son petit monde avec ses préoccupations — un monde où très rapidement le malaise devient normal. » Il dit aussi que cette situation prépare la venue d'un nouveau Mussolini qui, lui, sera rouge. Devant la pagaille ambiante, en effet, la foule votera pour celui qui lui dira, comme l'autre jadis : « Vous n'en avez pas assez de tant de troubles ? Suivez-moi, vous retrouverez l'ordre et vous serez protégés contre tout ce qui, aujourd'hui, à juste titre, vous effraie... »

Montanelli fait partie de ces journalistes auxquels, en Italie, se sont attaqués les gauchistes des « Brigades rouges ». Il en a reçu quatre balles dans les jambes, tirées alors qu'il était de dos. « Au moins, dit-il désabusé, les anarchistes d'antan tuaient-ils de face... »

Août

L'ADMIRABLE film de Buñuel, *Cet obscur objet du désir*, a bien failli ne pas voir le jour. Le rôle féminin principal devait être tenu à l'origine par une seule actrice, et non par deux comme on le décida dans la suite. Mais, dès le premier jour, celle qui avait été choisie se révéla, pour diverses raisons, incapable de tourner, même de loin, une scène où elle devait prendre un taxi. Effondré, le producteur Serge Silberman prend le parti d'arrêter le film. Il est seul dans l'affaire et n'a signé aucun contrat de distribution, français ou étranger. Il téléphone à sa femme : « Nous venons de perdre cinq cent vingts millions. » Mais Irène Silberman, à qui le triomphe de ses *Petites Anglaises* a enseigné la sérénité, se contente de lui répondre : « Ça s'arrangera. » On reprend donc le tournage. Cette fois, la vedette, morte de trac, titube carrément. On stoppe tout. C'est alors que Serge reprend une idée que Luis Buñuel avait lancée en l'air, un soir de bonne humeur, comme une plaisanterie : « Et si on faisait interpréter le personnage de Conchita par deux femmes différentes ? » Buñuel, après avoir refusé de courir ce risque, finit par céder, bousculé par

Silberman qui lui dit que c'est cette manière surréaliste d'être classique qui le distingue de ses concurrents... On tourne. Et cela donne ce chef-d'œuvre où paraissent associés Diderot et Barbey d'Aurevilly, sorte de Vénus d'Isle plongée dans l'univers de la bande à Baader.

Le plus émouvant de l'aventure, pour ceux qui en possèdent les clefs, c'est d'imaginer Buñuel lui-même, pendant les quarante-neuf jours du tournage — quarante-neuf jours seulement ! le génie n'est pas forcément une longue patience... —, cloué devant l'écran de télévision qui lui sert à surveiller les résultats de sa mise en scène ; car il n'a plus guère la force de se déplacer et sa surdité est totale ; malgré ces inconvénients, innovant sans cesse, imaginant d'époustouflants cadrages aussi facilement qu'un enfant lance des cerfs-volants dans le ciel fabuleux de ses vacances. Se disant aussi, le temps de chasser une ombre sur son front, que ce film sera peut-être son dernier, et qu'il faut à cause de cela qu'il soit le plus réussi. On n'a pas le droit de laisser son stylo faire des pâtés sur un testament.

Fougueux à son habitude, Serge Silberman s'oppose à Georges Cravenne, qui veut organiser la première du film à Monte-Carlo. « Buñuel n'est pas fait pour les snobs de casinos et de tirs au pigeon ! — La princesse Grace prendra ce refus pour une insulte », blêmit Cravenne. Et Serge : « Je me fous de madame de Monaco... »

Je les laisse discuter, à la terrasse du *Fouquet's* bourrée à minuit d'une foule qui peut dépenser pour un dîner le salaire d'un ouvrier pendant une semaine. Avec un regard, à l'horizon, comme si allait inévitablement, tôt ou tard, éclater une des bombes de Bunuel.

Conversation avec un chauffeur de taxi. « Tout va mal, monsieur... Je ne vous ennuie pas, au moins ? — Pas du tout. Je sens que ce que vous allez me dire va être si réconfortant. — C'est un scandale, monsieur. J'ai mes parents, viticulteurs en Champagne. Remarquez, je n'en dis pas de mal parce que, si ça se trouve, je finirai par faire comme eux... Ça serait ridicule de cracher dans sa soupe... » Des gravillons viennent tapoter son pare-brise : « Vous avez vu, comment ils refont les routes ? Du vrai travail de bougnouls... Donc, mes parents, en Champagne, même quand c'est la catastrophe, ils m'ont dit, ils sont gagnants. S'ils ne vendent pas, en effet, ils stockent pour les années à venir, et le vin prend de la valeur sans qu'on ait à se fatiguer. D'ailleurs, de toute façon, aucun ennui à craindre : l'Etat vient à l'aide — impôts sécheresse, impôts inondation et compagnie... Même pas la peine de s'assurer, de payer des primes pour le cas où... L'Etat fait automatiquement appel à la solidarité nationale. Les salariés paient de 25 à 45 % d'impôts. Pas eux. Pratiquement rien. On n'ose pas les taxer. On ne va pas puiser dans la bourse de ceux qui nourrissent le pays !... »

Il évite de justesse un camion qui décharge, rue Réaumur, sa cargaison de papier devant *France-Soir*. « Et ces grèves des ouvriers, dans les journaux, ce n'est pas à pleurer ? Pas un qui gagne moins de cinq mille francs par mois... C'est comme les employés de la Caisse d'épargne : sept mille minimum après dix ans de présence. Et la retraite, les avantages sociaux. Pourtant, des mois et des mois, ils ont fermé leurs guichets. Pas contents !... Donnez-moi ce qu'ils refusent, et vous verrez comme je remise mon bahut... »

Nous sommes arrivés au terme de la course. Il parle toujours : « Je ne vous fais pas perdre votre temps ? » Toute sa famille y passe. Et le gouvernement : « Je suis à gauche, mais il y a des jours où je me sens fasciste. » Son compteur, qu'il a oublié d'arrêter, fait entendre un petit cliquetis chaque fois qu'un chiffre s'ajoute à un autre. Devant tant de détresse, et en dédommagement d'un discours aussi instructif, je me sens obligé de doubler le montant du pourboire que j'avais prévu. « Sale époque ! » bougonne-t-il en démarrant, sans me remercier.

MESCHERS (Charente-Maritime). Qu'en dire et à qui le dire ? Au-dessus de la plage de l'Arnèche, la plus jolie de la côte, la plus finement ciselée par des millions d'années de vagues et de vent, une mouette blanche, solitaire, tourne vainement sans oser se poser. Je ne la connais sans doute pas, mais je la reconnais. C'est l'une de ces éclaireuses qui s'approchent du rivage, quand vient la fin du jour, pour voir si les estivants ont enfin abandonné la plage. Alors, elle retourne vers les siens, leur annonçant que la voie est libre et qu'ils peuvent fouiller le sable à la recherche de nourritures invisibles de nous, mais qui semblent leur être savoureuses.

L'année dernière encore, Mei-Chen et moi avons vingt fois assisté à leurs ébats, à leurs débats. Leurs ballets sont organisés selon des rites millénaires, comme autant de signes de l'intelligence des âges. Mais cette fois, la mouette s'en va, et ne revient pas. La plage est encore pleine de joueurs de ballons, de pêcheurs de semaine des sept dimanches, hérissée de sandales perdues, de bouteilles et de cartons vides. Dans la falaise, un grand trou dessine une bouche édentée. On a ravalé à la hâte la dune avec des rampes de futaies, la base en étant raffermie par d'énormes blocs de pierre grise. Les arbres du sommet ont été rasés. La coulée de béton d'un escalier remplace l'escarpement des racines et du sable qui grimpait jusqu'à la forêt. Il n'y a plus de forêt. A la place, des bancs qui permettent aux clients des innombrables cages à lapins des Allocations familiales d'admirer le coucher de soleil. Car on n'est pas encore parvenu à supprimer le soleil. De gigantesques panneaux vantent les avantages de ce « Village de vacances ». Partout la terre a été retournée, la végétation fauchée. Il faut fermer un œil, et ignorer toute une partie de la crique, pour en retrouver l'ancienne et délicieuse apparence. Le paysage boite, tronqué, mutilé, vieux corsaire qui ferait claquer le pilon de bois qui remplace une de ses jambes disparue. Le pays n'existe plus puisqu'il ne vivait que de sa beauté et que la Beauté y a été assassinée. Même plus la grandeur tragique d'un noyé rejeté par les flots sur lequel dansent des essaims de poux de mer..

Le fade René Bazin parlait de « la terre qui meurt ». Il évoquait ainsi les campagnes désertées, livrées à la solitude de la mort par l'exode de leurs habitants. Maintenant, c'est le contraire ; la terre meurt non plus parce qu'on l'a quittée mais parce qu'elle est envahie. La présence de l'homme est encore plus funeste à la Nature que son absence. Ailleurs, au lieu de la charmante clairière qu'il fallait longer pour descendre à la plage, des chemins bitumés conduisent les automobiles des cadres moyens et semi-supérieurs jusqu'à un enchevêtrement inextricable de tentes garanties « tout confort ». La clairière elle-même a été nivelée, cédant à la lèpre de terre battue, tassée et retassée, d'une aire de volley-ball. Un père et son fils tentent de jouer au badminton parmi l'amoncellement des « R 12 » et des « 504 ».

Tout le pays n'est qu'une plaie béante. Où se réfugier ? Est-ce la fin d'un de mes rêves favoris ? Celui qui devait servir de cadre à la dérive de mes dernières années... Même sachant le projet à peu près irréalisable, à moins d'un miracle, j'ai toujours eu besoin de penser que ma vie se terminerait ici, errant sur cette grève à la poursuite des pas de ceux que j'ai aimés. Mes vieux jours futurs crient au secours. L'air seul est encore le même, qui paraît adoucir mon cœur et ma peau et me change en un autre moi-même, respirant mieux, toute fatigue brusquement abolie. Pourtant, de l'autre côté de l'estuaire, des grues gigantesques ont poussé. Les formes rondes des réservoirs à pétrole se sont multipliées. La brume autrefois les dissimulait. Plus moyen de les ignorer. Comme si on avait camouflé Vézelay derrière des publicités de supercarburant.

Le village ne va pas mieux. D'horribles maisonnettes ravagent les derniers lopins boisés de la Garenne. A l'entrée de Meschers, un terrain, qui comptait parmi les plus beaux, n'est qu'une fondrière. On a coupé les mélèzes deux fois centenaires et les merveilleux arbustes qui lui donnaient l'apparence d'un jardin de Mélusine. Le monde doit changer, bien sûr.

Etait-il indispensable cependant d'en transformer le sourire en rictus ?

Le receveur des postes, lui aussi, est catastrophé. Mais il a pour cela une raison supplémentaire : « Vous avez vu ? Ça va mal... Vous n'êtes pas au courant ? » Un jeune homme de Semussac, localité de la région, a été emporté en vingt jours par la poliomyélite. On accuse naturellement la pollution de la mer. Les analyses sont pourtant relativement favorables. Des papiers officiels, au-dessous de l'insigne des C.R.S. maîtres baigneurs, indiquent que le taux des streptocoques toléré n'est pas atteint. Autrefois, avant de se baigner, on regardait la couleur d'un drapeau ; maintenant : une fiche médicale sur la vitrine d'un centre de police.

L'opinion réagit dans le mauvais sens. Peu de gens dans l'eau, et cherchant sur leur épiderme la signification de la moindre rougeur. Soudain, la mer, si calme, cesse d'attirer sur elle la même qualité de regard. Hier encore amicale, serait-elle devenue notre plus sournoise ennemie ?

Le soir ne me répond que par le charivari sublime du coucher de soleil.

Ce tueur, à New York, qui ne s'attaquait qu'aux jeunes femmes à cheveux noirs — il en a tué six —, se faisait appeler « le fils de Sam » parce que ce prénom était celui de son voisin, qu'il le croyait né il y a six millions d'années, et qu'il était persuadé que c'était son chien, en aboyant, qui lui ordonnait de commettre ses crimes. Déclaration du maire de

New York, après l'arrestation : « New-Yorkais, maintenant, vous pouvez dormir... »

A part cela, on n'ose toujours pas, dans sa bonne ville, prendre un ascenseur avec un inconnu, ni marcher dans une rue passé neuf heures du soir. Détail plein d'intérêt, la Mafia avait mis à la disposition de la police cinq mille mafiosi pour l'aider à traquer le criminel. C'est à de tels signes qu'on voit qu'il y a encore une morale.

MIKIS THEODORAKIS s'adresse à un aréopage socialiste. La scène se passe à Chania, en Crète : « Je crois qu'un changement de société est réclamé aujourd'hui par un nombre croissant de gens. Ce désir dépasse de loin les limites des forces traditionnelles de la gauche. De ce point de vue, le découpage en deux fronts opposés — pour ou contre le Programme commun — ne me satisfait pas personnellement, et j'ai déjà exprimé mon point de vue à M. Mitterrand... Dans les rangs des forces mobilisatrices, au-delà des socialistes, des communistes, des progressistes, je place personnellement les centristes, les écologistes et, pourquoi pas, une droite éclairée. »

On ne saurait avec plus de netteté réclamer un tour de faveur devant un futur peloton d'exécution.

LA fin du jeune Vital Michalon, mort d'avoir trop ardemment souhaité un monde meilleur, sonne le glas d'une période que dissimulent mal des déploiements pacifiques du Larzac ou de Flamanville, et les cabrioles des clowns verts de l'écologie. On pense irrésistiblement à cette époque charnière, aux Etats-Unis, avant Watts et Chicago, où Martin Luther King croyait encore, à la veille d'être assassiné, qu'il suffisait pour convaincre le pouvoir de faire asseoir par terre des militants, en récitant des prières, dans l'attente que la police vienne les tirer par les pieds.

MITTERRAND affirme que ce n'est pas à gauche que l'on trouve les plus bruyantes querelles. Mais à droite. Alors, Louis, un instant arraché à ses rêveries de football et de jazz : « On dirait deux couples qui se chamaillent. L'un d'eux entend que l'autre se querelle plus fort qu'il ne le fait lui-même. Cela le rassure. " Allons, pense-t-il, ça ne va pas si mal chez moi... " »

A GRAND fracas, les feuilles de chou annoncent le mariage possible, voire probable, d'Yves Mourousi et de Mireille Mathieu. Pitoyable comédie à laquelle se prête un journaliste éperdu du désir de paraître. Déjà, il avait accepté d'être le personnage principal d'un roman-photo. Le plus surprenant est que des hommes comme Giscard acceptent d'être interrogés sur les plus graves sujets par celui qui se livre sans rougir à de telles pitreries.

Un attentat à la bombe a fait sauter l'émetteur de télévision de Bastia. Cela privera l'île d'émissions pendant plusieurs semaines, voire des mois. Aussitôt, la France frémit devant l'ampleur de ce drame : comment peut-on vivre aussi longtemps sans Sheila et sans Guy Lux ? La voici enfin consciente du drame qui remue la Corse. Auparavant, il ne s'agissait pour elle que de nostalgiques plus ou moins farfelus de Napoléon. Et Tino Rossi semblait avoir fait son temps.

La vérité est que ce pays connaît la crise de toutes les provinces qui ont encore une identité. Il y a une écologie de l'entité des terroirs menacés. Jadis, une province, c'était un arbre au tronc énorme et puissant, auquel les années inventaient chaque jour de nouvelles ramures. La sève inondait ses racines. On a remplacé les provinces par des départements et des sous-préfectures. C'était peut-être commode pour notre système postal, et pour mieux piéger les enfants des écoles. Mais cela était mortel pour ces corps brusquement privés de carcasse et de cervelle. Quand, d'un peuple, il ne reste plus que les ghettos des fêtes folkloriques et des musées régionaux, cela veut dire que ses habitants ont déjà dépassé le stade de la danse macabre. Binious et clarines marquent la mesure désuète d'une sarabande de jeunes gens qui ne sont plus que des vieillards déguisés. On avait des globules rouges. On a des leucocytes. La France a remplacé la joie et la vigueur de ses forêts par du béton. Les orties et les ronces sont les dernières à participer au combat. Les oiseaux fuient. Les insectes désertent. Combien d'âmes d'hommes et de nations périssent, victimes d'une coulée de ciment sur les racines de leurs espérances ?

Ce n'est pas, en effet, pour son indépendance que lutte la Corse, ou l'Alsace, ou l'Occitanie, ou la Bretagne — mais pour son âme. De là ces attentats absurdes, ce sang inutile. Une âme que l'on agresse ne choisit pas forcément avec intelligence et délicatesse le moyen de sa défense. Le corps ne réfléchit pas quand il lutte contre des toxines. Il secrète ce qu'il peut, la recette idéale n'appartenant qu'aux dieux. Jusqu'au jour où les dieux eux-mêmes, lassés ou vaincus, capitulent et se font la malle.

ELVIS PRESLEY est mort. Toutes les radios déglutissent les halètements rauques de sa voix. Au Tennessee, le deuil général est officiellement décrété. Jimmy Carter a également sorti son mouchoir en forme de bannière étoilée ornée de crêpe.

Son destin rejoindra-t-il celui d'un James Dean enseveli dans le même concert de lamentations, et dont le corps semble toujours tiède plus de quatre lustres après sa représentation d'adieux ? Pendant plusieurs années, alors que son souvenir aurait dû s'estomper, on continua de lui envoyer sept mille lettres par jour. La plupart de ses correspondants, refusant d'admettre sa disparition, assuraient qu'il n'avait été qu'accidenté. Défiguré, il se cachait. Certains affirmaient l'avoir aperçu, d'ailleurs, couvert de pansements, dissimulé derrière les volets de sa maison. Ceux-là même qui consentaient à son trépas prétendaient qu'ils étaient en communication télépathique avec son fantôme, et publiaient la teneur de leurs conversations dans l'au-delà. Un gigantesque trafic de ses dépouilles permit à des escrocs de vendre des tonnes de fausses mèches de ses cheveux, comme autrefois des morceaux supposés de la vraie Croix, ou des outres emplies de larmes qu'aurait versées le Christ. On arracha jusqu'au papier peint des chambres où il avait dormi.

En réalité, avant d'être un héros du show business, James Dean fut le symbole d'une jeunesse qui, comme toutes les jeunesses, avait la certitude d'être la victime de ce mal de tous les siècles qu'on appelle la solitude. De là son cri, et sa révolte contre une Amérique qui ne songeait qu'à s'émerveiller devant ses machines à laver et la couleur verte de ses billets de banque. Presque en haillons — mais un drapeau déchiré par la mitraille a l'air aussi d'être un haillon —, il fit irruption dans le confort satisfait des adultes, myope, la démarche sans élégance, mais brusquement l'incarnation irrésistible de l'Ange exterminateur.

La tragédie de sa mort lui a donné la dimension d'un mythe. Il se cherchait. Il ne s'est pas trouvé. Ce sont ceux qui lui succédèrent qui le trouveront en se découvrant eux-mêmes. Et c'est cette singularité qui fera qu'Elvis Presley, malgré le fracas de sa fortune et les larmes qu'il fait couler, ne sera jamais un véritable rival pour James Dean : avec l'étrange faveur d'être devenu illustre sans avoir eu la révélation de sa gloire, il lui aura manqué la plaque de tôle tordue d'une Porsche en guise de linceul.

L'AN passé, c'était la sécheresse accablante, génératrice de communiqués alarmistes et d'impôts aussi nouveaux que sophistiqués. Cette fois, des trombes d'eau gèlent les vacances, tuant vignes et mirabelles. Il faut sucrer les ruches à miel des Vosges car les abeilles ne trouvent plus dans les fleurs assez de pollen. O cauchemar de Virgile ! Et chacun, avec les mêmes anciens mots, de se lamenter pour d'autres tragédies. Le ciel a toujours été hérissé d'épées de Damoclès.

Le ciel de François Mauriac, par comparaison, a l'air, lui, d'une planche à clous à l'envers. Que de péchés à punir, de chairs à mortifier, de bure pour râper la peau des malheureuses âmes qui ont chuté... Je relis ses *Mémoires intérieurs,* tandis que dans la nuit la pluie me tient éveillé. Que c'est beau, cette façon d'écrire comme on n'écrit plus ! La vieillesse d'un homme intelligent vaut, sur le plan de l'esprit, tous les élans de la jeunesse.

Bien sûr, il est un peu énervant de lui voir tout ramener à Dieu, et tous, Benjamin Constant compris, et Gide — « L'âme de Gide sera-t-elle sauvée ? » Pas certain. Heureusement Jacques Copeau s'est converti, ça fait une moyenne... Comme si Mauriac avait peur que le regard céleste observe son brouillon du haut de son canapé de nuages sacrés. On s'attend à chaque instant à ce que l'écrivain se retourne pour Lui dire : « Mais non, Tu te trompes, j'ai pensé à Toi... Vois plutôt, je viens justement de rajouter quelques très jolis adjectifs à Ta gloire... D'ailleurs, mon encrier est en forme de couronne d'épines... » Mais que d'éclairs là où ses émules n'allumaient que des pétards mouillés. On a du mal, à cinquante ans de distance, à imaginer les scandales qu'il provoqua. Ecrire, en ce temps-là, était une manière de vivre. Un adverbe était une munition. Avec quinze mille lecteurs, on levait une armée. Avec cinquante mille, on faisait une révolution.

Que restera-t-il de son œuvre ? L'étincelante démonstration de ce que peut faire un homme de lettres quand il se double d'un grand journaliste. Les « planches d'anatomie morale », si ridicules, auxquelles se complaisait Paul Bourget, n'auront peut-être pas été si éloignées de sa propre façon d'envisager la psychologie romanesque. Mais son honneur fut, au même Bourget s'écriant à propos d'Alfred Dreyfus : « Je me moque de la Justice », d'avoir répondu que, lui, il ne s'en moquait pas.

Quand même, je tique quand je rencontre sous sa plume cette phrase dans un essai sur Pascal : « J'ai toujours admiré le cardinal de Richelieu d'avoir compris que M. de Saint-Cyran [le professeur de Pascal], ce petit prêtre dénué de tout bien, était plus redoutable qu'une armée et de l'avoir mis à la Bastille sans autre raison que la peur que lui inspirait un homme résolu à servir la vérité sans rien concéder aux puissances. » Et, quelques lignes auparavant : « Les jésuites avaient raison contre Pascal. C'est une bénédiction qu'ils l'aient emporté sur lui. »

O saint Nicolas du Chardonnet ! A quels excès conduit une trop stricte croyance à l'infaillibilité d'une tiare...

SAGESSE éternelle de Ba Dung, ma belle-mère vietnamienne. Après être demeurée vingt-deux ans loin de son pays, elle y est retournée, et dit : « Moi pas comprendre choses comme journaliste, ou homme intelligent. Mais moi savoir autrefois, dans mon pays Vietnam, un seul heureux — mille malheureux... Aujourd'hui, ancien heureux peut-être malheureux, mais tous les anciens malheureux être heureux... » Trouverai-je jamais un aussi saisissant raccourci sous la plume d'un de nos savants éditorialistes ?

Elle n'a jamais pu oublier que, si elle ne sait pas lire, c'est que, dans son enfance, seuls les garçons étaient envoyés à l'école. Systématiquement, les filles demeuraient à la maison, vaquant aux travaux du ménage ; le calcul étant que, si on leur eût donné de l'esprit, elles eussent pu empiéter sur les prérogatives du mâle. Il y a plusieurs manières de brûler les livres. Les deux meilleures étant de crever les yeux de ceux qui pourraient les lire, ou de les maintenir dans l'ignorance.

Devant les bûches qui flambent dans la cheminée et donnent à la pièce une allure de veillée d'autrefois, elle égrène des souvenirs qui, bien que relativement récents, paraissent remonter du fond des âges. Son père avait quatre femmes en même temps. Elle est fille de la troisième. Elle seule a survécu des douze enfants de cette femme. Encore, à un an, était-elle si chétive et usée, qu'on la mit dans un petit cercueil de bois avant de la conduire dans un endroit consacré de la forêt pour y recueillir la dernière bénédiction du Bouddha. Elle sera sauvée.

Sous les tirs des Français et les bombardements de leurs « Dakota » — quand elle prononce ce mot, on dirait qu'elle fait : « Tac-tac-tac », peut-être, du reste, croit-elle qu'il s'agit d'une harmonie imitative —, elle se tenait avec Mei-Chen, alors âgée de sept mois. L'enfant avait la varicelle et le médecin avait interdit qu'elle sorte de son lit, et encore plus de la maison. Alors, quand tout le village se réfugiait dans la jungle parce que pleuvaient les bombes et crépitaient les mitrailleuses, elle demeurait, entourant son enfant de ses bras, dans la demeure dont les murs tremblaient. La mort d'un enfant frappé par la varicelle lui semblait plus odieuse encore que celle déchaînée par les orages de fer et de feu des sombres adultes.

Il y a aussi une histoire compliquée, mais qui doit être atrocement simple, d'un demi-frère que l'ami français de Ba Dung, le capitaine Personnier, avait placé au 2e Bureau et qui, pris en flagrant délit d'espionnage, fut torturé et, pour commencer, privé de toute nourriture pendant dix jours. Ce n'était plus qu'un squelette. Des années plus tard, ce frère, en visite en France, refusera de voir Ba Dung. Elle avait été l'amie d'un Français, même si celui-ci avait tout fait pour qu'il fût sauvé. Corneille aux yeux bridés.

Je l'écouterais pendant des journées entières avec son parler qui cahote à la recherche de mots qu'elle ignore ou dont elle n'a retenu que la moitié : « Vous connaissez, François... », à la place de : « Vous savez... » C'est de l'anti-belge à saveur de riz à peine arraché à la terre, de douleur plus profonde que la douleur, et de rires plus jeunes que l'enfance. C'est elle, un jour, qui m'a demandé : « Vous connaissez comment faire pour ne pas être violée par soldat français ? » Un peu interloqué, je lui avoue mon incompétence en la matière. « Moi, autrefois, très jolie. Alors, parce que guerre, et soldats méchants, je peins mes cheveux en blanc, je mets foulard pour avoir l'air vieux... Et puis, je trempe chiffon dans sang de porc... Le mettre autour de mon bras, comme si moi blessée. J'avais remarqué, moi pas bête, jamais soldats français violer vieille femme blessée... » Et elle ajoute, rêveusement : « Soldats japonais, si... eux, tout violer... »

Que pèsent nos petits problèmes devant des récits d'une si âpre vérité ? Et qui n'aurait honte, les écoutant, de s'insurger parce que l'essence augmente, ou le prix des cigarettes ? Ou parce que la pluie, qui écrase les pins, effaçant les écureuils et arrachant les tuiles des toits, a compromis nos séjours de vacances...

VOILA presque quarante ans que chacun essaie de faire dire ce qu'il veut à l'Histoire, à propos du bout de chemin fait par le P.C. français avec Staline, au temps du pacte que celui-ci avait signé avec Hitler. Répondant à un article du *Monde* sur la demande de reparution de *L'Humanité,* sous les Allemands, en 1940, Jeannette Vermeersch, veuve de Maurice Thorez, en profite pour faire le point : le pacte germano-soviétique, dit-elle « fut, non pas un pacte d'alliance avec Hitler, mais un pacte de non-agression permettant à l'U.R.S.S. de gagner du temps ». En laissant se faire écraser la France avec laquelle elle avait, quelques mois plus tôt, signé non pas un pacte de non-agression, mais d'alliance ! Quant au départ de l'armée, dès le début de la guerre, de Thorez pour la Belgique puis pour Moscou, elle s'insurge contre ceux qui l'ont présenté comme une désertion. Il « rejoignait simplement son poste de secrétaire général du parti dans sa lutte contre Hitler ». Il est évident que si la France, elle, était réellement en guerre contre Hitler, on pouvait plus efficacement lutter contre lui depuis l'U.R.S.S. qui n'était pas en guerre avec les nazis.

Cela dit, elle parle quand même de la « dramatique période de Staline ». Chaque fois que je lis de tels mots, et sous de telles plumes, je me pince pour être sûr que je ne rêve pas. « Nous nous étions trompés, semblent dire les anciens du P.C., au temps pour nous... Chacun peut se tromper. Vous n'allez pas nous faire la gueule pour ça pendant des années... »

Pour qu'ils continuent pourtant de tenir le langage auquel ils nous avaient habitués, avec tout ce que cela suppose de génocides et de goulags, il eût suffi d'un petit événement tout simple : que Staline ne s'arrête pas de respirer. Alors d'autres années auraient encore drainé les mêmes haines, perpétré les mêmes exactions. Aucun communiste français n'aurait eu la pensée sacrilège de parler de la « dramatique période de Staline ». Pierre Daix en eût été pour ses frais d'encriers. Et même, qui sait, un retournement électoral est si vite arrivé, ou une révolution réussie, serions-nous maintenant en train de charrier des cailloux pour le terre-plein sur lequel serait érigée, à Brie-sur-Marne ou à Saint-Tropez, une statue géante à la gloire du Petit Père des peuples.

Mais mieux vaut, sous un régime démocratique, avoir à pardonner que de connaître, sous un Staline, l'infortune d'avoir à demander pardon.

SUR le point de savoir si l'on pouvait laisser mourir de faim dans leur prison les membres arrêtés du clan Baader, 74 % des Allemands interrogés ont répondu que oui.

C'EST Jean-Pierre Melville ! Qui ? Maurice Druon. L'évidence me frappe à peine franchi le seuil du vieux domaine de Faize, près de Libourne, que sa passion des pierres, un pari sur l'avenir et le succès des *Rois maudits* lui ont permis d'arracher à la pioche des démolisseurs. Comme Melville, il possède une époustouflante collection de couvre-chefs accrochée à un arbre-patère, qui va de la casquette de maoïste distingué à celle du planteur d'Amérique centrale, et de la cloche du tirailleur viet dans la brousse au protège-regard à la Claudel dans *Le Partage de midi*. Des cannes aussi, en grappes drues, de bergers grecs, de muscadin tourmenté, de Boni de Castellane en goguette. Et la même autorité qui fait régner affectueusement la terreur dans une maison qui le vénère et qui, alors qu'il n'admet pourtant les êtres que debout, paraît mettre son point d'honneur à le servir à deux genoux.

— Il n'est pas facile, dit sa femme, Madeleine. Nous avons profité de ce qu'une conférence l'avait éloigné à Vichy pour nettoyer son bureau à fond. De retour, il a froncé le sourcil : « Je suis sûr qu'on a oublié d'astiquer ma médaille... » C'était vrai...

Sur les joues de Madeleine se lit la confusion de la nourrice prise en faute d'avoir laissé s'échapper le berceau de Moïse, et qui est prête à passer la nuit à tenter de le récupérer dans les roseaux du Nil, les foudres sans méchanceté du maître lui semblant moins terribles que celles, mortelles, de l'obscurité. Au fait, la médaille-litige est celle qu'il a fait graver, fort belle, pour le tricentenaire de la fondation des Invalides quand il était ministre, avec une inscription qu'il n'a pas signée mais dont les lettres s'avancent en éventail à la conquête de celui qui les lit, comme l'ébauche en coupe d'un plan d'architecture de Léonard de Vinci.

Melville, toutefois, avait moins d'urbanité dans le commandement. Druon, lui, ne tutoie que les idées générales ; pas les êtres humains. Ou alors, je pense que, pour mériter cet honneur, il faut avec lui avoir été cavalier à Saumur, délivré la France et gagné la guerre.

Nous mouillons doucement nos pieds en foulant l'herbe de ses prairies parsemées de chênes et d'aubiers. Du bout de sa canne, Maurice débarrasse un tronc vivant d'une liane morte. Comme s'il s'agissait d'une vieille amie défunte ; sans émotion superflue pourtant, car il sait que le deuil sied aux forêts puisque, convenablement célébré, il permet leur résurrection.

Il revient du Vatican, où le pape l'a reçu à titre personnel. « Une audience papale, ça ne s'obtient pas comme ça... » Le secrétaire du successeur de saint Pierre a donc été son hôte, à Faize, comme en témoigne un livre d'or, dans l'entrée, où figurent aussi les noms de Mme Chirac et de Mme Pompidou, et ceux de ses amis Debré qui lui ont, d'autre part, envoyé une plaque sur laquelle ils ont fait graver : « Les amis de Maurice Druon le remercient d'avoir su refaire de ce lieu une merveille de notre trésor artistique. » Joli gag en forme de vérité.

Le pape serait très triste de ce qui trouble aujourd'hui son Eglise. Mais pas du tout diminué physiquement en dépit de ce qu'on a dit et de ses propres déclarations sur le sujet de sa mort prochaine.

— A propos de notre entrevue, on a écrit bien des sottises... que j'étais mandaté par Barre, ou par Chirac, pour préparer un voyage éventuel. C'est faux. C'est d'autres sujets que je voulais l'entretenir. Maintenant, il est exact que ma visite aura au moins eu l'approbation de deux chefs d'Etat...

La vérité est qu'il se considère comme le conspirateur de la spiritualité, et professe une sorte d'œcuménisme à l'échelle planétaire. « Il n'y a plus que deux sortes de nations. Celles qui croient en un Dieu, ou à des dieux ; et les autres. »

Pour le coup, je ne le suis plus sur ce terrain. Dieu me paraît avoir fait assez longtemps trembler le genre humain. Je suis contre toute dictature. La religion triomphante en est une. Maurice sourit, trop poli pour contredire qui s'oppose à lui avec honnêteté. J'avance quand même que s'il avait, il y a quelques siècles, voire en des temps plus proches de nous, rendu publiques les idées qui sont aujourd'hui les siennes, il y a toute chance pour qu'il se fût retrouvé en train de cramer sur un joli bûcher, tout apôtre de la spiritualité qu'il fut. Et que certains de ses amis, qui dans le carnaval contemporain revêtent si volontiers l'étole de Loyola, auraient été les premiers à allumer les fagots.

Des pierres, plein le jardin, déterrées, superbes — restes de cloître, de cimetières de moines, de colonnes, de cheminées. Comme je lui dis que cela ferait de belles dalles pour des tombes et qu'il pourrait, avec elles, se construire un mausolée : « Oui, fait-il. Mais je préférerais être enterré à Olympie... Mon goût du monumental est bien connu... »

En Grèce, il a failli acheter une maison rien que parce qu'on y voyait un beau figuier. Il n'a appris que plus tard que c'était là que Byron avait vécu. Les âmes se suivent à la trace quand elles appartiennent à la même famille.

Et de nouveau comme Melville, lorsque nous partons, je devine son regard qui suit la progression de notre éloignement, chargé de mille adieux invisibles et discrets de la main et du cœur.

Une dernière fois, seul, sur la plage du petit matin. La marée a nettoyé le sable, comme si elle avait attendu pour faire cet effort que cela en valût la peine, c'est-à-dire qu'aient fui tous ceux qui la souillaient. Harmonie de beiges et de gris, d'ocres et de bistres. Une petite pluie fine, qui ne mouille que l'eau de la mer. Filets et barques à l'ancre ont repris la pose. Le peintre le plus exécrable ne ferait pas pire. Mais, comme c'est la Nature qui a tenu le pinceau, l'ensemble est d'une beauté à couper le souffle.

Gracieux numéro de jonglerie intellectuelle d'Alain Peyrefitte, ministre de la Justice, donnant son opinion dans *Le Monde,* à propos de la peine de mort. Pour être contre, il est contre. Qu'on ne lui fasse surtout pas dire ce qu'il ne veut pas dire, qu'il n'a pas dit, et qu'il ne dira pas !... D'ailleurs, il l'a dit. Il précise même la référence : c'était dans un ouvrage conçu en 1946-1947, et publié en 1949. Il indique presque le prix du volume. Il poursuit. La peine de mort, quelle horreur ! D'ailleurs, qui aurait encore envie de faire cavalier seul avec l'héritage franquiste de l'Espagne ? Pas lui, en tout cas. Il est vrai, ajoute-t-il, que les pays les plus réactionnaires sont souvent ceux qui, les premiers, ont aboli cette loi qui n'est, en définitive, que celle du talion. Le Portugal, par exemple, dès 1867. Plus d'un siècle. Qui dit mieux ? Le Portugal, pourtant, il ne va pas nous faire un dessin. L'U.R.S.S., également a pris parti contre le châtiment suprême. Ça ne l'a pas empêchée de faire les millions de victimes que l'on sait. Ah ! ces Russes, ce nid à histoires... Comment ne pas préférer, chez nous, deux malheureux petits guillotinés de rien du tout, entre 1966 et 1970 ? Surtout comparés à tous ceux qui ont péri sur les routes pendant la même période. Et au Cambodge, donc ! Hélas ! Nous avons pris l'habitude — très noble, comprenez-moi bien — de nous battre pour des principes. La peine de mort, ça n'est pas beau à voir quand on la regarde avec les yeux du cœur. Nos sentiments refusent de fumer leur dernière cigarette en buvant un verre de rhum dans le corridor de la désolation capitale. Aussi, pendant des mois, c'est la conscience déchirée qu'il a, lui, Peyrefitte Alain, participé aux travaux de la commission chargée d'étudier le problème de la violence. Finalement, il a voté pour la suppression de la peine de mort. Ouf ! Il est en règle avec lui-même. Rien de plus ennuyeux que d'être obligé de suivre des courbes dans une ligne droite.

Seulement voilà, il y a un os. Il est en effet ministre de la Justice et son autorité pourrait l'obliger à faire pencher la balance dans le sens contraire de celui qu'il a choisi en tant que citoyen. Ministre et citoyen, ce n'est pas du tout la même chose... Va-t-il devoir se renier lui-même ? Non ! Sauvé une fois de plus. Une loi est nécessaire pour faire appliquer ses généreuses convictions. Et les lois dépendent du Parlement. Au Parlement, par conséquent, de prendre ses responsabilités. Lui, il a pris les siennes en n'en prenant pas. On ne peut pas tout faire.

Quand même, il ne voudrait pas que son image de marque pâtisse de ce que les esprits chagrins pourraient prendre pour une dérobade. Qu'on ne l'assimile surtout pas à un auxiliaire du bourreau, assoiffé de sang. Deibler n'est pas son cousin. Seulement Roger Peyrefitte, ça suffit. Alors il a écrit cet article, « Sur la peine de mort », pour, dit-il — et la formule ne manque pas d'élégance —, « prendre date ». Car, il est bien contraint de le rappeler, la France ne partage pas, hélas ! ses nobles aspirations. Retardataire, ce vieux pays, tous les sondages le prouvent. Que peut-il faire contre la volonté du peuple souverain ? « Faire évoluer l'esprit public pour que puisse être résolue une question insoluble. » Insoluble, non par sa faute, mais par la nôtre. Il ne nous acquitte pas, bien sûr — ce n'est pas son genre, on l'a vu —, mais il s'acquitte lui-même aux applaudissements de sa propre unanimité. Et de citer le *Caligula* de Camus : « Tu as bien fait de nous calmer. Il est trop tôt pour agir ; le peuple aujourd'hui serait contre nous. Veux-tu avec nous guetter le moment de conclure ? » Les lectures, ça sert toujours — et d'abord à tout ce qu'on veut.

C'est ainsi que, dans un beau trait de son ferme caractère, Alain Peyrefitte a tranché la question de la peine de mort. Il en est l'adversaire résolu. Et il n'en démordra pas. Sa tête à couper...

A Moscou, l'ambassade des Etats-Unis est la proie des flammes. Le sinistre serait dû à un court-circuit. Incendie d'autant plus violent que les Américains ont d'abord interdit aux pompiers russes d'intervenir, préférant opérer eux-mêmes. Jusqu'au bout, d'ailleurs, l'ambassadeur consignera le dixième étage de son immeuble, celui où l'attaché militaire a ses bureaux. Mot d'un membre de l'ambassade : « Mieux vaudrait tout faire sauter nous-mêmes. »

Qu'y avait-il, au dixième étage de l'ambassade des Etats-Unis à Moscou ? Pas seulement, on imagine, des écoutes perfectionnées. Peut-être un brave petit rayon de la mort ? Le dernier cri en matière de bombe atomique miniaturisée ? Du défoliant à usage humain ? A côté, naturellement, d'un coquet exemplaire relié de la Bible, comme dans le tiroir des tables de nuit des *Hilton*... Le rêveur qui rêvait qu'il rêvait se réveille, rêveur.

La gauche n'a pas perdu son temps pendant les vacances. Ses forces n'ont pratiquement pas cessé de se tendre des pièges, voire de se couvrir d'injures. Ce ne sont que déclarations virulentes et contradictoires de Marchais, Jospin, Fiterman, Mitterrand, Mermaz, Rocard. Mauvais feuilleton qui lasse d'autant plus que le thème en est toujours le même : « Nous sommes unis, ô combien ; mais ce n'est pas le moment de fermer les yeux sur tout ce qui nous sépare. » Avec cette variante : « Nous marchons côte à côte — dans des directions différentes. » O France, pays de la délectation utopique... Tout se passe comme si, les élections ayant déjà été gagnées par la gauche, le temps était venu de régler les véritables problèmes, ceux que l'on n'osait pas étaler au grand jour de peur de perdre les voix moutonnières des électeurs. De bons acteurs, jouant une mauvaise pièce. Le roi n'est pas sur le trône que, des cuisines à la chapelle du palais, s'organise le complot des prétendants à la succession.

Jacques Chirac en profite, à Périgueux, pour marquer des points d'autant plus nombreux que c'est lui qui se les attribue. Pour Raymond Barre, empêtré dans les indices décourageants de la hausse des prix, il n'a guère le loisir de pavoiser en l'honneur de la querelle de ses adversaires. Mais a-t-il vraiment des adversaires ? Barre est le personnage d'une bande dessinée, publiée non pas dans les pages en couleurs, mais dans celles seulement jugées dignes du noir et blanc ; et dont une partie capitale du visage disparaîtrait sous la colossale signature du dessinateur qui l'a conçu. Cela le rend plus touchant que menaçant, plus pathétique que tortueux. Père Joseph qui serait sans influence sur Richelieu et passerait ses journées à relever sa capuche pour attirer l'attention sur le fait discutable qu'il vit en même temps que nous, ours en peluche qui

aurait reçu une panoplie d'homme d'Etat pour ses étrennes — on le verrait fort bien aussi, découpé dans du contre-plaqué, sur le bord d'une route, une toque de cuisinier sur la tête, le sourire barbouillé de Ripolin, mendiant une visite au menu gastronomique de sa gargote ; le festin se réduisant finalement à quelques rondelles de tomates et à une lamelle de veau anémique noyée dans une flaque de purée, homme !
reste du sachet ouvert la veille. Le brave

RETROUVÉ une brochure communiste dénonçant les atrocités que nous avons commises dans nos anciennes colonies. La publication date de 1932 ; et il fallait un certain courage pour en prendre la responsabilité au lendemain des fastes de l'Exposition coloniale. Horribles détails et photographies de cauchemar, que tant de gens dans notre pays refusent encore, quarante-cinq ans après, de regarder en face, dans la crainte, sans doute, d'être aveuglés. Cela a été nous, ce monde abominable portant la mort dans les plis d'un drapeau. Nous avons coupé ces têtes en Indochine, avant de les abandonner aux fourmis. Ces cadavres en tas, dans les sables du Maroc ou dans les terres rouges du caoutchouc, c'est à cause de nous qu'ils se sont amoncelés. Et ces hommes, ces femmes, ces enfants, exploités pour des salaires de famine. Certains ont appris à lire, certes. Il en est même qui faisaient très bien leur prière du soir. Mais combien ont péri atrocement pour avoir rencontré le magnat Homberg plutôt que le père de Foucauld ? Soudain, au détour d'une page, la signature d'un des courageux dénonciateurs de ces abus impardonnables : le jeune député communiste Jacques Doriot.

TOUT le long de la route qui me ramène vers Paris, de gigantesques panneaux vantent Jacques Chirac et son parti. « Pour la France du bon sens », suggère un paysan, jeune encore mais pas trop — le bon sens ne saurait être un gamin —, sur fond de prairie dont l'herbe revient de chez le coiffeur, regrettant seulement de ne pas avoir eu le temps de s'y faire faire un rinçage tricolore. « Pour la France qui gagne » : cette fois, c'est Guy Drut, sautant en se jouant les haies de Montréal. « Pour une France qui imagine » : Concorde traverse un ciel pur vers une Amérique qui manifestement l'attend les bras ouverts, sinon les oreilles.

Déprimant spectacle. On paie pour dire qu'on a raison, et cet effort paraît plus important que celui de rechercher la Raison. Le lavage des cerveaux, c'est bien logique, commence par ressembler au lancement d'une marque de lessive. Ce tintamarre a surtout l'odeur d'un nationalisme suspect. On finirait par nous faire croire que seuls nos avions volent, et que les jeux Olympiques furent un domaine où nous avons ridiculisé nos concurrents. Par-dessus le marché, le graphisme de cette propagande ne dépasse pas le niveau du pire « réalisme socialiste ». Même pas le charme suranné d'Epinal. Du catalogue de vente par correspondance pour des clients qui ne sauraient pas lire. Le R.P.R. a peut-être annexé Guy Drut. Pas Renoir. Attendons les badges et les T-shirts « I love Chirac », comme ailleurs « I love Johnny » ou « Clo-Clo ». « Les imbéciles ne lisent pas *L'Œuvre* », cela avait une autre allure. Hélas ! Notre civilisation de violence, dans la rue comme dans les idées, ne connaît plus qu'une technique : celle du matraquage.

Naturellement, on parle gros sous. Collé sur les affiches, un papillon vengeur indique : « Payé par le milliard du patronat. » Aussitôt, géant piqué par un frelon, le R.P.R. se défend d'avoir fait sauter l'anse du panier des fonds secrets. Sa campagne n'aurait coûté qu'une bouchée de brioche. En été, en effet, manquant de travail, les imprimeries consentent de notables réductions pour épargner à leurs ouvriers les affres du chômage. C'est, nous assure-t-on, une façon morale de présenter la chose.

Septembre

Sur sa boîte roulante, devant le Louvre, le marchand de glaces a peint une Joconde. Ses affaires sont infiniment plus prospères que celles d'un rival qui, au même emplacement que lui mais peu familier des beaux-arts, ne sait faire que des crèmes glacées. En France, l'intelligence passe toujours par l'estomac.

A la projection de l'admirable film d'Ettore Scola, *Une journée particulière,* Marcello Mastroianni, qui y est d'ailleurs étonnant, fait la gueule. Sa partenaire, Sophia Loren, est plus que lui piétinée par la meute des photographes. Ce sont des crimes qu'on ne pardonne pas dans l'enfer paradisiaque où règnent les stars. Son front a l'air d'avoir été dessiné dans le sens de la vitesse du vent, pour que tout y glisse, et surtout une pensée d'autant plus inutile qu'elle ne concernerait pas sa gloire. Quelques rides seulement, empruntées par effraction à l'idée que se fait son miroir de ce à quoi doit ressembler un homme de caractère. Son museau cherche avidement à récupérer un air que, manifestement, les autres lui volent. Bel animal embaumé dans le foin et l'encens, il confond avec une hargne condescendante impolitesse et personnalité. D'une grimace en coin, il marque qu'il a la courtoisie de tolérer les acclamations, à la condition toutefois que celles-ci soient excessives. Il ne faut pas, en effet, abuser de sa bonne volonté. S'il n'avait pas été invité, il en serait tombé malade. Mais puisqu'il a fait l'effort de se déranger, il est bien normal que ce soit à nous de payer la facture de l'honneur qu'il nous fait de se laisser honorer.

Une demi-heure avant la fin de la projection, il s'éclipse, bousculant les spectateurs des places privilégiées où on lui avait réservé un fauteuil. Il est si sensible qu'il ne peut supporter les réactions, fussent-elles enthousiastes, d'une foule. C'est du moins, pour l'excuser, ce que m'affirme Sophia Loren. Elle, elle restera jusqu'au bout. Elle ne doit avoir aucune sensibilité.

Miracle du comédien, qui peut être à la fois aussi remarquable dans son jeu et médiocre dans son comportement...

DEPUIS les bases militaires américaines, 11 000 ogives nucléaires menacent l'Europe de l'Est et l'Union soviétique. En sens inverse, les Russes en pointent 3 800 sur les Etats-Unis. C'est dans la logique d'un monde où, en trente ans, 17 pays ont connu 120 guerres et conflits.

Commentaire des marchands d'armes réunis en congrès : « L'équilibre d'ensemble entre l'Est et l'Ouest est tel qu'il rend *inintéressant* (ah ! qu'en termes galants ces choses-là sont dites !) l'idée d'une agression militaire. » Un accident, ou la folie d'un homme à proximité des boutons de la mort, ne semble pas, aux yeux de ces messieurs, présenter davantage d'intérêt.

A la une de *Paris-Normandie* : « Une pléiade de vedettes au festival du film américain de Deauville », « Les tueurs de l'Ardèche aux abois », « Triomphe de la R.D.A. en athlétisme à Dusseldorf », « Tiercé : 1-13-4 », « Succès suisse contre l'obligation de porter la ceinture de sécurité en automobile ». Que ferions-nous sans les journaux ?

Pendant ce temps, il est nécessaire d'avancer jusqu'à la page 11 pour découvrir, tout en bas, et en caractères minuscules, que, de cap Kennedy, on a lancé une sonde vers Jupiter et Saturne. Après un voyage de deux ans, deux autres années supplémentaires lui permettront de visiter Titan, avant d'être dirigée sur Uranus et Neptune. Enfin, on la fera plonger dans l'infini interstellaire, où elle devrait passer au large d'une première étoile d'ici 40 000 ans. Broutilles que tout cela. Quand cessera-t-on de nous contraindre à gaspiller la chair de nos rêves ? Mais notre bon sens cartésien ne reste jamais longtemps dans une position inconfortable. Déjà, nous avions bien ri en apprenant que l'on avait, dans un compartiment de « Voyager II », placé à l'intention de civilisations éventuelles des cassettes reproduisant la voix de Jimmy Carter, le fracas de notre modeste tonnerre et des cris d'animaux. Les « espaces » de Pascal ne nous effraient plus. Il est vrai que, depuis belle lurette, Pascal lui-même a cessé de nous impressionner. Le véritable exploit, c'est la victoire, combien fantastique, de Marseille sur Monaco (3-2) sur le terrain de son adversaire.

UN film, en ce moment, fait courir toute l'Allemagne. Son héros n'est autre que Hitler, et les auteurs en font l'apologie. Daniel Goldman, qui représente en France les intérêts d'une importante société cinématographique américaine, sollicité de distribuer l'ouvrage, a refusé avec un haut-le-cœur. « Pour des millions, dit-il, on ne me ferait pas changer ma décision. » Vœu pieux que ne prononceront pas tous ses collègues. Parmi eux, peut-être, les descendants des survivants d'Auschwitz et de Dachau.

L'INTELLIGENCE est orpheline. Jean Rostand est mort. Il était l'un des rares hommes, parmi tous ceux que j'ai approchés, qui pouvait donner une idée de ce que peut réellement signifier le mot « humain ». Personnage rassurant par la qualité de son esprit, il est pourtant de ceux qui m'auront finalement inspiré le plus de terreur. Comment, en effet, ne pas croire un être qui a vu si juste, dans le corps d'un têtard ou dans la cervelle d'un homme, quand il nous dit que Dieu n'existe pas, que notre civilisation doit non seulement s'écrouler, mais être recouverte de sel, nous faisant perdre ainsi les dernières illusions qui nous aidaient encore à vivre ? Quand, surtout, il nous avertit de la prochaine et fatale explosion nucléaire *si*...

Il semblait, enfermé dans sa maison de Ville-d'Avray, coupé d'un monde dont il n'aurait perçu que les bruissements de feuilles de son jardin à l'abandon, et seulement occupé, énorme batracien lui-même qui aurait dérobé sa moustache à un comparse d'Offenbach, à contempler la grandeur infinie de l'infiniment petit. Mais sa myopie, qui se dissimulait derrière les fours solaires de ses lunettes, y voyait plus clair que si son regard avait reçu le secours du plus puissant télescope. Le monde ne grouillait jamais devant sa porte sans qu'il lui fît signe d'entrer. Ce doux avait le sens sacré de la violence. Sa sagesse était le gilet pare-balles de la Révolution ; son intelligence, le code de défense des victimes sans avocat ni loi. Aucun lieu de la planète ne lui était inconnu si une prison laissait couler du sang par les interstices de ses serrures, si le gémissement de la chair torturée en faisait frémir les barreaux des grilles. Avec cette assurance que seule donne la véritable grandeur d'une Raison limpide et désintéressée, il imposait le silence à ceux qui semblaient être nés pour être ses plus farouches adversaires, voire ses bourreaux. Personne n'osait l'attaquer ; ou alors quelques collègues que nul ne lisait et qui estimaient, parce qu'ils avaient croisé une couple de poulets ou fait faire la course à des amibes sur une plaque de verre, que c'était à eux qu'étaient dus les honneurs d'une cravate, les courbettes d'une académie.

Jean Rostand pouvait tout dire — qui l'eût contredit ? On ne discute pas avec un agrégé de mathématiques l'addition d'une facture de blanchisseuse ou de tripier. Quand Einstein tire la langue, cela fait une photo pittoresque, mais qui n'a que peu de rapport avec les incartades de Toto. La Science possédait encore de tels prestiges. Ceux qui y étaient réfractaires se tenaient devant elle, intimidés, incapables de la discuter de front. La Pensée invente aussi son écran protecteur quand elle se situe à un pareil niveau. Rostand, dans un défilé pour la paix, au milieu d'une répression policière, les bottes et les coups ne l'atteignaient pas. Ses nuages sentaient la terre, l'eau de mer, les moissons, la tiédeur palpitante d'un cœur. Le moindre miracle qu'il aura accompli n'est pas d'avoir fini par succomber à la mort. Encore celle-ci ne doit-elle pas être très sûre de sa victoire. Une grenouille de plus sous le microscope du savant, elle eût sans doute été obligée de patienter encore un peu sur le palier.

Je le connaissais mal, ne l'ayant que rarement approché dans son bureau étouffé de livres, dont ceux de son père, Edmond, et de sa mère Rosemonde — filiation disparate et saugrenue qu'il vénérait. Mais je savais qu'il était là et, par conséquent, je me sentais moins seul. Enfant sublime, à huit ans, il dévorait les *Souvenirs d'un entomologiste,* avec passion, comme d'autres *Les Mémoires d'un âne,* ayant à peine dépouillé la robe à friselis de dentelles que l'on imposait alors très tard aux garçons avant de les autoriser à porter culotte. Cocteau parle de lui quelque part, le décrivant adolescent, avec une admiration vaguement inquiète. Il misait davantage sur le génie de son frère Maurice. Lui, du moins, il composait des poésies et soignait ses boucles... Solitaire doué pour les foules, il rêvait les yeux ouverts, aérien mais jamais nébuleux. Sa charité ne savait faire que des largesses, pas des aumônes. Toujours en avance d'une époque sur son temps, et ne manquant jamais le relais d'un siècle, il savait cependant mieux que nul autre à quoi ressemblait la maison de son voisin et ce que les hommes, ses contemporains, cachent de misère et d'espérance dans leurs plus secrets tiroirs.

Comme chez toutes les gloires authentiques, sa modestie était immense. Un jour, pour une émission de télévision, je lui ai demandé son point de vue sur un petit problème de génétique. Il a longuement réfléchi, comme si ma question lui eût semblé capitale, pour finir par déclarer : « Vous m'interrogez sur un détail qui n'est pas de mon domaine. Sur ce sujet, mon collègue X... serait infiniment plus digne de vous répondre. C'est lui que vous devriez aller voir... » J'ai eu toutes les peines du monde à lui faire admettre que son savoir était suffisant pour le but que je recherchais : instruire une audience qui ignorait tout, et d'abord peut-être qu'elle était ignorante. Il finit par consentir à parler, un peu gêné, eût-on dit, de prendre la place d'un autre. Et comme toujours, un des seuls de son espèce, il braqua sur des choses incompréhensibles le projecteur de la plus vive clarté.

A DEAUVILLE, le festival du film se termine, sous un soleil dont la chaleur a l'air d'avoir été peinte, comme une couleur, car elle ne chauffe pas. Les gens se quittent : « A l'année prochaine... » Mais aussitôt, ils corrigent la banalité de ces mots : « Encore faut-il qu'il y ait une année prochaine... » Ils s'éloignent, l'air accablé.

Contrairement à ce qu'on pourrait croire,

il ne s'agit pas du tout pour eux de mettre en doute la qualité du festival, même s'ils ont passé dix jours à dire que celui-ci n'était pas viable puisqu'on ne leur avait pas attribué une chambre avec vue sur la mer, ou qu'on avait négligé de les placer à la droite de Mme d'Ornano au dernier gala des Ambassadeurs. Non. C'est à la situation politique qu'ils font allusion. Soudain, le duc de Morny a l'air menacé par une Belle Otero qui aurait un couteau entre les dents. Le sauna sophistiqué de l'hydrothérapie à base d'algues marines exhale des vapeurs de gaz lacrymogènes. Aucune manifestation cinématographique n'est pourtant aussi peu politisée que celle de Deauville, malgré le drapeau étoilé qui est son pavillon de reconnaissance. Ce n'est pas pour distribuer les tracts de la C.I.A. que l'Amérique a été conviée ici — mais pour payer la facture des petits fours. Présente sans cesse sur les écrans, elle s'évanouit dès que la lumière est rallumée. Encore semble-t-elle s'excuser d'être là, qu'elle porte les couleurs de Warhol ou celles de Pollack : « Mon film, dit l'un, est un hommage à Jean-Luc Godard. » Et l'autre surenchérit : « Jamais je n'avais fait un ouvrage aussi européen... » On aurait pourtant tendance à préférer leurs films quand ils ne renient pas leurs origines américaines.

L'appartenance du maire et du ministre de la Culture au Parti républicain ouvre d'autre part la voie à un libéralisme de bon aloi. A Deauville, même l'impolitesse a l'air d'avoir été élevée chez les bons pères. Seuls plastronnent, dans les réceptions à champagne rosé, ceux qui, à Paris, ont les lèvres bouillonnantes d'écume pour peu qu'on fasse le plus timide éloge des personnages mêmes devant lesquels ils se courbent ici avec une déférence mutine.

Pour rien au monde ceux à qui cependant la lutte des classes doit tant, ne rateraient une gratinée dans le gratin. « Que voulez-vous, semblent-ils plaider, le grand soir, cela s'apprend sur le tas. Le procédé nous dégoûte, certes, mais nous sommes bien obligés d'aller voir dans ses retranchements à quoi ressemble l'ennemi... » Quitte à subir le désagrément supplémentaire d'avoir l'estomac lourd à cause de la trop grande richesse des victuailles.

« A l'année prochaine », disent à leur tour ces guérilleros des postes avancés, ces conspirateurs pour qui la fumeuse philosophie de La Havane se confond avec la fumée d'un havane. Quoi qu'il arrive, en effet, vainqueurs ou vaincus, dans un an, ils seront toujours là. Vaincus, d'ailleurs, que leur reprocherait-on ? Ce ne sont pas eux qui font sauter les coffres des banques ou coupent leurs oreilles aux fils de P.-D.G. Ils se contentent, un verre à la main, de porter des toasts à leur propre santé, au nom de la liberté éclairant l'horizon. Et si, Palestiniens en smoking, ils applaudissent les détournements d'avions, dans leur for intérieur ils pestent parce qu'une grève du personnel des aéroports a bouleversé l'horaire du vol qui devait les emporter vers Acapulco, les empêchant ainsi d'honorer de leur généreuse présence quelque raout déliquescent où ils auraient eu l'occasion de se dorer au soleil de l'éternel été des nantis... Rien ne ressemble davantage à une assurance sur la vie qu'un brevet de pétroleur dans une démocratie véritable.

DANS le domaine des beaux-arts, le plus court chemin qui mène de l'anonymat à la notoriété étant la ligne courbe, Jean-Edern Hallier est allé se faire sur la Cordillère des Andes une réputation bien parisienne. Et puis, de là, tout aussi naturellement, il a transporté les mœurs des commandos-suicide place Gaillon, un jour de prix Goncourt. On peut lui reprocher tout ce qu'on veut, sauf de ne pas mettre de l'animation là où il passe.

Le visage en bataille, comme l'esprit, il écoute son cœur battre en stéréophonie à triple ampli chaque fois que la rue lui paraît avoir un bouton de fièvre. Incontestablement, chez lui, comme chez les vrais champions du hit parade, ce qui fonctionne le mieux, c'est la sono. En vain, les méchants lui tendent-ils des pièges. Il s'y ébroue aussi délicieusement que Cléopâtre dans un bain de lait d'ânesse. Le fiel est son miel. Tour à tour taureau et toréador, rien ne l'excite davantage que les banderilles — celles qu'il plante et celles dont on tente de l'accabler. Je revois Yvan Levaï lui disant dans l'un de ses « Expliquez-vous » : « Voyons, soyez sincère une seconde, vous n'avez jamais mis les pieds dans les maquis de l'Amérique du Sud... — Mais si ! — Quelle langue parliez-vous là-bas, avec les rebelles ? L'espagnol ? — Oui. — Très bien, fait alors Levaï, démoniaque. Comment dit-on en espagnol : " S'il vous plaît, pouvez-vous me dire où je pourrais trouver Che Guevara ? " » On attend encore la réponse.

Hélas ! Les temps sont durs aux héros et les malheurs du siècle ont décidément trop de témoins avec lesquels il n'est pas toujours facile de discuter d'égal à égal. Aussi Jean-Edern Hallier a-t-il sagement décidé de finir par où il n'a jamais cessé de commencer : par la littérature. Mais là encore, comme sur les pistes des guerres d'embuscade, les chemins sont semés de chausse-trapes. C'est là que se trouve la vraie jungle et qu'on saute sur des terrains réellement minés. Le champ d'honneur des lettres est le cimetière permanent des enfants prodiges.

Je l'observe, à cette réception du festival de Deauville, menant à l'assaut la cordée dont il est à lui tout seul le chef et l'effectif. Joli travail. Robert Sabatier se pointe dans le lointain. Les yeux de Hallier, jusqu'ici en code, adoptent la lumière des routes nationales à traverser. Sabatier, en effet, appartient à l'Académie Goncourt. Sus donc à l'ennemi dont il faut se faire un ami... Suit une plaisante véronique, mais exécutée pour rien. Sabatier, ayant prévu l'attaque, est parvenu à éviter le premier choc, les épaules rentrées, le regard pathétiquement ailleurs. Nouvelle passe en souplesse. Cette fois, la victime est ferrée. Le dispensateur de notre laurier numéro un de fin d'année est acculé contre un mur, papillon épinglé dont on prend bien soin cependant de ne pas abîmer la brillance des ailes. « Comment allez-vous, monsieur Sabatier ? — Ah ! c'est vous... Je ne vous avais pas vu... » Menteur comme un académicien Goncourt devant un candidat au prix, à la veille du scrutin.

Deux heures plus tard, le couple paraît inséparable. Plus personne d'autre, manifestement, ne présente le moindre intérêt pour le jeune et pétulant spadassin de la poésie engagée. Si, quand même, le voici en train de pirouetter pour les beaux yeux d'une dame. Serait-il sentimental au point de sacrifier sa carrière à un jupon ? Non. Il s'agit d'une libraire dont le poids est considérable dans l'attribution du prix des maisons de la Presse. « J'ai lu récemment un livre admirable », susurre Sabatier, non sans savourer le sadisme de son propos. Il ne dira pas lequel, et d'ailleurs cet ouvrage n'existe sans doute pas. Mais un instant, le visage de Jean-Edern Hallier s'est animé à contresens, changeant presque sa physionomie. L'espoir, cela rend humain.

APRÈS Pham Van Dong, rescapé du bagne de Poulo Condor, Edward Gierek, qui préside aux destinées de la Pologne, est reçu avec le plus grand faste à l'Elysée. Il y a quarante-cinq ans, on l'expulsait de France pour avoir, mineur dans le Nord, participé à une grève. A la radio, un ancien ouvrier du bassin, qui l'a bien connu, raconte comment les choses se sont passées. Les gendarmes ont attendu les grévistes à leur remontée des puits et leur ont tendu leurs feuilles d'expulsion. On ne leur a laissé que vingt-quatre heures pour quitter le pays et vendre tout ce qu'ils possédaient. Comme cela faisait beaucoup de meubles à brader en même temps, la pauvre marchandise ne fut pas achetée bien cher. Alors, Gierek, dans un mouvement de rage impuissante, entassa tout ce qui constituait son maigre pécule et y mit ostentatoirement le feu. Cela lui valut d'être expédié, l'un des premiers, de l'autre côté de la frontière. « Journée inoubliable, dit le vieil ouvrier. Je le revois, quand il a quitté sa maison. Il m'a fait un petit signe. Il pleurait. Ça, je me souviens très bien, il pleurait... »

Aujourd'hui, toasts, roucoulades et mets choisis faubourg Saint-Honoré. Moins d'un demi-siècle sépare un verre levé d'une pioche abandonnée. La vie, quand on ne meurt pas, réserve parfois de savoureuses revanches. Mais quel fauteuil officiel, voire quel trône, permettra à M. Gierek d'oublier la misérable chaise sur laquelle, épuisé, il s'asseyait jadis et que le coup de grisou de l'injustice lui a fait brûler ?

A ONZE ans, l'Anglaise Mary Bell a été condamnée à la prison à vie pour avoir assassiné deux petits enfants. Neuf ans se sont passés. Elle s'est évadée en compagnie d'une prostituée. Sa photo ayant été diffusée partout, dans la presse et à la télévision, on n'a pas tardé à la rattraper. Et ici, l'horrible le dispute à l'abominable. Il est bien évident que de tels crimes étaient inexpiables. Mais aussi que la meurtrière était une psychopathe. Comment, dans ces conditions, a-t-on pu la faire comparaître devant un tribunal, l'interroger comme s'il s'agissait d'un adulte doué d'expérience, sinon de raison, la juger ? Car, finalement, à quoi l'a-t-on condamnée ? Au désespoir de se savoir enfermée à vie, alors que, de cette vie, elle ne connaissait encore rien ; à devenir plus monstrueuse qu'elle n'était. Pis, à sentir son corps s'épanouir, la changer en femme, sans autre exutoire que les attouchements de ses compagnes plus âgées, sans autre solution que le bonheur illusoire du vice.

De nouveau, elle a rejoint sa bergerie de briques et d'acier. Ce n'est pas cette fois qu'elle recommencera à s'attaquer à des enfants. Mais qui nous dit, dans le secret de son cœur, qu'elle ne se réserve pas désormais pour les grandes personnes ? La peine de mort peut se présenter sous de multiples aspects. De toute manière, la société n'a pas à être fière, qui produit de semblables monstres, et qui les traite aussi monstrueusement.

A L'HOTEL-DE-VILLE, Denis Baudoin, ex-patron de la S.O.F.I.R.A.D., société chargée de représenter les intérêts de l'Etat dans les stations de cette radio que l'on dit privée, porte le titre ronflant de directeur de l'Information et des Relations extérieures. Son rôle : vendre Chirac. Silhouette massive de promoteur d'équipe de rugby, type : « Je suis un fonceur, moi », cheveux si drus qu'ils semblent avoir été plantés directement dans la cervelle, lèvres que fige la minceur d'un sourire dont l'angle ne risque pas de lui déchirer les joues — l'écartement de ses yeux contraste avec le rapprochement de ses sourcils.

C'est à cause de lui, voici deux ans, qu'*Europe n° 1* fut totalement décapité. Commentant son action dans cette affaire, il déclare au *Journal de la Presse* : « J'ai été obligé de prendre des décisions concernant la direction de ce poste et de demander le départ d'un de ses directeurs. » Mais, ajoute-t-il, tout le bruit fait autour de cette affaire n'est qu' « une énorme tempête dans un verre d'eau ». Ce verre devait avoir des dimensions inhabituelles puisqu'il engloutit dans le même naufrage non seulement Maurice Siégel, Jean Gorini et Georges Leroy, mais encore bon nombre de leurs collaborateurs moins connus.

Sa fonction l'y contraignant, du moins pour le moment, l'homme maintenant se fait rassurant. Lorsque le reporter lui demande : « Pour faire votre métier, faut-il séduire les journalistes ou, au contraire, faire pression sur eux ? », finaud comme il n'y en a plus, il répond : « Vous vous doutez bien que je ne dirai jamais : faire pression sur eux... » C'est probablement le manque de temps qui l'a empêché de préciser qu'un tel procédé lui semblerait aussi odieux qu'inadmissible.

A Washington, Raymond Barre est reçu par Jimmy Carter. Dans son discours de remerciement, il n'a pas pu se retenir de rappeler que l'amitié franco-américaine datait de La Fayette. Bonne nouvelle que le président des Etats-Unis paraît avoir reçue sans en être autrement bouleversé. Je sais bien que ce n'est pas M. Barre qui a rédigé ce pensum. Mais quand donc ceux qui tiennent les porte-plumes de nos plus hautes autorités cesseront-ils de faire appel aux pires lieux communs, confondant l'éloquence et la niaiserie ? On frémit à l'idée que le monde est le plus souvent dirigé par des hommes qui, capables de faire sauter la planète sur un simple coup de téléphone, ne semblent pas avoir conscience des sottises que leurs collaborateurs leur mettent dans la bouche. De deux choses l'une : ou ils nous prennent pour des imbéciles, ou ils sont des imbéciles eux-mêmes. Dans l'un et l'autre cas, on ne se sent pas plus à l'aise pour ça.

D'UN seul coup, à peine publiés, tous les livres d'anticipation politique qui cherchent à prévoir ce que sera demain le sort de la gauche ont été démodés. Le minuscule parti radical de Robert Fabre a fait chanceler deux Goliaths pourtant juchés sur un sommet. Marchais explose. Mitterrand, l'écume en dedans, demande le droit de réserver son point de vue pendant vingt-quatre heures, pour « consulter ses instances ». L'invective et l'insulte ont libre cours sur le marché de la fraternité militante. Mais, quand même, on n'arrête pas pour cela de se tutoyer. On est des potes.

A la Bourse, c'est à qui pavoisera avec le plus d'éclat. Quelques-uns de ses représentants ne peuvent dissimuler leur intense jubilation aux gens de presse et de micro : « C'est un coup de pied dans les fesses de la gauche. » Ou : « Une faille vient d'être décelée dans le navire ; et, quand il y a une faille, bientôt, le bateau coule. » Marquant la mesure de cet enthousiasme, les valeurs françaises ont grimpé de trois points et demi. Je ne saurai jamais ce que cela veut dire. Mais on m'assure que cela en dit long.

Le soir, choses et gens reprennent la place qui est réellement la leur. Un débat télévisé oppose Marchais et Fabre. Marchais, dogue de concours qui aurait bouffé du lion triste ; Fabre, loulou de Poméranie qui aurait mangé du cheval enragé. On jurerait du La Fontaine arrosé de pétrole lampant. Un instant, le vocabulaire essaie encore de faire la roue. Mais cette fois, les pointes sont des poings. Le tutoiement appartient au domaine du défi, plus à celui de la camaraderie combattante. On ne triche pas avec cette éternelle tricheuse qu'est la télévision. Le mensonge des mots ne peut y lutter avec la vérité des visages. Pour la première fois un souffle humain anime cette bataille inhumaine. Force irrésistible de la sincérité — car ils sont sincères, comment en douter ? — on adhérerait volontiers à l'une et l'autre des thèses opposées. En attendant qu'une troisième occupe à son tour l'écran, qui balaiera rien qu'en se montrant celles qui l'ont précédée, pourvu que celui qui la défende ait comme Marchais, comme Fabre, les yeux cernés, le buste tassé et les traits tirés.

Car c'est cela, je crois, la morale de l'histoire : le différend qui fait éclater la gauche n'aura finalement eu pour résultat que celui de faire hésiter ceux qui hésitaient déjà, comme hier, comme sous de Gaulle, comme il y a cent ans, comme dans un siècle, et qui ne cesseront jamais de changer d'épaule leur fusil sans cartouche ou de bander leur arc sans flèche.

IL fait bon dans ma maison. Les murs en sont amicaux, bardés de livres dont les reliures sont autant de lasers invisibles qui me protègent en les protégeant. Ma pipe joue les steamers heureux de la fréquentation de la haute mer. Qu'on me fiche la paix cinq minutes avec le cancer qui serait inévitablement à la clef d'une si paisible félicité...

Je suis mon maître. Ou alors, c'est ma liberté seulement qui m'a réduit en esclavage. Des gens, dans des bureaux, croient qu'ils sont favorisés parce qu'ils disposent de plus de téléphones que les autres. Que savent-ils du bonheur ? Ils donnent des ordres et croient à cause de cela que le destin ne leur en donne pas.

Moi, toujours une plume à la main, ou les yeux occupés à lire, je n'ai pas une minute disponible. Et comme en musique une blanche vaut deux noires, j'ai l'impression que la durée de ce temps que je n'ai plus est double du temps des autres, puisque je suis seul à pouvoir m'ordonner un travail qui, Dieu merci, ne s'arrête jamais. Un seul ennui : l'avenir me fait peur. Il est trop près.

GRANDEUR des acteurs quand ils sont vraiment grands. Deux jours après la perte cruelle de sa fille, Michel Serrault a repris son rôle dans *La Cage aux folles*. Pour ne pas interrompre, d'autre part, le tournage d'une production télévisée, chaque après-midi il se fait le visage facétieux d'Offenbach.

Des tragédiens se conduiraient-ils de la même manière s'ils se trouvaient dans une semblable situation ? On ne fait allusion qu'aux comiques éprouvés par le sort. Mais peut-être, au lendemain d'un aussi terrible drame personnel, un spécialiste de la tragédie ne pourrait-il pas interpréter un rôle où il serait supposé mimer la douleur, un réflexe de pudeur le retenant, comme s'il se sentait coupable de se servir de son affliction pour donner plus de couleur à son jeu, et une auréole supplémentaire à son talent.

PARTOUT on célèbre le vingtième anniversaire du commencement de l'ère aérospatiale inaugurée par le « bip-bip-bip » du premier Spoutnik. Les chroniqueurs scientifiques, congestionnés, en sont à la limite de l'apoplexie et de l'orgasme. Et l'opinion publique, royalement, s'en fout.

Que sont devenus les enthousiasmes d'antan ? On ne démonte pas une légende sans en détruire la magie. Le rêve s'est transformé en un petit tas de cailloux, pas même radioactifs ou dignes d'orner la pacotille des plus modestes bijoutiers. Comme il est loin de moi, ce jour de juillet 1969 où, au Cambodge, je ne pouvais savoir — je crois même que j'en souffrais ! — si les astronautes avaient ou non posé le pied sur la lune... Dans un pays pratiquement privé de source d'information, et naturellement sans télévision, je tournais en rond dans ma chambre de l'*Hôtel Royal*, à Phnom Penh, sous la caresse illusoire des ventilateurs accrochés au plafond comme d'énormes moustiques, interrogeant le ciel chargé des nuages avant-coureurs de la mousson. Mais seuls les bougainvillées semblaient ici être en communication avec les dieux.

Hier soir, machinalement, comme pour permettre à mes rêves de croire qu'ils ont encore la force de rêver, j'ai ouvert *De la Terre à la Lune* de Jules Verne. Révélation ! J'avais oublié, ébloui à distance par les fulgurantes visions du prophète, comment celui-ci a imaginé le commencement de l'aventure du professeur Matson. Férocité sans exemple de ce début ! Dans les salons du *Gun's Club*, à Baltimore, au lendemain de la guerre de Sécession, des hommes sont réunis, et qui s'ennuient. Tous, ils sont inventeurs d'armes à feu, les plus meurtrières assurant le plus de gloire et de considération à ceux qui les ont conçues. Beaux spécimens d'humanité frelatée et vaniteuse, exhibant les stigmates que leur ont valus leurs anciens exploits : jambes de bois, manches vidées de leurs bras, mains tronquées, yeux de verre... Jacques Callot et Goya rongent leur frein dans l'antichambre de la planète Mars. Hélas ! devant le feu de cheminée de leur confortable lieu de rassemblement, humant un antique madère, un xérès millésimé, faute d'ouvrage en chantier ils en sont réduits à radoter en évoquant, ancêtres de nos futurs et futuristes Verduns, ces conflits où ils ont accompli des merveilles, découvrant chaque jour une façon plus efficace de semer la mort.

Les temps sont loin, gémissent-ils, où ils pouvaient expérimenter un canon capable de faucher d'un coup « cinquante-huit chevaux et deux fois plus d'hommes ». Du reste, si l'on parvient encore à trouver des chevaux, les hommes, eux, se font tirer l'oreille. Ainsi périssent les grandes traditions coloniales, et la main-d'œuvre échappe-t-elle à la rassurante quiétude du travail dans les usines ou dans les mines. Comble d'infortune, aucune guerre vraiment sérieuse n'est en vue. Et cela risque de durer, car on ne peut conférer la noblesse d'une bataille véritable à quelques escarmouches dans les Balkans où, comme des jouets piétinés par des enfants turbulents, explosent des poitrines d'archiducs. Encore moins les émeutes où, sous prétexte de nationalisme, des étudiants font sauter des édifices officiels sous le coup de leurs cartables changés en bombes artisanales. Les Etats-Unis, en tout cas, cela est évident, sont trop forts désormais, et trop réfléchis, pour s'engager encore dans un conflit sanglant... C'est pour cette raison que, tirant sur leurs bouffardes opiacées, dans un grand remue-ménage de moignons, les membres du club décident de fabriquer un canon plus puissant que tous ceux qui l'ont précédé, et qui propulserait jusqu'à la lune un obus habité.

Formidable Jules Verne, dont les yeux n'ont jamais cessé de voir plus loin que les yeux de l'avenir ! Sans Hiroshima en effet, et les recherches scientifiques qui ont abouti à son horreur, un drapeau eût-il été planté sur notre satellite, un jour glacé de juillet ? Sans nos modernes boucheries, la paix connaîtrait-elle le confort qui est aujourd'hui le sien quand elle trouve le temps de souffler ? Ne pourrons-nous jamais dépenser un sou pour notre bien-être sans en avoir dilapidé un million auparavant pour notre anéantissement ? Et faudra-t-il éternellement à la Science le fumier de la mort pour donner naissance à une nouvelle vie ?

PAS très brillant, le cinéma français aux Etats-Unis. Seul avec Claude Lelouch, François Truffaut y jouit de quelque prestige. Pendant des mois et des mois, Louis Malle a cuvé son marasme intérieur à Hollywood, improductif et déboussolé, sans autre occupation que celle de contempler l'eau de sa piscine. Quant à Catherine Deneuve, les Américains savent surtout qu'elle existe parce qu'elle a tourné pour la télévision un spot publicitaire financé par les parfums Chanel.

S'IL est un danger qui devrait faire frémir nos intellectuels avancés, c'est bien une victoire de la gauche. Que deviendront-ils, privés de la meilleure corde de ce luth qu'ils prennent pour un arc, celle de la colère ? Obligés de vanter un pouvoir qu'ils auront tant appelé de leurs cris et qui les traitera moins bien encore que la droite ne le fait de ses éditorialistes à gages, ils risquent tout simplement de perdre leurs places et leurs prébendes. Ou alors, nouveaux Marie-Joseph Chénier, ils tenteront de faire oublier que leur frère s'appelait André.

Les révolutions triomphantes n'ont jamais favorisé les belles moissons littéraires. Elles demandent au contraire à la guillotine de les faucher. En l'absence de leur plus féconde semence, le bonheur d'appartenir à l'opposition, les écrivains ne sont plus que des statues inertes dont la masse sans grâce ni émotion chante faux la gloire de ceux en l'honneur de qui elles ont été conçues. *Tartuffe* est né d'une indignation ; *Hernani,* d'une révolte. Voltaire n'a jamais été plus grand que s'indignant contre les bourreaux du chevalier de La Barre ; et Flaubert, sifflé et poursuivi en justice pour avoir inventé Mme Bovary. Vainqueur, l'arbre du communisme n'a plus donné que des fruits secs.

Le plus précieux service qu'on puisse rendre à un poète, c'est de l'interdire. Pas un scribouillard soviétique, aujourd'hui, qui ne soit censé avoir du génie pourvu que ses manuscrits franchissent en fraude la douane de son pays. Je crains un avenir qui oblige les athées à ne plus prononcer qu'un seul mot : « Amen. »

MAUVAISES nouvelles du Vietnam. Six mois de pluies torrentielles y ont succédé à six mois d'impitoyable sécheresse. Coup sur coup, deux récoltes ont été anéanties, l'une ne parvenant pas à pousser, et l'autre noyée au point qu'on n'a pas pu repiquer le riz. Récemment arrivé de Hanoi, un témoin en a fait la confidence publique à ses compatriotes de Paris. Accablés par la famine, les gens seraient si épuisés qu'ils n'auraient plus la force de travailler. Et certains, dans les campagnes superstitieuses, commencent à parler de châtiment céleste, comme pour les vaches maigres et les épis sans grain du siècle de Salomon. Personne, bien sûr, ne lève le petit doigt pour leur venir en aide. La Thaïlande se borne à surveiller l'affaiblissement de son remuant voisin. Le Laos a ses propres problèmes. Le Cambodge, inutile d'en parler. Chine et U.R.S.S. n'échangeraient leur appui que contre l'indépendance même du Vietnam, ce que ce pays refuse farouchement.

Les difficultés s'accroissent du fait qu'on ne peut pas demander en temps de paix les sacrifices que l'on exigeait au nom de la guerre. La population estime, et on la comprend, qu'elle s'est assez serré la ceinture depuis vingt-cinq ans. Les terribles efforts qu'elle a faits, les jours sans nourriture, les enfants déchiquetés par les bombes à billes, les familles écartelées, les vieux parents mal enterrés — cela donne un formidable appétit de respirer librement et de retrouver enfin ce que l'existence peut offrir de douceur et de facilités. De là, les ravages de la corruption venue du Sud, et le retour à des mœurs que le Nord semblait avoir oubliées à jamais. Comment ces vainqueurs que l'injustice du sort traite aujourd'hui comme des vaincus ne céderaient-ils pas aux tentations que leur proposent des vaincus que tout pourrait faire prendre pour des vainqueurs ?

La tête basse, un ami me fournit d'autres détails : une partie de la moisson de céréales serait également distraite des réserves pour servir à rembourser les créanciers russes et chinois de leur aide militaire des jours de combat. Une immense partie du territoire national, d'autre part, est devenue impropre à toute exploitation agricole, à cause des trous laissés derrière eux par les explosifs et des défoliants qui ont ruiné la nature pour un nombre d'années difficile à chiffrer. On dit aussi que le Vietnam entrepose des stocks de vivres dans des abris spéciaux, son histoire lui ayant appris à se méfier de la possibilité d'une nouvelle guerre, inopinément déclenchée par des ennemis dont on n'exclut pas qu'ils aient eu un moment le sourire de l'amitié.

En attendant, les Vietnamiens de Paris ont réuni une fois de plus leurs maigres économies et acheté pour trois cent cinquante mille francs de semences de choux et de navets, éléments indispensables pour que leur patrie ait des légumes verts à Noël. Autrement, cela serait non seulement la famine, mais encore le scorbut. Course contre la montre : on en est à quinze jours près. A grands frais, la pauvreté a frété un charter pour Hanoi. On a calculé que le kilo de navets reviendra ainsi à dix francs, pour être mangé dans une région où, avec ces mêmes dix francs, une famille nombreuse vit un jour.

On rapporte fièrement que la nouvelle « pornographidole » Iggy Pop, mimant en scène les gestes de l'amour, chante une ritournelle dont le refrain est : « Arrache ton chemisier, laisse-moi me satisfaire... » Une autre coqueluche du jour se déhanche au son de : *If you want to fuck me, fuck me (Si tu as envie de me baiser, baise-moi).* Dans le dernier film d'Andy Warhol, *Bad,* une jolie blonde entre dans un snack, commande un hamburger, en écrase les restes avec une cigarette dans une tasse, avant d'en épaissir la matière à grand renfort d'autres détritus. Puis, elle gagne les toilettes, remplit la cuvette de ses provisions insolites, bloque le tout avec des rouleaux de papier hygiénique. Là-dessus, elle tire la chasse d'eau, histoire de faire gonfler cette pitoyable bouillie. Souriante, elle reprend alors le chemin de la rue, laissant derrière elle des flots de liqueur visqueuse répandus sur le sol. On en devine aisément l'odeur. L'air de satisfaction de son visage indique sans hésitation possible que ce petit exercice a ensoleillé sa journée.

On paie pour voir cela : certains allant même jusqu'à affirmer — gare à qui ne serait pas d'accord ! — qu'il s'agit de l'expression d'une philosophie nouvelle et que, agissant de la sorte, Andy Warhol a fait faire un pas de géant à l'Art en général et au cinéma en particulier.

L'HÉRITAGE de Picasso est enfin réglé. Le montant en serait de cent vingt-cinq milliards de centimes. Trente iront — bien sûr ! — à l'Etat, trente à la dernière en date de ses épouses. Le moindre de ses petits-fils en récoltera huit et demi. Joli pécule. Jusqu'au bout, cependant, des difficultés se seront élevées, prétexte à d'incroyables marchandages où parfois l'argent semblait vouloir faire horreur à l'horreur. Picasso aurait pu s'en inspirer pour donner une suite à son *Diable attrapé par la queue.*

« Comment ! s'est exclamée sa veuve avec une belle indignation, les cohéritiers exigent un droit de préemption pour le cas où je vendrais le château de Vauvenargues... Moi, me résoudre à cette infamie ! Quelle insulte de penser que je pourrais céder à des étrangers le linceul où dort mon bien-aimé Pablo dans la quiétude de son dernier sommeil... »

Ainsi se termine en bouffonnerie dorée l'aventure d'un peintre qui fut grand parmi les grands, tout en faisant à l'occasion de si méchantes toiles ; mais dont personne n'ose plus discuter l'œuvre, qu'il s'agisse de gribouillis sur une nappe, de fresques dignes des plus difficiles musées, ou de sa signature hâtivement posée sur un peu de glaise cuite au four, puisque tout ce qu'il touchait se transformait automatiquement en or.

Un musée va servir, au Marais, de mausolée à son rayonnement. Du coup, elle est bien oubliée, l'aventure de son petit-fils, le malheureux Pablito, qui se suicida en ingurgitant de l'eau de Javel parce qu'on ne lui avait pas permis d'assister à l'enterrement de son grand-père. Il faut être Guillaume le Conquérant pour faire reconnaître superbement sa qualité de bâtard. Pablito n'était qu'un bâtard sans conquête, pas même celle de l'affection d'un trop illustre et dédaigneux aïeul.

Je l'avais aperçu, une fois, chez des amis dont il était le camarade des fils. Apprenant son identité, j'avais commenté sottement : « En voilà un, au moins, qui ne doit pas avoir trop de problèmes dans la vie... — Ne croyez pas ça, m'avait-on répondu. Il lui arrive de ne pas avoir de quoi manger. » On espère qu'on léguera au moins à sa mémoire un tableau de Picasso : celui où, à ses débuts, copiant encore les pires Meissonier, il a peint une jeune fille sur son lit de mort, hâve et languide, tandis qu'un prêtre la bénit en lui tendant un crucifix. Car telle fut un moment la manière du génie de *Guernica*. Mais, cela aussi, on l'a oublié.

RAYMOND DEVOS s'installe, inconfortablement à son aise, à mi-distance d'un pianiste qui a l'air d'une plante verte en pot et d'une plante verte en pot qui a l'air d'un pianiste. Et tout de suite, Jupiter qui aurait abusé du petit salé et des lentilles au lard, il déchaîne sur nos têtes les foudres de l'Absurde. Prenant le vocabulaire comme le poète faisait de la poésie, il lui tord le cou et met le bonnet noir de l'anarchie au vieux dictionnaire. Il lance une idée dans l'espace. Où va-t-il l'arrêter ? On ne sait pas. Mais lui, il sait. Il attache toujours ses phrases avec un élastique, comme ses chaussures avec ses bretelles, pour être sûr qu'elles lui reviendront.

Sous ses doigts, l'alphabet devient une sorte de chair malléable. Ainsi, dans les foires à pain d'épice, les confiseurs pétrissent-ils l'écheveau multicolore de leur pâte à sucre d'orge. D'un calembour, il ridiculise le sens trop rigoureusement unique des civilisations, imperturbable, la paupière et les joues pourtant animées comme les clignotants d'une automobile à l'instant de changer de direction. Qui ne serait effaré de ses effarements ? Ses mots s'accumulent à contre-courant de l'Histoire mais aussitôt dignes d'être historiques. Et il règne, seigneur de l'idée fixe à ressort, de l'imbroglio en forme de serpent qui se mord la queue, gros caillou arraché à la calotte lunaire qui tournoierait, successivement hagard et voluptueux, dans les infinis insondables et jumelés de la Sottise et de l'Intelligence, jusqu'au vertige.

Qui prétendait que notre époque était terne ? Il suffit de la plus humble torche pour la rendre lumineuse. En l'occurrence, c'est une bougie qu'allume ce très grand comédien doublé d'un très grand écrivain. Ce qui lui permet de déclarer, désignant le trou noir où il se meut précautionneusement : « Comme c'est curieux, quand tout était éclairé, ce coin obscur passait inaperçu... »

Il y a plein, chez lui, de coins obscurs qui s'éclairent soudain à la lumière du génie, si brillamment qu'on en est ébloui plus encore que sous le choc du plus aveuglant soleil.

Du *Roméo et Juliette* de Carmelo Bene — l'homme qui a introduit dans *Hamlet* des citations de Sophocle et de Freud — le journaliste italien Franco Quadri dit : « Le spectacle est construit autour de la rencontre Carmelo Bene-Shakespeare. » On n'est pas plus modeste. On a pourtant fait mieux. Dans *Le Magazine littéraire,* voici l'explication que donne le sémiologue Michael Issacharoff de *Lucienne et le boucher* de Marcel Aymé : « Son schéma actanciel s'articule en deux propositions :

Situation conflictuelle :	Issue (forces éliminées) :
1) FT + OB + AB → RB ← AO,. AC	FT + OB + AB, AO
2) FT + OB + AB → RB ← AO; AC	AO, AC. »

Et voilà ce qui faisait, sans doute, que Marcel Aymé était muet

AVANT de s'écouter, un Tom Jones, cela se regarde. Trente musiciens le précèdent, tonitruant toutes les *Marseillaise* qui ont fait sa gloire, sur un rythme si dense qu'il faudrait une scie à métaux si on voulait le couper ; plus trois danseuses vêtues de rouge, flammes de l'enfer qui auraient été condamnées pour châtiment de leurs péchés à ne plus jamais détendre en sens inverse de la normale les zygomatiques de leurs sourires...

Première constatation, il porte un pantalon si serré que le plus myope ne saurait hésiter : Tom Jones est un homme. A son cou, une gigantesque croix d'or massif bat la mesure. Un peu plus, Messie d'un autre siècle, on pourrait le clouer dessus. Mais il ne s'agit pas de la même religion. Celle dont le divin Tom est le prophète possède sur l'autre un inappréciable avantage : elle a la sono.

Il chante. Avec tant de puissance qu'on dirait que c'est dans ses poings qu'il a ses cordes vocales. Les cabochons poids lourd de ses bagues font concurrence aux lumières des projecteurs. Reître du Moyen Age qui aurait rencontré le rock à Jérusalem au terme de sa sixième croisade, à côté de lui, Shirley Bassey a l'air d'une petite source timide incapable d'un murmure. Strip-tease léger. Sifflement approbateur des dames de la corbeille. Une ex-impératrice défaille. Il est costaud, en effet, le gars ; genre camionneur qui aurait échangé son trente tonnes contre un jabot de dentelles.

Il boxe, maintenant, dans le vide. On s'étonne que le vide ne se mette pas à saigner du nez. Un mouchoir atterrit à ses pieds. « Tiens ! fait-il, le premier de la soirée... » Un peu déçu toutefois : d'habitude, à la même heure (il consulte sa montre), ce sont des culottes et des soutiens-gorge qu'on lui jette au visage. La France est bien connue, hélas ! pour ne pas respecter ses contrats.

Il poursuit quand même. *The show, anyway, must go on.* Le trac et lui, cela fait deux. C'est la foule, en face de lui, qui a peur de ne pas être à la hauteur. Il lui parle avec condescendance. Elle ne comprend rien parce qu'il s'exprime en anglais ? Aucune importance — elle lui répond. Merveille de la communication spontanée. Les minutes tournent. Ses pirouettes rivalisent de folie avec les cascades de ses octaves. Il va sûrement se casser les reins tellement il se courbe en arrière pour attraper une dernière note... Pas du tout. Il ne lui arrive rien. Rien que le succès et les bravos. Pourquoi un lion, à son tour, ne deviendrait-il pas dompteur ?

UNE heure vingt-cinq du matin. L'union de la gauche a craqué. Les trois partis qui la composent — ou la composaient ? — se séparent. Aucune date n'est fixée pour des retrouvailles. Ce ne sont plus, dans les journaux, que faire-part de décès. Le P.C. avait pourtant « fait le geste » de limiter à sept cent vingt-neuf le nombre prévu des nationalisations. Les Français, qui ne sauront jamais à quoi correspondent Schneider ou Thomson, et qui prennent Dassault pour un journaliste, à leur sujet sont près d'en venir aux mains. Enfin, c'est du moins ce que voudraient nous laisser entendre ceux qui s'imaginent être les arbitres du combat. Seul Robert Fabre, derrière le masque grave de la circonstance, affiche un petit air satisfait. Il doit croire qu'il est devenu un homme politique. Pourtant, « ce n'est pas la politique qui peut sauver la politique », écrivait Alain, en 1929, dans ses *Entretiens au bord de la mer*.

La droite jubile. Elle a tort. Elle oublie qu'un Français sur deux continue à rêver d'une gauche unie. Si aujourd'hui son rêve est piétiné, sa force de rêver n'en est pas dissipée pour cela. La base ne se sent pas responsable des spectacles misérables que lui offrent les sommets. L'étiquette semble mauvaise, pas le produit. Une espérance qui prend sa source dans les premières communes picardes des années 1000 ne saurait mourir parce que de tristes acteurs, dès le départ embrouillés dans leur texte, nous ont donné une méchante représentation de la pièce sublime qu'un auteur doit bien, malgré tout, malgré tous, être en train d'écrire quelque part. Croire en Dieu, serait-ce l'unique solution laissée à l'homme pour que celui-ci puisse encore croire un peu en lui-même ?

On parle, on parle. On écrit, on écrit. Il y a un détail pourtant sur lequel personne n'a mis le projecteur : ceux qui, chaque jour, inondent les terrains vagues de leurs chroniques avec des déluges de mots dans le but d'expliquer, voire de deviner, les aléas de notre politique, à commencer par les plus importants et les plus solennels, n'ont jamais eu la moindre lueur devineresse à propos d'un événement que le plus banal observateur jugeait depuis longtemps inévitable... Pour une fois discrets, ils se taisent, jetant un voile pudique sur une défaillance professionnelle qui, si elle n'est pas un crime, est toutefois confondante. Mais sans doute leur silence a-t-il cette excellente raison : ils sont bien trop occupés à remplir les colonnes où ils nous annonceront ce qui, selon eux, va désormais se passer — et ne se passera pas...

D'UN bras vigoureux, il écarte violemment la porte de notre minuscule ascenseur ; de l'autre, il plie en deux sa chaise roulante. Le lourd sac de voyage où il a rangé ses caméras est déjà sur ses genoux. Blouson de cuir épais couvrant des épaules de lutteur — il soulève encore des poids de cent quarante-cinq kilos — sourire éclatant, mèche en bataille, il repousse avec une sorte d'indifférence hautaine le bois mort de ses jambes inutiles. Patrick Segal vient déjeuner à la maison.

Patrick Segal est ce magnifique garçon qui, à la suite d'un stupide accident — un revolver, sans doute imprudemment manié — a été paralysé pour la vie ; et qui depuis, luttant contre la mort de son âme autant que contre celle d'une partie de son corps, a traversé le monde sur ses roulettes d'hôpital, du Vietnam au Venezuela, du Moyen-Orient en feu à Pékin. Cette performance qui défie l'imagination lui permettra de crever les écrans de télévision après qu'il eut écrit un ouvrage dont, Dieu merci, l'opinion publique a fait un best-seller.

Devant lui, les murs paraissent s'écarter. Il avance si vite qu'on a du mal à le suivre. A cheval sur le trottoir, sa B.M.W. orange l'attend, qu'il a fait aménager en fonction de son infirmité, et dans laquelle il s'enchaîne les cuisses avant de prendre la route. Qu'importent pour lui les distances à parcourir : « Combien de temps faut-il, me demandera-t-il, pour aller en auto de Paris à Mulhouse ? »

Formidable puissance de sympathie dégagée par cet homme qui semble avoir tout découvert en étant revenu de tout... Sans cesse il sourit. Ce n'est pas un tic, encore moins une façade ; c'est sa nature. S'il ne quitte jamais ses caméras, c'est que, reconverti dans le journalisme, il est toujours à l'affût d'une photo à faire. Cet immobile ne saurait manquer le spectacle d'un mouvement.

Le champ de son activité est sans limites. A l'Hôtel de Ville, il veille à ce que les futures installations des Halles facilitent l'accès des handicapés. Il ne veut pas que se reproduise ce crime qui interdit les portes des cinémas et des stades à ceux qui ont du mal à les franchir. A la fin du mois, il part pour le Canada. Puis, il participera à une longue randonnée à moto. Il contrôle la construction d'un hélicoptère. « Ça sera commode, pour capter certaines images... » Il veut enfin escalader l'Himalaya, sept mille mètres d'altitude, dans une sorte de fusée en alliage léger. Pas par souci de battre un record ni pour se prouver qu'il peut dépasser, malgré sa condition, les limites humaines. Mais parce qu'il a vu que les rescapés d'une catastrophe en montagne étaient morts, récemment, alors qu'ils auraient pu survivre. On les avait, en effet, ramenés à dos d'homme, leur colonne vertébrale étant touchée. « Dominer un des toits du monde, dit-il, ne signifie plus rien. On ne trouve là-haut que les déserts de la neige et ceux de la pensée. » Son intention est bien différente. Ce qu'il souhaite, c'est donner un sens, une vocation pratique, à ce qui n'était qu'orgueil gratuit et inconscience voisine de la folie.

Il me parle de la crise qui a été la sienne

quand il a compris qu'il risquait de toujours être dans la dépendance des autres.

— Je me souviens de mon angoisse. Je me trouvais pour la première fois de nouveau dans une rue. Et soudain j'ai vu que mon regard ne se situait plus qu'au niveau des sexes et des nombrils...

Alors par réaction, par réflexe d'autodéfense, il n'a plus cessé de bouger. A quoi pouvait encore lui servir d'être un spécialiste du judo et du karaté ? A lui rappeler avec force que, ses muscles étant hors d'usage, il lui restait sa tête, et que l'intérieur n'en était ni vide ni atrophié. Que la détresse des autres, aussi, était peut-être le meilleur moyen qu'il trouverait pour oublier la sienne. Voici pourquoi, il y a quelques mois, il s'est avancé dans un camp de Palestiniens, à Beyrouth. Fait prisonnier, condamné à mort pour « espionnage », il parvient à s'enfuir, ses mains faisant tourner fébrilement les roues d'acier chromé de son modeste véhicule, parmi les ruines des maisons éboulées et les cadavres encore chauds... De retour à Paris, il propose un peu partout les photos qu'il a prises de ces affreux événements. Encore profondément choqué de ce qu'il a vu, il est heureux pourtant à l'idée du « scoop » qu'il rapporte dans sa sacoche. Il déchante bientôt. Nul ne consent à publier ses documents. Une chaîne de télévision, cependant, acceptera d'en diffuser quelques-uns — à la condition de ne pas les lui payer. « Cela vous fera déjà assez de publicité pour le lancement de votre livre », lui dit-on de l'air de celui à qui on ne la fait pas.

Sans se décourager, il filme en Suède les premiers jeux Olympiques des handicapés. « C'était tellement bouleversant que j'en avais les larmes aux yeux. Un peu plus, et je me sentais coupable d'être " normal " à côté d'eux... » Cette fois, la première leçon ayant porté ses fruits, c'est à une autre station de la télévision française qu'il propose son ouvrage. Grand garçon bien découplé, tempes argentées du beau gosse sur lequel glisse harmonieusement la patine des années, le chef du service des sports le reçoit, visionne sa bande et, dans un soupir désabusé, lui déclare : « Tout ça me paraît bien déprimant. Ce que veut le public, c'est oublier ses soucis. Et puis, pour ne rien vous cacher, personnellement, les handicapés, je n'en ai rien à foutre... »

A dix reprises aussi, il a failli être le jouet de gens qui voulaient exploiter à leur profit sa pauvre bien qu'éclatante notoriété. Le nom d'un personnage très connu dans les milieux littéraires tombe dans la conversation. Mais il n'insiste pas. Il n'en est plus au stade où l'on règle des comptes. Pourtant, lui qui a surmonté de si terribles douleurs, on devine qu'il est encore sensible à certaines piqûres.

Sur le chapitre même de son accident, il devient plus loquace :

— Ce que je n'ai pas écrit dans mon livre, c'est que la maison où le drame s'est produit était un véritable arsenal, rempli d'armes chargées comme si, à tout moment, la menace d'un siège à soutenir avait pu se présenter. J'avais échoué là parce que le fils de la maison était un camarade avec lequel je faisais de la voile.

Le coup parti, il a rouvert les yeux, après un long coma, sur un lit de clinique. Première surprise : tour à tour amical et menaçant, on tente de lui faire signer de l'événement un rapport dont il refuse d'admettre les termes. Plus tard, on aurait tout fait pour étouffer l'affaire. Pendant un an, avec la seule aide de son avocat, il sera obligé de lutter pour qu'on reconnaisse sa version des faits. Mais, chaque fois, on s'acharnait à vouloir lui faire dire que c'était lui-même qui s'était blessé en manipulant un revolver.

— Comme cela était plausible, avec l'entraînement physique intensif qui était le mien et l'habitude que le sport m'avait donnée de contrôler mes nerfs...

Un jour vint quand même où on lui rendit justice. Mais longtemps, même sa famille tergiversera avant d'accepter l'évidence. Ayant eu gain de cause, il aurait pu attaquer au pénal. Par dignité, indifférence ou mépris, il ne s'y est pas résolu.

— Que sont devenus les gens chez qui vous vous trouviez, ce journaliste marseillais, et surtout sa fille puisqu'elle vous tenait compagnie quand le coup de feu est parti ?

— Disparus...

Un silence. L'air pèse lourd.

— Est-ce qu'il vous arrive de prendre des vacances ?

— Jamais ! Si je me reposais une seconde, j'aurais l'impression que tout s'arrêterait définitivement. Evidemment mes amis essaient de me freiner... Ils n'ont pas assez de mots pour me dire de me méfier de ces motos, de ces escalades, de ces courses au-devant des guerres et des hommes en crise... Que voulez-vous, quand on a goûté à la mort...

En se frappant la poitrine, ce comédien, jadis porte-parole des opinions les plus avancées, embouche la trompette du mea-culpa. « Nous avons été cons et dangereux », confie-t-il à la grande presse. Traduisez : comme nous avons eu bien tort d'écouter les sirènes trompeuses, puisque staliniennes, d'une certaine

Russie. Heureusement, à la lumière des événements, ses yeux se sont dessillés. Un « compromis » avec le capitalisme lui paraît même maintenant nécessaire. Sur sa lancée, il se déclare prêt à verser au fisc quatre-vingt-dix pour cent de ce qu'il gagne. Un beau geste, et qui donne presque le frisson. Il y met pourtant une condition : que les hôpitaux soient modèles, les écoles irréprochables, la sécurité de tous garantie, la médecine totalement gratuite, la police courtoise et les ministres intègres... Allons, ce n'est pas demain la veille. Il peut attendre encore un peu avant d'abandonner, dans un beau geste fraternel, ses voitures aux services de la voirie et ses palais à ceux qui voudront les transformer en crèches.

Mais pourquoi faut-il, éternelle ritournelle dont le refrain n'est pas sans énerver, que ce soient toujours, en art comme en politique, ceux qui se sont le plus trompés qui se croient autorisés à nous donner des leçons ?

DISTRACTION d'après boire. Des soldats de l'armée allemande, des officiers plus exactement, s'amusent à peindre le mot « Juif » sur des mannequins découpés dans du carton. Puis, les ayant jetés sur une décharge d'ordures, ils y mettent le feu. Quand les flammes attaquent les bras des pantins, la chaleur les fait onduler. Les militaires s'esclaffent : ne dirait-on pas, en effet, que les mannequins juifs font le salut hitlérien ? Alors, après un dernier *Horst Vessel Lied,* ils vomissent. Pas parce qu'ils sont écœurés de ce qu'ils ont fait ; parce qu'il leur faut bien se débarrasser du trop-plein de la bière qu'ils ont bue.

Octobre

Une dame, arabe ou libanaise, pénètre chez Van Cleef et se fait présenter divers modèles de bijoux. L'un d'eux, malgré le regard dédaigneux qu'elle pose sur lui, semble lui convenir. Les diamants, seulement, se plaint-elle, en seraient trop petits.

Un peu gêné, le vendeur fait son possible pour la convaincre que les pierres ont été spécialement choisies et taillées pour donner à l'œuvre d'art un équilibre parfait. La dame insiste, près de se fâcher. Elle souhaite ce que l'on peut avoir de plus gros, et paiera pour cela tous les suppléments qu'on voudra. Elle ne s'en va qu'après avoir obtenu la promesse qu'on tiendra compte de ses exigences et que, la prochaine fois, elle pourra se servir de son carnet de chèques autrement que pour s'éventer.

Resté seul, le bijoutier se reprend vite. Il en a vu d'autres. Surtout en ce moment. « Si autrefois, confie-t-il, il était rare qu'on achetât des colliers de plus de trois cents millions, aujourd'hui, on en est couramment à un milliard... »

Il y a quelques années, je m'insurgeais souvent contre ces films pseudo-socialisants de propagande qui opposaient sans nuance le luxe ostentatoire des nantis et la misère du reste du monde. Je revois l'un d'eux, en particulier, de Joris Ivens. Des plans de fêtards en smoking débouchant des magnums, flanqués de « créatures » ivres et outrageusement décolletées, soufflant dans les ridicules mirlitons d'une fête de boîte de nuit, alternaient avec des images d'enfants hagards dans des ruines que les obus faisaient fumer, ou de Noirs et d'Asiatiques aux ventres ballonnés de famine, leurs membres dévorés de gangrène. Je trouvais le procédé aussi facile que déloyal.

J'hésite maintenant à m'interroger sur ce que j'en penserais s'il m'était donné de revoir cet ouvrage. Qu'offre le monde, en effet, sans qu'il soit besoin de recourir aux trucages du cinéma ? D'un côté, des gens qui ne savent plus comment s'en sortir, pour qui l'achat d'un chandail ou d'une livre de beurre est un problème, à plus forte raison l'espérance d'une minute de bonheur. Et de l'autre, la marée arrogante de l'argent pour qui rien ne peut être assez beau puisque rien ne peut être assez cher. Comment n'y a-t-il pas plus de bouches pour protester ? Et jusqu'à quand cet étrange silence ? Sans doute jusqu'à la fin de l'égoïsme des hommes...

Et jusqu'à la fin de leur naïveté. Hier encore, dans cet établissement huppé où trônent les rois du jour, Johnny Hallyday, Claude François, Michel Sardou, Belmondo, Demis Roussos se livraient à quelques ébats en l'honneur de leur propre compagnie. La parade foraine de Robert Fabre et de Georges Marchais était loin. Non ! Thierry Le Luron soudain s'était mis à pasticher le leader communiste : « C'est à vous, travailleurs, que je m'adresse... » L'assistance avait éclaté de rire en s'ébrouant dans un champagne aussi rosé que ses opinions politiques.

Nous n'en sommes pas encore aux prisons du Temple à la veille de la guillotine. Seulement au temps de demander galamment à sa voisine : « M'accorderez-vous une dernière danse sur ces sables mouvants ? »

De retour chez moi, je feuillette le volumineux fascicule d'un journal de mode. Ce ne sont que fourrures de prix et brocarts chamarrés, publicités pour des moteurs à cylindrées formidables, et montres qui ne semblent indiquer que l'heure où leurs heureux propriétaires ont fait fortune. La fin du monde imprime de bien luxueux faire-part pour annoncer ses futures funérailles.

GEORGES MARCHAIS a pleuré. Devant un tribunal et une grande quantité d'honnêtes gens professionnels qui n'en ont pas encore fini de réprimer un petit sourire narquois. Accusé d'être parti volontairement travailler en Allemagne au mois de décembre 1942, il jure que les documents publiés par *Minute* et par son ancien camarade excommunié du P.C. Auguste Lecœur sont des faux. Il aurait été forcé sous la menace de s'expatrier. Ne pas confondre, dit-il, déporté et coopérant. D'ailleurs, il n'est pas resté longtemps là-bas. A la première occasion, inventant la mort d'une fille qu'il n'avait pas, il est rentré en France et a plongé dans la clandestinité.

Débat agité. On brandit des fiches raturées, des papiers chiffonnés par le temps, ou par les mains des faussaires. Mais, dans les commentaires de la plupart des journaux du lendemain, on sent bien que ce n'est pas cet aspect du mystère Marchais qui passionne. Ce sont ces larmes, sur les joues d'un homme qui a l'apparence d'un roc. Le sang de son couteau entre les dents n'était-il que de la glycérine ? « Comment peut-on être la proie de telles défaillances ? » se demandent vertueusement des accusateurs qui ne risquaient pas d'aller en Allemagne pendant l'Occupation, car ils avaient la chance, eux, de ne pas être ouvriers — quand ils ne réservaient pas leur zèle aux officines de Laval et de Pétain. Un homme qui n'a pas commis de faute ne pleure pas. Serait-ce la preuve, inespérée, que celui-ci est coupable ?

Il y a pourtant de la dignité dans l'attitude de Georges Marchais. Cela devrait émouvoir ceux mêmes qui sont le plus opposés à son combat. Alors que personne ne l'y obligeait, il s'est rendu à la convocation de ses juges. Il lui eût suffi pourtant de se faire représenter par un avocat un peu hargneux. Ce n'est pas ce qui manque dans le fichier du parti. Mais il est venu en personne, sachant peut-être qu'il résisterait mal à cette épreuve, que ses nerfs craqueraient, et qu'il n'offrirait plus alors à ses ennemis que le spectacle qui pourrait le plus les réjouir : celui de la faiblesse d'un homme fort...

« Le milieu dans lequel évolue Giscard a de quoi donner la nausée, me dit-il. Les Rothschild aussi sont devenus infréquentables... » Je ne m'attendais pas de sa part à une pareille profession de foi. Je le croyais, en effet, sans crainte de me tromper, partisan convaincu sinon acharné — on ne sait jamais ce qui peut arriver — de ce que, si cela continue, il va finir par appeler la réaction. Pourquoi a-t-il changé ? Et sous quelles influences ? Est-ce le danger reculé d'une victoire de la gauche qui lui a refait à bon compte une conscience républicaine ? En tout cas, le voici maintenant qui vitupère le capitalisme. Le gros, bien sûr ; pas celui qui se borne à posséder une auto (encore qu'avec cette extravagante augmentation de la vignette...), une résidence au bord de la mer (pour les gosses, mon vieux, il faut bien que les petits s'oxygènent...) et un pied en l'air à L'Alpe-d'Huez (il possède trois anoraks dans son placard, qu'il n'y a aucune raison de laisser dévorer par les mites). Mais il sent bien que la société doit changer :

— Les disproportions sociales, et l'étalage que l'on fait de l'argent, aujourd'hui, c'est une honte... Que veux-tu, moi, je n'aurai jamais une mentalité d'émir. Je suis né en Anjou, on ne se refait pas. On me donnerait un Tintoret, je refuserais. Un Tintoret dans son salon, alors qu'on crève de faim dans les mansardes... C'est bien simple, j'en suis à me demander si ce n'est pas de l'Est que nous vient la lumière. Réfléchis : s'il n'y avait pas les goulags, la presse unique, l'interdiction de circuler d'un quartier à un autre sans visa, là-bas, ça serait l'idéal... Quelque chose ne peut plus continuer, et ne continuera pas. On ne peut indéfiniment matelasser le cratère du volcan sur lequel on est assis sans être brûlé tôt ou tard par la chaleur de son brasier. Et le drame est d'autant plus inquiétant qu'on a ôté aux peuples la moindre branche à laquelle se raccrocher. L'esprit est en train de mourir, souviens-toi bien de ce que je te dis ; et les corps ne sont pas assez heureux pour trouver dans leur équilibre la ressource d'une compensation...

Ayant achevé sa péroraison, il se ressert une rasade de vieille mirabelle ; et puis, il gémit. Sa détresse attendrirait le cynique le plus endurci :

— Hélas ! comment se fait-il que je vote toujours à droite alors que je pense à gauche ?

JAMAIS atteint par les retombées de tous les changements de couronnes, sautant sans être écorché de de Gaulle à Pompidou, puis à Giscard, laissant derrière lui Couve de Murville, Messmer (trois fois), Chirac (deux fois), Raymond Barre (malgré deux remaniements de gouvernement), imperturbable, André Bord reste ministre. Des Anciens Combattants, simplement, il passe aux « relations avec le Parlement ».

Etrangement, les journaux de toutes opinions, et qui n'ont pas toujours dû le ménager, le couvrent de fleurs avec plus d'abondance encore que s'il avait été assassiné par un terroriste. Ses engagements, cependant, sont nets et sans hypocrisie. Il a même occupé le poste voyant de secrétaire général de l'U.D.R. Mais cet homme tout d'une pièce ne s'est jamais laissé mettre en morceaux.

C'est l'un des rares politiciens que je vois. Il est mon ami puisque des liens plus solides que ceux des jeux électoraux nous unissent depuis le discours qu'il a écrit pour honorer la tombe de mon père. Observant un silence complice, nous ne parlons pas du parti dont il est l'un des porte-voix. Loin de lui, la moindre velléité de me convertir. Souvent, nous nous rencontrons, toujours avec le même plaisir et dans le même climat de confiance, à sa table, ou ailleurs, détendus et libres. Moi, incapable, par pudeur, de chercher à savoir ce qu'il pense de la situation, de lui soutirer quelque clarté sur des problèmes qui cependant me préoccupent et à propos desquels mille questions me brûlent les lèvres ; à peine excité à la pensée des confidences qu'il pourrait me faire si notre amitié ne l'emportait pas sur nos passions. Et lui, discret comme un camarade de collège qui ne saurait sans rougir évoquer les premières frasques de sa sexualité. Je crois à ces silences qui ont une éloquence que l'éloquence n'a pas ; à cette fausse froideur qui n'est rien d'autre que la véritable chaleur humaine.

SUR les ondes, un meneur de jeu officie avec l'air de dire à ses invités : « J'écoute les sottises que vous êtes en train de débiter ; mais si je fais semblant d'y croire, je n'en suis pas la dupe. Si vous voulez m'avoir, il faudra vous lever beaucoup plus tôt. » Arlequin serviteur de dix maîtres, qui feint d'être le propriétaire de la maison, il n'en porte pas moins une livrée. Même en ayant l'air de recevoir, c'est quand même lui qui donne l'impression de servir à table avant d'aller faire la vaisselle.

QU'Y a-t-il de plus horrible dans le crime de cet enfant américain de treize ans qui a tué une femme, de plus de soixante-dix ans son aînée, pour lui voler ses économies ? Le meurtre d'une vieillarde impotente ? Le fait que le criminel ait déclaré avoir été influencé par les aventures de Kojak à la télévision, programme qui l'avait tellement bouleversé qu'il avait exigé que son père se rasât le crâne, comme le héros, Telly Salavas ? Ou bien, au nom de la Morale à défendre, de la Vertu à protéger, qu'une chaîne de télévision de Miami ait retransmis le procès en direct, à l'heure de la plus grande écoute — beau divertissement à la mesure de l'atrocité qui en est l'origine... ?

A moins qu'on ne préfère ce sondage effectué parmi les camarades de classe du petit délinquant. La question posée était : « Quel sort réserveriez-vous à celui qui, hier encore, partageait les mêmes bancs que vous, et peut-être vos bons points ? » Réponse : 50 % de ses condisciples l'ont condamné à mort, et 50 % à la prison à vie sans possibilité de réduction de peine. Eux aussi doivent regarder la télévision, et justement le programme où Kojak joue les redresseurs de torts.

Un détail en passant, et non le moins troublant. Avec le premier argent du meurtre, l'assassin s'est offert une visite approfondie du « monde enchanté de Walt Disney », cette réplique lénifiante, moralisatrice, *America first*, et rose bonbon des *Contes de ma mère l'Oye* des grand-mères de nos grand-mères. Même pataugeant dans la boue et dans le sang de nos désespérants aujourd'hui, l'enfance ne finira jamais de rêver.

NOUVEAU numéro un au box-office, *La Guerre des étoiles*. « Un conte de fées moderne dans un espace mythologique », déclare le réalisateur George Lucas. Si l'on veut. Mais ici

Mme d'Aulnoy a la chatte blanche rouge de sang. Perrault n'imagine que carnage et traîtrise. Le Graal des chevaliers de la Table ronde est hérissé de rayons lasers dont le moindre est capable de détruire une galaxie. Achille, les yeux injectés de haine, contrôle rageusement les sursauts de sa rétro-fusée. Le cheval de Troie porte une combinaison en amiante. Ce n'est plus dans les méandres de sa cervelle qu'Ulysse puise le secret de ses ruses. Il a un ordinateur programmé pour ça. Okinawa, c'était le bon temps. Hiroshima est un jeu de gamins mal élevés qui auraient imprudemment tripoté des allumettes. Bosch, Holbein et Goya harmonisent sauvagement les motifs de cette danse macabre. Notre bon vieux soleil suffoque dans le soufre en fusion d'une bouillie d'étoiles.

Les rêveries de Cyrano de Bergerac ont eu de l'avancement. Les images de nos sommeils les plus agités se matérialisent. Des constellations s'affrontent, se choquent et s'anéantissent. On salue au passage, dédaigneusement, la postérité de James Bond et, avec plus de respect, celle de George Orwell. Dans les gazeuses coulisses des espaces infinis, les frères Grimm battent le rappel de zoos fantastiques où grouillent des cauchemars de Magritte et de Léonor Fini, des humanoïdes à tête périscopique, des nacelles spatiales dont la seule destination est l'Apocalypse. Saint Jean a repris du service chez Flash Gordon. Superman prête son manteau volant à la N.A.S.A. Dans l'éther enivré d'éternité, des rauquements de phonèmes s'entrecroisent, issus d'une trentaine de langages métamorphosés.

Tout cela est fort bien, et l'on ne demande qu'à applaudir. Mais c'est le moment que choisissent les trompettes du jamais vu pour claironner que le film a déjà « fait » 138 millions de dollars et que c'est là d'abord qu'il convient de s'enthousiasmer. A ces mots, le public français réprime mal un toussotement réprobateur. Parler d'argent à propos d'une œuvre de l'esprit, voilà ce qu'on ne saurait admettre au pays de Racine et de Valéry. On en oublie que ce même pays trouve normal qu'on dise d'un Rembrandt qu'il vaut deux milliards ou que Dufy est en baisse.

Ainsi pâlissent les horizons d'un espace en quête d'une véritable odyssée.

LA rancœur est un plat qui se mange très froid, ce froid étant parfois en effet celui des cadavres que l'on a choisi de dévorer. Trente-trois ans après le supplice de Jean Moulin, Henri Frenay, qui fut son associé aux grandes et tragiques heures de la Résistance, publie un livre réquisitoire destiné à déchirer le voile tricolore de la légende. Jean Moulin, dit-il, lui a toujours inspiré la plus extrême méfiance. Au point qu'il n'a pu se retenir d'avoir une arrière-pensée alors même que passait sous les voûtes augustes du Panthéon le cercueil d'enfant qui contenait des cendres étiquetées 10 137, et que retentissaient les superbes rauquements d'André Malraux.

Oh ! ce n'est pas qu'il l'accuse positivement d'avoir été un traître. Il concède, ce qui est bien courtois de sa part si l'on considère l'effort qu'il lui faut faire pour remuer ses bonnes joues d'heureux vivant, que son ancien camarade est mort dans les plus affreuses souffrances sans avoir commis la moindre indiscrétion, sans livrer le nom d'un seul de ses collaborateurs. Mais un tel destin ne lui paraît pas suffisant pour mériter une totale adhésion. D'ailleurs, une inspiration, que pour un peu il rattacherait aux voix que Jeanne d'Arc entendit, lui a soufflé que, s'il n'était pas un agent nazi, Jean Moulin était le diligent auxiliaire des Soviets. On lui affirme qu'il n'appartenait pas au parti communiste, et il reconnaît qu'il exécuta toujours scrupuleusement ce que l'on était en droit d'attendre, non pas d'un sbire fiché au Komintern, mais d'un serviteur de la France ? Ces détails secondaires ne l'ont pas abusé. Il lui suffit de savoir que le malheureux fut avant la guerre le chef de cabinet de Pierre Cot, qu'une amitié était née entre les deux hommes, les amenant à plusieurs reprises à passer ensemble des vacances en Savoie. Cet oxygène partagé avec celui que *Gringoire* appelait le « galopin sanglant » n'est-il pas indubitablement le signe d'une collusion avec les forces du Mal ? Et de citer, à l'appui de cette thèse, Pierre Cot déclarant à qui voulait l'entendre : « En montagne comme en politique, Jean Moulin et moi faisions partie de la même cordée. » Ou encore cette autre confidence, faite à Frenay cette fois : « Il n'avait pas plus de secrets pour moi que je n'en avais pour lui. » Ces mots lui ont paru si révélateurs, si chargés du plus infamant poison que, de retour chez lui, il s'est hâté de les prendre en note.

Il avance également que si l'infortune du temps n'avait pas brutalement écrasé le cœur de Jean Moulin dans sa poitrine, celui-ci eût certainement dévoilé à la Libération son véritable visage, et que le spectacle n'en eût pas été beau à voir.

La raison qui pousse Henri Frenay à déraisonner de la sorte, c'est — selon ses propres termes — son « anticommunisme viscéral ». Le spectre, sous cet aspect, en est hideux. Si l'on veut lutter en effet contre ce que l'on peut reprocher à cette doctrine, il faut d'abord donner au peuple l'impression (et la certitude) qu'on n'ignore pas qu'il existe et que son sort ne dépend pas seulement de ceux qui brandissent un drapeau rouge. Mais combien d'adversaires du communisme se sont-ils jamais mis, serait-ce mentalement et cinq minutes, à la place d'un ouvrier de Nanterre ou d'un fondeur du Creusot ? La plupart ne voient que les ridicules grimaces de partisans qui n'ont retenu de l'U.R.S.S. que son caviar dans les salons bien chauffés de la Littérature, et pour qui Cuba offre d'abord l'agrément d'une croisière gratuite aux Caraïbes.

Pourtant, qui ne se sentirait peu ou prou communiste, s'il n'a que la bouée de sauvetage d'une main qui se tend pour l'arracher un moment aux misères de sa table mal pourvue et de son logement sordide, à la sottise abrutissante d'un travail sans débouché sur un idéal ? Pour empêcher les révolutions, il n'y a qu'un moyen : supprimer les raisons qui font, tout d'un coup, que les révolutions éclatent. Mais comment avoir le temps de réfléchir à cette vérité de La Palice alors que sont si frais les ombrages des résidences secondaires et que ceux-là mêmes que l'on prend pour des épouvantails fabriquent de si séduisantes et douillettes automobiles ? On crée de toutes pièces des naufrages, et l'on s'irrite parce que la mer a des vagues.

Le soir même, Maurice Druon me téléphone, indigné lui aussi de l'attitude de Frenay : « Ce qu'il regrette le plus, c'est que de Gaulle lui ait volé la place à laquelle il prétendait — la première. »

La télévision prend la relève. Hallucinant dialogue de morts vivants réunis autour d'une table pour brûler un brûleur de sorcières. Tous ceux qui ont échappé aux massacres sont là, anciens chefs de réseaux, héros dont parfois la demi-solde s'est changée en rentes indexées sur le coût de la bonne conscience, clandestins désormais bronzés au soleil éblouissant de leurs boutonnières. On dirait Robespierre, Marat, Danton, Saint-Just, voire Louis XVI, revenus sur la terre en complet veston pour expliquer la prise de la Bastille et les bavures de l'échafaud.

Mais plus qu'ils ne s'attachent à justifier une Résistance qui n'a pas besoin de justification, ils semblent d'abord attentifs à prouver qu'ils n'étaient pas communistes, pour mieux souligner que Jean Moulin ne l'était pas. L'un proclame hautement qu'il vient de l'Action française, comme s'il y avait de quoi pavoiser. Un autre rappelle que Pierre Cot ne s'est pas désolidarisé du gouvernement qui mit le parti communiste hors la loi. Le débat en est faussé. On oublie qu'avoir été communiste, quand l'Allemand régnait en France, c'était courir plus encore qu'un autre le risque d'avoir son nom imprimé sur une affiche rouge dans le métro ; qu'il s'agissait d'abord de libérer une nation asservie ; que lorsqu'on a la peste il est stupide de s'inquiéter à l'idée qu'on pourrait attraper un rhume ; que les communistes, dans les souterrains de la Gestapo, pesaient le même poids de chair ensanglantée et d'os brisés que ceux qui n'avaient pas la carte du parti...

Heureusement, quelques voix s'élèvent, qui n'ont pas perdu de vue le sens du mot « dignité ». Celles de Jean-Pierre Lévy, de Closon, de Christian Pineau. Du colonel Passy, surtout, ancien chef des services secrets à Londres, et qui cessa de raconter le passé le jour où il comprit que la mort d'un rêve pouvait conduire à l'assassinat de la réalité. Frenay l'ayant attaqué justement à propos de l'un de ses ouvrages où il est mis en cause, regrettant que de Gaulle ne fût plus là pour rétablir une vérité qui ne pourrait être qu'à son honneur, la réplique de Passy survient, foudroyante : « De Gaulle a revu le texte de mon livre... »

Pénible démonstration, pourtant, en un moment où les vieux démons relèvent la tête et se raclent la gorge pour y trouver des flammes. Qu'en auront pensé ceux qui, dans l'ombre, se sont battus sans se douter des tristes orages qui obscurcissaient l'horizon au-dessus de leurs têtes, et de ces joutes dérisoires dans les états-majors auxquels ils avaient dévoué leurs vies ? Et plus encore la jeunesse qui, n'ayant pas connu cette terrible aventure, n'a que trop tendance à en faire un sujet de plaisanterie, comme déjà les bérets basques des survivants de Verdun ou les pantalons rouges des cuirassiers chargeant dans les houblons de Reichshoffen?

La Résistance a été ce qu'ont été ses hommes. Elle a eu sa grandeur. Il lui est arrivé de se tromper. L'important n'est-il pas que nous soyons là aujourd'hui, et beaucoup grâce à elle, débarrassés des chaînes auxquelles on voulait nous condamner pour mille ans ? Quand aura-t-on fini de pique-niquer sur les pierres tombales de ses martyrs ?

Et soudain, je me suis mis à songer qu'Henri Frenay aurait pu périr sous les tortures, tandis que Jean Moulin, lui, aurait été miraculeusement épargné. Nous n'aurions certainement pas eu à lire un livre, écrit de la même encre nauséabonde, mais où les rôles seraient renversés. A force de mépriser ce que l'on n'a pas pu être, on ne parvient qu'à se faire soi-même mépriser.

CE goût que j'éprouve pour tout ce qui sent la fleur séchée, l'événement fané — je veux dire : la Poésie et l'Histoire — n'est-il pas le signe que le monde où nous vivons m'intéresse peu, ou que les liens sont ténus qui me rattachent à lui ? Ce serait une manière de sécréter des contrepoisons, de fermer les yeux sur l'extérieur pour mieux regarder un invisible davantage présent pour moi que la réalité de l'instant ?

Je ne le pense pas. Mais mes engagements étant rarement ceux à propos desquels on fait le plus de bruit dans les gazettes, je comprends qu'on puisse parfois m'accuser de manquer de confiance en des lendemains dont je suis peu sûr qu'ils chanteront. On est toujours mal vu, de nos jours, quand on ne s'enthousiasme pas pour la vivacité d'un coureur lancé à toute allure sur la cendrée d'un stade ; même si notre dédain pour cette passionnante péripétie a pour cause, de l'autre côté des grilles, un incendie qui est en train de ravager la ville.

L'espoir, d'autre part, est la denrée à la mode ; du moins si l'on en croit les homélies de nos bergers officiels. Sous peine d'être universellement méprisé, il faut sans cesse brûler de l'encens à son intention et lui chanter des hymnes, quels que soient la dureté des temps et le poids dont ils écrasent nos épaules. « Tout va bien ! Nous sommes les plus grands, les plus intelligents et les plus forts ! Les plus hautaines nations se pâment devant l'abondance de nos qualités... Comment auriez-vous l'indécence de faire la fine bouche ? On vous le jure sur Saint Louis, Lazare Carnot et Raymond Barre : la

France éternelle en a au moins encore pour six mois... »

Gribouille ne se comportait pas autrement. Vite, un fleuve pour nous y noyer. La pluie tombe trop dru. Il ne faut surtout pas courir le risque d'être mouillé.

LA mort d'Elvis Presley aura été l'une des meilleures affaires commerciales de ces dernières années. Celle de Bing Crosby dans ce domaine aussi, lui fera-t-elle concurrence ? Elle me touche davantage en tout cas. Pour moi, en effet, Bing Crosby était un peu le frère cadet de ce Frank Capra qui enchanta mes jeunes années. A cette différence que Frank Capra, juste au moment où il m'avait fallu plonger le plus profondément dans le grand trou noir de l'Occupation, fut le dernier à m'avoir fait un petit signe d'adieu ; alors que Bing Crosby, lui, le blouson décontracté, la roucoulade sans entrave, a brusquement jailli d'un poste de radio, m'apportant la preuve que le cauchemar était fini et qu'on allait enfin relever le rideau sur un spectacle qui n'avait pas eu le droit de nous réjouir pendant quatre ans.

Frank Capra. 1942. A Marseille, tandis que l'hiver méridional poussait le sadisme jusqu'à jouer les curiosités polaires, le ventre vide, l'esprit en désarroi, je déambulais au hasard de rues dont la seule destinée semblait être de ne conduire nulle part. A quel signe aurais-je pu soupçonner que j'avais quand même vingt-deux ans puisque la France n'était plus qu'une île tronquée où l'exil ne proposait nulle main à serrer ? En ce temps-là, le dernier espoir était de croire qu'un jour viendrait où de nouveau on aurait la permission d'espérer.

Dans les pays où l'on a faim, comment s'y prend-on pour oublier qu'on a la malchance de n'être ni un nuage ni une pierre ? Les jeux faisant office de pain, on pousse la porte d'un cinéma. C'était d'abord cela que je cherchais : le dépaysement d'un Moyen Age repeint par Marcel Carné avec le blanc pinceau d'une actualité imaginaire qui nous aidait à tourner le dos à la réalité de la nôtre ; ou l'invincible élan d'une Révolution française repoussant, sans chaussures ni chemise, la brutale coalition des potentats ligués contre elle ; et l'amour, l'amour surtout, dont on demandait à notre jeunesse de remiser les charmes derrière la sordide barrière des cartes d'alimentation, sous des lunes interdites par les *Verboten* du couvre-feu. Qu'il était beau cet amour qui avait le loisir d'aimer, nous embarquant pour Cythère sur des nacelles de cartes postales, mais admirables tant que durerait la magie de la pellicule en mouvement, à la condition que nulle sirène d'alarme ne vînt en abîmer l'ordonnance de la traversée... Aucune indifférence au malheur, pourtant, dans une telle attitude. Simplement notre besoin d'exiger de ce malheur qu'il acceptât un frêle instant, de patienter au-dehors.

J'entrai. Savais-je ce jour-là quel film était inscrit au programme ? La vedette, James Stewart, trouvait en moi peu de résonance. L'idée m'effleura-t-elle de noter qui était le metteur en scène ? Je n'en jurerai pas. Mais il y avait dans le titre de l'ouvrage les mots « Smith » et « Washington », et cela satisfaisait mon appétit de quelque chose de différent en cette époque de Laval et de Vichy. Tout ce qui exhalait, d'une manière ou d'une autre, le parfum de l'Amérique avait alors le goût du fruit défendu mêlé à celui de la terre promise. « Encore un instant d'Amérique, monsieur le bourreau... », aurait pu être notre leitmotiv. D'autant plus que d'alarmantes rumeurs annonçaient pour un proche avenir, avec l'occupation par les troupes allemandes de la zone supposée « libre », l'interdiction totale des films venus de Hollywood, et qui étaient demeurés jusque-là sans trop de contrôle, comme des émigrés en mal de rapatriement, curieusement métamorphosés par la force des événements en symboles d'une démocratie dont nous comprenions qu'elle était la véritable raison pour laquelle du sang coulait dans nos veines.

Sans doute eût-on bien étonné Deanna Durbin, Robert Taylor, Barbara Stanwyck, Spencer Tracy, Tyrone Power, Clark Gable, voire Shirley Temple, si on leur eût appris qu'ils étaient pour tout un peuple la preuve qu'une guerre n'était pas totalement perdue puisqu'on pouvait les voir s'embrasser sur fond de coucher de soleil peinturluré par Nathalie Kalmus, enivrés des suaves effluves de la musique de Dimitri Tiomkin... Mais combien de désirs de révolte libératrice ne sont-ils pas nés parce que, les pieds sur un plafond, Fred Astaire faisait des claquettes ; ou que Myrna Loy succombait devant la moustache taillée en biseau et l'œil en coulisse de William Powell ? Le courage qui continue de nous animer n'a pas d'autre motif parfois qu'une seconde où nous avons oublié que nous mourions de peur.

Pourtant, les conditions dans lesquelles était projeté *Monsieur Smith au Sénat* étaient détestables : copie usée, doublage ridicule, son inaudible bien souvent à cause du mauvais état des appareils. La censure avait pratiqué des coupes sombres. Et peut-être un projectionniste, soucieux de conserver un souvenir, avait-il, également, utilisé des ciseaux. On n'en était pas encore aux jours qui sont les nôtres, où ce sont les scènes les plus lestes que l'on fait disparaître pour le profit, sinon pour la grandeur, des collections particulières ; on leur préférait ce qui pouvait suggérer l'exaltation de vivre sans chaînes. A chaque époque ses illusions d'optique.

Le film était commencé depuis pas mal de temps, et je pensai que j'allais avoir du mal à en reconstituer la trame. Qui était ce jeune homme dégingandé, et si maladroit qu'il semblait à chaque seconde sur le point de perdre une jambe ou un bras ? Mais, brusquement, en dépit de ses traits tirés par la fatigue, le regard luisant d'un feu dont on l'aurait cru incapable, il s'était hissé en haut de la chaire qui, à Washington, domine l'assemblée du Sénat. Et il s'était mis à parler, assenant à l'auditoire des vérités que, manifestement, nul autre que lui n'avait le désir d'entendre. Autour de l'intraitable héros, la foule des princes consulaires avait ondulé, longues vagues d'épaules haussées, de sarcasmes et de mouvements désapprobateurs. Allait-il être mis dans l'obligation de capituler ? Non ! A la seconde d'être jeté à terre, il avait eu l'une de ces inspirations comme seule en suscite l'énergie du désespoir. Fermement agrippé aux contreforts de son bastion, les joues en feu, il s'était mis à lire les articles de la Constitution des Etats-Unis. Et cela jusqu'à l'épuisement complet de ses forces, reprenant chaque fois sa lecture à son début dès que ses yeux avaient fini d'en déchiffrer l'ultime paragraphe... Souveraine, la statue de Lincoln se détachait en surimpression, frémissante du battement grandiose d'une cloche marquée « Liberty »...

Il existait donc encore un langage pour proclamer que chacun a droit à sa part de bonheur ? Tant de conviction faisait soudain qu'il paraissait impossible, aux apprentis esclaves que nous étions, que l'on pût faire taire un homme tant que ses lèvres parviendraient à former les sept lettres du mot « Liberté », comme les sept couleurs d'un arc-en-ciel entrevu derrière les plus sinistres orages de l'horizon.

Dans la salle, tout le monde pleurait. Je pleurais avec tout le monde. Pieusement, j'appris alors le nom de celui qui faisait couler d'aussi belles larmes : Frank Capra. Que d'autres raillent, si tel est leur tempérament, ou si la misère de ces journées leur a été épargnée.

Admirable écho d'un univers encore humain et chaleureux, que cette voix, dans l'obscurité d'une France d'Apocalypse. En trouverait-on une semblable, aujourd'hui, pour crier que la Liberté n'est pas, comme on tâche de nous en persuader, une vieillerie bonne à ranger dans la naphtaline d'un dictionnaire où ne dormiraient plus que des vocables si vieux que personne ne saurait déceler quel en était l'ancien usage ?

L'INDIGNATION soulevée dans le cœur des foules par l'enlèvement du bébé Lindbergh a pris la teinte d'une légende presque irréelle. C'est tout juste, maintenant, si les enfants pour lesquels on réclame une rançon ne sont pas supposés avoir leur part de culpabilité : ils n'avaient qu'à ne pas être nés riches ; on ne se serait pas occupé d'eux.

Les otages, dans les avions détournés, touchent davantage. Nous sommes tous susceptibles, en effet, de nous balader entre ciel et terre, serait-ce pour aller enterrer un parent à

Lyon, ou profiter d'un forfait-vacances-tout-compris-pour-trois-fois-rien aux Baléares. Dans l'appareil de la Lufthansa capturé par les nouveaux corsaires, il y avait sept concurrentes d'un prix de beauté. Cela a peut-être essentiellement donné l'idée à certains qu'on n'avait pas dû s'embêter à bord.

Quoi qu'il en soit, l'autre soir, elles résonnaient bizarrement, ces rumeurs d'angoisse et de folie, tandis que sur la scène du théâtre Edouard VII *Un ennemi du peuple* tentait de faire craquer son arthrite, comme une ménagère qui se serait levée trop tard secouerait un vieux tapis sur la rue en dehors des heures ouvrables. On avait jadis la colère bien vertueuse et facile ! Le héros d'Ibsen se bat et est combattu parce qu'il veut publier qu'une source thermale, richesse de sa ville, est polluée. Que ses concitoyens, pour des raisons de lucre, ne soient pas d'accord avec lui le laisse positivement hébété. Le monde pouvait donc être à ce point rapace ? Les aurores boréales du dernier siècle n'avaient que peu de rapport avec les nuits surchauffées de nos modernes Mogadiscios.

Là-dessus éclate l'annonce des suicides d'Andreas Baader et de trois membres de sa bande. Deux, dont Baader lui-même, avec un pistolet 7,65. Troublante issue. Désespéré de l'échec de ses camarades terrassés en Somalie, Baader aurait laissé craquer ses nerfs, ou choisi de faire ainsi peser les plus lourds soupçons sur ceux qui avaient pour mission de l'empêcher de nuire.

Soit. Je veux bien croire tout ce qu'on veut sauf, parfois, ce qu'on souhaite un peu trop fort que je croie... Mais, outre qu'on se demande comment des revolvers ont pu trouver le chemin de cellules pourtant mieux surveillées qu'un secret atomique — emballés dans une écorce d'orange, dans le papier d'argent d'une plaque de chocolat, par un gardien corrompu, ou un avocat complice ? — bien des zones d'ombre demeurent. Il suffit de lire ou d'avoir entendu les déclarations de ces furieux rebelles pour comprendre que, s'ils avaient décidé d'en finir, avant de mourir ils auraient cherché à détruire tout ce qui, près d'eux, portait une casquette ou un uniforme, jusqu'à l'épuisement de leurs munitions, sauf une balle, la dernière, pour leur propre cervelle. Ils avaient déjà répandu la mort si souvent que quelques victimes de plus n'étaient pas pour eux une bien grande affaire. Et ces cadavres de l'ultime seconde eussent servi de cariatides à leurs tombeaux.

CÉLÈBRES ou inconnus, nous pouvons tous, aujourd'hui, être broyés dans un engrenage. Hier soir, à la maison, des amis buvaient un verre, assis sur le tapis, en devisant gaiement. Il y avait, entre autres, George Chakiris, Francis Véber, Georges Lautner, le joaillier Nicolas Perrin, Jacques Martin, Jacques Charrier. Et j'ai songé que, tout d'un coup, la porte aurait très bien pu s'ouvrir, poussée par des policiers qui, feignant de nous fouiller, placeraient subrepticement dans nos poches des sachets de poudre blanche.

Comment prouver la provocation ? Surtout après les titres des journaux à scandale du lendemain : « Héroïne et partouze dans un appartement de Neuilly. Le Tout-Paris pris la drogue dans le sac... » Ou pire, dans un régime tel que plusieurs en réclament : « De soi-disant intellectuels complotaient contre la sécurité de l'Etat. Un matériel de propagande saisi chez un journaliste au passé douteux. Pris sur le fait, une idole de la télévision, un metteur en scène à succès, un danseur international, un industriel dans le vent, un auteur bien parisien, et, en prime, l'ancien mari de Brigitte Bardot, ont mis fin à leurs jours. »

Alors, il n'aurait plus resté à la police qu'à faire un peu le ménage, à toucher la prime de risque, le dossier étant classé, à la demande du gouvernement, par des magistrats en mal d'avancement.

IL faudrait être bien aveugle pour ne pas voir que nous sommes engagés dans une nouvelle guerre. Avec l'assassinat du « patron des patrons » allemands Hanns Martin Schleyer, retrouvé à Mulhouse dans le coffre d'une voiture, l'horreur fait de la surenchère sur l'horreur. De toutes parts, ce ne sont que bombes et représailles. On s'attaque aux succursales françaises de Volkswagen et de Mercedes. Des cars de touristes sautent devant la façade de nos musées. Déjà, au début de la guerre de 14, des patriotes arrachaient les plaques métalliques qui, sur les épiceries, vantaient le bouillon Kub, sous prétexte qu'il s'agissait d'une entreprise teutonne. On avait l'indignation moins meurtrière que la nôtre, avant la future saignée d'un million de morts...

Qu'est-ce qui fait que les pays les plus riches, et par conséquent qui devraient être logiquement les plus heureux — Allemagne, Japon, Etats-Unis — sont ceux qui sacrifient le plus à ce besoin de destruction, à cette passion du crime politique ? Chaque peuple, d'ailleurs, pratiquant sa propre spécialité de violence, comme une façon nouvelle et lugubre de porter un costume national...

Où se terminera le cauchemar ? Nous allons tous en subir les conséquences. On n'arrête pas une voiture qui dévale un ravin, ou alors seulement par une branche dont le contact la fera exploser sous le choc. Bientôt on ne distinguera plus les balles des tueurs et celles des hommes qui les tueront pour les empêcher de tuer. Jeux sinistres, ceux qui n'ont pas eu le temps d'avoir des règles. Le Moyen Age s'indigna parce que Charles d'Anjou, frère de Saint Louis, conquérant de Naples et de la Sicile, donna l'ordre à ses soldats — pour la première fois ! — de s'attaquer aux chevaux avant de viser les hommes. Cela était contraire aux usages de la chevalerie. Connaîtrons-nous un jour, comme pour le Chemin des Dames, Pavie ou Sedan, les raisons pour lesquelles des nations sont tombées dans des pièges qu'il leur eût cependant été si facile d'éviter ? Des livres seront écrits, bourrés de détails où chacun trouvera l'occasion de s'émerveiller de la subtilité de leurs auteurs, et de la sottise de ceux dont ils parlent et qui, inconsciemment, ont ouvert les portes de l'enfer. Et puis, le calme étant revenu — c'est-à-dire le fracas d'autres troubles, les génocides d'une autre bataille — on rebaptisera des places et des avenues. Quels noms leur donnera-t-on ? Le ciel fasse que ce ne soient pas ceux de Baader et de ses émules. Mais qui peut en être sûr ?

En attendant, l'Allemagne joue au jeu préféré des humains : la chasse à l'homme. Partout, on affiche le portrait des assassins, invitant, chèque à l'appui, la population à dénoncer tout ce qui lui paraît suspect. Wagner se racle la gorge. Hitler va mieux. Même si c'est la démocratie, cette fois, que l'on fait mine de vouloir sauver.

La science-fiction n'avait pas prévu cela. Elle se bornait à imaginer de surpuissants robots, de démoniaques autocrates, s'emparant de la vie des humains du haut d'une planète inconnue, ou plastronnant à la proue de vaisseaux spatiaux perfectionnés. Tout appartenait ainsi à ces démiurges revêtus d'acier et de molécules, corps et âmes, joyaux et consciences.

Ce n'était pas la peine de hasarder si loin notre esprit inventif. Le phénomène a lieu chaque jour devant notre porte. Un peu de liquide gluant qui sourd des pierres chauves d'un désert fait aussi bien l'affaire. Et la Morale n'a plus cours, qui nous donnait encore l'illusion que la terre ne tournait pas tout à fait à l'envers. Le Travail, cette loi au nom de laquelle les hommes se sentent parfois meilleurs qu'ils ne sont, n'est plus qu'une page arrachée au calendrier d'un temps tombé en poussière. Ce que l'on peut résumer ainsi : « Ayez du pétrole dans votre jardin, ou jailli des robinets de votre salle de bains, ou venu de n'importe où — sinon résignez-vous à être esclaves. »

La puissance a changé de visage en changeant d'odeur. On ne tarit pas d'éloges à propos de cet homme couvert de Rembrandt et de Renoir, propriétaire de quartiers entiers à Londres, d'hôtels et de banques à Genève, de tonnes de béton et de verre à New York. Partout on vante son intelligence, sa culture, son dévouement à notre pays, son héroïque attitude pendant la Résistance. D'ailleurs, ne l'avons-nous pas fait officier de la Légion d'honneur ?

Il est vrai que ce paladin selon notre cœur est sûrement exceptionnel. En tout cas, saoudien, c'est-à-dire à la fois parfumé au gas-oil de chez Dior et à celui de Riyad, il a facilement trouvé les huit milliards de centimes qui lui permettront de faire joujou avec le *France*.

Tout danger d'être mal compris n'est pas écarté cependant pour le brillant homme d'affaires. Pendant vingt-quatre heures, il a été notre frère privilégié : on proclamait, en effet, qu'il n'avait fait l'emplette de la vieille carcasse de notre luxe défunt que pour mieux promouvoir les produits qui sont l'orgueil de notre lumineuse patrie. C'était juré, on ne vendrait plus sur la passerelle du commandant que du camembert garanti d'origine et des robes venues en droite ligne des vitrines de l'avenue Montaigne. A la rigueur, pour égayer un peu les étiquettes de la marchandise, deux douzaines de jambes en l'air louées aux revues de quelque Lido. On était déjà loin du premier projet annoncé à son de trompe : ce *France* qui devait servir à promener chaque année les pèlerins désireux de se prosterner à La Mecque. Sans doute était-il trop délicat de lui rajouter des roulettes en or pour qu'il puisse se frayer une voie dans les sables.

Las ! Voici que l'horizon de l'enthousiasme se couvrait de sombres nuées. Le navire deviendrait casino flottant, le seul problème consistant à dénicher une eau territoriale bien famée pour l'ancrer. Les grandes profondeurs rejoignaient les bas-fonds. Les âmes sensibles frissonnèrent en murmurant ce mot de circonstance : « Rien ne va plus... »

Du reste, devant l'afflux des reporters qui le harcelaient, le citoyen de l'Arabie avait dû abandonner son logis de la porte Dauphine, preuve irréfutable qu'il ne saurait être véritablement des nôtres. Aux yeux de nos compatriotes, en effet, tout ce qui n'est pas français, d'une manière ou d'une autre, est apatride. Les langues aussitôt allèrent bon train. La vanité nationale releva son front tricolore. Vous n'aurez pas le *France* et la Lorraine. Déjà on commençait à entendre gronder cette grave accusation : « Dans le fond, cet équivoque personnage ne serait-il pas un petit peu arabe ? »

Mauvaise humeur sans grande conséquence. La valse de nos trésors se poursuit en direction de la caverne d'Ali Baba. Tout ce qui peuplait la civilisation prend le chemin de ce qui était dépeuplé. Bientôt, le Louvre et le Palazzo Vecchio, pierre par pierre, se retrouvront au pied d'un palmier. Le même acheteur, qui fut celui du *France,* vient de payer dix milliards et demi de centimes à Wildenstein rien que pour orner les salons du navire. En vrac, les plus fines commodes Louis XIV, les ferronneries les plus précieuses, les plus savantes marqueteries. Stupéfaits, les antiquaires retiennent leur souffle, et les nations se taisent, dépouillées de ce qui est pourtant une partie de leur sève et de leur cœur. Où s'arrêteront ces incroyables vacarmes de marteaux d'ivoire ? Nulle part. Comme le balai du conte ancien, qui fonctionnait tout seul pour l'éternité, le pétrole jaillit sans une trêve, sans effort. Il n'y a qu'à regarder et à attendre que les écus s'amoncellent. Et il en sera ainsi pendant des dizaines de générations. Qu'on ne compte pas sur le soleil pour le remplacer. Au train où vont les choses, il y aura belle lurette que les crésus du golfe Persique auront acheté comptant l'exclusivité de ses rayons.

Le moins curieux, dans cette aventure, n'est pas de voir que le racisme ne se développe pas de la manière qui lui était particulière jusqu'à présent. L'argent arabe foudroie. L'argent juif laisse à ses victimes le temps de le maudire. C'est à Wildenstein que l'on reproche haineusement le surcroît de ses richesses. Une antique tradition nous ramène toujours à Philippe le Bel. La fortune de Sion ne peut être que celle de Shylock, c'est-à-dire le fruit de l'usure, voire du crime rituel. Celle des Arabes, en revanche, a la couleur et l'apparence du veau d'or. Devant elle on s'incline plus qu'on ne s'insurge. Notre racisme anti-arabe vise rarement les possesseurs de Rolls-Royce et de palais donnant de toutes leurs façades sur Buckingham ou sur Wall Street. Nous le réservons aux éboueurs et aux joueurs de dominos dans les cafés poisseux des faubourgs. Pas même une timide allusion pour déplorer que cette manne si fastueusement répandue ne le soit jamais pour donner aux savants les moyens de lutter contre le cancer, ou pour que le milliard et demi de nos contemporains qui crèvent de faim puisse enfin contempler quelques miettes dans le fond de leurs écuelles.

PROJECTION du *Crabe-tambour* de Pierre Schoendoerffer. Film trouble à force de vouloir paraître clair et qui ne manquera pas de donner à certains l'impression qu'il est une justification de l'O.A.S. Prudemment, bien sûr, et par des biais gentiment racoleurs du genre *Grande Illusion.* C'est-à-dire en suggérant que, quels que soient leurs partis pris, les hommes de bonne foi finissent toujours par se rejoindre. La fraternité virile s'accommoderait de tous les idéaux, pourvu qu'ils fussent sincères. Stroheim opposé à Fresnay, Claude Rich et Jean Rochefort en face de l'activiste Jacques Perrin, c'est du pareil au même.

Là-dessus, les admirables images d'un océan fougueux et sans limites rappellent à l'homme combien il est petit, ce qui a pour avantage de réduire d'autant le volume de ses problèmes, et peut-être celui de ses crimes. Il est bon, nous dit-on, de ne pas éternellement fournir du combustible à nos haines. Cela est vrai. Mais est-il bon, parallèlement, de susciter n'importe quelle forme d'amour ? Sous prétexte de pardon des offenses, ceux qui ont voulu assassiner de Gaulle vont-ils passer aujourd'hui pour ses petits frères à peine capricieux ? Et sera-ce au nom d'une bible commune à tous les hommes de bonne volonté qu'un illuminé a déchiqueté une petite fille à coups de bombe, pour la seule raison qu'elle avait le malheur d'habiter dans le même immeuble que Malraux ?

Schoendoerffer, d'ailleurs, est habile. S'il rêve de ces joutes coloniales qui semblent avoir laissé tant de bons souvenirs dans la mémoire de ceux qui leur ont survécu, il prend soin de souligner que son héros ne dirigeait pas une bande de pirates enrôlés sous le pavillon à tête de mort, suant d'alcool, et se considérant comme les maîtres absolus des *nhaqués* du voisinage. Il a le sourire éclatant de la conscience intacte, et la mélancolie de bon aloi des purs que la grossièreté ambiante n'a pas été capable de comprendre. Prisonnier de tribus hostiles, inondé de crachats, par son habileté à manier le fusil — spécialité bien française — il en deviendra le chef vénéré. Ces gens, du reste, méritent-ils les égards dont on les comble ? Ils ne sont pas à notre échelle. Ces Viets, en particulier, qui posent des cigarettes allumées entre les lèvres des têtes qu'ils ont décapitées, et dont ils jonchent le sol de leurs cases comme ces débris de statues antiques sur le plancher du salon de Montherlant. Certes, l'humanité tout entière est à mettre dans le même sac ; mais ici, ce sac est directement attaché aux balcons du ciel. De même, Alger, le putsch des généraux, ne sont plus ainsi que des bagatelles pour un massacre dont les seuls massacrés ont la peau blanche et, de préférence, des galons sur la manche.

Les enfants perdus l'ont toujours été d'abord par leurs pères. Le père, dans la circonstance qui nous occupe, mesurait un mètre quatre-vingt-dix, et l'on a tout simplement oublié qu'il a sauvé la France. Mais, avec les jours qui passent, un moment vient automatiquement où l'on veut nous faire croire que c'étaient les trois mousquetaires, à Waterloo ou à Dien Bien Phu, qui se battaient — leurs rapières n'étant que les accessoires décoratifs de leur ardente jeunesse en dentelles. On confond alors la nécessité de la réconciliation nationale et l'oubli des erreurs.

A la fin de la projection, quelqu'un me dit : « Cela fait du bien, non, une histoire d'hommes, enfin... » Que lui répondre ? Que cet orgueil du mâle rendu à la fois poli et rugueux par les batailles devrait être remisé dans les magasins du carnaval ? Que l'Histoire n'a que faire de ces nostalgies de bivouac ? Qu'elle appartient à ceux qui ne prennent pas le cœur pour un muscle ? « L'homme est l'homme, nom de l'Homme ! », devise aussi dangereuse que puérile.

Je me suis tu, cependant. Tout le monde, autour de moi, avait l'air si content.

DEUX tableaux, dans mon appartement, montent la garde de part et d'autre d'un escalier. Encadrant une litho de Kandinsky et une autre de Vasarely, ils semblent rire de toute la gaieté de leurs oranges, de leurs bleus et de leurs verts. Ils représentent des toits, vraisemblablement ceux d'Eze ou de Saint-Paul-de-Vence. Je leur fais souvent un clin d'œil amical, quand je gravis les marches qui mènent à ma chambre. La signature de l'artiste est bien visible, presque raccrocheuse : Serge Mendjisky. Cette importance qu'il accorde à la grosseur de son nom est du reste à l'image du titre ronflant dont il s'est lui-même paré : celui de « successeur de Cézanne et de Signac ». Je les aime bien, ces petites toiles, moins prétentieuses que leur auteur.

Mais aujourd'hui, c'est un autre regard que je pose sur elles. On vient de me téléphoner que le peintre a été arrêté. Il aurait réussi à escroquer huit cent cinquante millions de centimes au Crédit agricole et à l'administration des Chèques postaux. Après tout, le génie ne mange pas toujours avec une fourchette très distinguée en prenant garde de ne pas éclabousser la cravate du voisin. La vraie nouvelle, toutefois, n'est pas celle-là. A cause du scandale ainsi provoqué, le prestige de Mendjisky a fait un bond à la cote Finley. On dit même que le prix de ses œuvres a d'un seul coup plus que doublé. Auparavant, on ne manquait pas de déférence à son égard. Maintenant, c'est du délire. Peindre, en effet, est, paraît-il, à la portée de n'importe qui. En revanche, rouler le Crédit agricole et les Chèques postaux, quelle prouesse... Il manque quelque chose toutefois à Mendjisky pour qu'on lui reconnaisse du génie : il n'a encore tué personne.

Novembre

Je ne crois pas en Dieu, mais je me surprends à aimer qu'on y croie. Maintenant que la folie de puissance des religions paraît avoir mis une sourdine à ses ambitions, que ce n'est plus en leur nom du moins que l'on emprisonne, torture ou maudit, il ne me semble pas mauvais qu'une humanité chaque jour plus hallucinée par le vide qui l'environne, par les excès de mille violences, par le désarroi vertigineux des consciences, ait encore quelque brindille à laquelle se raccrocher, et que la grande peur séculaire ait soudain la couleur d'un espoir.

Au coin de ma rue, à quelques pas de ma maison, il y a une église. Les degrés de son perron sont si usés qu'on les dirait mous. Elle a son peuple particulier, ses clochards et ses mendiants attitrés, ses bourgeois endimanchés. Toutes les bonnes espagnoles du quartier, ici encore, servent de personnel d'appoint. Contre le mur de la chapelle, un antiquaire vend des meubles, souvent très beaux, et des porcelaines, rachetés aux vieillards que l'effritement de la rente a ruinés. A côté, les vitres d'un bistrot chaleureux sont constamment embuées par des vapeurs de couscous et de merguez. Régulièrement, quand je sors de chez moi, je me heurte à des voitures enrubannées de blanc ou à des corbillards. Un reste de bonne éducation fait qu'un réflexe me pousse chaque fois à prendre un air contrit devant les couronnes et les vêtements noirs ; ou à l'inverse, à marcher d'un pas plus léger, petit sourire attendri, presque narquois, aux lèvres lorsque la confusion empourpre les joues des fiancés posant pour le photographe, tandis que des bambins affublés de velours et d'organdi jouent à cache-cache dans les plis du voile de la mariée et qu'un oncle, déjà rubicond, essaie sur un neveu boutonneux la dernière histoire de Marius et d'Olive dont il va régaler le dessert.

Le phénomène est moins banal qu'il n'y paraît. Les endroits sont devenus rares, passés les carrefours où se heurtent les automobiles et les charges de policiers dans les émeutes, qui nous rappellent encore que la vie n'est qu'un sursis dont la mort nous fait l'aumône. Même en ce matin de novembre où les cimetières sont presque aussi peuplés dessus que dessous, à quels signes devinerait-on que le deuil est permanent ? La publicité de notre civilisation d'abondance actionne à pleins tubes ses grandes orgues pour nous convaincre de notre immortalité, proclamant que le monde n'a jamais été plus jeune, que seul l'avenir doit être pris en considération, et que cet avenir nous appartient au point de ne plus pouvoir nous échapper. Aujourd'hui, on cache la mort comme une maladie honteuse. Des familles entières peuvent vivre dans un immeuble sans savoir que leur voisin a définitivement disparu. Il n'y a plus de tentures sombres, entrelacées d'initiales, au-dessus des porches, pour indiquer qu'une place est vide. A peine une pancarte, parfois, parce qu'un appartement est ainsi devenu vacant, et qu'on en propose la location. La face visible de l'iceberg de la douleur se réduit à quelques chrysanthèmes chez les fleuristes. Objet honteux, voire obscène, car elle contredit nos rêves de grandeur, la faucheuse est parquée dans les hôpitaux. Les voitures qui la transportent n'avancent plus lentement, comme jadis, saluées par des gens qui s'arrêtent un instant en retirant leurs chapeaux. D'ailleurs, on n'a pas plus de chapeau qu'on n'a le temps de se découvrir. Tout plutôt que de retarder la circulation. Les saints et les cadavres du passé ne reconnaîtraient pas les deux journées qui leur sont consacrées. Celles-ci ne sont plus que des prétextes à bloquer les autoroutes sur le chemin de vacances de raccroc. Cinquante kilomètres de bouchon, hier, à la sortie de Paris. Trois heures à faire haleter des moteurs rien que pour avancer d'un peu plus de dix lieues. On en est furieux, mais pour un peu on trompetterait des fanfares : le record absolu d'embouteillage, qui remontait à 1971, a en effet été battu.

Un laboureur, sentant sa fin prochaine,
Fit venir ses enfants...

Le laboureur de La Fontaine, comme les nôtres, ne convoquerait plus sa famille pour lui léguer, avant de partir, les trésors de son expérience. Un notaire est l'unique confident de ses dernières volontés. Sa chambre l'a abandonné avant son âme, et tout ce qui a été le témoin de son existence. La vie désormais met un doigt sur sa bouche pour qu'on fasse le silence autour de la mort — comme si c'était une façon de la faire mourir...

A bien y réfléchir, ce n'est peut-être pas un mal. Ceux qui nous ont quittés, cessant d'être un spectacle pour les autres, n'en vivent que plus fort au-dedans de nous-mêmes. Un homme n'est jamais mort tant que quelqu'un est là, qui pense à lui. Comme un écrivain est vivant si un regard se pose encore sur les livres qu'il a écrits. Peu d'heures en tout cas, où ne me hantent les fantômes des êtres qui m'ont été chers, tous ces morts qui font la ronde en attendant que je vienne danser avec eux.

Dans le petit cimetière de Meschers, les herbes folles ont envahi six tombes, et il me faut faire un effort pour me rappeler qui se trouve où. Seul le nom de mon grand-père, berger du troupeau, se distingue clairement. Ceux qu'il protégeait se sont éloignés dans les brumes d'un horizon immatériel et inconnu. Le petit lilas s'est inventé des branches nouvelles. Mais ils sont toujours là, et si présents que ma véritable tristesse est qu'il n'y ait plus de place pour moi à côté d'eux. C'est là pourtant que je serais bien. Mécréant de la vie future, je ne suis pas de ceux pour qui l'endroit où nous reposerons n'a pas d'importance. Surtout pas Thiais. Plutôt les cendres à la mer, comme ces marins auxquels, plus qu'aux comédiens ses collègues, s'identifia Jean Gabin. Le premier soin d'un adulte devrait être de choisir son dernier paysage. S'imaginer matériellement après sa mort, c'est vivre encore. C'est croire, d'une certaine façon, que l'homme ne meurt pas.

De même, chez moi, à Neuilly, je ne peux regarder le petit canapé jaune de mon salon sans songer que ma mère s'y est assise, au point que lorsqu'un invité y prend place, j'ai parfois envie de crier : « Attention ! Il y a quelqu'un... » Je revois l'endroit exact où, chaque jour, à Strasbourg, elle y était illuminée de soleil. Trente-cinq minutes, seulement — elle les avait comptées — car l'appartement était obscur. Mais alors, comme elle était belle, lumière dans la lumière... Et c'est dans le pot de grès gris et bleu de mon père que je cherche le tabac de ma pipe. Qui suis-je à ce moment-là ? Moi ? Ce n'est pas sûr ; puisque c'est lui, toujours, qui fait les gestes que j'accomplis. Mon père, ma mère, tous ceux que je nomme innocemment « les miens », mais dont je suis la propriété. En dépit de mes options si bruyamment affichées, je veux croire qu'ils sentent ma dévotion et qu'ils en sont heureux. Mes morts ont effacé leurs souffrances pour ne garder que leurs sourires.

C'est cela Dieu, pour moi, cette grande clarté invisible qui refuse les ténèbres des profondeurs, ce monde qui a tout conservé de ce qui était son rayonnement, en ayant l'air pourtant d'avoir tout perdu. Mes tombeaux ne sont pas des pierres gelées par le froid de novembre. Ils ont le goût des repas partagés, de la vie dévorée à belles dents en commun. Au diable les liturgies solennelles qui n'honorent que des idoles glacées ! Ma messe ne parle ni le latin ni le français ; mais ce langage particulier du souvenir, perceptible seulement par ceux qui ont vraiment aimé.

RUE Fontaine. Tandis que des entraîneuses patibulaires, derrière les vitres des bars, adressent aux passants des grimaces qu'elles jugent sans doute aguichantes, une foule grise et noire fait la queue sur le trottoir mouillé de pluie, en attendant de pouvoir pénétrer dans le cabaret de la *Nouvelle Eve*.

Que vient-elle chercher ici ? Un aperçu des

plaisirs tant vantés de la capitale ? Le remboursement partiel et presque tangible du ticket qu'elle a acheté au guichet d'une gare de Hollande, de Belgique ou d'Allemagne ? Au comptoir d'un aéroport, à Dallas ou à Tokyo ? Morne et silencieuse, elle espère en tout cas la révélation d'une joie qui doit être bien profonde puisque rien n'en transparaît à l'extérieur.

Nul besoin d'être parvenu jusqu'au seuil de l'établissement pour déchiffrer, en caractères énormes, et par personne, le prix qu'il faut payer pour être persuadé après coup que l'on a passé une soirée mémorable : deux cent quatre-vingts francs. Personne n'en a cure. Le bonheur, ça n'a pas de prix.

Une demi-heure passe. Le cortège a progressé d'un petit mètre. A peine a-t-il vu, qui le frôlait, une loque humaine en haillons effrangés. Les carrures de quelques pardessus à cols de fourrure, une seconde, se sont pourtant retournées. A quoi peut correspondre ce déchet insolite ? Il a des bras, des jambes, des cheveux et peut-être, dans ses poches, serrées en boules, des mains : c'est donc un homme. Mais cet homme-là, lui, n'a pas un regard pour le long serpent déguisé qui l'observe en feignant d'ignorer sa présence. Avec toute chance d'une vie décente, aurait-il aussi perdu ses yeux ?

Une page du journal de Hugo, écrite en février 1846, me revient. Soudain, il s'était trouvé face à face avec un homme que l'on avait arrêté parce que la faim l'avait poussé à dérober un pain. Au même instant, s'arrêtant à la hauteur du malheureux, une élégante calèche agrémentée d'une couronne ducale avait immobilisé ses chevaux. A l'intérieur, une femme luxueusement vêtue, jeune et belle, jouait en riant avec un bébé à demi enfoui sous les dentelles et l'hermine. Elle semblait ne pas même sentir, près d'elle, cet homme qui la dévorait des yeux, immobile, muet, ses poignets liés à ceux des gendarmes. Alors, Hugo : « Je demeurai pensif. Cet homme n'était plus pour moi un homme. C'était le spectre de la misère, l'apparition difforme, lugubre, en plein jour, en plein soleil, d'une révolution encore plongée dans les ténèbres, mais qui vient. Autrefois, le pauvre coudoyait le riche, ce spectre rencontrait cette gloire ; mais on ne se regardait pas. On passait. Cela pouvait durer longtemps ainsi. Du moment où cet homme s'aperçoit que cette femme existe, tandis que cette femme ne s'aperçoit pas que cet homme est là, la catastrophe est inévitable. »

Plus loin, de Clichy à Anvers, ce ne sont que sex-shops et boutiques sordides. Chancre qui pourrit le cœur d'une ville et dénonce la faillite d'une civilisation. Mais il est de bon ton de hausser les épaules. Seuls les plus rétrogrades puritains pourraient découvrir là matière à s'indigner. D'ailleurs, ceux mêmes qui songeraient à s'offusquer ont depuis longtemps baissé les bras. Qui, en effet, oserait prendre la responsabilité de nettoyer un quartier aussi solidement tenu par les intérêts de l'argent et de la police, et si bien défendu par la violence ? Quel ministre accepterait de prendre une décision qui l'obligerait à doubler la garde devant sa porte, et à surveiller davantage ses enfants sur le chemin de l'école ? Pourtant, qui ne l'honorerait s'il avait l'audace de faire raser ces îlots insalubres, et ceux de Saint-Denis et de La Chapelle, rendant ainsi la liberté à des troupeaux d'esclaves, et permettant aux innombrables gamins qui logent dans les parages d'avoir enfin sous les yeux un spectacle qui ne serait pas celui des lamentables pièces montées humaines dont mille placards illuminés proclament la remarquable audace ?

Le fond du ridicule est atteint. Raymond Barre, dans une belle envolée indignée, part en guerre contre le croissant. On croit rêver : ce malheureux tortillon de farine changé en bouc émissaire de l'inflation...

Mais on m'objectera, avec mille preuves à l'appui toutes plus édifiantes les unes que les autres qu'il y a de plus urgents problèmes à régler. Conclusion : Paris sera toujours Paris.

Très vite, la lutte a pris des proportions cauchemardesques, si l'odeur en est plus délicate que celle des grands conflits de l'époque. Depuis ce matin, les mitrons refusent de faire des petits pains au chocolat et des friandises truffées de raisins. Impavide, le gouvernement affirme qu'il ne cédera pas, son propre pétrin lui paraissant plus redoutable que celui des boulangers. On ne défendrait pas plus fièrement, percé de mitraille, le pavillon national sur un navire amiral qui coule. Il faut dire que, à la télévision, Barre a lu sa déclaration de guerre à la boulangerie fine d'une voix peu animée, comme s'il marquait quelque étonnement devant les propos qu'on lui faisait tenir. Car naturellement, une fois de plus, cette sottise hors série a dû lui être fournie, toute rédigée, par quelque brillant énarque de son cabinet. Ou alors, cela serait irrémédiablement à désespérer.

CE matin, le bref bulletin d'information de la B.B.C. ne donne que deux nouvelles : un boxeur nommé Jimmy Young a été battu, ou a gagné, je ne sais déjà plus ; et *Astérix's father is dead.* René Goscinny avait cinquante et un ans.

Roger Borniche, qui fut l'un de ses intimes, me raconte comment, incroyablement, l'événement a eu lieu. En ce samedi de novembre, Goscinny était allé rendre visite à son médecin habituel, davantage pour une simple consultation de routine que parce qu'il était réellement souffrant. Son épouse l'accompagnait, car il ne la quittait jamais, comme si le pire danger qu'il appréhendât fut d'être une seconde séparé d'elle. Sagement, à la demande du praticien, il s'est mis à subir une série de tests dont l'un, destiné à contrôler la résistance cardiaque, consiste à pédaler sur un vélo fixé au sol, le patient étant relié par un système de fils électriques à des cadrans de contrôle.

Curieux spectacle, presque comique comme tout ce qui touchait à ce professionnel de la gaieté. Sa femme ne peut pas s'empêcher de rire : « Que tu es mignon, mon chéri, sur ta bicyclette... Quel dommage que je ne puisse pas te prendre en photo... » Mais, au bout d'un moment, Goscinny commence à sentir chavirer son cœur et demande la permission de s'arrêter. Ayant consulté ses appareils, le médecin lui enjoint de ne pas interrompre son épreuve. Un instant plus tard, toujours pédalant, une subite pâleur lui change le visage. « C'est sérieux, gémit-il. Mes forces m'abandonnent. Si je continue, je vais m'écrouler... » C'est alors que, lèvres serrées, narines bloquées, il s'effondre pour ne plus se relever.

En hâte on fait sortir sa femme. Parquée dans un couloir, elle n'entendra plus pendant longtemps que le bruit des blouses blanches s'agitant de l'autre côté de la porte. A la fin, n'y tenant plus, elle happe au passage un des infirmiers qui sort de la pièce où elle avait laissé son mari : « Que se passe-t-il ? Je vous en prie, je veux savoir... » La réponse tombe comme un couperet, sans la pitié d'une nuance pour en atténuer le choc : « On est en train de lui faire sa toilette... » A-t-on jamais formulé un faire-part de deuil d'une plus ignoble façon ?

Naïvement, je m'interroge sur les moyens que le médecin inventera pour atténuer sa responsabilité. S'abritera-t-il derrière la défaillance de son outillage ? Ou accusera-t-il de négligence et de mauvaise éducation un patient qui a eu l'inconvenance de mourir bien que la Faculté ne lui en ait pas donné officiellement l'autorisation ? Quelques heures à peine se sont écoulées, et déjà la réponse me parvient, sur les ondes d'*Europe n° 1 :* « De toute façon, diagnostique tranquillement le spécialiste, Goscinny était un mort en sursis. Son trépas n'a rien que de très naturel. Il aurait pu d'une minute à l'autre, dans la rue, chez lui, n'importe où, connaître le même sort. D'ailleurs, le traitement incriminé bénéficie de la caution des plus récentes techniques utilisées aux Etats-Unis, et il est pratiquement inoffensif. C'est tout juste, là-bas, s'il fait soixante victimes par an... »

Un humoriste chasse l'autre.

Robert Hossein voudrait monter une *Vie de Jésus,* vaste projet qui lui a fait rencontrer Mgr Marty, très inquiet de la tournure que pourrait prendre une telle entreprise. Hossein en imite la voix rocailleuse :

— La vie de Jésus, dites-vous ? Et qu'est-ce que vous montrerez ?

— Ce qui est dans l'Evangile.

— Ah ! ah !... Lequel ?

— Celui de saint Matthieu.

— Hum !...

L'auguste prélat semble de plus en plus mal à l'aise.

— Simple question : qui écrira le texte ?

— Personne. Il n'y aura que des images.

— Ah ! bon, fait Marty, cette fois rassuré.

Nous parlons des Russes de la Taganka de Moscou qui présentent en ce moment à Paris *La Mère* et un *Hamlet* dont le mari de Marina Vlady ex-Hossein est la vedette. Les acteurs en seraient parqués comme du bétail de luxe, surveillés constamment, limités dans leurs déplacements. Michel Cournot, du reste, dans *Le Monde,* affirme que des passages importants ont été supprimés dans la traduction simultanée du texte de Gorki que proposent des transistors. Le spectacle serait truffé de poison contestataire et c'est cela qui en ferait le succès en U.R.S.S. Cela est en tout cas indécelable pour qui ne lui prête qu'une oreille occidentale. Lénine seul, en effet, semble avoir droit de cité, et les drapeaux rouges, dans cette fresque que n'eût pas désavouée un Raffet passé à l'Est. Il est vrai que, dans les pays enchaînés, la moindre fenêtre entrouverte, en délivrant un banal courant d'air, donne parfois l'impression d'être à l'origine d'un typhon. Avoir écrit « monsieur » Chaplin, pendant l'Occupation, et non « le judéo-plouto-communiste Chaplin », était d'une hardiesse qui donnait le frisson. On le comprend : cette simple incartade projetait aussitôt un rapport incendiaire sur le bureau de la Gestapo. Tristesse des nations esclaves, où sauter un ruisseau à pieds joints, c'est franchir un océan.

— Que faut-il faire, Robert ? Mettre en évidence ces tentatives de quelques courageux pour ouvrir quand même une brèche à ce qui reste de liberté ? Ou se taire, pour ne compromettre personne ?

— Aucune importance. Le Kremlin se fout pas mal qu'on l'attaque avec de telles piqûres d'épingle. Il a la bombe atomique, et tout ce qu'il faut, le moment venu, pour écraser l'adversaire. L'U.R.S.S. possède aussi, hélas ! un formidable et séculaire besoin d'invasion. Je me trouvais il y a quelque temps à un dîner où il y avait, entre autres, Couve de Murville, Guillain de Bénouville et Rostropovitch. On parlait justement de cette nostalgie permanente de l'agression. « Tout de même, dit Couve, il ne faut pas oublier que les Russes n'ont pas de pain, pas de beurre, à peine de quoi se vêtir... » Et Bénouville de renchérir : « Ce n'est évidemment pas ainsi qu'ils pourraient envahir l'Europe... » Alors Rostropovitch, calmement, de laisser tomber : « Simple promenade... »

Cela aurait jeté un froid.

« CLOU » du Festival cinématographique de Paris, *Une sale histoire,* de Jean Eustache, décrit pendant toute sa durée un homme qui a fait un trou dans les toilettes des dames pour observer à son aise des sexes qui le fascinent et des organes occupés à leurs petits besoins. Une certaine presse s'extasie. « Enfin, écrit-elle, pour notre cinéma, de nouveaux horizons. »

OUBLIÉS Fachoda, Azincourt, Crécy, Waterloo et juin 40 : la France a battu la Bulgarie au football. Pendant toute une soirée, la vie s'est arrêtée dans la totalité de l'hexagone. Rues vides, en particulier à Paris, chacun étant cloué devant son poste de télévision. Déjà, la nuit précédente, des foules innombrables avaient dormi à même le trottoir, dans un grand remue-ménage de couvertures chauffantes et de sacs à provisions, pour être sûres de pouvoir obtenir un ticket à destination de ce paradis que symbolise en exclusivité absolue l'enceinte du parc des Princes. A l'entracte du pourtant peu populiste *Hamlet* monté par Daniel Mesguisch à Nanterre, une voix, dans un haut-parleur, a claironné : « Nous menons 3-1. » Il y a eu quelques sifflets — élite oblige — mais pas trop. Les spectateurs, en effet, devaient être nombreux, qui s'étaient sentis meilleurs rien que pour avoir pensé : « Moi, ce soir, j'irai au théâtre. On ne met pas dans la même balance Shakespeare et quelques coups de pied dans un ballon... »

Bulgarie : huit millions d'habitants. Il paraît que nul obstacle n'avait jamais été plus dangereux pour notre survie nationale, depuis Wellington et les stukas. Toujours à nous tirer dans les pattes, ces Bulgares. Montaigne réclamait vengeance. Pasteur se tordait les poignets. Le

Louvre n'était plus qu'un chef-d'œuvre en péril. De quoi se mêlaient ces barbares prêts, pour le moins, à faire cuire Rocheteau sous leurs selles en guise de bifteck ? Mais, *Gott mit uns*, nous avons gagné. Le Droit l'a emporté sur la force brutale. La justice immanente n'était pas un vain mot. Attila, penaud, a été renvoyé dans ses foyers. Une Argentine nous attend où l'on fait déjà le ménage pour nous accueillir dignement. Deux journalistes n'y ont-ils pas été interrogés pendant sept heures pour avoir rencontré des « mères de disparus » ? Cette mesure, précisent les milieux officiels, a été dictée par le plus noble souci : celui de ne pas voir ternir la réputation de l'Argentine « à la veille de la Coupe du monde de football ». On ne saurait avec plus d'élégance et de soin nettoyer la pelouse d'un stade avant un grand match.

Bref, il n'en faut pas plus pour que, dans trente ans, des hommes radotent devant l'auditoire émerveillé de leurs petits-enfants en vantant les très riches heures de leur légendaire passé...

Le lendemain, dans un coin du journal, au-dessous des éloges dispensés à Michel Hidalgo, à Platini ou à Lacombe, un œil exercé pouvait découvrir ce que cet écran de fumée jeté entre la vie et la réalité nous avait empêchés de voir : Klaus Croissant, l'avocat de Baader, a été extradé. A toute allure, à la sauvette, port payé par le destinataire. Il occuperait maintenant la cellule même où est mort son ancien client, à Stuttgart-Mannheim. On veut espérer qu'on l'aura débarrassée de la montagne de dynamite, de corde à étrangler et de pistolets qui manifestement l'encombraient au point de contraindre le prisonnier à ne plus se tenir que debout sur un pied.

A Bonn, la satisfaction est totale devant ce

qu'on appelle là-bas le « geste de solidarité du gouvernement français ».

A propos de Croissant, on peut avoir l'opinion que l'on veut, à commencer par la pire. Personnellement, je n'ai pas envie de le convier à ma table, encore moins de communier politiquement avec lui. Il est toutefois troublant de voir que la profession d'avocat s'est dégradée au point de faire prendre désormais celui qui défend un criminel pour le criminel lui-même. Que n'avait-on, dans ces conditions, passé les menottes aux poignets de Me Croissant le jour qui vit l'arrestation de Baader, au lieu de le contraindre quelques mois plus tard à se faire vérifier l'anus — ce n'est pas une boutade sinistre, mais le constat d'une réalité — pour être sûr que l'élasticité de cet organe ne lui a pas facilité le transport d'un revolver à l'insu des barrages de police ? On eût fait l'économie d'une attitude française qui, si elle nous a évité un incident diplomatique, n'est pas à porter au crédit moral de notre pays.

On songe irrésistiblement à Pétain livrant à Hitler les antifascistes allemands — et qu'il ne s'agisse ni de Pétain ni de Hitler n'est qu'un voile illusoire dissimulant mal la même sorte de lâcheté. Les explications vertueuses, cependant, ne font pas défaut dans les bouches de ceux qui approuvent cette décision. En voici la plus belle : « Ainsi verra-t-on, d'après le sort que réservera l'Allemagne à Croissant, si la R.F.A. est bien la nation démocratique qu'elle a la prétention d'être... »

Jeu amusant autant qu'ingénieux. On pourrait même, à son propos, organiser des paris. Comme pour le loto. En vérité, on ne s'en rapportait pas plus légèrement jadis au jugement de Dieu : « Nous allons vous arracher la langue, couler du plomb fondu dans vos blessures, vous faire courir sur un tapis de braises chaudes... Si ça ne vous fait pas mal, et si vous ne hurlez pas trop fort, cela signifiera que vous êtes innocent. Alors croyez bien que nous serons ravis de vous présenter des excuses... »

Sur cette lancée, avant qu'un avocat accepte de défendre un accusé, il lui faudra d'abord choisir lui-même un avocat.

POUR avoir lu certaines lignes que j'ai publiées à propos de la pornographie et de ses ravages, et qui firent sourire tant de beaux esprits, quelqu'un m'écrit : « Avant la guerre de 1939, il existait à Paris une production sous le manteau de photos et de films pornos. J'en parle en connaissance de cause, ayant servi de modèle, quand j'étais écolier, dans l'un de ces écœurants ouvrages, pour me faire de l'argent de poche les jeudis après-midi. Titre d'un des films auxquels j'ai participé, évocateur et pasticheur de Walt Disney : *Les Trois Petits Cochons...* »

Le scénario contraignait l'auteur de la lettre, son jeune frère et une petite fille à prendre les positions les plus affligeantes sans en oublier aucune. « Il y en avait pour tous les goûts des vieux messieurs qui pratiquent l'onanisme en reluquant des images. Après ces séances de “ pose ”, hygiène d'abord, nous prenions un bidet, nous rhabillions et touchions la récompense de notre complaisance. Heureusement, pour mon frère et pour moi, cela a été sans conséquence sur notre avenir sexuel. Pour d'autres, cela a été catastrophique. A l'époque cette pitoyable comédie était rarissime et elle était réservée aux gosses de pauvres. On nous considérait comme de “ petits phénomènes du vice ”... Aujourd'hui, le snobisme pousse des gens dits “ bien ” à faire faire la même chose à leur progéniture. Le plus grave étant que l'on justifie parfois cette monstruosité en prétextant qu'elle “ défoule les enfants ”. Du moins nous épargnait-on ce salmigondis faussement pédagogique... »

Le même jour, je lis dans la presse qu'on a dénombré aux U.S.A. plus de deux cent cinquante revues et périodiques qui présentent des mineurs, souvent âgés de moins de huit ans, dans des ébats et des attitudes pornographiques. Il paraît qu'il n'y a rien à faire contre cela. Une action répressive ferait trembler les fondements de notre belle civilisation. On ne saurait toucher, en effet, à la liberté de la presse.

L'HISTOIRE ferait fureur à Moscou. Péniblement courbée sur une machine à écrire, une grand-mère tape le texte intégral d'*Anna Karenine.* Un voisin s'étonne : « Pourquoi vous donner tant de mal ? Vous trouverez le livre, imprimé, chez tous les libraires, et pour un prix modique. » Alors, l'aïeule : « Je le sais bien. Mais c'est pour ma petite-fille. Si je ne lui présente pas cet ouvrage sous l'apparence d'une publication clandestine, jamais elle ne le lira ; et j'ai tant aimé ce livre quand j'étais jeune que je tiens absolument à ce qu'elle connaisse le même plaisir... »

Ce mot rejoint celui que me rapporte Christian de Bartillat, qui revient justement de Russie : « A l'étranger, lui a confié un écrivain soviétique, je suis amplement édité et encensé par la critique, mais personne ne me lit. En revanche, parce que je suis interdit dans mon pays, mes lecteurs y sont innombrables... » Est-elle tombée de la même bouche, cette réflexion désabusée : « Chez nous, on nous met en prison pour avoir écrit des livres ; chez vous, vous écrivez des livres parce que vous êtes allés en prison... »

« THÉMISTOCLE, si nous sommes sages tous deux, il est temps que nous laissions cette vaine pique et jalousie, que nous avons jusqu'ici eue l'un contre l'autre, et que nous en prenions une autre qui sera salutaire à l'un et à l'autre... »

Cette phrase du Grec Aristide (540-468 av. J.-C.), à l'adresse de son adversaire Thémistocle, rapportée dans la *Vie des hommes illustres*, me revient tandis que je songe à la surprenante attitude que vient d'adopter Sadate. Plutarque, aussi, l'eût aimée, et eût honoré de sa plume un élan dont on ne trouve plus la trace depuis les siècles antiques. Non seulement il s'est rendu chez l'ennemi, pour chercher un accommodement qui mettrait enfin un terme à une longue escalade de souffrances et d'insultes ; mais, par-dessus le marché, il n'a pas hésité à braver l'opinion de ceux qui, prêts à toutes les violences, loin d'être touchés par son geste, n'en seront que davantage fanatisés. On n'offre pas avec une plus calme assurance sa poitrine à d'éventuels meurtriers. C'en est fini pour lui de la sécurité. Pendant son voyage à Jérusalem, une petite-fille lui est née. Qui peut prophétiser qu'elle ne sera pas la victime d'un Abraham dont nul Eternel apitoyé ne retiendra cette fois le couteau ? Phénomène qui donne le frisson : de cinq minutes en cinq minutes, la radio de Damas demande aux Palestiniens de « transformer en funérailles ces vacances sionistes ». Leader d'un groupe extrémiste, soutenu par la Syrie, Zohair Mohsen condamne lui aussi à la mort immédiate et sans jugement le président égyptien : « Sadate a commis la plus ignoble trahison de l'Histoire de la nation arabe ; le sang du traître doit être répandu. Il sera poursuivi jusqu'aux limites les plus reculées du monde, tant que la sentence capitale ne sera pas exécutée. »

Comment se défendrait-il ? En vain disposerait-il, comme on le ferait chez nous, un barrage redoublé de police entre son corps et tout ce qui a le teint un peu basané. La différence est difficile à établir, qui permettrait de distinguer, sur les lieux de ses déplacements, les foules tendant avec reconnaissance leurs mains pour serrer la sienne et celles qui accomplissent le même mouvement dans le dessein de l'assassiner. Un homme s'est délibérément mis au ban d'une société de cent millions d'exaltés que la colère, la religion mal comprise ou l'inculture ont changés en déments — les crachats dont on le couvre n'étant que l'avant-garde des balles dont on le menace.

En attendant d'avoir à le pleurer, le monde libre retient son souffle et salue le paladin. Jimmy Carter multiplie ses encouragements. En l'honneur de ce musulman, le pape s'est mis à genoux pour prier. Seule la France se tait, le président de son gouvernement se bornant à bougonner qu'il ne serait pas « convenable » — c'est l'une des expressions favorites de son vocabulaire — de « faire des déclarations prématurées ». On ne va pas risquer bêtement de réduire au chômage les ouvriers des usines qui fabriquent des armes pour Kadhafi.

Mais Sadate n'en est encore à compter ni les couronnes qu'on lui tresse ni les coups qu'on lui prépare. Je l'observe, sur l'écran de la télévision, naturellement pathétique, pathétiquement naturel. Il s'est mis sur son trente et un : complet bleu bien coupé, cravate assortie à pois blancs. Il a un faux air de Pierre Dux bronzé au soleil du Club Méditerranée, en plus indulgent. Son visage est étonnant, habité, grave sans excessive solennité. Soudain, nous nous sentons coupables : un tel homme existait, et nous l'ignorions... Ou bien nous le prenions pour l'un de ces Arabes qui ne sont moins violents que les autres que parce que leur pays ne possède pas de puits de pétrole ; seulement, dans ses musées, quelques chars recouverts d'un or invendable, veillés par d'inoffensives dépouilles de pharaons.

Ce n'est plus du tout cela, maintenant, que découvre notre regard. L'étouffant sous le poids de nos embrassements, nous le parons mentalement de mille qualités. Sur son cœur nous épinglons les plus hautes décorations qui récompensent le courage et l'intelligence associés à la vertu. Nous lui donnerions Allah, bien sûr, sans confession, mais aussi notre propre Dieu. Et nous voici en train de rêver aux prodiges que réaliserait un personnage à ce point exemplaire à la tête de nos ministères... Comment peut-on ne pas être égyptien ? A défaut d'une accolade, l'envie irrésistible nous prend de lui demander un autographe. Qu'on n'ait surtout pas l'outrecuidance d'affirmer qu'il n'est pas un membre de notre famille...

Faudra-t-il donc toujours, pour que nous reconnaissions le rayonnement des grands hommes, que ceux-ci se promènent au-dessus d'un gouffre, les yeux bandés, sans balancier pour maintenir leur vie en équilibre ?

Et l'on tremble. Que va-t-il lui arriver ? Chaque pierre de son jardin ne dissimule-t-elle pas un piège ? Est-il bien sûr de l'air qu'il respire ? Cet enfant, dans la rue, n'a-t-il pas été armé par ses ennemis ? N'y a-t-il pas une bombe dans ce bouquet ? Qu'il se méfie de ce qu'il mange, de ce qu'il boit. Dormir peut lui être funeste. Mieux vaut pour lui ne se reposer que les yeux ouverts. La nuit occupe en permanence la fausse clarté de ses jours. Comme il doit désormais avoir l'oreille fine, et jusqu'à sa peau sans cesse en alerte ! A moins que...

A moins que ce ne soit volontairement qu'il ait choisi d'en finir avec l'histoire de sa vie, lui préférant la vie de l'Histoire. Ce serait pour cela, s'en remettant à son Dieu avec une si implacable ferveur, qu'il se frapperait le front sur la fraîche mosaïque des mosquées. L'orgueil du martyr est souvent le masque derrière lequel se cache le visage de la foi. Choisir sa mort, c'est finalement la seule façon qu'on ait de choisir sa vie.

AVANT de s'en retourner aux îles Marquises, plus vite que s'il avait à ses trousses tous les démons de la civilisation moderne, Jacques Brel s'en prend violemment aux Flamands dans son dernier disque — un million d'exemplaires vendus en quelques heures par le promoteur de charme Eddie Barclay :

Nazis durant les guerres et catholiques entre
elles,
Vous oscillez sans cesse du fusil au missel

. . . .

Et je vous interdis d'obliger nos enfants
Qui ne vous ont rien fait
A aboyer flamand...

Plainte a aussitôt été déposée contre lui, pour « insulte au peuple flamand », par les associations du cru. C'est le jour qu'a choisi un amateur bruxellois pour acquérir le manuscrit des pages où Baudelaire traînait les Belges dans la boue :

Les seins des moindres femmelettes
Ici, pèsent plusieurs quintaux.
Et leurs membres sont des poteaux
Qui donnent le goût des squelettes...

En somme, il suffit d'attendre que le temps ait donné à une « insulte » une quelconque valeur marchande pour que, bizarrement, il s'en dégage de la poésie.

SUR la rambarde qui mène au pont de l'Alma, depuis l'autoberge de la Seine, une main a badigeonné en caractères énormes : « Suicidez-vous. » A quelques mètres de là, le fleuve coule. Passe un bateau-mouche, chargé à ras bord de dîneurs partagés entre la contemplation de leur assiette et celle du paysage.

MÉTRO. Un hommes, encore jeune, paraît en proie à la plus vive exaltation. Au hasard de son incohérent discours, on distingue : « Moi, je ne demande qu'à aider les autres... Qu'on m'appelle, j'accours. Mais, les autres, essaient-ils de m'aider ?... Vous, monsieur, et vous, madame, je vous parle, je vous parle... Non seulement vous ne me répondez pas, mais vous ne faites même pas semblant de m'écouter... »

En vain tente-t-il de prendre à témoin de sa bonne volonté, ou de son désarroi, les voyageurs immobiles et muets. Autant chercher à écouter battre un cœur dans la poitrine d'un mannequin de cire. Dégoûté, à l'arrêt d'une station, il descend. La foule, cette fois, à l'abri de la vitre du wagon, n'hésite plus à le regarder. C'est lui qui ne la regarde plus.

Quelques minutes passent, indifférentes. Un cri strident fait se retourner les passagers. Il émane d'une étrange forme féminine, tassée près d'une femme qui semble plutôt moins âgée qu'elle en dépit de ses cheveux blancs. Mais, triant maladroitement les aigus et les graves de ses octaves, la voix répète maintenant comme une mélopée : « Oui, maman... Oui, maman... » Et l'on comprend. La petite vieille est une enfant. Du moins, mentalement, n'a-t-elle pas dépassé ses six ans. Et c'est bien sa mère, à son côté, qui feint le naturel pour masquer sa gêne, ne portant les yeux aussi loin dans le vague que pour éviter que des regards indiscrets ne se posent avec trop d'insistance sur ce paquet de laine et de chair, dérisoire trésor qu'elle veut malgré tout protéger.

Impitoyablement, la fillette continue de scander : « Oui, maman... Oui, maman... », en martelant ses genoux avec ses poings. Son sourire n'est qu'une grimace. Presque une blessure. On dirait un clown ratatiné, harassé d'avoir trop répété un vieux gag, et qui ne parviendrait plus à dépouiller sa peau d'un maquillage exagéré, alors que la représentation est depuis longtemps terminée. Son bonnet de tricot est si profondément enfoncé sur sa tête qu'il lui recouvre les sourcils, et jusqu'à l'amorce du nez. On a dû le lui mettre ainsi, le matin, avant de sortir, et il n'a pas bougé. Sa houppelande grossière, choisie pour lui tenir chaud, pas dans un inutile souci d'élégance, dissimule un corps agité de tics à contresens. Avec une sorte d'égards — pour la détresse de la mère ou pour l'inconscience de la fille ? — les gens jouent à ceux qui ne se sont aperçus de rien. Je les devine, honteux de leurs membres qui fonctionnent à l'aise et de la facilité de leur parole. De même une riche mondaine, que blesserait le spectacle d'une affligeante pauvreté, donnerait cher pour ne pas porter de vison ce jour-là.

Concorde. Tuileries. Palais-Royal. Le couple insolite abandonne la place. Les portes refermées, on entend encore un instant, venant du quai, la litanie des « Oui, maman ». Ilote égarée dans les dédales obscurs de sa propre cervelle, sait-elle dire « non » ? Sans doute doit-elle seulement sentir que, sans les autres, elle n'est rien ; que tout ce qui lui reste, c'est d'approuver le peu que lui offre sa tragédie ; et d'abord la main de cette femme dans la sienne, unique planche de salut pour une naissance à laquelle on a interdit l'espoir.

Calvaire d'une mère. Les mots les plus ridicules en apparence ne sont pas toujours des tremplins pour nos sarcasmes. J'ai connu ce genre de drame et assisté pendant plus de vingt ans à la catastrophe d'un enfant plus que mort tout en demeurant vaguement vivant. Les larmes de ma colère ne sécheront jamais. Que n'aurais-je fait, en ces heures troublées qui furent cependant celles de mes plus grandes joies, pour que celle que j'aimais par-dessus tout pût enfin retrouver le bonheur d'un après-midi sans malheur, un sommeil que n'eût agité aucune de ces affreuses clameurs qui déchiraient la nuit, dans la fausse quiétude de notre maison ? Que sont nos petits problèmes comparés à l'horreur d'un enfant frappé par un sort aussi injuste que cruel ? Et qu'avait-elle fait, cette petite fille prolongée au-delà de la trentaine dans le cycle végétal, pour mériter les foudres de celui qu'on persistait — pour l'amadouer ? — à appeler Dieu... Ce fut ma première révolte. Ma jeunesse à peine entamée n'admettait pas que la vie eût un tel visage. Il n'en faut pas plus, parfois, au nom de la tendresse et de l'amour, pour découvrir la violence et la haine.

Mais, tout d'un coup, je me mets à songer que l'épave du métro connaît peut-être une existence qui n'est pas forcément laide sous prétexte qu'elle ne ressemble pas à la nôtre ; qu'elle ignore, dans son silence curieusement bavard, les tragédies du monde, les balivernes du quotidien, tout ce qui fait souvent que nous nous demandons pourquoi nous sommes là, et nous pousse à nous rebeller. Egoïsme habile à pratiquer l'autodéfense ? Lassitude de se cogner le front contre des murs ? Ou besoin sincère de croire un moment que ceux que nous plaignons peuvent quand même ne pas être trop malheureux ?

AVEC des mines de prince russe en exil qui n'aurait pas trouvé de taxi à conduire porte Champerret, Roger Vadim harmonise ton sur ton, comme on fait d'une cravate et d'une chemise, d'un pantalon et d'une paire de chaussettes, le velours de son regard et la dynamite de ses scandales.

Indifférent aux retombées, il dépose des bombes sur des estrades syndicales à Billancourt, ou dans des rince-doigts aux dîners des duchesses à la mode. Jeune après l'âge, comme il était âgé avant, avec lui la banalité elle-même a l'air d'être une fête. Tout lui réussit, et d'abord ses échecs. Qu'il divorce une fois de plus — la cinquième ? la sixième ? on ne sait plus ; le sait-il lui-même ? il n'a jamais eu de dons pour la comptabilité... — on est étonné de constater que ses divorcées, un bouquet de fleurs d'oranger à la main, jardinées par Christian Dior, ne portent pas de voile blanc. Qu'il provoque les tonnerres officiels, on dirait l'Etna en colère, mais dans des boudoirs Louis XV. A mi-chemin de sainte Brigitte et de Saint-Tropez, à chacun son hagiographie, qui est-il finalement ? Un homme à femmes ? Un homme à films ? Dévoré par sa légende, on oublierait facilement qu'il est metteur en scène. Quel pouvait bien être le métier de Don Juan ? Monsieur Loyal d'un cirque sophistiqué, mais fraternel, il fait élégamment caracoler les nobles chevaux de l'amitié et les séduisantes cavales de l'amour. De sa vie privée il a fait une succursale de sa vie publique — en jurant qu'il aurait tant voulu que sa vie publique lui laissât le temps d'avoir une vie privée.

D'habitude, il arbore un air douloureux qui est le signe que tout va bien pour lui et qu'il n'a vraiment pas lieu de se plaindre. Mais aujourd'hui, il semble tout joyeux. Le pire se profile donc à l'horizon. En fait, il m'annonce son exil volontaire aux Etats-Unis, pour trois ans. Là-bas seulement il est sûr de trouver du travail et, ce qui est plus important encore, d'être pris au sérieux.

— Le cinéma français, pour moi, c'est fichu. Tout ce qu'on m'offre, c'est de refaire ce que je n'ai déjà que trop refait. Encore y met-on pour condition que je découvre une fois de plus Brigitte Bardot...

Il éclate de rire. Façon de pleurer. Et il s'éloigne, béni des dieux, chouchou du diable, hypnotiseur qui hypnotiserait les hypnotiseurs, proche et inaccessible, la poignée de main facile et la familiarité réservée, fidèle à cette règle de conduite que lui dicta son maître Charles Dullin le jour où il lui dit : « Je n'ai jamais eu peur de l'amour, quel que soit son visage... »

« CE que Sadate a fait, c'est beau comme le Coran ! » Et Lakhdar Hamina, l'impétueux auteur de ce chef-d'œuvre qu'est *Chronique des années de braise,* poursuit :

— Je suis le seul cinéaste arabe à lui avoir envoyé un télégramme de félicitations... un télégramme de trois pages...

Il partage mon avis : le président égyptien a pris de tels risques qu'on peut le soupçonner, sans fabulation excessive, de rechercher la palme du martyre :

— Hier encore, tu as vu, dans un discours public, il a traité les roitelets du pétrole de « potiches de casino »... On a dit que pendant trente ans il n'avait été que l'ombre courbée de Nasser. C'est vraiment bien mal le connaître. Il était au contraire le seul à oser s'opposer ouvertement au Raïs... Nasser, du reste, ne passait aussi ostensiblement son bras sous le sien que parce qu'il le jugeait moins dangereux près de lui qu'éloigné...

Déjà, il enchaîne :

— Tu veux le voir ? Je t'arrange ça tout de suite... Tu préfères les responsables du Front

Polisario ? Ou leurs otages ? Rien de plus facile. Je sais où ils sont... Evidemment, ils sont vivants ! Et je peux te garantir qu'ils reviendront sans avoir perdu un gramme... Aucune crainte à avoir... Le Polisario n'est pas fou !

Un nouveau tournage l'attend, machine énorme où Omar Sharif sera confronté à une Isabelle Adjani musulmane circassienne. Son rêve le plus cher, cependant, est toujours de faire un film à partir de ses souvenirs d'enfance, tels que ce conteur de *Mille et Une Nuits* dont les étoiles seraient assombries par le voile de la souffrance me les a rapportés un soir de confiance et d'abandon. On y verrait comment une femme du peuple découvre Alger.

L'aventure est véritablement arrivée à sa mère. Au lendemain de l'indépendance, il était venu la prendre en automobile dans l'humble village où elle habitait. Et soudain, au sommet d'une colline, elle s'est écriée : « Arrête ! Arrête ! » Il ne lui connaissait pas cette voix. Affolé à l'idée qu'elle pouvait être malade, il avait écrasé la pédale du frein. Mais ses appréhensions étaient sans objet. Comme touchée par la grâce, sa mère répétait : « Que c'est beau... que c'est beau... », les yeux fascinés par les étincelantes blancheurs de la ville.

Eh oui, c'était cela la raison de son émoi : la splendeur d'un panorama dont personne jusqu'à présent n'avait songé à lui offrir le spectacle. Une fois pour toutes maudite d'être née femme, le tracé de sa vie se confondait avec la frontière d'un double esclavage, celui de la maternité et celui des corvées domestiques, qui ne lui avait donné que le droit de croupir derrière le linge qui lui recouvrait le visage et les quatre parois de mauvaise tourbe de son logis.

Avait-elle fait aussi l'expérience de l'amour comme ces femmes dont il brosse maintenant le portrait ? Le jour de leurs noces, on les enferme tandis que, dehors, les maris piétinent d'impatience. Au signal, ils se précipitent vers les cahutes. Pas le temps de murmurer des mots doux. C'est à qui, en effet, pourra agiter au vent des Aurès le chiffon taché de sang, preuve qu'il est arrivé à ses fins. Le plus rapide est déclaré vainqueur de ce tournoi barbare... Affaire sérieuse : pour que nul doute ne subsiste sur le résultat, les matrones vérifient si le liquide rouge appartient bien à la femelle éventrée, et non à une chèvre qu'on aurait égorgée pour faire trompeusement croire à une heureuse conclusion.

« Et voilà à quoi se résumeront leurs souvenirs d'amour », conclut Lakhdar, Antar au cœur bouillant malgré l'enveloppe d'un calme appris sur des stades et dans des guerres, grand seigneur qui, même dans le chatoiement d'un salon, ne se sépare jamais de l'océan infini de ses sables et de la rugosité hautaine de ses rochers.

ARTHUR Conte dédie son nouvel ouvrage, *Le 1er janvier 1940*, à « ceux qui avaient vingt ans ce jour-là ». Ce fut mon cas. C'est dire avec quelle passion je lis cette chronique, d'ailleurs étincelante et documentée (si je sursaute en voyant que l'auteur fait tourner *Miquette et sa mère* par Clouzot à cette époque, et non en 1949...)

A chaque instant, je m'attends à y découvrir mon reflet encore lumineux, savourant l'agrément supplémentaire de pouvoir vérifier sans effort ce que l'on me raconte. Certes, je ne connaissais personnellement ni Daladier, ni le professeur Leriche, Weygand, Mandel, Céline, André Breton, Gamelin ou Louis Renault. Mais l'expérience de ceux qui me touchaient de près m'a enseigné qu'ils étaient comme on les décrit ici. Les caricatures grossières de Roger Roy dans le sinistre *Gringoire,* les jérémiades de René Benjamin dans *Candide,* si stupides que je n'ai jamais pu les lui pardonner, traînaient chaque semaine sous mes yeux d'adolescent. Les échos de l'élection de Charles Maurras à l'Académie et ceux de son récipiendaire Henry Bordeaux, que je pensais avoir bien oubliés, me sont familiers. Pour moi, le papier du livre d'Arthur Conte a l'odeur exacte de l'air que j'ai respiré.

Vingt ans, âge magique, le seul finalement que l'on ne peut vivre deux fois. Rien de plus banal, en effet, et de plus flou, que d'en avoir trente ou cinquante. Il faut atteindre la centaine pour que l'on puisse espérer de nouveau quelque singularité. Vingt ans, en revanche, c'est l'âge-étalon, où l'on signe un pacte avec soi-même, et pour toujours ; c'est le moment qui décide si nous serons lâches ou courageux, désinvoltes ou compassés, volubiles ou secrets, de gauche ou de droite, pieux ou iconoclastes, éternellement amoureux ou déjà blasés. Mais nous ne le savons pas. « Moi, j'ai vingt ans... », argument à la fois vain, imparable et péremptoire. Quel était le nombre des années d'Albert Lebrun, de Staline, voire de Valéry ? Juste celui devant lequel on hausse les épaules en se montant le cou. Comptez jusqu'à vingt. C'est vite fait et pratiquement à la portée du premier imbécile. A quoi bon vous inquiéter ? Si le sort ne répond pas à vos espérances, vous pourrez toujours vous retourner.

Non, vous ne le pouvez plus. Devant vous, avec ce terme qui paraissait cependant si peu fatal, il n'y avait en apparence qu'une longue suite d'orgueils toujours récompensés, et le triomphe de vos muscles et de votre esprit. Vous n'aviez encore rien raté puisque vous n'aviez encore rien entrepris. Et vous croyiez, à cause de cela, que la chance était un animal docile, charmé de votre main qui le flatte, et seulement apprivoisé pour faire le beau. De toute façon, à la loterie de la vie, vous ne pouviez que gagner puisque vous aviez truqué la partie en ayant vingt ans.

Mais voici qu'une guerre éclate, qui va détruire ou, ce qui est pire, ridiculiser tout ce que nos pères avaient admiré avant nous et que nous étions près d'aimer. Car vingt ans, parfois, et justement en 1940, c'est aussi le meilleur âge pour mourir. Alors le jeu est faussé. Les cartes, une fois de plus, biseautées. Avec une stupeur qui, pour un peu, nous changerait en statues de sel, nous comprenons que ce n'est pas nous qui les tenions entre nos doigts, encore moins qui les avions fabriquées. Avant que nous n'en ayons porté la moindre bouchée à nos lèvres, d'autres ont desservi les reliefs du festin que nous nous promettions. Vingt ans en 40, ce fut la jeunesse interdite de séjour dans le paysage même de la jeunesse. Enfants, nous fermâmes les yeux et nous nous retrouvâmes vieillards. Cinq ans allaient suffire pour créer une lacune que plus rien ne comblerait. Nulle mutilation n'est plus cruelle que celle de sa propre jeunesse.

A noter, dans le volume d'Arthur Conte, cette prophétie de Geneviève Tabouis, six mois avant l'écrasement de notre patrie : « En ce 1er janvier 1940, il apparaît à tous d'une façon indiscutable que les Alliés ont déjà gagné la guerre, bien qu'on ne voie pas encore distinctement comment la défaite allemande va se dérouler et quand elle va commencer... » Simple défaut de mise au point dans le brillant moteur de l'intelligence constructive. Les Allemands, en somme, étaient si mal préparés à être vaincus que leur imprévoyance les a contraints à être vainqueurs. Autrement, ils étaient fichus... Et notre pythie de préciser, décidément spécialiste en tous temps des « dernières nouvelles de demain », puisqu'elle vit et sévit à R.T.L. avec sa véhémence d'antan : « La désaffection du peuple allemand pour les chefs nazis sera si grande que ces derniers se verront dans l'obligation de céder la place à un gouvernement composé de généraux et de socialistes. »

Ne sourions pas. Dans deux ou trois décennies, ceux qui auront pris notre relève citeront avec la même ironie les augures qui, aujourd'hui, nous donnent des leçons d'avenir faute d'avoir su retenir celles du passé. Inutile de chercher à qui je fais allusion. Chez les pythonisses de Gutenberg, l'organe créant la fonction, nul ne saurait échapper au sortilège.

Décembre

La petite vieille est toujours là, recroquevillée sur sa chaise de bistrot démodée dont la peinture est écaillée. Le poids de ses oripeaux doit lui donner l'illusion d'une chaleur. Elle ne mendie pas ; elle attend qu'on s'intéresse à elle, en espérant que cela ira jusqu'à desserrer les cordons d'une bourse.

Ce n'est pas pour elle, d'ailleurs, qu'elle se tient chaque jour, jusqu'à la tombée de la nuit, le dos au Louvre, contre un pilier des arcades de Rivoli ; mais pour ses chiens, si l'on peut appeler ainsi ce zoo incroyable de monstres que la décrépitude a rendus si flasques qu'on les dirait privés de colonne vertébrale, le regard glauque, souvent aveugles, inextricablement enchevêtrés, le poil mité, le museau miteux, frileux en toute saison. Aucun d'eux n'a le réflexe de broncher si l'on s'approche de celle dont la tendresse les a recouverts d'un vieux bout de carpette hors d'usage. L'un d'eux est si flétri qu'il en paraît rose. Un autre est à la limite du bleu. Sans doute furent-ils blancs. On les devine revenus de tout : de la férocité humaine comme de la charité, et totalement impuissants devant la méchanceté d'un gamin qui prendrait du plaisir à leur écraser la queue.

C'est seulement pour eux que vit désormais celle qui les surveille comme s'il s'agissait de la plus précieuse couvée. Autrement, elle aurait depuis longtemps abandonné la partie. Que ses humbles protégés puissent se retrouver, solitaires et abandonnés, dans le galetas où elle préserve ses hardes et ses os, lui est une pensée plus odieuse que celle de sa propre mort.

Aujourd'hui, cependant, ses chiens ne sont pas au rendez-vous. Ils ne sont sûrement pas morts. S'ils l'étaient, leur maîtresse serait absente elle aussi. Pourquoi se serait-elle dérangée ? Elle n'a besoin de rien puisqu'un rien lui suffit. Elle les a laissés à l'abri, pour qu'ils ne tombent pas malades, car le froid est vraiment trop vif. Et c'est en leur honneur qu'elle grelotte, l'échine ployée pour donner moins de prise aux courants d'air. A-t-elle quatre-vingts ans, ou quatre-vingt-cinq, ou plus ? Comment savoir ? Elle semble avoir arrêté sa vie, comme on jette au fond d'un tiroir une montre dont les rouages sont cassés, indifférente à l'indifférence de cette France de 1977 que l'on affirme civilisée, où chaque matin retentissent les mâles accents des tribuns assurant qu'ils n'ont pas de plus urgente préoccupation que celle de préserver des cheveux blancs — mais qui laissent crever ainsi une femme qui ne demeure plus debout que grâce à l'amour qu'elle porte à ce qui l'aime, à cinquante mètres du sourire de *La Joconde,* sans qu'un quelconque délégué de l'Hôtel de Ville, ou simplement la main d'un passant, vienne lui proposer ce qui la sauverait : une poignée de détritus pour son troupeau...

Très propre, et très digne, appartenant à une autre époque, elle n'a pas été toujours ce qu'elle est et veut que cela se sente. Pour être un peu moins transie, elle a disposé sous ses pieds un vieux journal. Une publicité s'y étale, à peine froissée — je jure que cela est vrai — pour un immeuble de conte de fées à l'intention du troisième âge... Tout pour le confort et la joie de nos futurs chers disparus. Service à la carte, menus spéciaux pour ménager toutes les sortes d'incommodités gastriques. Bibliothèque raffinée, régulièrement renouvelée par des spécialistes. Chambres « optionnelles » pour les invités. Sur l'image destinée à mettre en relief la réalité si aisément accessible d'une semblable aubaine, un aïeul et sa femme, qui a eu la bonne idée de ne pas précéder son mari dans la tombe, sourient de toutes leurs dents ignorantes des prothèses.

On ne précise pas si les chiens sont admis. Mais on imagine que, moyennant un léger supplément, pourvu qu'ils aient un pedigree, et pas de puces, ils auront droit à une écuelle gravée à leurs initiales.

A propos des nouveaux écrivains (ceux de 1923, mais on pourrait confondre), cette formule qui ne manque pas de féroce lucidité : « On dirait qu'ils s'ouvrent le ventre et nous disent : “ Regardez ce qu'il y a dedans... ” » C'est de Liane de Pougy, petite vertu de grande renommée de la Belle Epoque. D'elle, également, cette remarque sur le jeune Jean Cocteau : « Il aide les autres en s'en servant comme d'une échelle. »

Monde étonnant, qui ne méritait pas toujours d'être diminué du sobriquet de « demi », où les courtisanes faisaient s'incliner les monarques devant elles avant de leur accorder leurs faveurs et qui, après fortune faite, ne se bornaient pas à arpenter en calèche la rue dont elles étaient sorties, mais mettaient leur point d'honneur à fréquenter ceux qui donnèrent un style à leur temps, écrivains, peintres, poètes, même s'ils étaient incapables de leur apporter des diamants pour leurs diadèmes ou du foin pour leurs attelages. De là ce langage parfait dans lequel elles s'exprimaient, dernières héritières, au XIXe siècle, d'un XVIIIe où, si l'on respectait peu l'orthographe, la grammaire était honorée à deux genoux.

Je songe, en particulier, à cette belle actrice du Théâtre-Français qui, habitant la banlieue parisienne, prenait chaque matin le train pour se rendre dans la capitale où l'appelaient conjointement le marbre d'une tragédie de Racine et la bagatelle de quelques amours tarifées. Un jour, le grand critique du moment, Jules Janin, qui habitait dans les mêmes parages, vint s'asseoir sur la banquette en face de la sienne. Ayant allumé un cigare et lancé la première de ses bouffées vers le plafond, il demanda à son aimable vis-à-vis : « J'espère que la fumée ne vous dérange pas ? — Comment le saurais-je, répondit la dame, personne n'ayant jamais eu l'impolitesse de fumer devant moi... » Confus, Jules Janin écrasa son havane. La vérité oblige à dire toutefois que, quelques mois plus tard, il épousait la comédienne.

Comme tant de ses consœurs en galanterie, suivant une règle fermement établie depuis plus de deux siècles, Liane de Pougy termina ses jours presque religieuse, en tout cas passionnément dévote. A ce sujet, Roger Le Barois me rapporte cette confidence que lui a faite Max Maurey, qui fut le grand amour de cette rivale d'Emilienne d'Alençon et de Caroline Otero. Comme elle lui avait proposé, en 1942, de la rejoindre dans le cloître où elle avait trouvé asile en Suisse, pour qu'il puisse ainsi échapper aux périls de l'Occupation, apprenant cette invitation et surtout quel lieu devait lui servir de cadre, la fidèle servante de l'auteur dramatique eut ce mot digne de la domesticité de Molière : « Elle est donc dans un couvent ? Evidemment, maintenant que Madame ne peut plus tomber sur le cul, elle tombe sur les genoux... »

Cela avait tout de même une autre allure que les parties de jambes en l'air chez nos modernes madame Claude.

Je pensais avec ingénuité que cinquante années auraient suffisamment changé la face du monde pour que des femmes ne connussent plus l'aventure de défaillir encore devant le fantôme de ce garçon qui, sous le nom de Rudolph Valentino, fut célèbre comme personne aux jours qui étaient les siens, en dépit de son embonpoint retenu par un corset, de ses sourcils épilés, de sa naissante calvitie, de son front fuyant, de son regard de carte postale pour bonniches éprises d'un dégourdi de la classe 25 ; que celui que ses fanatiques appelaient l' « amant du monde » avait fini de semer sur sa route navrante et triomphale des cadavres de jeunes filles suicidées et des gerbes de glaïeuls ; que le temps était passé où, arrosant son tombeau de larmes, de fabuleuses dames en noir venaient déchirer leurs voiles, prostrées, et davantage ravagées par leur inconsolable douleur qu'Electre marquée au fer rouge par la main de la démence.

Il n'en est rien. Ayant parcouru quelques lignes que j'ai consacrées à son idole, un film récent de Ken Russell en étant la cause, et les ayant jugées désobligeantes, une femme que son âge devrait avoir rangée des passions m'adresse plusieurs pages d'insultes et de bois vert. Je ne serais qu'un jaloux, doublé d'un misérable.

Dans un sens, je la comprends. Héros d'un univers où tout ce qui brillait était or, même ridicule, même embaumé dans le néant sur le papier glacé qu'est devenue sa gloire, Valentino continue de chatouiller des nostalgies qui n'ont à leur disposition que des mirages pour lutter contre une réalité qui pèse trop lourdement sur de trop frêles épaules. Il fut un rêve ; et des rêves, nous n'en avons plus tant. C'est pour cela, aux yeux de ma farouche correspondante, que je ne suis qu'un voyou occupé à s'essuyer les pieds sur le dessus-de-lit brodé de ses féeries d'adolescente. Ne confesse-t-elle pas, d'ailleurs, que sans l'admiration qu'elle vouait à cette nouvelle incarnation de l'archange Gabriel, elle n'aurait jamais su ce que pouvait être l'amour ? Et de citer abondamment, pour ma plus grande confusion, ce qu'ont écrit sur son apôtre favori des écrivains, des hommes d'Etat, des philosophes.

Les temps ont-ils tellement changé ? Nous ne manquons pas aujourd'hui de jeunes écervelées qui s'étranglent d'émotion et se roulent par terre sur le passage de quelques géants de carton, à la condition qu'ils chantent, tâchant dans leur furie incontrôlable de leur dérober des lambeaux de vêtement qu'elles serreront sur leurs timides poitrines avec plus d'enthousiasme qu'autrefois les pèlerins persuadés d'avoir caressé une parcelle de la vraie Croix. La forme du désir, en somme, a évolué ; pas son objet. Et c'est cela qui stupéfie : cette facilité avec laquelle les modes font le simulacre de bouger, alors qu'elles se copient elles-mêmes en pensant exprimer leur contraire.

Il y avait déjà les fous qui se prenaient pour Napoléon. Il y a maintenant ceux qui, en apparence sains d'esprit, finissent réellement par s'identifier à lui. Du moins est-ce le cas pour Bokassa Ier et sans doute unique, couronné empereur de l'ex-République centrafricaine.

Noble spectacle dont les envoyés spéciaux nous dévoilent les fastes. Des milliards ont été dépensés pour reconstituer la vaisselle de la Malmaison, la chambre à coucher de Joséphine ou de Marie-Louise. Confortable marché pour nos négociants ayant pignon sur la rue de la Paix, y compris ceux dont tout l'art consiste à faire miroiter le stuc et le toc, et qui s'en vantent.

Mais dénigrer une cérémonie aussi affligeante qu'offensante, si l'on songe à la misère du peuple qui en subit le fardeau, serait naturellement faire preuve du plus insupportable racisme. Sa Majesté Bokassa est un grand ami de la France. N'appelait-il pas de Gaulle « papa » ? Giscard ne s'y est pas trompé, qui lui a envoyé un sabre légendaire en cadeau de joyeux avènement. Geste hautement louable : nous n'avons pas tellement d'alliés pour décourager l'un des derniers qui nous reste pour l'inconsistante raison qu'il fait couper les oreilles à ses voleurs, enjoint de bastonner à mort dans ses prisons ceux qui discutent la grandeur de son régime, traite de « maquereau » et de « colon » le secrétaire général des Nations unies, et serre fraternellement sur son cœur l'ineffable Amin Dada. L'affection qu'il nous porte va d'ailleurs très loin : jamais, il l'a juré, il n'achètera ses châteaux dans une autre contrée que la nôtre. Possédant du reste la double nationalité, il revient régulièrement chez nous pour accomplir son devoir sacré d'électeur. En faveur de qui ? Le dévoiler serait friser doublement le crime de lèse-majesté, à Paris et à Bangui.

Etrange, cependant ! Après des lustres de méritoires efforts, nous étions enfin presque parvenus à faire admettre par l'opinion que Napoléon n'était que ce qu'il était, c'est-à-dire tout sauf Bonaparte. Et voici qu'on nous en expédie un autre, sorti tout droit de la succursale d'un Grévin dont les figurines — cela serait au moins un événement logique parmi tant d'absurdité — ne devraient pas tarder à fondre au soleil.

Nous n'en sommes pas là. Enfin, pas encore. Bokassa a pour lui le soutien de notre diplomatie, ce qui peut paraître à juste titre fragile, et celui des chasseurs de grands fauves tout terrain de sa belle Afrique, ce qui est infiniment plus sérieux. A peine ose-t-on lui reprocher de s'être réservé les droits d'auteur de l'hymne national qu'il a fait composer par un autre. Napoléon, en effet, s'est donné du galon. Il veut également être Victor Hugo. Mais cela nous le voyons tous les jours chez nous, et nul ne l'ignorerait si les bulletins de la Société des auteurs pouvaient dire la vérité, qu'il s'agisse de nos trousseurs patentés de chansonnettes ou de nos gloires de la télévision...

« POUR une France humaniste... » Ces mots d'une circulaire tapée sur du papier au sigle de l'Assemblée nationale m'avaient alléché. J'ai donc gagné la salle de conférences réservée à nos heureux élus où, sous la présidence du très courtois député Roland Nungesser, avait lieu une réunion destinée à lutter contre le fléau de notre patrie tristement coupée en deux blocs et à susciter la rencontre de personnalités que leurs engagements politiques semblent irréductiblement opposer. Comment n'eussé-je pas été d'avance ébloui ? Je n'ai jamais souhaité autre chose.

Influencé par l'ambiance que je croyais deviner, j'imaginais qu'il y avait là-dessous du Sadate-Begin à l'échelle de nos coteaux modérés. Sagement assis dans un fauteuil au cuir profond, un micro à la hauteur de la bouche, j'ai attendu. Atmosphère feutrée, déférence de bon aloi. Nous ne pouvions être qu'en bonne compagnie. A mes côtés, du reste, une centaine de personnes, qui toutes semblaient assurées d'être des personnages, buvaient des paroles dont elles ne doutaient pas davantage qu'elles ne dussent changer le monde.

Trois heures plus tard, j'avais surtout entendu Edgar Faure, arrivé longtemps après les autres, déclarer qu'il ne savait pas quel était l'objet de la réunion, mais que cela ne faisait rien ; qu'il s'était tiré de pièges plus redoutables ; que d'ailleurs son éloquence bien connue n'étant pas de celles auxquelles on tord le cou, il trouverait en cours de route le moyen de combler une lacune dont il paraissait s'égayer plus qu'il ne la déplorait. De toute façon, il allait se lancer. On verrait bien... Et d'avancer, à tout hasard, cette idée en valant certainement une autre, que l'idéal serait que chacun pût dénicher un travail qui, au lieu de l'écœurer comme cela est trop souvent le cas, le passionnât. Proposition marquée au coin du bon sens, dont la portée s'arrête toutefois aux portes des usines de Billancourt et des complexes sidérurgiques du Creusot. Mais nous n'étions pas là pour laisser notre enthousiasme se dissoudre dans les acides de ce genre de perfidies.

Déjà, après vingt minutes d'exposé, René-Victor Pilhes, avec des mines directement empruntées au décrochez-moi-ça de l'inspecteur Colombo, rappelait pour la dixième fois, afin que nul n'en ignorât, qu'il était un « écrivain français et européen », espèce rare et remarquable si j'ai bien compris. Malheureusement, la sottise de nos compatriotes — leur « magouille », dit-il — est telle que notre télévision lui a refusé un feuilleton dont il ne nous cachait pas qu'il en pensait le plus grand bien, et sur lequel, naturellement, les Américains, pas fous, se sont rués avec la convoitise d'un pays sous-développé découvrant un arrivage de planches à skating. Nous sommes décidément incorrigibles : rien n'est fait, chez nous, pour enrayer la fuite de nos œuvres d'art...

En fait de fuite, à ce moment, c'est moi qui l'ai prise, honteux de sentir dans mon dos le murmure de la réprobation générale ; à moins que ce ne fussent les ondes sournoises de l'envie. Toujours est-il que je me demande encore à quoi pouvait servir cette confrontation de généraux, d'évêques, d'hommes et de femmes dont certains sont parfois aux commandes de l'Etat et disposent d'un bagage intellectuel qui n'est pas forcément celui du premier venu ? Pourquoi tout ce beau monde s'était-il dérangé ? Tout de même pas pour la collation qui allait suivre ? On n'a pas faim à ce point dans les hautes sphères. A moins que cela ne fût pour les simples délices de quelques phrases prononcées en public ? Rien de tel, pour se donner la sensation qu'on a quelque chose à dire, que le fait de s'adresser à des muets. Ou alors peut-être était-ce le goût toujours grisant du complot sans danger qui rosissait ainsi de plaisir les joues de cette assemblée aux allures de chats léchant des confitures ?

Mais ce qui me surprend le plus dans cette aventure, c'est l'admirable politesse des gens. Pas une voix pour s'écrier : « Accepterez-vous encore longtemps de gaspiller ainsi votre temps en nous faisant perdre le nôtre ? N'avez-vous pas des tâches plus urgentes que vos brillantes fonctions vous permettraient d'accomplir ? » Incompréhensiblement, nul n'a eu ce salutaire sursaut. Au fait, pas même moi.

Il n'aura fallu que vingt ans à Ionesco pour passer de l'anonymat sanctionné seulement par les haussements d'épaules des beaux esprits à la consécration — si c'en est une — de ces deux mamelles de notre Culture que sont la Comédie-Française et l'Académie de la même appellation. Mais aujourd'hui, les salles vides de ses débuts ont cédé la place aux plus solennelles audiences. Ionesco en est même au stade, le plus glorieux pour un auteur, où ceux qui ne le comprenaient pas lui expliquent ce qu'il a voulu faire. De quoi ravir ce pape au sourire de Chinois roumain qui aurait été se faire mitrer dans le royaume d'Absurdie.

Dans le même temps que les cénacles qui le raillaient l'étouffent sous les vapeurs de leur encens, ses anciens adorateurs semblent ne plus avoir assez de verges pour le fouetter. Son crime, en effet, serait grand. Non seulement il a cessé d'agiter le noir étendard de l'anarchie, mais il refuse de brandir le drapeau blanc de la capitulation devant un ennemi dont le dessein est de réduire la liberté individuelle en esclavage. Il serait un traître puisque les goulags l'obsèdent plus que les ricanements pittoresques et gratuits des belles lettres. On en ferait volontiers un nouveau Sainte-Beuve, lequel, après avoir vénéré la République, s'empressa de baiser la main de Napoléon III ; voire un émule de ce Racine qui, alors que son découvreur, Molière, représentait son *Alexandre,* faisait sournoisement répéter la même pièce par les comédiens concurrents de l'hôtel de Bourgogne, poussant la déloyauté jusqu'à lui dérober sa vedette, la Du Parc...

La vérité est plus simple. Après avoir crevé les fantasmes de notre incohérente époque, comme les enfants percent d'épingles la stupide rondeur d'un ballon rouge, il a pris de la hauteur par rapport à lui-même. Il jouait quand le monde jouait. Le monde a cessé de jouer. Il ne joue plus.

GÉRARD OURY revient d'un périple en Chine où, avec une petite délégation, il est allé proposer certains de nos films et assurer la promotion du cinéma français. Butin assez maigre, les Chinois n'ayant finalement jeté leur dévolu que sur *Le Serpent* d'Henri Verneuil, parce que la C.I.A. y est présentée sous de sombres couleurs, et sur un autre ouvrage où, cette fois, ce sont les Russes qui sont malmenés.

Il faut dire que là-bas la haine de tout ce qui a le parfum soviétique affiche permanent. « Vous verrez », ne cessaient de dire à nos compatriotes les officiels de Pékin, leurs propos s'accompagnant de petits rires joyeux, « vous verrez, ils vous envahiront... » Ils ne tarissaient pas davantage de sarcasmes à propos de la « bande des Quatre ». A les entendre, association spécialisée dans le macabre, ce groupuscule serait responsable de tous les maux, faisant vivre la Chine dans la terreur, alors que maintenant tout baignerait dans l'huile de pétales de fleurs. En tout cas, ce serait à cause de la coalition de ces monstres que le cinéma chinois aurait été si longtemps inexistant quand, sous une enveloppe en apparence anodine, il n'était pas chargé de poison.

Tout irait bien de nouveau, avec la liberté retrouvée. C'est ainsi que les visiteurs ont pu avoir la révélation de : *Cueillons les feuilles de thé en nous amusant avec les papillons,* une production que les anciens tyrans avaient interdite sous prétexte qu'on ne s'amuse pas avec les papillons quand on a la mission de récolter des feuilles de thé... Autre spectacle proposé à la convoitise gauloise : *Les Plongeuses.* Chez nous, avec un tel titre, ce serait à coup sûr un film pornographique. Là-bas, c'est l'histoire d'une championne de plongeon. C'est à de tels détails qu'on évalue la distance qui sépare deux civilisations. Pendant une heure un quart, sur l'écran, on voit une agréable naïade s'entraîner méthodiquement dans les eaux pures d'une piscine. Son désir est de devenir la meilleure de sa spécialité. Mais il y a des ratés dans ses sauts de carpe. Quelque chose ne tourne pas rond et l'empêche de parvenir au résultat désiré. Courageusement, quand même, elle se bat. Hélas ! la défaillance la guette, et l'échec seul sanctionne ses méritoires efforts. Bientôt, les yeux chavirés, elle s'évanouit.

Fondu enchaîné. Elle revient à elle. Son visage paraît illuminé de l'intérieur. On devine qu'elle a trouvé la solution de son problème. Raymond Souplex ne se frappait pas le front avec plus de conviction dans « Les Cinq dernières minutes ». Le *Petit Livre rouge* traîne à sa portée. Avidement, elle en dévore quelques pages. Ça y est ! Popeye a mangé ses épinards. Astérix a bu la potion magique... Remontée sur son plongeoir, son cœur encore bourdonnant de maximes, bouteilles d'oxygène inédites pour une plongeuse d'exception, sans presque avoir besoin de se concentrer, elle bat les plus difficiles records.

— Au fait, en a profité pour demander Gérard, existe-t-il chez vous une critique cinématographique ?

Réponse :

— Il y en a une. Mais tous les films conçus sous la férule des Quatre étaient si mauvais que le public les a boudés de lui-même.

On se demande d'ailleurs comment il pouvait se faire une opinion, les billets de cinéma n'étant distribués qu'à la façon de bons points réservés, une vingtaine de fois par an, aux seuls sujets estimés méritants. « Pourquoi, commente le cicérone aux yeux bridés, les gens iraient-ils voir les films de leur choix ? » Mao ne saurait avoir pensé à tout.

Succédant à la longue tradition d'orgies et de perversions des couches favorisées, le puritanisme des Chinois est également très déconcertant. « Amour » est ici le nom d'un fleuve avant d'être celui d'un sentiment. Cela a parfois de curieuses conséquences. A Pékin, par exemple, les étudiants d'une université fréquentée essentiellement par des Noirs ont défilé, entièrement nus, et le sexe au vent, en scandant : « Nous voulons des femmes ! »

Plus sérieux : personne ne semble avoir perdu ici la nostalgie de Chou En-lai, montrant combien il fut réellement le grand homme de la Chine ; si l'on ne va pas jusqu'à dire que les facultés intellectuelles de Mao ayant dangereusement diminué, ce fut pour cette raison que les Quatre purent détourner le pouvoir à leur profit.

Evidemment, Gérard Oury n'est pas revenu converti, mais il a du mal à cacher qu'il a tout de même été impressionné. Il a été touché par la formidable énergie de ce peuple qui ne veut plus revoir ce qui, pendant des siècles, a été le symbole de sa misère et de son esclavage. Cela rejoint ce que me disait Han Suyin, l'une des femmes les plus remarquables que j'aie rencontrées : « Mao et son système de gouvernement étaient la seule solution. C'était ça, ou continuer de croupir, de souffrir, de subir. La féodalité régnait. On l'a supprimée. Des famines moyenâgeuses ravageaient des provinces entières. Plus personne ne souffre de la faim. On a paré au plus pressé. La suite à demain. »

Mais, en Chine, quand demain sera-t-il demain ?

PENDANT des années, elle a gravi les étages de maisons dont aucune ne possédait d'ascenseur. Sa vie aussi, c'est à pied qu'elle en a accompli le dur trajet. Elle reconnaît son enfance dans ce *Pain noir* dont l'auteur est à la fois son historien et son prophète. Par conscience professionnelle, elle a retardé l'échéance de sa retraite pour ne pas abandonner le patron du petit atelier où elle s'épuise. Son cœur bat naturellement à gauche. Qu'on lui dise le contraire, elle tomberait en syncope.

Mais ceux qui sont aujourd'hui les hérauts des partis avancés ne font que des discours qui la feraient sourire si elle avait la force de sacrifier à l'humour quand la vie de ceux qui peinent est en jeu.

Pas davantage, elle n'a le loisir d'éprouver de la haine. Si son dos est légèrement courbé, elle conserve le front haut. Elle est l'une des dernières descendantes de ces pionniers des luttes ouvrières qui fournissaient des adjectifs à Zola et terrifiaient les bourgeois parce qu'elles risquaient d'amener le dimanche, dans les cafés des Champs-Elysées, une clientèle de femmes sans chapeau et d'hommes en pantalons de velours. *Germinal* n'est pas loin du domicile de son cœur. Sa légende intime a fréquenté *L'Assommoir*. Cela n'est pourtant pas de son époque, loin de là, mais il m'arrive de l'imaginer sous les traits de ces personnages tels que les dessinaient les caricaturistes du siècle écoulé, pour en faire les couvertures de choc du *Petit Journal* où l'on montrait des automobiles, directement sorties des forges de l'enfer, effrayant de leurs vapeurs un troupeau d'oies sur un chemin de campagne, ou le Kaiser Guillaume tremblant de peur parce qu'il avait confondu un moustique avec l'un de nos valeureux biplans français.

Il y a une dignité d'un autre âge dans le regard de cette femme, dans sa poignée de main que le travail a virilisée, de haut en bas, inattendue, vigoureuse comme si elle voulait ainsi secouer une bonne fois pour toutes l'inertie des masses. Plus rien ne saurait l'abuser ; pourtant, elle continue de croire. Et d'abord que demain ne peut être que meilleur puisqu'il ne peut pas être pire. Que tout aussi a sa récompense, sinon dans le ciel, du moins dans un au-delà qui est celui du temps qui passe. Adulte à une époque où l'on croyait encore que les ondes de la radio perturbaient l'atmosphère et détraquaient les saisons, démunie comme aux premiers jours de son existence, elle a assisté, le cœur en fête, aux conquêtes du prolétariat. On lui donnerait six pièces avenue Foch, elle y serait mal à l'aise ; et même si on lui affirmait que c'est une nouvelle manière de chouchouter le troisième âge. Elle comprendrait mal ce mot d'André Stil, découvrant *Eden Roc,* au cap d'Antibes : « Cela fera une belle maison de retraite... » Elle pense que son destin était fini avant d'avoir commencé, mais que celui des autres, en compensation, n'en est qu'à son début.

Aujourd'hui, cependant, elle semble lasse. Elle a mis, en effet, plus d'une heure pour traverser Paris en autobus à cause des embouteillages provoqués par les grèves tournantes, et cet état de choses l'inquiète. « Que veulent, demande-t-elle, les responsables de notre électricité ? On ne comprend plus. Ils n'apportent que du désordre. Les ouvriers n'ont plus qu'à se croiser les bras derrière leurs machines... » Cette syndicaliste de conte de fées populaire aime le labeur. Le spectre de la misère a toujours eu pour elle la forme d'un travailleur aux mains inoccupées, et la tête vidée par ce qu'elle considère comme le plus terrible accident du travail : le chômage. Tristement, elle murmure : « Déjà, avant la guerre, ce sont les socialistes qui ont cassé le Front populaire... » Et puis, elle se tait, perdue dans ses songes ; comme si le plus terrible, pour la pauvreté, ce serait de ne plus avoir la morale pour elle.

Au ministère de la Culture, tandis que nous attendons l'instant d'attribuer le Grand Prix du Théâtre, que remportera François Périer d'une courte mèche sur les boucles d'Edwige Feuillère, Pierre Dux et Robert Kanters parlent des manuscrits que certains n'hésitent pas à adresser à la Comédie-Française dans l'espoir d'y être joués.

— L'un d'eux, dit Kanters, dont je viens de prendre connaissance, répète purement et simplement, scène par scène, sous le titre d'*Alexandre,* la situation et les personnages des *Amitiés particulières.* Même les noms sont identiques...

— Cela n'est rien, réplique Pierre Dux. Un écrivain, non des moindres car il a eu de nombreuses pièces représentées, m'a soumis une comédie dont la fin est exactement calquée sur celle du *Bourgeois gentilhomme,* mamamouchi compris. Sans doute supposait-il que je n'avais pas lu l'original...

Et il poursuit, le front soucieux :

— Le plus déprimant, ce sont les rendez-vous qu'il me faut accorder à des auteurs qui ont eu leur heure de notoriété et me proposent des ouvrages totalement dépassés par le courant actuel. Comment comprendraient-ils qu'ils ne sont plus dans le vent ? Tout va si vite, aujourd'hui...

La crainte se lit sur son visage. Mais quelle crainte ? Celle des postulants qui frappent à sa porte ? Ou celle de ne plus pouvoir continuer à se faire plaisir parce qu'il risquerait ainsi de rater des trains que n'annoncent pas des locomotives toujours évidentes ?

C'EST Belleville qui ferait irruption avenue Montaigne comme un diamant tiré par la fronde de l'affreux Jojo. La gouaille est son vocabulaire. Boris Vian est le Victor Hugo de ce Gavroche. Roland Petit est son dieu et Guy Béart son évangéliste. Arpète qui livrerait à sa propre adresse les cartons enrubannés des plus éminents couturiers destinés à la clientèle du beau monde, elle a fait repeindre son métro d'origine aux couleurs métallisées d'une Cadillac. C'est une petite main qui place ses grandes jambes. Elle fut titi chez les tutus. Est-elle Zazie ou Zaza ? Déconcertante Zizi...

Pendant une heure, en tout cas, elle lutte avec un admirable courage pour effacer le souvenir d'une mauvaise passe qui aurait pu la désespérer. Le regard de Barbra, la coiffure de Liza, le bagou de Shirley, et dans les pieds les fourmis qui firent que s'envolait Ginger — comment fait-elle, avec tout ce monde dans le corps, pour être elle-même ? En apparence, rien n'est plus sophistiqué que sa manière ; pourtant, rien n'est plus sincère. On a l'impression de découper son talent en suivant le pointillé. Pour un peu, on déchiffrerait la formule chimique grâce à laquelle elle se fait tresser des couronnes par un public qu'elle n'a pas l'air d'avoir pris à ses concurrentes, mais au contraire qu'elle aurait fabriqué selon une recette personnelle, en se moquant de la mode, applaudissement par applaudissement. De l'enthousiasme cousu main dans le meilleur des ateliers : celui qui fait de la rue le dernier salon où l'on danse.

Mais, miracle de sa nature, elle demeure

authentique alors que tout paraissait conspirer à la changer en bijou faux. Et d'abord les danseurs qui l'entourent, vêtus en bagnards cosaques, se trémoussant au rythme de leurs minauderies affectées, tressaillant des hanches comme si celles-ci étaient le siège de leur pensée, procédé qu'ils doivent estimer tentateur, des frisottis sous la paupière de velours, petites Cardinal qui flirteraient avec l'âge de pierre. A côté d'eux, c'est Zizi qui a l'air d'être un garçon. Ceux qui préfèrent les avantages de Marilyn ou de Sophia en resteront sur leur faim. Les autres, je ne sais pas, bien qu'il me semble que, dans tous les domaines, trop c'est trop.

Qu'importe ! Puisque le triomphe est là, en professionnelle avertie, Zizi Jeanmaire ne va pas le laisser échapper. Virgule qui se terminerait en point d'orgue, ses jambes chantent, sa voix danse. Mistinguett lui fait un signe d'amitié. On oublie qu'Yves Saint Laurent l'a successivement habillée en rat d'hôtel de luxe, en corbillard pour enterrement de première classe, en poule faisane de *Chantecler* égarée chez des travestis brésiliens déguisés en maharadjah de Fellini. Et aussi que ses inflexions vocales évoquent les fruits d'un été que l'on aurait forcés dès avril... Chez elle, même quand c'est pareil, tout est différent. Son truc en plumes n'est pas qu'un truc ; mais quelque chose comme un french cancan exclusif, une *Marseillaise* attitrée. Anachronique autant qu'actuelle, elle apporte une roue inédite au carrosse doré du music-hall qui, sans elle, serait boiteux.

FLAINE (Haute-Savoie). Depuis deux jours, je contemple cette neige sage et lumineuse dont le lourd appareil des édifices de béton n'est pas parvenu à gâcher l'harmonie. Vue des cimes, la vallée paraît une planète qui hésiterait entre le surréalisme de Magritte et les gravures de l'ancienne collection Hetzel. La nappe de brouillard forme une mer de plomb fondu autour de l'insolence des pics. Bennes et remonte-pente accomplissent inlassablement leur travail de fourmis qu'aurait pu orchestrer un Paul Dukas adepte du piano mécanique. Beauté de ces lieux où soufflent le nébuleux et la poudreuse.

Je n'ai jamais été très sensible à la montagne. Elle copie trop les cartes postales. Elle a pris la pose et s'y tient, fière de respirer un air si sain qu'elle ne prend une ride que tous les mille ans. J'ai besoin du remue-ménage bon enfant ou courroucé de la mer. Et je comprends mal le jeu préféré de ses adeptes, dont la règle consiste à descendre de l'étage où l'on est monté, pour l'escalader de nouveau à peine dévalé. Il y a le rouge aux joues, bien sûr, et l'illusion qu'on a vaincu la solitude en étant enfin solitaire. Je trouve tout cela ailleurs, avec autant d'intensité, ne serait-ce qu'entre les quatre murailles de mes livres.

Mais cette fois je me suis laissé bercer par cette blanche somnolence. Michael Cacoyannis était là, pour présenter son curieux *The Day the Fish came out*, fable futuriste d'un Voltaire grec au pays de la mille et deuxième nuit — celle de l'obscurité éternelle. Transposée dans le pays d'Ulysse, l'histoire fait en effet allusion à l'aventure de Palomarès, qui aurait pu être fatale, un avion U.S. ayant été obligé de larguer un container lesté d'une charge atomique.

Produit par la Fox en 1970, le film fut littéralement étouffé par Zanuck qui y voyait un pamphlet antiaméricain. « Il y a aussi, fait Cacoyannis, que deux sujets sont absolument tabous au cinéma : le cancer et les radiations... » Qui s'y attaque est automatiquement condamné non seulement à la faillite, mais au désaveu général. Pas de camélias pour une dame frappée de notre nouveau haut mal. Le cancer a oublié d'apprendre à cracher le sang d'une manière plaisante. Quant à l'atome, devant lui nous sommes transformés en ces musulmans qui craignent les pires vengeances du ciel si l'un deux a eu l'audace de représenter le visage de Dieu. La forme doit en demeurer sans couleur ni contour, vaporeuse comme une nuée, trouble comme l'espérance des hommes. Notre siècle veut bien avoir peur à la condition que sa frayeur ne soit que le rappel d'un passé lointain, donc sans danger désormais, ou l'annonce d'un avenir situé tellement au-delà des limites de nos jours qu'on peut imaginer que seuls les descendants des descendants de nos descendants connaîtront l'infortune d'en endurer les épreuves et d'y vivre, c'est-à-dire d'y mourir.

Mikis Théodorakis, géant lunaire embarrassé de sa force comme tous ceux que la nature a trop pourvus de muscles alors que la subtilité est leur métier, se joint à nous. Pendant la dictature des colonels, ennemi acharné du régime, il a lutté pour la liberté avec son cœur, avec son corps, l'un et l'autre donnant naissance à sa musique. Sa tête frôlant les sommets, ses pieds ont toujours refusé de quitter le sol.

Une de ses symphonies, en Grèce, pays de

huit millions d'habitants, s'est vendue à trois millions d'exemplaires. Cela signifie que tous les foyers, ou presque, ont fait l'emplette de cette œuvre. Mais depuis, il a quitté le P.C. et fait des déclarations fracassantes en l'honneur d'une civilisation sans chaînes aux chevilles ni bâillon sur la bouche, dont les citoyens ne seraient pas contraints de ne suivre que des sens uniques. Voici pourquoi, une fois de plus, on se retourne contre lui pour chercher à le détruire. Mais il s'agit maintenant de ceux qui se disaient ses amis.

— On enseigne aux enfants des écoles, soupire-t-il, que je suis le diable. On voudrait même faire oublier que j'ai existé. Pourtant, quand je rencontre mes compagnons de jadis, ils me font mille mines qu'ils voudraient nuancées d'affectueuse tristesse.

Et il a cette phrase sublime :

— Ils me tuent... mais avec amour !

C'est encore en sa compagnie que je me trouve, sur le quai de la gare de Cluses. Le train tarde, qui doit nous ramener à Paris. L'atmosphère est sinistre. Froid et humidité. Nuit et brouillard. Je lui dis que ce décor est exactement celui des plus noires années de l'Occupation, quand on tentait de franchir la ligne de démarcation, et qu'on voyait se profiler les ombres des S.S. précédées par les aboiements de leurs chiens.

Il frissonne un peu plus que ne l'exige ce rappel. Et il m'avoue qu'il a peur quand il est seul, ne retrouvant la paix que s'il sent autour de lui l'agitation d'une foule. Le vacarme des villes est devenu pour lui une nécessité :

— C'est ainsi depuis que je suis sorti de mon camp de concentration. Et cela durera, pour mes semblables et moi-même, tant que dureront les hommes...

DINER avec Emile Lotiancou, metteur en scène roumain, vivant à Moscou, dont j'ai loué le film *Les Tziganes montent au ciel* où, superbement, Sophocle réussit, via Shakespeare, sa jonction avec un Popov joueur de flûte de Pan. Ici, la beauté est encore la beauté, pas la représentation que s'en feront plus tard les artistes. Un monde, farouche et voluptueux, s'étire dans son berceau. L'homme est le frère de l'animal, et c'est ce qui confère sa noblesse à ses gestes et à ses sentiments. L'amour a le charme d'un don du ciel, comme le soleil, la pluie, les étoiles, une fleur éclose sans le secours d'un jardinier. Un univers en gestation apprend à vivre en découvrant qu'il respire.

J'aimerais lui dire beaucoup de choses et, de son côté, je devine qu'il aimerait me parler à cœur ouvert. Mais de nos mots, sur nos lèvres, il ne reste que le bruit. L'essentiel se tait. Juste, de sa part, un furtif « moi aussi » quand je lui dis que je n'appartiens à aucun clan. Il préfère évoquer avec passion un couple qu'il a vu sur les marches du Sacré-Cœur, la nuit dernière, qui faisait de la musique, en jeans usés et en robe rouge. Cette vision l'a ébloui. C'est elle qu'il emportera d'abord de cette France où il vient pour la première fois.

Je ronge mon frein. Comment le pousser dans ses retranchements, apprendre de lui quelque détail significatif sur sa vie, sur le comportement de ceux qui l'entourent ? Qu'en pense-t-il ? Je n'ose pas poser la question. J'aurais peur de le compromettre. Même écrivant ces lignes, j'hésite à me laisser aller à des considérations qui pourraient lui nuire. Au moment de nous quitter, nous nous serrons la main ; à nous en broyer les os.

De nouveau ce besoin de marcher droit devant moi, à l'aventure, dans une rue dont je ne regarde même pas à qui elle fut dédiée, pour le plaisir de sentir que la vie existe en dehors de ma vie, avec la seule pensée de ne plus penser à rien.

Le musée de l'Orangerie m'accueille, et ses « collections privées de Louis XIV ». Je m'en faisais un monde. Mais, à côté de quelques bronzes agréables, il ne s'y trouve que de banales merveilles, ébauches et croquis dont l'Italie ne saurait que faire, gravures de Versailles comme il en traîne partout, plans à l'échelle des fortifications de Calais ou de la Franche-Comté. Des planches d'anatomie offrent en coupe une jambe d'autruche, ce qui est instructif, mais bouleverserait difficilement le rythme du sang dans les veines. Plus loin, des fleurs que l'on dirait exécutées au pochoir par des demoiselles romantiques en mal de fiançailles. Heureusement, d'admirables incunables, des livres d'heures richement adornés, rehaussent le niveau de ce déballage pour émir du pétrole distrait. L'un de ces ouvrages est ouvert aux pages où l'on vante les fastes d'un carrousel offert par le roi à sa cour, en 1667. On y décrit ainsi l'un des accessoires du plumage du monarque : « Son cimeterre était si constellé de diamants qu'on voyait à peine l'or où ils étaient enchâssés. »

Sont-ce des diamants que nos petits terroristes actuels ont pensé punir de leur éclat en faisant sauter le magasin de l'épicier de luxe Fauchon devant lequel je me trouve maintenant ? Il n'en reste plus en tout cas que la façade calcinée, vision d'une guerre où le caviar, la dinde truffée et le cognac centenaire seraient les jalons de nos nouveaux Austerlitz ou, si l'on préfère, de nos Waterloo. A côté, une banque est demeurée intacte et continue de donner imperturbablement les cours rassurants du deutsche Mark et du franc suisse ; réplique de ces usines d'armement de part et d'autre du Rhin, entre 1914 et 1918, qui étrangement ne furent jamais bombardées pendant toute la durée du conflit. Des policiers en faction plaisantent avec la domesticité ibère du quartier. Juste en face, la succursale pâtissière de Fauchon continue de débiter du sucre artistique et de la pâte d'amandes harmonieusement présentée. Les dames qui en font l'emplette adoptent l'allure de commandos audacieux dont la tenue léopard serait d'authentique panthère. On les devine, respirant un peu plus fort au contact d'un danger qu'elles doivent être persuadées d'avoir frôlé. Volontiers, elles seraient venues là au volant d'ambulances cautionnées par la Croix-Rouge. Mais la mort a décidé de faire la trêve — celle des confiseurs, sans doute — le temps de leurs achats. Elles s'éloignent avec un soupir où l'on démêle mal la déception du soulagement.

On ne pourra rien leur reprocher. Elles auront pris des risques. Ce n'est pas leur faute si l'on n'en est pas encore à attribuer la médaille militaire à celles qui se sont follement avancées sur un front où les périls qui menacent la civilisation sont la crise de foie et l'indigestion.

EN ce jour qui lui est consacré, le Père Noël est mort. Mais sans doute est-ce maintenant qu'il a cessé de vivre qu'on va s'apercevoir à quel point il est vivant, même si ce n'est pas le déluge de nos discours qui redonnera la parole à celui qui aura été le prince éloquent du silence.

Pour nous qui sommes venus au cinéma parce qu'il nous tenait par la main, Chaplin ce fut un peu comme si nous avions vécu à l'époque de Molière avec, dans notre poche, un billet pour la première de *L'Ecole des femmes*. Mieux : grâce à lui, à l'irruption qu'il a faite dans notre vie, nous avons su à quoi ressemblait le temps qui était le nôtre et quelle était la forme de notre visage.

Par où l'aborder, lui qui a toujours l'air de nous fuir en allant à notre rencontre ? Le décrire physiquement, c'est déjà le trahir. Comment le limiter à une paire de souliers éculés, à une canne faite d'un jonc trop flexible, aux cabosses de son couvre-chef ? Un accoutrement n'est pas un style de vie et Chaplin était d'abord un homme dont la vie avait un style. Je préfère donc l'imaginer tel que je l'ai connu, pauvre que ne parvenait pas à calmer l'abondance de ses richesses, David éternellement affronté à des Goliaths démesurés, un peu plus tassé que les autres sous le poids de cette angoisse qui est commune à ceux qui souffrent et qui, seule, donne aux humains une dimension universelle.

Oserai-je dire qu'il ne me faisait pas toujours rire ? Ce n'est pas un sacrilège. C'est un hommage. Ils sont peu nombreux, en effet, encore faut-il qu'ils soient plus grands que les plus grands, les comiques dont l'art dépasse les limites de la gaieté, parce qu'ils ne nous amusent que pour s'empêcher eux-mêmes d'être tristes.

Pendant des années, Chaplin parut uniquement attentif à nous permettre de nous oublier nous-mêmes. Et brusquement, mieux qu'un miroir où nous nous serions réfléchis, il est devenu celui où tout un siècle prenait conscience de sa réalité. Il aura suffi pour cela d'un film que je considère comme son chef-d'œuvre, et qui fera toujours défaut à la gloire des meilleurs cinéastes : *Le Dictateur*. Un monde allait à sa perte en feignant de l'ignorer tant sa terreur était vive de se trouver face à face avec l'évidence. Mais lui, le premier, il avait osé s'attaquer à la fureur des démons. Au diable sa badine ! Il se jeta dans la mêlée, indifférent aux coups qui n'allaient pas tarder à pleuvoir sur lui.

On imagine mal, après tant d'années, les insultes que lui valut alors cet écart sublime de son génie. Journaux et batteurs d'estrade se déchaînèrent. Ce fut à qui avancerait avec le plus de violence que Chaplin était un dangereux extrémiste, fanatique du couteau entre les dents et du drapeau rouge, puisqu'il trouvait sans élégance des chemises noires et brunes. Larve de ghetto particulièrement putride, son esprit cosmopolite l'emportait sur les plus pernicieux poisons. Devant lui, nous assurait-on, il ne convenait plus que de se boucher les oreilles, de se pincer les narines et de mettre les enfants à l'abri.

Oui, au moment où une clarté paraît devoir enfin se lever sur un pays où l'on a peu eu l'occasion d'en saluer depuis celle qui illumina une certaine crèche, c'est d'abord cette image de lui que je voudrais conserver.

Quand même, la raison a du mal à se raisonner. Mais déjà la rumeur publique me rassure. Chaplin est toujours là. Pas seulement à la première page des journaux qui annoncent son trépas comme un avion détourné ou le retour des croissants au beurre. C'est lui, dans toutes ces avenues, à Paris, à Londres, à New York, à Tokyo, à Bécon-les-Bruyères, qui, dans un dernier sursaut de sa formidable existence, après avoir refusé de manquer le Noël de ses petits-enfants, repart avec sur le dos la hotte de ses films, n'arrêtant pas, malgré son illusoire absence, de distribuer de la joie et de la dignité dans les sabots de ceux qui, comme lui jadis à Pimlico, n'ont pas été bénis des dieux. C'est lui qui s'en va, mais cette fois sans donner l'impression qu'il va trébucher. L'éternité ne fait pas de faux pas.

Va-t-il se retourner ? Non. Il aurait quand même pu nous faire un petit signe d'adieu. C'était sa spécialité. A quoi bon ? Il sait en effet que nous le retrouverons et que sa représentation ne sera jamais terminée. Du reste, le rideau retombé, les comédiens de cinéma, contrairement à ceux du théâtre, ne reviennent pas pour saluer. C'est à notre reconnaissance qu'ils laissent le suprême honneur de s'incliner.

1978

Janvier

BOULEVERSEMENT à la tête de nos trois chaînes de télévision. Jean Cazeneuve quitte la première ; mais comme on a habilement répandu depuis des mois la rumeur que cet exil correspondait à son plus cher désir, le tour a été joué sans fracas. C'est tout juste si on ne lui dit pas : « Ces gens-là n'étaient pas de votre monde. Vous devez être bien heureux maintenant... »

Seul Marcel Jullian fait donc office de puni. Il est remplacé par un haut fonctionnaire dont le nouvel entourage, bien qu'il ne l'ait jamais rencontré, se hâte à tout hasard de chanter les louanges ; ne sachant trop cependant si, pour lui plaire, il convient dans le même élan de couvrir d'insultes son prédécesseur. Douloureuses incertitudes de l'inconnu... Lui-même se tient sur une prudente réserve, se bornant à affirmer, la main sur le cœur, qu'il adore le petit écran. Ne publie-t-il pas, en effet, qu'il n'hésite pas à en éclairer le cadran chaque fois que les rares loisirs de sa charge lui en laissent la possibilité ?

Ainsi Jullian sera parti comme il était venu : dans un tourbillon qui a les allures d'une rafle. Sa nomination, si on l'en croit, l'avait stupéfié. Il ne paraît pas moins étonné aujourd'hui d'avoir été mis sur la touche. Qu'avait-il espéré? Une télévision que le gouvernement eût accepté de ne plus contrôler ? Autant demander au représentant du plus arrogant patronat de prêter sa Rolls à ses ouvriers pour qu'ils y promènent leurs petites amies le dimanche. Si telle était réellement son attente, on ne saurait avoir été plus naïf en jouant les gros malins.

Quoi qu'il en soit, pendant trois ans, il nous aura donné ce qui manque le plus à nos antennes : du spectacle. Que ce spectacle ne se trouvât pas toujours dans les programmes dont il prétendait nous régaler, mais dans les coulisses de sa bouillonnante existence, ne change presque rien à l'affaire. Seul de son espèce, il a souhaité l'imagination au pouvoir en un temps où le Pouvoir avait l'imagination pour ennemie. Pachyderme aux ailes de papillon, il aura cru jusqu'au bout que Shakespeare pourrait, sans souffrir de courbatures, s'asseoir sur les ronds-de-cuir de Courteline ; qu'il n'y avait pas que des cocus chez Feydeau ; qu'à force de coups de pied au cul le roi Pétaud finirait bien par lire Homère ; qu'il serait chic de demander à Jean-Paul Sartre de refaire les paroles de *La Marseillaise*, que la moue mutine de Brigitte Bardot annonçait les nouveaux philosophes ; et que, Laurent de Médicis l'emportant sur Ubu, il y avait de la grandeur à confier à Françoise Sagan le soin de rebâtir Florence.

Son tort aura été de ne consentir à régner que sur une cour où de virils mignons avaient une tendance marquée à prendre les coussins de la salle du trône pour des essuie-plumes. Jamais on n'aura vu, autant qu'ici, un si considérable rassemblement de barons richement dotés et pratiquant avec une telle morgue le droit de cuissage du seigneur. Mais les mafias, même de charme, demeurent des mafias. Dans les meilleurs empires, l'Art et la Morale se sont toujours mal accommodés de la toute-puissance d'un quarteron de favoris, leur badinage fût-il le plus plaisant du monde.

En les serrant sur son cœur, Jullian a-t-il été la dupe des siens ? Je ne sais pas. Je ne peux que rêver au merveilleux président qu'il aurait pu être avec plus de rigueur — je veux dire avec moins d'amis.

JIMMY CARTER est reparti. Il paraît que sa visite aura été un événement historique. Les communistes déclarent qu'ils feront cavaliers seuls au premier tour des élections. Autre événement historique que l'on assure considérable. Bref, qu'on nous prive de dessert ou qu'on rajoute un plat aux dînettes de l'Elysée, nous ne nageons plus que dans des océans aux allures de fresques, toutes voiles dehors, poussés par les vents définitifs de futurs manuels scolaires où Vercingétorix, Napoléon et Foch danseraient la ronde autour du chêne auguste de Saint Louis.

IL m'est souvent arrivé de saluer avec une certaine déférence une ancienne jolie femme, toujours gracieuse, qui fut comédienne et me semblait porter sur son visage toute l'injustice d'un beau destin qui l'aurait quittée, condamnant notre époque en honorant la sienne. Discrète comme celles auxquelles leur parfaite distinction a appris à camoufler une détresse véritable derrière un sourire d'emprunt, je trouvais que l'âge lui allait mieux au teint que le plus subtil maquillage et qu'elle représentait une génération qu'on avait mille raisons de regretter puisqu'elle s'éteindrait avec elle.

Mais voici que la dame, à grand fracas, publie ses Mémoires. Cela ne serait rien s'il s'agissait, comme chez tant d'autres, d'un encens éventé, d'un frou-frou de dentelles froissées dans la corbeille à ouvrage d'un magnétophone. Nous en sommes loin. Ce sont ses amours que Simone Paris nous rapporte, dans ce qu'elles ont eu de moins digne d'être légendaires. L'agréable mouvement de ses lèvres devenu moue méprisante ou grimace de concupiscence réchauffée, elle tient sans en omettre une seule le compte des salves que l'on a tirées en son honneur, fait et refait des lits à l'infini. Ses approbations et ses blâmes tombent comme des buts marqués ou manqués entre les deux poteaux de ses jambes, match insolite dont l'enjeu serait un vison de plus ou une panne dans une tournée de comédie. La langue de Sacha Guitry est préférée à son langage. Pagnol est affublé de manches de lustrine : ça lui apprendra à ne pas savoir faire les pieds au mur au moment de l'extase. Maurice Chevalier n'était qu'un ouvrier besogneux, une salopette invisible remplaçant chez lui la soie brochée de la robe de chambre du séducteur. A sa manière, Claude Dauphin aurait été un maître du barreau...

Sordide palmarès qui a les apparences d'un mobilier de qualité proposé à perte par une ancienne lionne qui n'a plus, pour s'acheter du sucre, que la ressource de revendre ses sucriers. Comment peut-on de la sorte brader ses souvenirs ? Et quelle pourra être désormais l'attitude de ce Tacite du falbala lancé par-dessus les moulins de la gloriole parisienne ? On ne peut pas passer son temps à détourner la tête ; même si on s'est déjà amplement entraîné à cet exercice devant son miroir.

ON peut dire tout ce qu'on veut des Chinois, sauf qu'ils sont hypocrites. A Raymond Barre, venu leur rendre visite, ils ont déclaré sans ambages que la guerre avec l'U.R.S.S. était inévitable.

Pour inquiétant qu'il soit, cependant, ce coup de tonnerre n'est peut-être pas sans résonance utile. Ce qui me frappe le plus, en effet, dans les jours que nous sommes en train de vivre, c'est le côté artificiel de leur tranquillité. Des continents en feu, des geôles pleines à ras bord, l'Asie grattant ses plaies à l'infini entre des longitudes de famine et des latitudes de sang, l'Afrique rongée au cœur par la tentation de sceptres absurdes et l'évidence de son dénuement, les charrettes mal essuyées des condamnés à mort du Paraguay ou de la Bolivie, les Etats-Unis jongleurs de poudres insensées, Prague et Moscou étouffant ceux-là même auxquels leurs concitoyens voudraient élever des statues, la France opposée à la France et substituant à l'idée de patrie l'absence d'idées des partis — rien de tout cela ne nous empêche de nous boucher les oreilles, voire de hausser les épaules, quand on nous parle de l'éventualité d'une guerre prochaine. Ne mangeons-nous pas chaque jour à satiété, nos télévisions ne sont-elles pas en couleur, et, malgré l'insécurité croissante des rues ou les drôles de petits rictus que fait notre jeunesse en louchant du côté d'une seringue, ne connaissons-nous pas la rassurante torpeur des maisons qui ferment à clef et des chevaux qui courent tous les dimanches, allant jusqu'à profiter de ce que le terrain est impraticable pour faire jaillir de leurs sabots les plus fabuleuses fortunes ?

A dire la vérité, une telle inconscience ne m'a pas toujours choqué outre mesure. Je ne suis jamais descendu dans la rue en me frappant la poitrine pour attirer l'attention sur le fait que le déluge était avancé alors que Noé n'avait pas cloué la première planche de son arche. J'ai même voulu croire qu'il y avait de la sagesse à refuser de participer, pour un oui pour un non, à la querelle des mondes. Signer une pétition à l'intention de qui ne la lira pas, envoyer un télégramme à un dictateur qui n'y verra qu'une occasion de doubler le nombre de ses tortionnaires sous prétexte qu'un « complot international » menace la sécurité de son royaume et le libre fonctionnement de ses institutions, me semblent une plaisanterie d'aussi mauvais goût que celle qui consiste à envoyer la fumée d'un cigare dans les narines d'un pauvre en lui disant que, si on ne lui fait pas l'aumône, c'est parce qu'on a oublié son portefeuille sur la tablette de la cheminée.

Ce n'est pourtant que reculer pour mieux sauter. La guerre est d'autant plus dangereuse qu'elle a cessé de nous faire peur. Et le drame, aujourd'hui, c'est justement cette indifférence que nous inspirent des conflits dont nous pensons diminuer la portée en refusant notre part de responsabilité. Croyant nous mettre en sûreté, nous avons envoyé nos propres expériences des batailles se faire blanchir à Epinal. Sur le bel album remis à neuf de nos souvenirs un instant en péril, Monte Cassino est redevenu une abbaye fameuse, plus l'enseigne d'une boucherie. Que pouvait signifier la ligne de démarcation ? Il faudra poser la question au courrier des lecteurs d'une revue spécialisée... La Gestapo n'est plus qu'une mine d'anecdotes qui servent de thèmes à la fois aux films présentés en queues-de-pie à l'Opéra et à ceux qui portent l'infamante lettre X dans les salles réservées à la clientèle sadomasochiste. De la bombe atomique, on veut seulement retenir maintenant que celui qui la jeta a passé son temps à se faire arrêter pour conduite en état d'ivresse. Nous voulons oublier que nos pires cauchemars ne sont que de beaux rêves comparés aux angoisses des peuples qui n'ont même plus la possibilité de dormir ; que certains noms de villes, dans les journaux, sont autre chose que de simples lettres imprimées, mais portent les germes d'épidémies qu'il faut de toutes nos forces refuser de considérer comme fatales ; et que ce n'est pas, comme nous sommes presque prêts à le jurer, le signe d'une reconnaissance quasi divine si, depuis quelques années, notre pays a été tenu à l'écart du chaos.

Il serait sans doute trop élémentaire de se rappeler qu'à l'égal des plus meurtriers conflits, la paix que l'on veut préserver à tout prix est génératrice de crimes ; et que, tant qu'elle ne sera pas partagée entre tous, cette paix si égoïstement souhaitée ne sera qu'un amer bonheur.

Pendant ce temps, pour les privilégiés de son ambassade, Raymond Barre profite de son déguisement de Marco Polo pour dire leur fait à ceux qui, à huit mille kilomètres de là, contestent le bien-fondé de son plan de redressement. Etonnant contraste : l'obsession collective de huit cents millions de Chinois et ce cours de sagesse intime par correspondance ! D'un côté, une nation cherchant le plus expéditif moyen d'écraser son formidable voisin ; de l'autre, un solitaire en proie à l'idée fixe de récolter deux douzaines de voix qui, sans le prodige de son éloquence, pourraient grossir le pécule électoral de Mitterrand, de Marchais et, naturellement, de Chirac...

HIER encore, contre les grilles de l'immeuble où Sadate a établi son ministère, un Egyptien se meurtrissait le front en pleurant. Prenant les passants à témoin, il s'accusait du pire méfait : « Je suis une infâme créature, gémissait-il en regardant son sang couler. J'ai voulu ta mort, ô Sadate... ô mon père !... Je n'aurai jamais assez de toute ma vie pour que mon dévouement à ta personne te permette de me pardonner... »

Quelle distance y a-t-il entre le couteau de l'assassin qu'aurait pu tenir cet illuminé et le mouchoir, maintenant, qu'il agite après avoir épongé ses larmes ? Rien qu'une nuance dans la nature de sa folie.

Mais déjà, par-delà le Sinaï, un sondage nous apprend que les Israéliens soutiennent en masse Begin dans son intransigeance retrouvée. Les palmes de Jérusalem ne sont plus qu'une litière défraîchie. L'espérance fait marche arrière, repoussée par l'ombre des tanks et des roquettes. Un peuple n'agirait pas autrement s'il voulait prouver que sa maladie lui est plus précieuse que sa santé.

Comme ils sont bien, cet homme grimaçant et cette nation crispée, les symboles de ces foules que le premier courant d'air de l'Histoire fait onduler à contresens de leurs habitudes, non seulement pour des raisons qui ignorent la raison, mais, ce qui est plus grave, avec la certitude de ne pas se tromper...

A CONDITION de ne pas parler d'un comédien à un comédien, d'un écrivain à un écrivain, d'un avocat à un avocat, d'un docteur à un docteur, d'un champion à un champion, d'un professionnel de quoi que ce soit à qui que ce soit exerçant le même métier — on peut avoir en France toutes les conversations que l'on veut, drôles, enrichissantes ou sincères, et que le reste du monde ne saurait que nous envier aujourd'hui que se perd un peu partout le goût exquis du langage. Les morts eux-mêmes ne sont pas automatiquement écartés de ce chemin miné. Ils sont parfois encore un peu trop frais dans leurs tombeaux ; et, à moins d'être étrangers, ce qui sera toujours à nos yeux une circonstance atténuante, ils peuvent ressortir de terre sous forme de parlantes statues.

C'est ainsi que cette très grande vedette de music-hall — au demeurant l'un des êtres les plus généreux et sensibles que je connaisse — descend en flèche devant moi Gilbert Bécaud (il l'admire, mais soupçonne son caractère d'être médiocre), et Charles Aznavour (évidemment, il fait encore ses deux « tubes » par an, mais il n'est vraiment plus ce qu'il était). De Johnny Hallyday, il ne fait qu'une bouchée : « Celui-là, il a choisi le modèle le plus tarte : cette nullité d'Elvis Presley... »

Le seul qui trouve grâce à ses yeux, c'est Eddy Mitchell, décalcomanie de tous ceux qui l'ont précédé, écho plagiaire qui aurait été se faire faire des piqûres de doubles croches à Nashville. Evidemment, devant lui, il n'a aucune raison de trembler. Eddy Mitchell aura donc du talent. Et, tant qu'on y est, le plus indiscutable. Qui a dit que le spectacle n'était pas une grande famille ?

SA maison, au Vietnam, était entourée par les sépultures de ceux qu'elle avait dénoncés. Elle en est devenue folle. Réfugiée à Paris, elle erre comme une ombre hallucinée, croyant voir partout ses anciennes victimes, et se touche inlassablement la bouche et les oreilles en murmurant : « Ils sont là... ils sont là... »

Heureux les peuples, pourtant, qui sont encore capables de devenir fous parce qu'ils ont des remords.

TRENTE-SEPT années ont eu beau passer; on s'interroge encore sur ce nouvel aspect du sexe des anges : oui ou non, la France entière, en 1940, a-t-elle été pétainiste et, dans l'affirmative, pourquoi ? Autrement dit, de même que désormais le snobisme consiste à être de droite, contrepoint d'avoir trop porté les couleurs de la gauche, pour avoir si longtemps contrefait les héros sans peur et sans reproche ne sommes-nous pas en train de jouer à avoir tous été des traîtres, ou au mieux des imbéciles ?

La vraie question qu'on peut se poser me paraît cependant être celle-ci : comment un peuple frondeur par excellence a-t-il pu accepter dans sa majorité de singer les vertueux boy-scouts devant les dorures fanées d'un képi ? Des réminiscences de Verdun ne sont pas une raison suffisante.

L'explication est plus banale. Les motifs de notre défaite étaient si évidents — impréparation aux combats, absence d'unité nationale, haines que se portaient les Français et qu'ils camouflaient derrière ce qu'ils prétendaient être l'expression de leur sagesse politique et leur sens du civisme, tendance aussi à apprécier davantage la pêche à la ligne et le goût de la brioche que celui du sang, ou simplement désir de vivre heureux dans un pays épargné par la guerre — que des millions d'hommes ont refusé de regarder la vérité en face, préférant donner de leur écrasement une explication qui ne tiendrait compte que de la malédiction céleste, en tout cas qui ne ferait pas d'eux les responsables du désastre. A la fin d'un match perdu, quelqu'un trouve toujours un moyen d'excuser l'équipe qui, la tête basse, sous les quolibets de la foule, rejoint le purgatoire des vestiaires. Le temps était exécrable ce jour-là, ou tel joueur avait mal dormi la veille, ou l'arbitre était incompétent, voire acheté... C'est sur nous que nous jetons des bouteilles vides quand le hasard des stades nous a été défavorable.

En somme, ayant tout perdu, il ne restait plus à ceux qui n'admettaient pas la défaite que la ressource de maudire le destin et de transformer en une providentielle victoire des esprits et des âmes la faillite du corps meurtri de la nation. Ce fut d'abord leur amour-propre blessé qui rassembla tant de Français autour de Pétain et fit que jamais on ne vit un si grand nombre de drapeaux, jusque dans la plus modeste cour de ferme, qu'en ces jours où, dans les emblèmes de nos régiments, on eût difficilement trouvé assez d'étoffe pour y découper des mouchoirs susceptibles d'étouffer nos sanglots.

QU'IL utilise les mots les plus quotidiens, Jacques Chazot ne saurait s'exprimer autrement qu'à la façon du commun des immortels. Champion du battle-dress de dentelle, du jabot tout terrain et de la poudre de riz changée en poudre aux yeux, rien n'est plus voyant chez lui volontairement que ce que les autres prennent tant de soin à rendre invisible. L'âge venant, incongruité qui lui paraît de la dernière inconvenance, ce n'est plus avec ses pieds qu'il fait des pointes, mais avec sa langue. Fleuron incontesté d'une singulière bourriche, tour à tour carpe royale ou frétillant gardon, il ne tolère les huîtres que perlières. Magicien des beaux quartiers reconnaissable à sa cape diorissime, il ne tire de son chapeau que des lapins qui ont des crocs pour mieux dévorer ce qu'ils prétendent aimer, et des dards dissimulés sous les cactus faussement douillets de la jungle parisienne.

Nul n'est à l'abri de ses pichenettes dont la moindre met K.O. Ses gracieusetés ne font jamais grâce. Il est vrai qu'il aurait tort de se gêner. C'est à qui se délectera d'avance d'être la cible des flèches de son carquois. Pour ses victimes, la boue où il les roule ne charrie que des paillettes d'or, signes de la plus désirable promotion sociale. On est connu puisqu'on le connaît. Chazot en profite pour se déchaîner en remuant ses chaînettes. Sans protester, ceux qui se prosternent quand il passe succombent sous ses coups, qui ne ménagent personne pourvu que l'occasion lui soit fournie de faire un carton pittoresque. Il ne recule ni devant la main qui le nourrit de caviar à la louche, ni devant ses frères de race, y compris ceux qu'il tient le plus étroitement serrés sur son cœur en public : « De minables petites tantes », décrète-t-il à leur sujet, avec une moue si dégoûtée qu'on a envie de lui confier, ce qu'il paraît ignorer, que les siècles sont passés où on allumait des bûchers pour faire cramer les hérétiques et qu'il devrait manifester plus d'indulgence aux malheureux dont les mœurs ne papillonnent pas dans le bon sens. Mais c'est d'abord à lui-même qu'il refuse les cadeaux. Simple précaution technique marquée au coin du grand faiseur : ainsi coupe-t-il l'herbe sous les pieds des malappris qui, sans cela, pourraient éprouver le désir de le brocarder.

C'est peu de dire qu'il lui faut le dernier mot. Le premier est également indispensable à l'harmonieux équilibre de sa gerbe d'hormones. Et il s'en empare, avec un art consommé du monologue exclusif, ne laissant la parole à ses auditeurs que si son flair de loulou de Poméranie policier lui suggère qu'il n'a rien à craindre puisqu'ils sont sur le point de lâcher une sottise. Alors il reprend au bond cette balle, cette bulle, et en fait selon son inspiration un boulet, un ballet, un balai. Tac au tac de toc, stick de stuc qui virevolte entre ses doigts experts de dandy de la Belle Epoque, pochette dont il évente ses narines tourmentées par les vulgarités du jour... Héraut et héros d'une arène où il serait à la fois le toréador et le taureau, ses véroniques ne sont imitables que par lui. La maison Chazot n'a pas de succursale. Roulez tambours ! Sonnez trompettes ! Flûtiaux, battez la chamade à l'unisson ! Il ne manque pas un grelot au bonnet de l'homme-orchestre. Au poste de grand prêtre de la religion de la mode, il fallait un acrobate aux mollets agiles et aux reins souples. Miracle ! Ce fut un danseur qui l'obtint... Qui aurait la légèreté de lui reprocher de brûler ce qu'il adore ? Le Tout-Paris vaut bien une messe rose.

Je le regarde, tandis qu'il conjugue les volutes de son discours et les moulinets de ses manchettes. Il a l'air d'une épingle de cravate fichée dans le col d'un cygne en rupture de lac. Il est heureux : ce soir, son public a du talent.

— Vous ne devinerez jamais ce qu'il m'est arrivé... Je vais à la télé pour un truc que j'avais signé, je ne sais plus quoi, genre crinoline à la cour des Habsbourg, la routine, quoi, le charbon... Un type m'arrête, et veut m'interdire l'accès du studio en me déclarant que rien ne va plus, qu'il y a la grève, qu'on est tous solidaires, que l'arrogance du patronat n'a que trop duré... Une seconde me suffit pour retourner mon imperméable côté vison — c'est un cadeau ! —, et je lui demande : « Vous ne seriez pas de la C.G.T., par hasard ? » Il me dit que oui. Et moi : « Ouh ! mon Dieu, quelle horreur... » Le bonhomme en est resté médusé. C'est à ce moment que le vieux Bussières nous gratifie d'une allocution. Va comprendre pourquoi, c'est à moi, en particulier, qu'il s'adresse. « Camarade... », commence-t-il. Je l'interromps aussitôt : « Ah ! non, appelez-moi citoyenne tant que vous voudrez, mais pas camarade... »

Pas le temps de sourire, ni de lui faire remarquer que le coup du vison n'était pas absolument indispensable. Le gâteau du dessert, qu'on vient de poser sur la table, lui en rappelle un autre, et une nouvelle anecdote :

— C'était à l'anniversaire d'une dame. Magnifique, la pièce montée — je parle du gâteau, pas de mon hôtesse. Chocolat et crème vaporeuse. Mais je n'y porte qu'un semblant d'attention. J'étais bien trop occupé à compter les bougies. Il y en avait trente. Je n'ai pas pu m'empêcher de m'exclamer : « Ce n'est pas possible ! Il doit sûrement y avoir un deuxième gâteau... »

Fin de l'exercice sans filet. Jacques Chazot salue la foule en comptant les morts comme il nettoierait une nappe avec un ramasse-miettes en argent marqué à ses initiales. Son but est atteint. Une fois de plus, il a été à la hauteur de sa réputation. Un peu inquiet peut-être, tout de même : combien de temps cela durera-t-il encore ? Rien n'est plus difficile, en effet, à conserver qu'une réputation ; surtout si on tient à ce qu'elle soit mauvaise.

Au fauteuil académique de Jean Rostand, deux candidatures, outre celle du baron de Rothschild, se sont proposées dont celle d'un avocat du nom de Lemaire, qui fut l'un des défenseurs de Pétain. De quoi permettre au vieux biologiste, s'il ne s'y sent pas à l'aise, de se retourner dans sa tombe.

En fait, Lemaire n'aurait été sollicité que pour donner le change à ceux qui avaient accusé certains immortels d'être sectaires lorsqu'ils s'opposèrent au désir de Jacques Isorni de rejoindre leur compagnie. Telle est la cuisine de l'Académie. Chacun ainsi peut se bercer de l'illusion qu'il connaît la recette grâce à laquelle on peut assurer la survie de notre dictionnaire. Déjà, Rothschild, qui ne compte plus ses bouteilles de fin bordeaux distribuées à la ronde, n'arrête plus de compter ses voix. On songe à Maurice Genevoix qui disait : « Il faudrait quand même rappeler aux candidats qu'ils devraient interrompre leurs calculs quand ils en sont à 41... » Mais pourquoi ces quémandeurs dépourvus d'auréole littéraire ? On dirait ici que tout ce qui écrit ne provoque le réflexe d'une mise en quarantaine sans rapport avec celle que désirent si fort les postulants.

Il est vrai que l'attitude de Julien Green a laissé de douloureuses traces dans les mémoires. Avec une morgue sans précédent, il refuse les plus banales servitudes, y compris celle, peu fatigante, de tenir le rôle de directeur en exercice. « Ma vie est trop avancée, objecte-t-il, et j'ai besoin de tout mon temps pour me consacrer à mon œuvre... » Et il ajoute : « J'ai fait assez pour l'Académie en écrivant mon discours de réception. »

Le problème, quai Conti, serait pourtant de trouver le moyen d'élire Marguerite Yourcenar. Tâche ardue. Elle est femme, d'abord, ce qui créerait un précédent, ou plutôt une révolution, mot qui ne figure pas dans le lexique du cru. Et d'autre part, elle a sollicité et obtenu la nationalité américaine. Contactée par Jean Mistler, elle a répondu par une belle lettre dont les académiciens se repassent la copie sous le manteau avec des mines de poseurs de bombes. Premier feuillet : elle commence par hausser poliment les épaules : « Pourquoi moi ? Et que ferais-je parmi vous ? » Page deux : « Evidemment, si votre illustre Compagnie y tient absolument, il serait déplaisant que j'adopte une attitude qu'elle pourrait prendre pour un affront... » Pour terminer par : « Enfin, faites ce que vous croyez devoir faire. » En d'autres termes : je suis candidate des deux mains, mais je ne le dis pas, même d'une lèvre.

« MAGNÉTISEUR curatif » et « désenvoûteur parapsychologue », au-dessous de la photo qui le représente sur son prospectus publicitaire, un certain Mick Bimthlay m'offre ses services. Embonpoint de l'Asiatique qui a réussi à passer au travers des typhons et des révolutions culturelles, complet strict genre « on vous le fait en douze heures à Hong Kong », la baguette du sourcier inspiré élégamment pointée vers une liasse de documents, il serait sans rival non seulement dans le tout-venant habituel de l'attrape-nigaud astrologique, mais encore dans la « gestion d'affaires, la recherche de personnes et d'animaux, voire policière, le combat contre les ondes nocives, l'aide aux romanciers qui ne savent comment terminer leurs livres » ; sans oublier la main paternelle qu'il ne demande qu'à poser sur les fronts blêmes ou surchauffés des chanteurs pop, des auteurs compositeurs, des journalistes et, puisque c'est l'instant, des politiciens. Il sait comment neutraliser les « maisons du cancer » et possède — ô Giscard ! — l'art du « meilleur choix » (je le cite). Naturellement, il résout les difficultés sexuelles. Avec lui, l'orgasme n'est plus qu'un puéril rébus. Il « remodèle » les silhouettes (seins, ventres, cuisses, etc.). Plus de règles douloureuses si l'on se confie à lui, ni de décourageantes chutes de cheveux. Bouquet final : il terrasse, nouveau saint Georges, le dragon des « idées noires ».

Nous mettant obligeamment en garde contre les charlatans qui ont l'air de faire ce qu'il fait sans en avoir l'air, expert en « dessins téléinfluents et magiques », protégeant de « tous les sortilèges africains » — il n'y a pas de clientèle négligeable —, dosant de fabuleux « bains d'amour facilitant les ébats », il ne réclame que dix francs pour indiquer à sa pantelante pratique combien il lui en coûtera (« selon travail ») pour être délivrée de ses maux.

Suit une admirable abondance de références. Un chanteur, de Londres : « Grâce à vous, je croule sous les contrats. » De Toulouse : « Si vous étiez là, je me mettrais toute nue à votre cou pour vous remercier. » Canada : « Je croyais mon roman parfaitement écrit. J'ai suivi vos conseils et modifié six chapitres. Résultat, j'ai trouvé un éditeur. » Un Gabonais a perdu « la boule qu'il avait dans le ventre ». Turin : « Ma vie sexuelle est transformée. Je vous invite, tous frais payés, à venir en vacances chez moi. » Mexico : « Les plus grands mages du monde, que j'ai consultés, ne sont rien auprès de vous. Je vous envoie cent fois ce que vous m'avez demandé. » Megève ne demeure pas en reste : « Mes vergetures ont disparu. Vous êtes un ange ! »

Beau travail. Et contre lequel il n'y a rien à faire. Un de ces hurluberlus, américain, appelé Marjoe, honteux des escroqueries du même ordre dont il avait été le responsable, a tenté honnêtement de vendre la mèche. Il a même fait de ses petites combines un film remarquable, dévoilant tous ses trucs, et les procédés qui lui avaient fait entasser des fortunes en exploitant le malheur d'autrui. On voyait les foules, à sa demande, invoquant le Seigneur dont il jurait être le messager, se roulant par terre, la bave aux commissures, en hurlant « Alléluia ! tandis que les complices du faux mage les dépouillaient de leurs économies. « Pardonnez-moi, disait-il enfin, voilà comment j'ai abusé de vous. Je ne pouvais plus vivre avec ce lamentable secret. Crachez-moi au visage, vous en avez le droit... »

Les gens, en effet, lui ont craché dessus. Mais pas pour la raison qu'il supposait ; parce que le monde est si pitoyable qu'il préfère prendre pour des vérités des mensonges qui le rassurent, plutôt que pour des mensonges des vérités qui l'épouvantent. Entre la folie et la sagesse, il choisit la folie, estimant que, là au moins, ce qu'il lui reste d'équilibre mental ne risque pas d'être rompu.

DEVANT cette réunion de pontifes éminents qui se désignent eux-mêmes sous le nom de spécialistes, toujours à l'affût d'idées neuves pourvu qu'elles aient mille ans, qui ont tout lu de l'illisible et n'écrivent qu'après avoir agité les lettres de l'alphabet dans le fond d'un chapeau, et pour cela, à défaut de la leur, établissent les réputations — je parle avec enthousiasme de Dubrowsky. Waldemar Dubrowsky, bien sûr, pas Ottokar, où aviez-vous la tête ? J'en détaille le génie original, et cette manière inimitable qui est la sienne dans la moindre de ses intonations. Sa pièce surtout, si célèbre, *Rosa Monroë et Marilyn Luxemburg*, me fournit l'occasion de percutants développements. Je ne manque pourtant pas de rappeler que le style en est assez éloigné, dans son structuralisme sous-jacent et son rétro-futurisme, de celui des autres ouvrages du poète, *Oratorio pour un tréponème*, par exemple.

— On n'a pas assez souligné, dis-je, tout ce que lui doivent Beckett, Adamov et Gombrowicz. D'ailleurs, sans lui, Ionesco, qui n'a fait que le plagier lourdement, serait-il Ionesco ?

Mon auditoire opine gravement du chef. Pour une fois, il est de mon avis, et m'exprime le plaisir qu'il en a. Je l'abandonne à son contentement ; sans avoir eu la cruauté de lui apprendre que Dubrowsky n'existe pas, et que je viens seulement de m'amuser à l'inventer de peur que la conversation qui m'attendait ne m'ennuyât au-delà des limites du supportable.

QUI vantera assez les fruits juteux de l'insomnie, ce sursis arraché à la stupide condamnation du sommeil ? Cette nuit, ne pouvant pas dormir, j'ai ouvert le premier volume qui traînait à portée de ma main et j'ai eu la chance d'y découvrir une nouvelle de Jules Verne que je ne connaissais pas, *Maître Zacharius*. Elle est admirable.

A Genève, au Moyen Age, après avoir pendant des années fabriqué les plus belles montres de la ville, les pendules les plus perfectionnées, un vieil horloger a la douloureuse surprise de voir que ses nombreux acheteurs lui rapportent, un à un, tous les splendides objets sortis de son atelier. Le mécanisme pourtant en paraît intact. Impossible d'y déceler un défaut. Mais il ne peut que constater l'évidence : ses merveilles, faites pour défier les siècles, ont rendu l'âme. C'est en vain qu'il tente d'en changer les rouages et d'en rajeunir les ressorts.

Parallèlement sa santé se met à décliner. Son souffle devient court. Il laisse échapper ce qu'il tient. Sa vue baisse. Son échine se courbe. Brusquement, un tourbillon insensé l'entraîne dans des régions réputées inaccessibles mais où il se souvient d'avoir vendu une horloge, son chef-d'œuvre, tout entière vouée à la gloire de Dieu, chacun des coups de son carillon rappelant par un système ingénieux de poulies et de lettres l'enseignement des Evangiles. Celle-ci, du moins, pense-t-il, doit sûrement encore fonctionner. Le ciel n'accepterait pas que l'on portât atteinte à ce qui a été créé dans le seul souci de sa dévotion.

Mais au moment où il la retrouve, il s'aperçoit qu'elle ne chante plus que les louanges du Démon. Et tandis qu'elle explose, le vieil homme meurt. C'est alors que nous avons l'explication de son secret : c'est sur les battements de son cœur qu'il avait réglé le mouvement de ses machines. Il aura vécu, en somme, vieillissant sans comprendre qu'elles aussi vieillissaient, son orgueil d'avoir cru dominer le Temps lui ayant donné l'illusion qu'il était immortel. Erreur funeste : Dieu ne tolère pas qu'on lui fasse une concurrence déloyale.

L'allégorie prête à penser. Comme l'artisan genevois, ne serions-nous pas à nous-mêmes nos propres horlogers ? Et à son exemple désireux de commander au déroulement des événements de notre vie, perdant de vue que ce sont eux qui nous gouvernent ? Nous aussi, nous voulons croire que le temps que nous vivons dépend du sang qui coule dans nos veines, que sans nous il ne serait rien, et que c'est lui qui sombrera le premier dans le néant. Sur notre humble cadran, nous trichons avec nos aiguilles, refusons d'admettre qu'il puisse y avoir d'autres fuseaux que ceux entre lesquels nous nous mouvons à l'aveuglette, et ne donnons jamais que l'heure que nous avons envie qu'il soit.

Février

ALAIN DELON avait raison quand il prétendait qu'un « césar » ne le récompenserait pas encore cette fois, cette distinction lui ayant été déjà refusée l'an passé, malgré sa performance dans le *Monsieur Klein* de Joseph Losey. Il m'avait même indiqué — voilà deux semaines ! — qui sortirait à sa place vainqueur de l'épreuve : Jean Rochefort. Sa prédiction s'est accomplie. Rochefort triomphe, ses qualités étant du reste incontestables, tandis que, d'autre part, Alain Resnais était chargé de lauriers ; Alain Resnais, le plus honnête, le plus pur, et à coup sûr, l'un des plus talentueux, si l'on peut se demander s'il n'a pas d'abord été couronné parce que tant de choses dans sa carrière ont pu donner l'impression qu'il était maudit.

Delon paie aujourd'hui son tribut à cette règle. Mort, une nuit particulière de ces mêmes césars lui eût été consacrée. On peut dès à présent en deviner le modèle, la joie de la cérémonie se doublant automatiquement d'une séance de recueillement dans un cimetière. Hier, c'était Georges Simenon qui sortait de sa pipe des soupirs, en guise de fumée, pour célébrer Chaplin. Tandis que lui faisant pendant, mais à la gloire de Prévert, Serge Reggiani, la voix étranglée, les yeux embués, balbutiait *Les Feuilles mortes* comme s'il venait seulement d'apprendre le trépas du poète, issue fatale à laquelle il ne se serait pas attendu. Ce qui ne l'empêcha pas, en professionnel averti, de ne sortir qu'à reculons, face au public, le geste impeccable et la lumière là où il faut.

A vous dégoûter de mourir.

POURQUOI est-ce que l'on croit toujours au théâtre, malgré le vieillissement du genre, la concurrence des images du cinéma et de la télévision, et l'absence de tout ce qu'on avait depuis des siècles l'habitude de venir y chercher — ces décors, par exemple, évoquant des endroits que rien autrement n'eût permis de découvrir, et surtout des récits que l'on pouvait voir, au lieu de se borner à les lire, nous donnant ainsi presque la sensation de les vivre? Simplement parce que nous avons devant nous le dernier phénomène que ne nous proposent pas nos deux écrans : des êtres vivants.

Pourquoi, en revanche, ne croit-on plus à la politique ? Exactement pour la raison contraire. Aujourd'hui, ceux qui nous gouvernent, ou le souhaitent, encombrent notre champ visuel de leur présence. Aucun froncement de sourcils de Raymond Barre ne nous est plus inconnu, nul filet de cheveux de notre président de la République, pas un tic de Marchais, une moue de Mitterrand. Jadis, les politiciens puisaient l'essentiel de leur pouvoir de persuasion dans la vertu du secret. Mais désormais, plus encore que leur assiette sur notre table, ils ont leur lit dans notre chambre. Il était déjà difficile de les vénérer invisibles ; comment le faire omniprésents ? La vérité est que les histrions de la politique, semblables à ceux de la comédie, nous offrent un spectacle et que celui-ci, même s'il est réussi, à force d'être éternellement répété, commence à nous paraître médiocre. Vieux clowns faussement réjouis qui auraient abusé de leur numéro, on a envie de leur crier : « Ne vous fatiguez pas. Ne nous épuisez plus. Nos jeux sont faits depuis longtemps. Nous n'avons plus besoin de vos pirouettes pour savoir comment exécuter les nôtres. »

Mais ils continuent de faire la roue. A défaut de séduire les foules, au moins doivent-ils charmer les médias. Pas une station de radio, une chaîne de télévision, jour après jour, presque heure après heure, qui ne proclament fièrement qu'elles ont décroché la participation exclusive des grands leaders, comme si ceux-ci n'étaient pas prêts à s'entre-tuer pour nous imposer leurs avenantes frimousses... Ce ne sont que « Mitterrand spécial », « Chirac exceptionnel », et « Robert Fabre invité inattendu » (*sic*). Une minute de silence de leur part les rendrait plus convaincants — à cause de l'effet de surprise. Mais non, des comités fonctionnent, un chronomètre à la main, pour vérifier si l'on n'a pas défavorisé leurs partis, fût-ce une minute, sur les ondes.

C'est à donner le tournis. On ouvre un robinet, et ça coule. Pas l'ombre d'un effort apparent. Même quand ils parlent mal, comme ils parlent bien... Leurs mots ne surgissent d'abord que goutte à goutte, puis s'enflent et deviennent fleuves impétueux chargés de sonores alluvions. Très vite, c'est l'inondation. « Que d'eau ! Que d'eau ! » Le flot cessera-t-il de nous submerger ? La pensée fume, aussi vaine qu'une buée jaillie d'une bouche, pour rien, parce qu'il fait froid dehors et que la différence de température provoque cet effet-là. Le dialogue se change en cohue. Qui est qui ? Allez donc savoir ! Marchais se confond avec Chirac. Lequel est Mitterrand ? Lequel Servan-Schreiber ou Lecanuet ? Ils font trop de bruit pour qu'on les entende. Une seule certitude : Barre, c'est Giscard. Et tous de se rejoindre dans la certitude qu'ils ont de leur importance, jusqu'à ne plus s'apercevoir que, pendant qu'ils s'égosillent, John Wayne et Aznavour leur volent leur audience.

Comme drogué, le public ne réagit plus. Mauroy et Peyrefitte peuvent se défier. Pas plus que leurs collègues ils ne songent que, lorsque leur salive sera tarie, la rue retrouvera son langage ; et que celui-ci pourrait bien être celui des arbres arrachés, des avenues dépavées, des grilles tordues, plein de cris qui eux, sauront se passer de micros et de superbes périodes pour faire la révolution.

UNE Quinzaine homosexuelle se tient au cinéma *La Pagode,* à Paris. Projections de films adéquats alternent avec des débats animés par un souffle que l'on voudrait libérateur. Rien de bien particulier à signaler. Tout baigne dans la vaseline et le sucre. Ronron habituel des croisades devenues inutiles. Il y a belle lurette maintenant que les croix apostoliques et les couronnes d'épines ont été changées en colifichets de pacotille.

Un seul accrochage, à propos de la pédophilie, vient troubler la limpidité de ce lac radieux. « Les pédophiles, constate tristement quelqu'un, s'attirent la haine de tout le monde, et même des homosexuels. » Sa belle exhortation ne passe pas la rampe, ce qui l'amène à le déplorer avec une certaine aigreur. Si cela continue, affirme-t-il, lui-même et les adeptes de sa spécialité courront le grave danger d'être traumatisés. Déjà, il leur arrive « de ne plus pouvoir regarder un enfant sans éprouver un sentiment de culpabilité ». Pauvres petits — je parle des adultes, naturellement.

La situation est d'autant plus absurde, poursuit l'orateur, que « les enfants sont généralement très contents des merveilleuses expériences qu'on leur fait faire ainsi ». Leur plus cher désir serait même de se laisser entraîner, dès la sortie des écoles, dans la douce quiétude d'un fourré, de la banquette arrière d'une voiture ou sur le canapé d'une garçonnière. De leur côté, les mères seraient « ravies » d'être un moment déchargées du fardeau si souvent encombrant de leur progéniture.

Mais la société, devant tant de bon vouloir, ricane quand elle ne brandit pas les foudres de la répression. Morale de l'histoire : il n'y a plus de morale. Le progrès reste lettre morte. Retrouverons-nous un jour la lumineuse sérénité qui fut, aux yeux des congressistes du moins, le charme le plus adorable de la Grèce antique ?

Ces choses se passent aujourd'hui, sans même qu'on établisse un discret cordon sanitaire pour inviter les bambins qui passent innocemment dans la rue à prendre la précaution de changer de trottoir.

Mais voici qu'au moment où j'écris ces lignes, on apprend qu'un commando d'extrême droite a fait irruption dans la salle, arrosant les spectateurs de peinture, saccageant les sièges, lançant des grenades fumigènes, blessant plusieurs participants, et emportant la recette de la journée. La boucle est bouclée. L'ignoble a rejoint l'odieux.

ILS avaient tué leur petite fille de trois ans à coups de ceinturon à boucle, après lui avoir arraché un œil et fait manger ses excréments. Devant le tribunal chargé de sanctionner leur crime affreux, ils sauvent leurs têtes. On leur a accordé, en effet, des « circonstances atténuantes ». Motif : ils ont eu une « enfance malheureuse ».

Moins malheureuse, toutefois, semble-t-il, que celle de l'enfant qu'ils ont martyrisé. Mais sans doute celui-ci n'avait pas, lui, à leurs yeux, de circonstances atténuantes.

AVEC son manteau de fourrure galonné de cuir fauve, Frédéric Dard a l'air d'un bourgeois de Labiche qui aurait accroché la cravate du dimanche d'Al Capone à l'uniforme retouché par Lanvin d'un demi-solde de d'Esparbès.

Etonnante timidité de cet homme qui, s'il tutoie tout le monde, à commencer par ses innombrables lecteurs, donne l'impression qu'il se dirait volontiers « vous », comme à quelqu'un à qui il n'aurait pas été présenté. En vain se fabrique-t-il un langage en aspergeant d'engrais de son cru — Bogomoletz façon Rabelais — la vieille carne régénérée du vocabulaire. Derrière ces explosions d'un Céline marginal qui font que Jean Cocteau, Albert Cohen et l'épicier du coin se bousculent pour lui serrer la main, il n'offre que le profil du plus vulnérable colosse d'argile. C'est un Achille qui ne serait qu'un talon.

Déjà hanté par la mort quand il avait quatre ans, au plus éclatant de son triomphe il ne songe qu'à la dérision de son enveloppe humaine. C'est peu de dire qu'il ne s'aime pas ; il s'abomine, et cela n'est pas un jeu littéraire. Rien ne lui paraît plus détestable que son image. Pour ne pas avoir à la contempler dans un miroir quand il se rase, il se laisserait volontiers pousser la barbe. Il a honte, dit-il, de ce qu'il écrit, de l'argent que cela lui rapporte et des encens de l'estime qu'on lui vaporise dans les narines. Montaigne psychopathe, Pascal à névroses, il croit déballer ses tripes ; c'est son âme qu'il arrache.

Tel est le drame d'un auteur qui ne veut pas jouer son destin que dans ses livres. Plus on le compare aux meilleurs, plus il lui semble tomber de haut. Il fait rire pour ne pas pleurer. Il frappe pour éviter les coups. Riche, il sera éternellement pauvre. « Longtemps, a-t-il déclaré quelque part, j'ai été un banni. » Il n'a pas cessé d'en être un ; mais ce ne sont plus les autres, maintenant, qui le condamnent au bannissement — c'est lui, jouant avec délice le double rôle du juge et de l'accusé. Sa situation d'écorché vif lui est devenue si insupportable qu'il ne lui suffit plus de mettre entre lui et lui les rassurantes frontières de la Suisse. Il lui faut ériger de nouveaux poteaux d'interdiction et des barrières de plus en plus infranchissables. Si, dans le canton de Fribourg, il restaure une vieille bâtisse du XVIIIe siècle, c'est qu'un kilomètre seulement séparait son ancienne maison de celle de son plus proche voisin et que cette promiscuité lui donnait l'impression que le monde entier piétinait devant sa porte dans le dessein de l'écraser. Perdu au fin fond de son champ que l'hiver a givré, il me rappelle cette phrase dont Regnard orna un écriteau, en Laponie, le 18 août 1681, au terme d'un long voyage dans les neiges jusque-là inexplorées : « Ici, enfin, nous nous arrêtâmes, la terre nous ayant fait défaut. »

Mais, c'est le principe même des feuilletons où il excelle : la dernière page porte inévitablement la mention « à suivre ». Nul obstacle ne parvient à briser son élan. Sa fuite en arrière est une course en avant. Sa verve qui, chez ses concurrents, serait depuis longtemps tarie continue de couler avec la fraîcheur d'une jeune source. Qu'il se suicide et le voici en train de signer un nouveau bail longue durée avec la vie. Les pires tragédies lui font les yeux doux. La méchanceté d'autrui le rend bon. La laideur lui sert à fabriquer de la beauté. Il a la force des faibles, et la chance des profanes qui, s'aventurant pour la première fois dans les parages d'un tapis vert, font sauter la banque des casinos. Cet homme plein d'histoires n'a qu'une histoire, la sienne. Qu'il trébuche, victime des traîtrises du hasard, ou parce qu'il s'est lui-même poussé dans le dos, il se relève les mains pleines non pas d'écorchures et de sang, mais de livres. C'est ainsi, en effet, que je le vois, arbre qui, au lieu de feuilles et de fruits, donnerait du plomb imprimé, le vent dans ses ramures ne répercutant que des échos d'applaudissements. Végétation fantastique, à l'échelle de ce Magritte et de ce Gnoli qu'il affectionne, dont les délirantes visions, alors qu'elles devraient l'effrayer, le calment au contraire à la façon d'un baume en lui prouvant que l'irréel est un terrain plus ferme que celui sur lequel on assure d'ordinaire l'équilibre de ses pas.

On le regarde. On ne lui dit rien. Soudain, des larmes inondent ses yeux. Il serait indécent, et absurde, de lui en demander la raison.

Il pleure parce qu'il se sent bien et que, forcément, ça lui fait un peu mal, tout ce bonheur qui lui échoit et dont il n'arrive pas à comprendre la cause. Il pleure aussi parce qu'il a peur que ce moment favorisé ne se reproduise plus. Ne s'agit-il pas d'ailleurs d'un mirage ? Chez lui, la certitude a le visage du doute. Cet orage a ses averses, comme le soleil a ses rayons. Et il passe, un peu voûté sous l'avalanche de ses réussites, persuadé que c'est un cauchemar qui l'oblige à ne faire que de beaux rêves, désireux à la fois de se réveiller et de demeurer à jamais endormi.

Je l'aime. Pour cette chaleur qui se dégage d'un cœur que la félicité ne sait que glacer ; pour la tranquille manière dont il canalise notre espérance entre les deux rives tourmentées de ses désespoirs ; pour tous les mouchoirs qu'il secoue à la portière des trains qui l'emportent au-delà de sa propre intimité, comme s'il ne devait plus jamais se revoir, dès qu'il a terminé un roman, refermé l'album d'un amour, ou simplement disparu au détour d'une rue. Frédéric Dard tape peut-être ses œuvres à la machine ; mais c'est à la main qu'il écrit sa vie. Dans la ménagerie de notre littérature peut-on trouver quelqu'un qui lui ressemble ? Non. Il n'en finira jamais d'être différent. Que cela soit à cause de la misère de son enfance, de la pathétique tendresse de son cœur, de la conjonction inattendue de deux mots que personne avant lui n'avait eu l'idée de réunir ; à cause, également, de la frénésie avec laquelle il s'invente des murs pour s'y cogner le front.

C'est bien cette singularité permanente qui fait, cygne blanc qui se prend pour un cygne noir, qu'il s'inquiète au point de s'enfoncer un peu plus chaque jour dans son isolement. Je le soupçonne de penser que la solitude est l'unique moyen qu'il ait de ressembler enfin à tout le monde. Ah ! comme il se sentirait à l'aise, dans une île déserte, debout sur un pied, avec la délicieuse sensation que la mer monte... Au moins, privé de compagnie, ne souffrirait-il plus en se comparant à ce qu'il aurait tellement voulu être, est devenu, mais croit incompréhensiblement qu'il n'est pas.

Illusion ! Il est poète. Et, pour un poète, il y aura toujours un peu d'eau dans un lac, dans un ruisseau, dans une soucoupe, à portée du regard, pour lui renvoyer son reflet et lui rappeler qu'une foule l'entoure puisqu'il existe.

A l'entrée du parking souterrain de l'avenue Foch, un écriteau avertit la clientèle éventuelle que, si elle s'aventure dans ce gouffre, cela sera « à ses risques et périls ».

Prodigieux raccourci à la mesure de notre époque ! On construit des abris à notre intention en nous conseillant de ne pas commettre l'imprudence de les utiliser... De même les tours de trente étages, image d'une civilisation qui a sacrifié au simulacre de la grandeur et du confort la douceur des lignes et l'harmonie des matériaux, sont-elles désertées par ceux-là même qui se battaient pour y installer leur nid, ou seulement habitées par qui est incapable de trouver ailleurs un endroit où se loger. Et elles tremblent sur leurs bases, telle la vie que nous vivons, dans un brouillard de suie qu'il serait difficile de prendre encore pour des nuées, citadelles dérisoires de toits démantelés, de murs suintants, de corridors livrés à la peur ou, dans le meilleur des cas, à l'ennui. *Lasciate ogni speranza, voi ch'entrate.*

Faut-il voir là une explication de ce goût pour le retour en arrière qui, plus que jamais, est à la mode ? Et qu'il soit celui de toute une jeunesse n'est pas ce qu'il y a de moins inquiétant dans notre siècle. Quand les jeunes gens se badigeonnent avec les couleurs du passé, c'est que quelque chose ne tourne pas rond dans le présent.

Baudelaire écrivait : « Le monde va finir. L'humanité est décrépite. Un Barnum de l'avenir montre aux hommes dégradés de son temps une belle femme des anciens âges artificiellement conservée. " Eh ! quoi, disent-ils, l'humanité a pu être aussi belle que cela ? " Je dis que cela n'est pas vrai. L'homme dégradé s'admirerait et appellerait la beauté laideur. »

Baudelaire ferait-il maintenant le même raisonnement ? J'en doute. Les soleils d'antan ont été renvoyés aux vieilles lunes. La République a toujours été belle sous l'Empire. Si les hommes n'ont pas cessé d'être — ô combien ! — dégradés, leur besoin de s'accrocher à un lambeau d'espérance est si vif qu'ils aspirent surtout à nommer beauté ce qui fut pourtant si souvent de la laideur. Il ne leur resterait plus autrement, pour supporter leur destin, que les hideuses solutions de la violence et de la révolte. Chaque aube leur en apporte la détestable preuve. L'horizon est devenu trop étroit ; et trop lisses les parois qu'on leur demande d'escalader. Bientôt, l'idéal ne sera plus pour eux qu'un gadget amusant, comme ces badges collés sur les blousons des jeunes motocyclistes, entre un slogan qui vante les anges de l'enfer et un autre en l'honneur de ce Jimmy Dean qu'ils n'auront rencontré que dans leur imagination. Plus rien de ce qui comptait n'a d'importance à leurs yeux. « Le vent se lève, soupirent-ils, à quoi bon tenter de vivre ? » Doit-on systématiquement leur jeter la pierre ? Dans l'univers où ils sont plongés, l'eau n'est plus l'eau, l'air n'est plus l'air, l'esprit n'est plus l'esprit, la morale n'est plus la morale — et qu'est-ce que cela pouvait bien être que l'amour ?

Mille satellites-espions tournoient dans le ciel. Certains explosent au-dessus des déserts glacés du Canada, en attendant de brûler la place de la Concorde ou Manhattan, six semaines après leur lancement alors qu'ils étaient prévus pour durer six cents ans. Bah ! On nous a tant rabâché que les fureurs atomiques ne sauraient avoir pour cibles que les pêcheurs japonais, les chiens de traîneau, les sous-sols desséchés du Nevada et des atolls paradisiaques, donc interdits même à nos rêves, que nous ne leur accordons guère plus d'attention qu'aux doigts tranchés de ces otages dont les consignes de nos gares sont encombrées.

Pendant ce temps, Césars au petit pied, Démosthènes qui auraient avalé les cailloux dont ils espéraient qu'ils faciliteraient leur élocution, les tribuns s'époumonent, mendiant le droit de nous donner des ordres. Mais, pour la plupart, ce sont déjà des morts. A mille lieues de nos véritables préoccupations, quoiqu'ils paraissent près de nous étouffer sous leurs embrassements, si le feu est toujours le mobile de nos guerres, ils en sont encore à la guerre du feu. Malgré leurs fours solaires et leurs centrales nucléaires, ils ne font que décorer leurs cavernes préhistoriques avec du mobilier design, ne chassant, en guise de gibier contemporain, que le dinosaure et le ptérodactyle. Leurs drapeaux sentent la naphtaline des musées. Le bonheur, dans leurs discours, est un oripeau démagogique, des rides sur le front d'une idée qui fut neuve quand ils n'étaient pas nés. Petite brise qui se croit ouragan parce qu'une tempête la gonfle, ils soufflent dans des pipeaux en se prenant pour Eole.

Que nous réserve demain ? Les grands événements ne se servent pas, pour s'annoncer, des dates que nous appelons historiques. Si l'Histoire ne peut se passer de nous, c'est à notre insu qu'elle se fait. Des bulletins vont tomber dans une urne, qui nous feront applaudir ou pleurer. Mais quel que soit le décompte, le roman que nous lisions ne nous présentera plus que le revers de sa couverture.

Est-ce à dire qu'une civilisation va disparaître ? Tout ce que je sais, c'est que si cela devait se produire je regretterais ce monde qu'il est de bon ton de déclarer suspect, mal famé, voire criminel. Je le regretterais, malgré ses vices et ses tragédies, car j'ai eu la faveur d'y vivre, parfois d'y souffrir et, finalement, d'y être heureux. J'en ai aimé ce que, paraît-il, il est indécent d'aimer : une promenade dans une rue, à minuit, sans trembler ; la conversation d'un vieillard dont le rythme de l'existence se confondait avec celui des saisons ; Raphaël et Renoir considérés autrement que sous leur étiquette marchande ; Racine pris pour un poète ; des livres qui ne nous obligeaient pas à nous cacher quand nous éprouvions le désir d'en déchiffrer le contenu ; des journaux dont nous ne remarquions même pas qu'ils se contredisaient tant une telle attitude nous semblait naturelle ; une jeunesse qui ne pensait pas que la solution de ses problèmes se résumait à la piqûre d'une seringue, ou au lancer d'une bombe ; des enfants que n'agressait pas la méprisante veulerie des adultes pour peu que leur vue se pose sur une affiche, ou qu'ils appuient sur le bouton d'un poste de télévision ; des professeurs dont l'enseignement était si léger, la compréhension si fraternelle, qu'il nous arrivait de les hisser au niveau des dieux ; des portes, sans serrures ni loquets, que l'on ne songeait pas d'abord à fermer, mais au contraire à ouvrir...

Je l'ai aimé, ce monde, enfin, parce que j'ai craint pour lui, un matin de 1940 où il m'a semblé qu'il avait disparu à jamais ; et que, depuis, je n'ai pas pu oublier le vide dans lequel cette absence nous avait projetés.

Que tout soit balayé, me repoussant dans les marges de ce qui sera et ne me laissant une fois de plus que l'issue de me retrouver dans les rangs des vaincus quels qu'ils soient — je ne m'agripperais pas cependant à la bouée de sauvetage de mes souvenirs. Inutile parade ! Ils sont là, fidèles compagnons au regard de chien de berger ; et de les deviner solidement incrustés dans ma mémoire m'empêchera toujours de me sentir frustré. Qu'importe si l'on me dépouille puisque j'ai connu la bonne fortune de posséder. Ce sont les vandales qui se priveront d'une grande joie en fracassant mes trésors. Amusez-vous, messieurs ; moi, j'ai joué.

Et je me bornerais à rêver avec Montaigne, ce décadent, ce déviationniste, faisant mienne cette règle qui fut la sienne : « Nul juge n'a encore, Dieu merci, parlé à moi comme un juge, pour quelque cause que ce soit ; nulle prison ne m'a reçu, non pas seulement pour m'y promener ; l'imagination m'en rend la vue, même du dehors, déplaisante. Je suis si affadi après la liberté [1] que qui me défendrait l'accès de quelque coin des Indes, j'en vivrais aucunement [2] plus mal à mon aise ; et tant que je trouverai terre, ou air ouvert, ailleurs, je ne croupirai en un lieu où il faille me cacher. Mon Dieu ! que mal pourrais-je souffrir la condition où je

1. Epris de liberté.
2. En quelque sorte.

vois tant de gens, cloués à un quartier de ce royaume, privés de l'entrée des villes principales, et des cours, et de l'usage des chemins publics, pour avoir querellé nos lois ! Si celles que je sers menaçaient seulement le bout de mon doigt, je m'en irais incontinent en trouver d'autres, où que ce fût. Toute ma petite prudence, en ces guerres civiles où nous sommes, s'emploie à ce qu'elles n'interrompent pas ma liberté d'aller et de venir. »

Je penserais aussi qu'il n'existe pas de pire danger que celui qui a son siège dans le plus profond de nous-mêmes, quels que soient les jeux savants de la Politique et les stratagèmes pervers de la Société ; mais, en revanche, que le cœur de l'homme a toujours fini par ridiculiser ceux qui faisaient bon marché de ses aspirations et de sa dignité. Tôt ou tard, les ans changent en poussière les rodomontades des puissants. Le pas d'un inconnu perdu dans une foule va plus loin que les téméraires ruées des conquérants. La liberté est une science exacte ; elle ne saurait dépendre d'une réunion de joueurs de dés. Tant que des fleurs pousseront, même sur des ruines, la terre aura l'odeur de l'avenir.

Encore faut-il, ces fleurs, que nous ne les arrachions pas toutes sous prétexte d'en faire des bouquets, rouges ou tricolores ; et que nous ne déracinions pas nos forêts spirituelles pour dresser à leur place les illusoires autels de cathédrales prétendues.

Paris, le 15 février 1978.

ACHEVÉ D'IMPRIMER
LE 20 FÉVRIER 1978
SUR LES PRESSES DE
L'IMPRIMERIE HÉRISSEY
A ÉVREUX (EURE)
POUR LE COMPTE DES ÉDITIONS STOCK
14, RUE DE L'ANCIENNE-COMÉDIE PARIS-6e

Imprimé en France

Dépôt légal : 1er trimestre 1978
Numéro d'éditeur : 3574
Numéro d'imprimeur : 20630
54-09-2471-01
ISBN 2-234-00821-2